Riña de gatos. Madrid 1936

Biblioteca Eduardo Mendoza
Novela

Biografía

Eduardo Mendoza nació en Barcelona en 1943. Ha publicado las novelas *La verdad sobre el caso Savolta* (1975; *Los soldados de Cataluña*, 2015), que obtuvo el Premio de la Crítica; *El misterio de la cripta embrujada* (1979); *El laberinto de las aceitunas* (1982); *La ciudad de los prodigios* (1986), Premio Ciutat de Barcelona; *La isla inaudita* (1989); *Sin noticias de Gurb* (1991, 2011 y 2014); *El año del diluvio* (1992); *Una comedia ligera* (1996), Premio al Mejor Libro Extranjero; *La aventura del tocador de señoras* (2001), Premio al Libro del Año del Gremio de Libreros de Madrid; *El último trayecto de Horacio Dos* (2002); *Mauricio o las elecciones primarias* (2006), Premio de Novela Fundación José Manuel Lara; *El asombroso viaje de Pomponio Flato* (2008), Premio Terenci Moix y Pluma de Plata de la Feria del Libro de Bilbao; *El enredo de la bolsa y la vida* (2012); *El secreto de la modelo extraviada* (2015) y el libro de relatos *Tres vidas de santos* (2009), siempre en Seix Barral, y *Riña de gatos. Madrid 1936*, novela ganadora del Premio Planeta 2010 y del Premio del Libro Europeo. Ha recibido el Premio Liber, el Premio de Cultura de Cataluña y el Premio Franz Kafka.

Eduardo Mendoza
Riña de gatos. Madrid 1936

Premio Planeta 2010

 Planeta

Esta novela obtuvo el Premio Planeta 2010, concedido por el siguiente jurado: Alberto Blecua, Ángeles Caso, Juan Eslava Galán, Pere Gimferrer, Carmen Posadas, Carlos Pujol y Rosa Regàs.

© Eduardo Mendoza, 2010
© Editorial Planeta, S. A., 2015
   Avinguda Diagonal, 662, 6.ª planta. 08034 Barcelona (España)
   www.planetadelibros.com

Diseño de la cubierta: Booket / Área Editorial Grupo Planeta
Ilustración de la cubierta: EFE
Primera edición en esta presentación en Colección Booket: noviembre de 2015
Segunda impresión: diciembre de 2015

Depósito legal: B. 21.273-2015
ISBN: 978-84-08-00437-0
Impresión y encuadernación: Liberdúplex, S. L.
Printed in Spain - Impreso en España

Rosa estuvo a mi lado
y para ella es esta fábula

Pertenece a la extraña condición humana que toda vida podía haber sido distinta de la que fue.

JOSÉ ORTEGA Y GASSET, *Velázquez*

1

4 de marzo de 1936

Querida Catherine:

Poco después de cruzar la frontera y de evacuar los enojosos trámites aduaneros, me he dormido arrullado por el traqueteo del tren, porque había pasado una noche de insomnio, acosado por el cúmulo de problemas, sobresaltos y agonías derivados de nuestra tormentosa relación. Por la ventanilla del tren sólo veía la oscuridad de la noche y mi propia imagen reflejada en el cristal: la efigie de un hombre atormentado por el desasosiego. El amanecer no trajo el alivio que a menudo acompaña el anuncio de un nuevo día. El cielo seguía nublado y la palidez de un sol mortecino hacía aún más desolado el paisaje exterior y el paisaje de mi propio espíritu. En estas circunstancias, al borde de las lágrimas, me quedé dormido. Al abrir los ojos, todo había cambiado. Lucía un sol radiante en un cielo sin límites, de un azul intenso, apenas alterado por unas nubes pequeñas, de una blancura deslumbrante. El tren recorría la yerma meseta castellana. ¡España por fin!

¡Oh, Catherine, mi adorada Catherine, si pudieras ver este magnífico espectáculo comprenderías el estado de ánimo con que te escribo! Porque no es sólo un fenómeno geográfico o un simple cambio de paisaje, sino algo más, algo sublime. En Inglaterra, como en el norte de Francia, por donde acabo de pasar, la campiña es verde, los campos son fértiles, los árboles son altos, pero el cielo es *bajo y gris y húmedo, la atmósfera es lúgubre. Aquí, en cambio, la tierra es árida, los campos, secos y cuarteados, sólo producen mustios matojos, pero el cielo es infinito y la luz, heroica. En nuestro país andamos siempre con la cabeza baja y la vista fija en suelo, oprimidos; aquí, donde la tierra nada ofrece, los hombres andan con la cabeza erguida, mirando el horizonte. Es tierra de violencia, de pasión, de grandes gestos individualistas. No como nosotros, uncidos a nuestra estrecha moral y a nuestras nimias convenciones sociales.*

Así veo ahora nuestra relación, querida Catherine: un sórdido adulterio sembrado de intrigas, dudas y remordimientos. Mientras ha durado (¿dos años, quizá tres?) ni tú ni yo hemos tenido un minuto de tranquilidad ni de alegría. Sumergidos en la pequeñez de nuestra mediocre climatología moral, no lo podíamos percibir, nos parecía algo insuperable que estábamos fatalmente obligados a sufrir. Pero ha llegado el momento de nuestra liberación, y es el sol de España el que nos lo ha revelado.

Adiós, mi querida Catherine, te devuelvo la libertad, la serenidad y la capacidad de disfrutar de la vida que te corresponde de pleno derecho, por tu juventud, tu belleza y tu inteligencia. Y yo también, solo pero reconfortado con el dulce recuerdo de nuestros abrazos, fogosos aunque inoportunos, procuraré volver a la senda de la paz y la sabiduría.

P.S. No creo que debas afligir a tu marido con la confesión de nuestra aventura. Sé lo mucho que le dolería saber traicionada una amistad que se remonta a los días felices de Cambridge. Por no hablar del sincero amor que te profesa.

Tuyo siempre,

ANTHONY

—¿Inglis?

La pregunta le sobresaltó. Absorto en la redacción de la carta, apenas si había reparado en la presencia de otros viajeros en el compartimento. Desde Calais había tenido por única compañía a un lacónico caballero francés con el que había intercambiado un saludo al principio del trayecto y otro al despedirse, en Bilbao; el resto del tiempo el francés había dormido a pierna suelta y después de su marcha, lo había hecho el inglés. Los nuevos pasajeros habían ido subiendo en sucesivas estaciones intermedias. Aparte de Anthony, como el elenco de una compañía itinerante de comedias costumbristas, ahora viajaban juntos un viejo cura rural entrado en años, una moza joven de rudo aspecto aldeano y el individuo que le había abordado, un hombre de edad y condición inciertas, con la cabeza rasurada y ancho bigote republicano. El cura viajaba con una maleta mediana de madera, la moza con un abultado fardel, y el otro con dos voluminosas maletas de piel negra.

—Yo no hablo inglés, ¿sabe usted? —prosiguió diciendo ante la aparente aquiescencia del inglés a su pregunta inicial—. No Inglis. Yo, espanis. Usted inglis, yo espanis. España muy diferente de Inglaterra. Different. España, sol, toros, guitarras, vino. Everibodi olé. Inglaterra, no sol, no toros, no alegría. Everibodi kaput.

Guardó silencio durante un rato para dar tiempo al inglés a asimilar su teoría sociológica y añadió:

—En Inglaterra, rey. En España, no rey. Antes, rey. Alfonso. Ahora no más rey. Se acabó. Ahora República. Presidente: Niceto Alcalá Zamora. Elecciones. Mandaba Lerroux, ahora Azaña. Partidos políticos, tantos como quiera, todos malos. Políticos sinvergüenzas. Everibodi cabrones.

El inglés se quitó las gafas, las limpió con el pañuelo que asomaba por el bolsillo superior de la americana y aprovechó la pausa para mirar por la ventana. Sobre la tierra ocre que se extendía hasta el límite de la mirada no había un solo árbol. A lo lejos vio un mulo montado a mujeriegas por un labriego con manta y chambergo. Sabe Dios de dónde viene y a dónde va, pensó antes de volverse a su interlocutor con expresión adusta, dispuesto a no mostrar predisposición al diálogo.

—Estoy al corriente de las vicisitudes de la política española —dijo fríamente—, pero como extranjero, no me considero autorizado a inmiscuirme en los asuntos internos de su país ni a emitir opiniones al respecto.

—Aquí nadie se mete con nadie, señor —dijo el locuaz viajero algo decepcionado al comprobar el dominio del castellano de que hacía gala el inglés—, no faltaría más. Sólo lo decía para ponerle al tanto de la cuestión. Por más que uno esté de paso, no viene mal saber con quién se las ha de haber, llegado el caso. Un suponer: yo estoy en Inglaterra por hache o por be, y se me ocurre insultar al Rey. ¿Qué pasa? Que me enchironan. Es natural. Y aquí, lo mismo, pero al revés. Con lo que vengo a decir que de un tiempo a esta parte las cosas han cambiado.

No se nota, pensó el inglés. Pero no lo dijo: sólo quería poner fin a aquella charla insulsa. Hábilmente dirigió los ojos al cura, que seguía la perorata del republicano con un disimulo entreverado de desaprobación. La maniobra dio el resultado apetecido. El republicano señaló al cura con el pulgar y dijo:

—Aquí, sin ir más lejos, tiene usted un ejemplo de lo que le venía diciendo. Hasta hace cuatro días, éstos hacían y deshacían a su antojo. Hoy viven de prestado y a la que se desmanden los corremos a boinazos. ¿O no es así, padre?

El cura cruzó las manos sobre el regazo y miró de hito en hito al viajero.

—Ríe mejor el que ríe el último —respondió sin amedrentarse.

El inglés los dejó enzarzados en un duelo de dichos y paráfrasis. Lento y monótono, el tren seguía su camino por una llanura desolada dejando una gruesa columna de humo en el aire puro y cristalino del invierno meseteño. Antes de volverse a dormir oyó argumentar al republicano:

—Mire, padre, la gente no quema iglesias y conventos sin ton ni son. Nunca han quemado una taberna, un hospital ni una plaza de toros. Si en toda España el pueblo elige quemar iglesias, con lo que cuestan de prender, por algo será.

Le despertó una violenta sacudida. El tren se había detenido en una estación importante. Por el andén se apresuraba renqueando un ferroviario con capote, bufanda y gorra de plato. En la mano enguantada se balanceaba un candil de latón apagado.

—¡Venta de Baños! ¡Cambio de tren para los viajeros que van a Madrid! ¡El expreso en veinte minutos!

El inglés bajó su maleta de la redecilla, se despidió de sus compañeros y salió al pasillo. Le flaquearon las piernas, entumecidas por tantas horas de inmovilidad. Aun así, saltó al andén, donde fue recibido por una ráfaga de aire helado que le cortó el resuello, y buscó en vano al ferroviario: cumplida su misión, éste había regresado sin demora a su oficina. El reloj de la estación se había parado y marcaba una hora inverosímil. De un asta colgaba una harapienta bandera tricolor. El inglés ponderó la conveniencia de buscar refugio en el tren expreso, pero en vez de hacerlo recorrió la estación en dirección a la salida. Se detuvo ante una puerta de cristal velado por la escarcha y el hollín, sobre el que un letrero rezaba: CANTINA. Dentro un chubesqui irradiaba poco calor y hacía el aire denso. El inglés se quitó las gafas empañadas y las limpió con la corbata. En la cantina un único cliente acodado en el mostrador sorbía una copa de licor blanco y fumaba un charuto. El mozo del establecimiento lo miraba con una botella de anís en la mano. El inglés se dirigió al mozo.

—Buenos días. Tengo necesidad de expedir una carta.

Tal vez ustedes tengan sellos de correos. En caso contrario, dígame si la estación dispone de una expendeduría.

El mozo se le quedó mirando boquiabierto. Luego murmuró.

—No sabría decirle.

El solitario parroquiano intervino sin levantar los ojos de la copa de anís.

—No seas cateto, leche. ¿Qué impresión se va a llevar de nosotros este caballero? —y al inglés—: Disculpe al chico. No ha entendido una palabra de lo que le decía. En el vestíbulo de la propia estación tiene usted un estanco donde comprar sellos y un buzón. Pero antes tómese una copita de anís.

—No, muchas gracias.

—No me la rechace, yo le invito. Por la cara que trae, necesita un reconstituyente.

—No calculé que hiciera tanto frío. Al ver el sol...

—Esto no es Málaga, señor. Es Venta de Baños, provincia de Palencia. Aquí cuando aprieta, aprieta. Usted es forastero, según se echa de ver.

El mozo sirvió una copa de anís, que el inglés ingirió con prisa. Como estaba en ayunas, el licor le quemó la tráquea y le abrasó el estómago, pero un agradable calor le recorrió todo el cuerpo.

—Soy inglés —dijo respondiendo a la pregunta del parroquiano—. Y he de apresurarme si no quiero perder el expreso de Madrid. Si no es molestia, dejaré aquí la maleta mientras voy al estanco para ir más ligero.

Dejó la copa sobre el mostrador y salió por una puerta lateral que comunicaba con el vestíbulo de la estación. Dio varias vueltas sin dar con el estanco hasta que un factor le señaló una ventanilla cerrada. Llamó con los nudillos y al cabo de un rato se abrió la ventanilla y asomó la cabeza un hombre calvo con expresión alelada. Al explicarle el inglés su propósito, cerró los ojos y movió los labios como si estuviera rezando. Luego se agachó y al volver a incorporarse puso en la repisa de la ventanilla un libro enorme. Lo estuvo hojeando con detenimiento, se fue y regresó con una pequeña balanza. El inglés le entregó la carta y el funcionario de correos la pesó cuidadosamente. Volvió a consultar el libro y calculó el monto del franqueo. El inglés pagó y regresó corriendo a la cantina. El mozo miraba el techo con un trapo sucio en la mano. A la pregunta del inglés respondió que su consumición había sido pagada por el otro cliente, conforme a lo convenido. La maleta seguía en el suelo. El inglés la recogió, dio las gracias y salió corriendo. El expreso de Madrid iniciaba su lenta marcha entre nubes de vapor blanco y bocanadas de humo. A grandes zancadas alcanzó el último vagón y subió al tren.

Después de recorrer varios vagones sin encontrar un compartimento vacío, decidió quedarse en el pasillo, a pesar de la corriente de aire frío que lo atravesaba. La carrera le había hecho entrar en calor y el alivio de haber enviado la carta le compensaba el esfuerzo. Ahora la cosa ya no tenía remedio. ¡A la porra las mujeres!, pensó.

Quería estar solo para disfrutar de su recién ganada libertad y contemplar el paisaje, pero al cabo de un rato vio venir dando tumbos al individuo que le había invitado en la cantina. Le saludó y el otro se colocó a su lado. Era un hombre de unos cincuenta años, bajo, enjuto, con la cara surcada de arrugas, bolsas debajo de los ojos y una mirada inquieta.

—¿Consiguió echar la carta?

—Sí. Al volver a la cantina usted ya se había ido. No tuve ocasión de agradecerle su amabilidad. ¿Viaja en segunda?

—Viajo donde me da la gana. Soy policía. Y no ponga esa cara: gracias a eso nadie le ha robado la maleta. En España no se puede ser tan confiado. ¿Se queda en Madrid o sigue viaje?

—No, voy a Madrid.

—¿Puedo preguntarle el motivo de su visita? A título personal, se entiende. No responda si no quiere.

—No tengo el menor inconveniente. Soy especialista en arte y más concretamente en pintura española. No compro ni vendo. Escribo artículos, doy clases y colaboro con alguna galería. Siempre que puedo, con motivo o sin él, voy a Madrid. El Museo del Prado es mi segundo hogar. Quizá debería decir el primero. En ninguna parte he sido más feliz.

—Vaya, parece una bonita profesión. Nunca lo habría dicho —comentó el policía—. ¿Y eso le da para vivir, si no es indiscreción?

—No da mucho —admitió el inglés—, pero disfruto de una pequeña renta.

—Los hay con suerte —dijo el policía, casi para sí. Luego agregó—: Pues si viene tanto a España y hablando tan bien nuestra lengua, tendrá muchos amigos por aquí, digo yo.

—Amigos, amigos, no. Nunca he pasado una temporada larga en Madrid, y los ingleses, ya sabe, somos gente reservada.

—Entonces mis preguntas le parecerán una extorsión. No se lo tome a mal; es deformación profesional. Observo a las personas y trato de averiguar su oficio, su estado civil y, si puedo, hasta sus intenciones. Mi trabajo consiste en prevenir, no en reprimir. Estoy adscrito al servicio de seguridad del Estado y los tiempos están revueltos. No me refiero a usted, naturalmente; interesarse por una persona no es sospechar de esa persona. Detrás de la persona más vulgar puede esconderse un anarquista, un agente al servicio de una potencia extranjera, un tratante de blancas. ¿Cómo distinguirlos de la gente honrada? Nadie lleva un rótulo que anuncie su condición. Y sin embargo, todo el mundo oculta un misterio. Usted mismo, sin ir más lejos, ¿por qué tanta prisa por echar una carta que habría podido echar en Madrid con toda calma dentro de unas horas? No me diga nada, estoy seguro de que todo tiene una explicación bien sencilla. Sólo le ponía un ejemplo. Mi misión es ésta, ni más ni menos: descubrir el verdadero rostro detrás de la máscara.

—Hace frío aquí —dijo el inglés tras un silencio—, y yo no voy tan abrigado como debería. Con su permiso, voy a buscar un compartimento con un poco de calefacción.

—Vaya, vaya, no le entretengo más. Yo iré al vagón restaurante, a tomar algo y a charlar un rato con el servicio. Hago esta línea con frecuencia y conozco al personal. Un camarero es una fuente de información valiosísima, sobre todo en un país donde se habla a grito pelado. Le deseo buen viaje y una feliz estancia en Madrid. Seguramente no nos volveremos a ver, pero le dejo mi tarjeta, por si acaso. Teniente coronel Gumersindo Marrañón, para servirle. Si necesita algo, pregunte por mí en la Dirección General de Seguridad.

—Anthony Whitelands —dijo el inglés guardándose la tarjeta en el bolsillo de la americana—, también a su disposición.

2

Pese al cansancio producido por el largo viaje, Anthony Whitelands duerme con un sueño ligero y varias veces le despiertan ruidos lejanos que parecen disparos de fusil. Se ha alojado en un hotel modesto pero confortable que conoce de viajes anteriores. El vestíbulo es pequeño y poco acogedor y el recepcionista alardea de malos modos, pero la calefacción es buena y la habitación, espaciosa y alta de techo, tiene un armario ropero bastante grande, una cama confortable con sábanas limpias y una mesa de pino con una silla y una lámpara ideal para trabajar. La ventana rectangular, con postigos de madera, da sobre la tranquila y recoleta plaza del Ángel, y por encima de las casas de enfrente asoma la cúpula de la iglesia de San Sebastián.

Con todo, la atmósfera no es placentera. A causa del frío, el bullicio de la noche madrileña ha sido sustituido por el lúgubre ulular del implacable viento de la sierra, que arremolina las hojas secas y los papelotes esparcidos por el suelo negro, brillante de escarcha. Las fachadas de los edificios están cubiertas de carteles de propaganda electoral, rotos y sucios, y de pasquines de todas las tendencias que invariablemente llaman a la huelga, a la insurrección y al enfrentamiento. Anthony no sólo conoce la situación, sino que precisamente la gravedad de la situación es lo que le ha traído a Madrid, pero la visión real de las cosas le sume en una mezcla de inquietud y desaliento. A ratos se arrepiente de haber aceptado el encargo y a ratos se arrepiente de haber enviado la carta que pone fin a su relación con Catherine, una relación llena de zozobra, pero también el único estímulo de su vida presente.

Con el corazón encogido se viste poco a poco, comprobando de cuando en cuando el efecto de su figura en la luna del armario. La visión no es lisonjera. De resultas del viaje la ropa está arrugada y, aunque la ha cepillado concienzudamente, no ha podido borrar las trazas de hollín. Este atuendo, unido a su rostro macilento y a su aire fatigado, le confiere un aspecto muy poco acorde con la gente a la que se dispone a visitar y muy poco adecuado para la impresión que debe causarles.

Al salir del hotel camina unos metros y desemboca en la plaza de Santa Ana. Clarea, el viento ha barrido las nubes y el cielo tiene la nítida transparencia de las mañanas gélidas de invierno. A los bares y tascas acuden los primeros clientes. Anthony se suma a ellos y entra en un local que huele a café y pan caliente. Mientras espera a que el camarero le atienda, hojea un periódico. De los grandes titulares y el derroche de signos de admiración saca una impresión general poco atrayente. En muchas localidades de España ha habido choques entre grupos de partidos rivales con el resultado aciago de algunos muertos y muchos heridos. También hay huelgas en varios sectores. En un pueblo de la provincia de Castellón el párroco ha sido expulsado por el alcalde y se ha organizado un baile dentro de la iglesia. En Betanzos a un Santo Cristo le han cortado la cabeza y los pies. La clientela del bar comenta estos sucesos con gestos grandilocuentes y frases sentenciosas mientras dan furiosas caladas a sus cigarrillos.

Acostumbrado al sustancioso desayuno inglés, el tazón de café cargado y los churros aceitosos le sientan mal y no contribuyen a despejar sus ideas ni a levantar su ánimo. Consulta su reloj, toda vez que el reloj hexagonal colgado sobre el mostrador parece tan parado como el de la estación de Venta de Baños. Le sobra tiempo para acudir a la cita, pero el griterío y el humo le agobian, de modo que paga y sale a la plaza.

Caminando a buen paso, en pocos minutos se planta a las puertas del Museo del Prado, que acaba de abrir al público. Muestra a la taquillera el documento que lo acredita como profesor e investigador y, después de consultas y vacilaciones, le dejan entrar gratis. Casi no hay visitantes en esta época del año y menos en la situación de violencia e incertidumbre en que vive Madrid y, en consecuencia, el museo está desierto. En las salas hace un frío glacial.

Indiferente a todo cuanto no sea el reencuentro con su añorado museo, Anthony se detiene un instante ante *Il Furore*, la efigie de Carlos V esculpida en bronce por Leone Leoni. El emperador, revestido de coraza romana, empuña una lanza mientras a sus pies, vencida y encadenada, la representación de la violencia salvaje yace sojuzgada, con la nariz aplastada contra el trasero del vencedor, que representa el orden y lo impone sobre la tierra, por orden divina y sin reparar en medios.

Confortado por este ejemplo de reciedumbre, el inglés endereza la espalda y va decidido a la sala de Velázquez. La obra de este pintor le impresiona de tal modo que nunca examina más de un cuadro. Así los estudió hace años, uno tras otro, acudiendo al museo todos los días, con un bloc de notas donde apuntaba los detalles a medida que los iba percibiendo. Luego, exhausto pero dichoso, volvía a su alojamiento y pasaba las notas a un cuaderno más grande, de papel pautado.

Esta vez, sin embargo, no viene con intención de escribir nada, sino como un peregrino que acude al lugar donde se honra al santo, a implorar su protección. Con este vago sentimiento, se detiene delante de un cuadro, busca la distancia adecuada, se limpia las gafas y lo mira inmóvil, casi sin respirar.

Velázquez pintó el retrato de *Don Juan de Austria* a la misma edad que ahora tiene el inglés que lo contempla sobrecogido. En su día formaba parte de una colección de bufones y enanos destinada a adornar las estancias reales. Que alguien pudiera encargar a un gran artista los retratos de estos seres patéticos para luego convertir los cuadros en objeto preeminente de decoración puede resultar chocante en la actualidad, pero no debía de serlo entonces y, en definitiva, lo importante es que el extraño capricho del Rey dio origen a estas obras tremendas.

A diferencia de sus compañeros de colección, el individuo apodado *Don Juan de Austria* no tenía empleo fijo en la corte. Era un bufón a tiempo parcial, contratado ocasionalmente para suplir una ausencia temporal o para reforzar la plantilla de enfermos, idiotas y dementes que divertían al Rey y a sus acompañantes. Los archivos no conservan su nombre, sólo su mote extravagante. Equipararlo al más grande militar de los ejércitos imperiales e hijo natural de Carlos V debía de formar parte del chiste. En el retrato, el bufón, para hacer honor a su nombre, tiene a sus pies un arcabuz, un peto, un casco y unas bolas que podrían ser balas de cañón de pequeño calibre; su vestimenta es regia, empuña un bastón de mando y se cubre con un sombrero desmesuradamente grande, ligeramente torcido, rematado por un vistoso penacho. Estas prendas suntuosas no encubren la realidad, sino que la ponen de manifiesto: de inmediato se advierte un bigotazo ridículo y un ceño fruncido que, con unos siglos de antelación, le asemejan un poco a Nietzsche. El bufón ya no es joven. Tiene las manos recias; las piernas, en cambio, son delgadas e indican una complexión frágil. La cara es en extremo enjuta, los pómulos prominentes, la mirada esquiva, desconfiada. Para mayor burla, detrás del personaje, a un lado del cuadro, se entrevé una batalla naval o sus secuelas: un barco en llamas, una humareda negra. El auténtico don Juan de Austria había mandado la escuadra española en la batalla de Lepanto contra los turcos, la más grande gesta que conocieron los siglos, en palabras de Cervantes. La batalla del cuadro no queda clara: puede ser un fragmento de realidad, una alegoría, un remedo o un sueño del bufón. El efecto pretende ser satírico, pero al inglés se le nublan los ojos al contemplar una batalla descrita con una técnica que se adelanta a toda la pintura de su época y que utilizará Turner con el mismo fin.

Con un esfuerzo, Anthony recobra la serenidad y mira de nuevo el reloj. No va lejos, pero ha de ponerse en camino si quiere llegar a la cita con la puntualidad que seguramente se espera de él, no como una virtud o una muestra de cortesía, sino como un rasgo pintoresco de su nacionalidad: la proverbial puntualidad inglesa. Como nadie le ve, saluda con una inclinación de cabeza al bufón, da media vuelta y sale del museo sin prestar atención a las grandes obras que cuelgan de las paredes.

Al pisar la calle advierte con sorpresa que la melancólica reflexión inducida por la contemplación del cuadro en vez de aumentar su abatimiento, lo ha disipado. Por primera vez toma conciencia de encontrarse en Madrid, una ciudad que le trae recuerdos placenteros y le infunde una excitante sensación de libertad.

A Anthony Whitelands siempre le ha gustado Madrid. A diferencia de tantas otras ciudades de España y de Europa, el origen de Madrid no es griego, ni romano, ni siquiera medieval, sino renacentista. Felipe II la creó de la nada estableciendo allí la corte en 1561. Por esta causa, Madrid no tiene mitos fundacionales que se remonten a una oscura divinidad, ni una virgen románica la acoge bajo su manto de madera tallada, ni una augusta catedral proyecta su aguzada sombra en la parte vieja. En su escudo no campa un aguerrido matador de dragones; su santo patrón es un humilde campesino en cuya memoria se organizan verbenas y ferias taurinas. Para mantener el don natural de su independencia, Felipe II construyó El Escorial y alejó así de Madrid la tentación de convertirse en un foco de espiritualidad además de ser un foco de poder. Con el mismo criterio, rechazó al Greco como pintor de corte. Gracias a estas prudentes medidas, los madrileños tienen muchos defectos, pero no son iluminados. Como capital de un Imperio colosal al que la religión daba sustento y cohesión, Madrid no pudo mantenerse siempre al margen del fenómeno religioso, pero siempre que pudo delegó en otras ciudades sus aspectos más sombríos: Salamanca fue escenario de los ásperos debates teológicos, por Ávila pasearon sus éxtasis Santa Teresa de Jesús, San Juan de la Cruz y San Pedro de Alcántara, y los terribles autos de fe se llevaban a cabo en Toledo.

Reconfortado por la compañía de Velázquez y la de la ciudad que lo acogió y lo encumbró a la cima de la fama, y a pesar del frío y el viento, Anthony Whitelands camina por el Paseo del Prado hasta la Cibeles y luego sigue por el Paseo de Recoletos hasta el Paseo de la Castellana. Allí busca el número que le han indicado y se encuentra frente a un muro alto y una verja de hierro. A través de los barrotes ve al fondo de un jardín un palacete de dos plantas, con entrada porticada y ventanas altas. Esta grandeza sin ostentación le recuerda el carácter de su cometido y la euforia cede protagonismo al desaliento anterior. De todos modos, ya es tarde para hacerse atrás. Abre la cancela, atraviesa el jardín hasta la puerta de entrada y llama.

3

Sólo tres días antes la oferta le había parecido una magnífica oportunidad de cambiar un aspecto de su vida que se
le había hecho insufrible. Cuando estaba solo tomaba la
firme determinación de poner fin a su aventura con Catherine; luego, al encontrarse con ella, le flaqueaban las
fuerzas y adoptaba una actitud dubitativa y atormentada
que convertía el encuentro en un drama absurdo: ambos
incurrían en el riesgo de ser descubiertos y a cambio sólo
obtenían un rato de desazón, plagado de reproches y si-
lencios agrios. Pero cuanto más evidente se le hacía la necesidad de terminar con aquella relación malsana, más
lóbrega se le presentaba la imagen de la normalidad reco-
brada. Catherine era el único elemento sugestivo en una
vida construida con tanta compostura que ahora, a los
treinta y cuatro años de edad, estaba condenado a no esperar nada, salvo una rutina tanto más agobiante cuanto
que a los ojos del mundo pasaba por ser la culminación de
sus deseos y sus ambiciones.

Procedente de una familia de clase media, su inteligencia y su tesón le habían abierto las puertas de Cambridge.
Allí el arte primero, luego la pintura y finalmente la pintura española del Siglo de Oro le habían producido tal fasci-
nación, que volcó en ello toda su energía intelectual y
emocional. De resultas de esta entrega abandonó cual-

quier otro interés o actividad, y así, mientras sus compañeros corrían en busca de aventuras amorosas o se convertían a las virulentas ideologías de aquellos años, él permanecía ensimismado en un mundo habitado por santos y reyes, infantas y bufones salidos de las paletas de Velázquez, Zurbarán, el Greco y tantos otros pintores que unían una incomparable maestría técnica a una visión del mundo dramática y sublime. Al acabar los estudios y después de haber pasado largas temporadas en España y viajado por Europa, empezó a trabajar y pronto sus conocimientos, su integridad y su rigor le granjearon prestigio, aunque no fama ni dinero. Su nombre sonaba en el reducido círculo de los entendidos, más predispuesto a la crítica que al auspicio. No aspiraba a más en este terreno ni en ningún otro. Una amistad cuyo desarrollo afectivo condujo al matrimonio con una joven atractiva, culta y acaudalada solucionó sus problemas materiales y le permitió dedicar todo el tiempo y el esfuerzo a su gran afición. Deseoso de compartir con su mujer el objeto de sus ilusiones, ambos hicieron un viaje a Madrid. Por desgracia, coincidieron con una huelga general y, por añadidura, su mujer contrajo una enfermedad intestinal debida al agua o a la alimentación, lo que les hizo renunciar a repetir el experimento. La vida hogareña y una tupida red de relaciones sociales absorbentes acabaron de aniquilar una relación que nunca fue apasionada ni estable. Perdida con el divorcio la principal fuente de ingresos, Anthony se concentró en el trabajo. Cuando incluso esto empezaba a resultarle asfixiante, casi sin un propósito consciente, inició una aventura con la mujer de un antiguo compañero de estudios. A diferencia de su ex esposa, Catherine era impetuosa y sensual. Seguramente ella sólo buscaba, como él, un poco de agitación en una existencia convencional, pero la situación se les hizo de inmediato insoportable: demasiado tarde se dieron cuenta del peso que ejercían sobre su ánimo unas normas sociales que habían juzgado divertido contravenir para comprobar luego que formaban parte no sólo de su conciencia, sino de su propia identidad.

Varias veces, ante la imposibilidad de provocar una ruptura cara a cara, Anthony Whitelands se había propuesto escribir una carta a Catherine, a pesar de la temeridad que suponía dejar constancia escrita de su transgresión, y plantearle de un modo inapelable su decisión, pero siempre había desistido después de un prolongado y penoso esfuerzo de redacción. Al faltarle los argumentos le faltaban también las palabras.

Una tarde estaba en su gabinete, entregado de nuevo a esta enojosa tarea, cuando la criada le anunció la presencia de un caballero cuya tarjeta de visita le tendió en una bandeja. Anthony no conocía personalmente al visitante pero había oído hablar en varias ocasiones de Pedro Teacher, siempre en términos poco elogiosos. Era un sujeto de oscuros antecedentes, que pululaba por el mundo de los coleccionistas de arte, donde su nombre solía mencionarse en relación con transacciones poco claras. Sólo estos rumores, tal vez falsos y en todo caso nunca demostrados, habían impedido que prosperase su solicitud de ingreso en el Reform Club, al que pertenecía Anthony. Esta cuestión, pensó, debía de motivar aquella visita inopinada. De haber estado enfrascado en la escritura de un artículo de su especialidad, habría despachado al importuno visitante con más o menos cortesía. Pero ahora la interrupción le permitía postergar la carta a Catherine, de modo que guardó el recado de escribir y dijo a la doncella que hiciera pasar a Pedro Teacher.

—Ante todo —dijo el visitante una vez cumplimentadas las primeras formalidades—, debo disculparme por invadir su intimidad sin previo aviso. Confío en que la naturaleza del asunto que me trae a esta casa sirva de justificante a tan inexcusable incorrección.

La dicción era demasiado correcta para ser natural, al igual que todo lo referente a su persona. Frisaba la cuarentena y era de corta estatura, facciones aniñadas y manos blancas y diminutas que al hablar revoloteaban sin cesar delante de su cara. Un bigote fino con las puntas ligeramente arqueadas hacia arriba y unos ojos redondos y grises le daban aspecto de gato; en su cutis se insinuaba una ligera capa de maquillaje y desprendía un perfume caro y dulzón. Llevaba monóculo, calzaba botín y polaina y vestía de un modo exquisito pero desacertado para su figura: sus prendas, de la mejor calidad, habrían dado prestancia a un hombre alto; en él resultaban un punto cómicas.

—No tiene importancia —repuso Anthony—. Dígame en qué puedo serle útil.

—De inmediato le referiré la razón de la entrevista. Antes, empero, debo encarecerle que cuanto hablemos no salga de estas cuatro paredes. Sé que le ofendo al dudar de su intachable discreción, pero en este caso particular andan en juego asuntos vitales. ¿Le importa si fumo?

A un gesto condescendiente de su anfitrión, sacó de una pitillera de oro un cigarrillo, lo introdujo en una boquilla de ámbar, lo encendió, aspiró el humo y prosiguió:

—No sé si me conoce, señor Whitelands. Como mi nombre permite deducir, soy mitad inglés y mitad español, razón por la cual tengo amistades en ambos países. Desde mi adolescencia vivo dedicado al arte, mas, careciendo de todo talento, salvo el de reconocer esta realidad, intervengo en él en calidad de marchante y ocasional asesor. Algunos pintores me honran con su amistad y tengo a orgullo decir que Picasso y Juan Gris saben de mi existencia.

Anthony hizo un gesto de impaciencia que no pasó inadvertido al visitante.

—Iré al asunto del que quería hablarle —dijo—. Hace un par de días se puso en contacto conmigo un antiguo y muy querido amigo, un distinguido caballero español, residente en Madrid, hombre de alcurnia y fortuna y feliz poseedor, por herencia y gusto propio, de una colección de pintura española nada desdeñable. No hace falta que le especifique la encrucijada en que se encuentra España. Sólo un milagro puede impedir que esa noble nación se precipite al abismo de una revolución sangrienta. La violencia reinante produce escalofríos. Nadie está a salvo en estos momentos, pero en el caso de mi amigo y su familia, por razones obvias, la situación es poco menos que desesperada. Otras personas en circunstancias similares han abandonado el país o se disponen a hacerlo. Antes, y con el objeto de asegurar la subsistencia, han transferido grandes sumas de dinero a bancos extranjeros. Mis amigos no pueden hacer tal cosa, ya que sus ingresos provienen mayormente de propiedades rurales. Sólo les queda la colección de arte ya mencionada. Me sigue usted, señor Whitelands.

—Perfectamente, e intuyo el desenlace del relato.

El visitante sonrió pero continuó hablando sin dejarse amedrentar por la reticencia de su interlocutor.

—El Estado español, como todos los estados, no autoriza la exportación del patrimonio artístico nacional, aun siendo éste propiedad privada. No obstante, una pieza no muy grande ni muy conocida podría burlar la vigilancia y salir del país, si bien, en la práctica, la operación ofrece algunas dificultades, siendo la principal determinar el valor crematístico en el mercado de la obra en cuestión. Para ello se necesitaría un tasador que gozara de la confianza de todas las partes interesadas. No hace falta decir quién sería en este caso el tasador idóneo en el asunto que ahora nos ocupa.

—Yo, me imagino.

—¿Quién mejor? Usted conoce a fondo la pintura española. He leído todos sus escritos sobre la materia y puedo dar fe de su erudición, pero también de su capacidad para comprender como nadie el dramático sentir de los españoles. No digo que en España no haya también personas muy competentes, pero ponerse en sus manos conllevaría un gran riesgo: podrían presentar una denuncia por razones ideológicas, por inquina personal, por interés propio, incluso por simple vanilocuencia. Los españoles hablan por los codos. Yo mismo lo estoy haciendo, ya ve usted.

Guardó un instante de silencio para demostrar que podía poner coto al vicio nacional y luego prosiguió bajando la voz:

—Resumiré en dos palabras los términos de mi proposición: a la máxima brevedad, pues los días y aun las horas cuentan, se desplazará usted a Madrid, donde se pondrá en contacto con la persona interesada, cuya identidad le revelaré si llegamos a un acuerdo. Una vez establecido el contacto, la persona interesada le mostrará su patrimonio artístico o una parte del mismo y usted le asesorará acerca de la pieza más adecuada a los fines descritos; a continuación, una vez convenida la elección, tasará usted la obra conforme a su leal saber y entender, el monto a que ascienda esta tasación será comunicado telefónicamente por medio de una clave o código secreto que asimismo le será revelado en su momento. Al punto y sin discusión dicho monto será depositado en un banco de Londres a cuenta de la persona interesada y, una vez garantizado el pago, la obra objeto de la venta emprenderá viaje. En esta última etapa del proceso usted no tendrá participación; de este modo cualquier contrariedad que pudiera acontecer no le acarrearía consecuencias legales ni de ningún tipo. En todo momento, su identidad permanecerá en el anonimato y su nombre no aparecerá en ninguna parte, salvo que usted desee lo contrario. Los gastos del viaje correrán por cuenta de la parte interesada y, como es lógico, percibirá usted la comisión habitual en este tipo de operaciones. Una vez cumplida su misión, podrá regresar o permanecer en España, como más le plazca. En cuanto al secreto que debe rodear la transacción, su palabra de caballero inglés será suficiente.

Hizo una pausa muy breve para no dar tiempo a la objeción y agregó a renglón seguido:

—Dos últimas consideraciones para disipar escrúpulos y vacilaciones. Sustraer una pieza insignificante del inmenso patrimonio artístico de España en las actuales circunstancias no puede considerarse tanto una evasión como un salvamento. Si estalla la revolución, el arte saldrá tan malparado como el resto del país, y de un modo irreparable. La segunda consideración no es de menor enjundia, porque con su intervención, señor Whitelands, contribuirá sin duda a salvar varias vidas humanas. Medite ahora y decida de conformidad con su conciencia.

Tres días más tarde, frente a la puerta de cuarterones del palacete con resabios herrerianos, Anthony Whitelands se preguntaba si su presencia allí respondía a los propósitos altruistas apuntados por Pedro Teacher o a un simple deseo de abandonar su rutina y, llevado por este impulso, como había sido el caso, acabar con las complicaciones de su devaneo amoroso. Y mientras trataba de insuflar a su ánimo decaído un espíritu aventurero del que carecía por completo, la puerta del palacete se abrió y un mayordomo le preguntó quién era y cuál era el objeto de su visita.

4

—Dígale al señor duque que me envía Pedro Teacher.

El mayordomo era un hombre extrañamente joven, de tez morena, pelo ensortijado, patillas largas y pose de banderillero. Difícilmente podía imaginarse un contraste mayor que el que había entre el inglés y el gitano. Éste se quedó mirando con fijeza al visitante y cuando parecía dispuesto a cerrarle la puerta en las narices, se hizo a un lado, le instó a entrar con gesto de apremio y cerró rápidamente la puerta a sus espaldas.

—Aguarde aquí —dijo en tono seco, más propio de un conspirador que de un sirviente—, informaré a su excelencia.

Y desapareció por una puerta lateral abandonando a Anthony Whitelands en un vestíbulo amplio de dimensiones, alto de techo, con suelo de mármol y desnudo de mobiliario, a todas luces concebido para servir de tránsito a los amigos y recibir de pie y sin miramientos a los extraños. La estancia habría sido lúgubre de no ser por la luz dorada del exterior que entraba por los altos y estrechos ventanales orientados al jardín.

Ciego para todo cuanto no guardara relación con el reducido campo de sus intereses, al quedarse solo Anthony pasó revista a los cuadros que colgaban de las paredes. La mayoría eran escenas de caza, entre las que una llamó poderosamente su atención. *La muerte de Acteón* pasa por ser una de las más importantes obras de madurez de Tiziano. El cuadro que ahora contemplaba era una hermosa copia del original, que Anthony nunca había tenido ocasión de contemplar, aunque había visto muchas láminas y había leído lo suficiente como para reconocer la obra de inmediato. El asunto provenía de varias fuentes, aunque la más conocida era *Las Metamorfosis* de Ovidio. Yendo de caza con unos amigos, Acteón se extravía y vagando por el bosque sorprende a Diana cuando ésta se ha despojado de su ropa para bañarse en un estanque. Irritada, la diosa transforma a Acteón en ciervo y es despedazado por sus propios perros. Sin que parezca relevante, Ovidio da el nombre de todos los perros que integraban la jauría de Acteón, y en varios casos el de sus progenitores, indica su procedencia y enumera sus cualidades. La acumulación de detalles acaba por hacer más angustiosa una matanza en la que todos los participantes se conocen, pero no se reconocen ni se pueden comunicar. Cuenta Ovidio que los primeros en dar alcance a su amo convertido en ciervo son dos perros que iban a la zaga pero habían tomado un atajo. De este suceso luctuoso, dice el poeta, no se debe culpar a nadie, porque no es un crimen haber equivocado el camino. Otras versiones dicen que Acteón había querido seducir a la diosa, de palabra o por la fuerza. Otras minimizan la causa: nadie puede avistar una divinidad, con o sin ropa, y salir indemne. Tiziano representa la escena de un modo incoherente: Diana todavía conserva su ropa y en vez de maldecir a Acteón parece como si se dispusiera a lanzarle una flecha o se la hubiera lanzado ya; la transformación del desdichado cazador no ha hecho más que empezar: todavía conserva su cuerpo de hombre, pero le ha salido una cabeza de ciervo desproporcionadamente pequeña; esto no impide que los perros ya le ataquen con la ferocidad que habrían puesto en una pieza de caza ordinaria, aunque en rigor deberían haber reconocido el olor de su amo. A primera vista, estos fallos podrían atribuirse a la precipitación o la desgana del artista ante una obra de encargo. Tiziano, sin embargo, la pintó al final de su vida y en su ejecución invirtió más de diez años. A su muerte, el cuadro todavía estaba en poder del pintor. Pasó por varias manos y recorrió varios países hasta acabar en una colección privada en Inglaterra. La copia que ahora examinaba Anthony tenía un tamaño algo menor que el original y había sido hecha, según pudo colegir, a finales del siglo XIX, por un copista competente. Cómo había llegado hasta el vestíbulo de aquel palacete madrileño era una incógnita que trataba de resolver cuando le interrumpió una voz a sus espaldas.

—Perdone, señor, ¿es usted el nuevo profesor de inglés?

Al darse la vuelta se enfrentó a una niña de largas trenzas, vestida de colegiala.

—Me temo que no —repuso—. ¿Cómo has sabido que era inglés?

—Por la pinta.

—Tanto se me nota, ¿eh?

La niña se acercó un poco más al recién llegado como si quisiera cerciorarse de la veracidad de su deducción o de la sinceridad de su interlocutor. Vista de cerca parecía mayor de lo que indicaban su atuendo y su actitud infantil; era delgada, de facciones menudas y ojos grandes, inquisitivos.

—Mi padre quiere que aprenda inglés por si hemos de irnos de Madrid. Hace más de un mes que ya no voy al colegio. Pero estudiar idiomas no me gusta. Los ingleses son protestantes, ¿verdad?

—La mayoría.

—El padre Rodrigo dice que los protestantes se irán al infierno sin contemplaciones. Los negros, aunque sean paganos, si son buenos van al limbo. En cambio los protestantes, aunque sean buenos, van al infierno, porque, pudiendo ser católicos, perseveran en el error.

—Pues no seré yo quien le lleve la contraria al padre Rodrigo. ¿Cómo te llamas?

—Alba María, pero todos me llaman Lilí.

—Lilí, para servirle —corrigió una voz recia a sus espaldas.

Entró un hombre alto, cetrino, de frente despejada y pelo cano. De una ojeada abarcó la escena, pasó junto a la niña esbozando una caricia y tendió la misma mano al inglés sin variar el gesto.

—Disculpe la espera. Soy Álvaro del Valle y Salamero, duque de la Igualada. Usted es el enviado de Pedro Teacher. Espero que este terremoto no le haya importunado con su atrevimiento.

Lilí se había colocado a espaldas de su padre. Se puso de puntillas y le susurró algo al oído, hecho lo cual salió corriendo del vestíbulo.

—De ningún modo —dijo el inglés—, su hija de usted se ha comportado como una perfecta anfitriona y me ha augurado la condena eterna de un modo encantador.

—No le haga caso —repuso el duque—, y no crea que le preocupa mucho la salvación de su alma. Me acaba de decir que usted se parece a Leslie Howard. Pero no nos quedemos aquí. Pase a mi despacho, tenga la bondad.

Atravesaron dos cuartos sin encontrar a nadie y entraron en un despacho muy acogedor. En lugar de los recios muebles castellanos, la biblioteca estaba decorada al estilo inglés, con estanterías de madera clara atestadas de libros antiguos encuadernados en piel con cantos dorados. En una pared había una marina de Sorolla y en otra, varios dibujos cuya autoría no pudo precisar el inglés. Junto a los cuadros había fotografías personales en discretos marcos de plata. Sólo en un rincón había el inevitable bargueño, probablemente una herencia familiar. Todo destilaba recogimiento en aquel lugar. Un ventanal de tres hojas daba a un sector del jardín en el que esbeltos cipreses y setos recortados enmarcaban un exquisito rincón con estatuas, surtidor y banco de mármol. Al asomarse para contemplar ese delicioso panorama Anthony advirtió la presencia de una pareja de pie junto al surtidor. La distancia y la sombra de los árboles sólo le permitieron identificar a un hombre alto, con un abrigo largo, azul marino, y a una mujer de cabellera rubia vestida de verde. Aunque estaban solos y únicamente podían ser vistos desde el palacete, porque un muro separaba el jardín de la calle, creyó percibir en la actitud de ambos algo furtivo. Consciente de estar observando a quienes no deseaban ser vistos, desvió los ojos de la ventana y los dirigió hacia su anfitrión, cuyo semblante se había nublado, bien por lo que en aquel momento sucedía en el jardín, bien por el hecho de que alguien ajeno a la casa lo hubiera presenciado. Sin embargo, ninguno de los dos dijo nada al respecto. El rostro del duque recobró su serena afabilidad y con la mano señaló un tresillo de cuero. Obedeciendo a esta indicación, Anthony se sentó en el sofá y el duque hizo lo mismo en una de las butacas. Tomó una caja de plata de una mesita, abrió la tapa, ofreció un cigarrillo al visitante y, ante la negativa de éste, tomó uno, lo encendió, cruzó las piernas y fumó un rato para dar a entender que el asunto que los había reunido no iba a ser despachado con celeridad.

—No es fácil —dijo finalmente— abordar un tema tan delicado con alguien a quien sólo se conoce de referencias. Pedro Teacher me ha hablado de usted en términos encomiásticos, referidos tanto a su competencia como a sus cualidades personales. Conozco a Pedro Teacher desde hace lustros y, aunque nuestro trato ha sido comercial antes que amistoso, nada me hace dudar de la rectitud de sus juicios y sus intenciones. Es una muestra de la delicadeza de la situación a la que me acabo de referir, el que sólo pueda depositar mi confianza poco menos que en desconocidos. Usted es un caballero: juzgue hasta qué punto es afrentoso para un hombre como yo tener que recurrir a la ayuda de extranjeros.

Al decir esto le tembló ligeramente la voz, pero controló la emoción y prosiguió diciendo con aparente naturalidad:

—No le hablo en estos términos para granjearme su simpatía ni mucho menos para apelar a su solidaridad, sino al contrario: todo cuanto ocurre hoy en España reviste un carácter de anormalidad y también, para qué negarlo, de peligrosidad. Por consiguiente, me haré perfecto cargo si en cualquier momento decide usted abandonar el asunto y regresar a su país. Dicho en otras palabras: actúe usted con criterios profesionales, anteponga su propio interés a cualquier otra consideración y no permita que las emociones se inmiscuyan en su decisión. No quiero tener un peso más sobre mi conciencia.

Con un gesto brusco apagó el cigarrillo en el cenicero, se levantó y fue a la ventana. La contemplación del jardín pareció tranquilizar su ánimo, porque volvió a sentarse, encendió otro cigarrillo y añadió:

—Si no me equivoco, nuestro común amigo le puso en antecedentes...

Anthony hizo un gesto afirmativo con la cabeza. Luego, ante el mutismo de su interlocutor, dijo:

—Su encantadora hija me ha informado, quizá sin proponérselo, de que tal vez se vayan a vivir al extranjero. Supongo que nuestro asunto tiene que ver con estos planes.

El duque suspiró y dijo con voz profunda:

—Mi hija es muy despierta. Yo no le he dicho nada al

respeto, pero es natural que haya adivinado mis intenciones. Basta salir a la calle para calibrar lo insostenible de la situación. Hace más de un mes que la saqué del colegio por razones de seguridad. Un clérigo se ocupa provisionalmente de su formación, tanto moral como académica.

Extinguió el cigarrillo, encendió otro con gesto mecánico y prosiguió:

—Que estalle la revolución sólo es cuestión de tiempo. La mecha está encendida y nada la puede apagar ya. Voy a ser sincero con usted, señor Whitelands, yo no le tengo miedo a la revolución. No soy tan ciego que no vea la injusticia que ha imperado en España durante siglos. Mis privilegios de clase no me han impedido en varias ocasiones apoyar medidas reformistas, empezando por la reforma agraria. La gestión de mis fincas y el trato con los aparceros me han enseñado más en este sentido que todos los discursos, los informes y los debates de unos políticos de café, pasillo y ministerio. Creo posible una modernización de las relaciones de clase y del sistema económico que redundaría en beneficio del país en general y, en definitiva, en beneficio de todos los españoles, ricos o pobres. ¿De qué sirven las riquezas si la propia servidumbre está afilando el cuchillo que nos cortará el gaznate? Pero para la reforma es demasiado tarde. Por desidia, por incompetencia o por egoísmo, no ha habido entendimiento y a estas alturas una solución pacífica del conflicto dista de ser viable. Hace año y pico estalló una revolución comunista en Asturias. Fue sofocada, pero, mientras duró, se cometieron muchos desmanes, especialmente contra el clero. Las momias de las monjas fueron sacadas de sus sarcófagos y ultrajadas, el cadáver de uno de los muchos sacerdotes asesinados fue expuesto a la irrisión pública con un cartel que decía: se vende carne de cerdo. Estos actos no son propios de comunistas ni responden a ninguna ideología, señor Whitelands. Son simple salvajismo y sed de sangre. Luego intervino el Ejército y la Guardia Civil y la represión fue terrible. Hemos enloquecido, y no hay más que hablar. En estas condiciones, no me queda otra salida que sacar a mi familia del país. Tengo esposa y cuatro hijos, dos chicos y dos chicas. Lilí es la más pequeña. Tengo cincuenta y ocho años. No soy un anciano, pero he vivido mucho y he vivido bien. La posibilidad de que me maten no me ilusiona, pero tampoco me asusta ni me angustia. Si fuera por mí, me quedaría. La idea de huir va contra mi naturaleza; no sólo por lo que tiene de cobardía, sino por algo más. Abandonar España es como abandonar a un ser querido en la última etapa de una enfermedad incurable. Nada se puede hacer, pero mi puesto está junto al lecho del enfermo. No obstante, mi familia me necesita. Desde el punto de vista práctico, un héroe muerto es tan inútil como un cobarde muerto.

Se levantó bruscamente, dio unos pasos por el despacho y extendió los brazos.

—He hablado mucho y le pido disculpas. Mis preocupaciones le son ajenas. Pero quería mostrarle que no soy un especulador de obras de arte. Y últimamente tengo pocas ocasiones de hablar. Procuro mantener a los míos al margen de estas cosas y con los de fuera de casa ya no es lo mismo. La gente tiene miedo de expresar su opinión y no digamos de revelar sus planes. Ya no hay amigos, sino correligionarios.

Azorado, el inglés inició una confusa protesta ante la insinuación de que alguien pudiera malinterpretar las nobles y prudentes decisiones de su anfitrión. No Anthony Whitelands, ciertamente. Pero antes de hacer esta declaración, el melodioso repique de un carillón revoloteó por el aire azulado de la estancia. Se puso en pie el duque de la Igualada como si formara parte del mismo mecanismo de relojería y adoptando una expresión alegre exclamó:

—¡Alabado sea el Santísimo Sacramento, la una y media y nosotros de cháchara! El tiempo vuela, amigo mío, sobre todo en compañía de un viejo parlanchín y un oyente gentil y comprensivo. Sea como sea, no es cuestión de ponernos a trabajar a la hora de comer los cristianos. Lo dejaremos para un momento más propicio. Mientras tanto, sería un honor y un placer si se dignara compartir el refrigerio conmigo y mi familia. A menos, claro, que tenga usted otros compromisos.

—En absoluto —repuso el inglés—, pero de ningún modo quiero inmiscuirme en la vida familiar de ustedes.

—¡Bobadas, amigo mío! En esta casa todo está permitido, menos hacer cumplidos. Y no se deje impresionar por este caserón: verá como somos gente sencilla.

Sin aguardar respuesta, tiró de un cordón de borla que colgaba del techo y al cabo de un rato irrumpió en el despacho el mayordomo y preguntó de un modo brusco si se le ofrecía algo al señor duque. Éste le preguntó si había vuelto el señorito Guillermo. El mayordomo no lo había visto.

—Está bien —dijo el amo con impaciencia—, haga que pongan un cubierto más a la mesa. Y que sirvan la comida a las dos y media en punto. Si el señorito Guillermo todavía no ha vuelto, comerá lo que haya, recalentado. Y dígale a la señora duquesa que tomaremos el aperitivo en la salita de música. Guillermo —explicó con una severidad poco convincente cuando el mayordomo se hubo ido a cumplir las órdenes recibidas— es mi hijo menor, pero el mayor de los botarates. Estudia Derecho en Madrid, pero se pasa una parte del año yendo y viniendo de las fincas. Es mi intención ir dejando paulatinamente en sus manos la administración de los bienes raíces. Desde hace unos meses no se mueve de casa. Su madre no vivía sabiendo cómo están las cosas en las zonas rurales, y no es para menos. Así que preferí tener a la familia en el aprisco. Pero a la juventud no se la puede atar corto. A las cuarenta y ocho horas de estar aquí las paredes se le caían encima y anteayer se fue de cacería al coto de unos amigos, con la promesa de volver hoy a media mañana. Ya veremos. Mi otro hijo está de viaje por Italia con dos compañeros de Facultad. Florencia, Siena, Perugia, ¡quién pudiera! Ha acabado la carrera de Derecho pero le pirra el arte, y no seré yo quien se lo reproche. Venga, señor Whitelands, le presentaré a mi mujer y tomaremos una copita de oloroso. El sistema de calefacción es antiguo y esto es un mausoleo. Ah, y en presencia de mi mujer y mis hijas, ni una palabra de lo que hemos estado hablando. No hay razón para alarmarlas más de lo que ya están.

5

Ardían alegremente unos troncos en la chimenea de la sala de música, cuya repisa presidía el busto blanco y taciturno de Beethoven. Una parte sustancial de la espaciosa pieza la ocupaba un piano de gran cola. Una partitura abierta en el atril y otras apiladas sobre el taburete evidenciaban el uso habitual del instrumento. Las paredes estaban tapizadas de seda azul y la ventana encuadraba un rincón del jardín con naranjos y limoneros.

Apenas hubieron entrado irrumpió en la sala la señora duquesa. Era una mujer menuda y de una leve fealdad que la edad y la ausencia de afectación habían transformado en dignidad. Su comportamiento destilaba inteligencia, energía y tesón y hablaba con un deje andaluz que le confería una gracia innata. Su espontaneidad y su candor irreprimibles le hacían incurrir en frecuentes errores y cometer inocentes meteduras de pata, que eran celebradas por quienes la conocían y le profesaban el más tierno cariño. No costaba imaginar que aquella mujer era el centro de la casa.

—Sea bienvenido a este caserón y especialmente a este cuarto: mi refugio y mi santuario —dijo con voz aguda y cantarina, casi atropellada—. Mi marido vive para la pintura y yo para la música. Así no discutimos nunca. A él le gusta lo que permanece y a mí lo que pasa. ¿Es usted melómano, señor...?

1

—Whitelands.

—¡Jesús, y qué nombres más raros os ponéis! ¿Cómo le bautizaron?

—Anthony.

—¿Antoñito? Hombre, eso ya está mejor.

—El señor Whitelands —intervino el duque en un tono indulgente no exento de deferencia— es el experto en pintura española del que ya os hablé, el amigo de Pedro Teacher. Ha venido directamente de Inglaterra para echar una ojeada a nuestra modesta colección, pero como se nos ha echado el tiempo encima, le he dicho que se quedara a comer. ¿No ha vuelto Guillermo?

—Hace un rato, según me ha dicho Julián, pero como venía hecho un bandolero, ha subido a asearse y a ponerse ropa limpia.

En aquel momento entró Lilí, acompañada de una joven que le fue presentada al inglés como Victoria Francisca Eugenia María del Valle y Martínez de Alcántara, marquesa de Cornellá, a quien todos llamaban Paquita, hija de los duques y hermana mayor de Lilí. Era espigada y, aunque de rasgos regulares, guardaba un parecido con su madre que paradójicamente la convertía en una mujer de fuerte atractivo. Tomó sin sonreír la mano que le tendía el huésped y le dio un apretón breve y firme, casi varonil. Luego se retiró a un rincón de la sala y se puso a hojear una revista ilustrada. Aunque no llevaba un vestido verde, Anthony Whitelands se preguntaba si aquella joven de aspecto huraño no sería la enigmática mujer entrevista un rato antes en el jardín en compañía de un anónimo galán. Mientras tanto, Lilí se había puesto a su lado y le cogía la mano con una confianza pueril y descarada. Cuando el inglés le dedicó su atención, dijo:

—Perdona por lo que te he dicho antes. No quería ofenderte.

—Oh, no es ofensivo parecerse a Leslie Howard.

La niña se ruborizó y le soltó la mano.

—Lilí, deja a Antoñito beberse en paz el jerez —dijo la duquesa.

—No me molesta —balbució él enrojeciendo a su vez.

Una criada enteca y cejijunta, con aires de pazguata, anunció a gritos que la comida estaba servida. Dejaron las copas y se dirigieron al comedor. Sin atender al protocolo, Paquita se colocó al lado de Anthony y le tomó del brazo.

—¿Realmente entiende usted tanto de pintura? —le preguntó a bocajarro—. ¿Le gusta Picasso?

—Oh —respondió el inglés apresuradamente, un poco desconcertado ante este ataque frontal—, Picasso tiene un gran talento, sin duda. Pero a decir verdad no me entusiasma su obra, como me sucede en general con la pintura moderna. Entiendo el cubismo y la abstracción desde el punto de vista técnico, pero no veo a dónde quiere ir a parar. Si es que el arte ha de ir a parar a algún sitio, claro. ¿Es usted partidaria de la vanguardia?

—No, ni de la retaguardia. Pertenezco al sector musical de la familia. La pintura me aburre.

—No me lo explico. Vive rodeada de obras magníficas.

—¿Quiere decir que soy una niña mimada?

—No, por favor, no he dicho tal cosa. Además, sería prepóstero por mi parte: apenas la conozco.

—Yo creía que su profesión era distinguir lo falso de lo auténtico a primera vista.

—Ah, ya entiendo, usted me toma el pelo, señorita Paquita.

—Un poco sí, señor Antoñito.

El desconcierto del inglés iba en aumento. Según sus cálculos, Paquita debía de haber sobrepasado ligeramente la edad en que una hija de buena familia, especialmente si es agraciada, inteligente y salerosa, está casada o, cuando menos, prometida. De lo contrario, como era a todas luces el caso presente, la interesada solía afectar mojigatería o exagerar una desenvoltura y una independencia que no dejaran dudas sobre la voluntariedad de su soltería. Por estas razones Anthony presentía una causa misteriosa en el tono cáustico de la atractiva joven en cuya compañía estaba entrando en aquel preciso instante en el suntuoso comedor de la mansión.

La mesa podía acoger con holgura una treintena de convidados, aunque en aquella ocasión sólo hubiera dispuestos siete servicios en un extremo. Dos lámparas colgaban del techo, y de las paredes, antiguos retratos hacia los que Anthony dirigió la atención, desviándola momentáneamente de la enigmática mujer que le zahería por broma. Sin duda se trataba de una galería de antepasados que iba de las figuras cortesanas del siglo XVII, a la manera de van Dyk, hasta el acartonado academicismo de principios del siglo XX. Al mirarlas, Anthony comprobó una vez más que la aristocracia española nunca se dejó arrastrar a los excesos de amaneramiento que se habían adueñado del resto de Europa. Con altanera firmeza rechazó los perifollos, los afeites y, sobre todo, las desmedidas pelucas que casaban mal con sus rasgos morenos, ascéticos y torvos. A lo sumo, consintieron en recogerse el cabello en una coleta y seguir siendo tan toscos y desarrapados como mozos de cuadra. Ahora Anthony admiraba esta noble intransigencia y, al comparar mentalmente los acaramelados retratos ingleses de petimetres con casaca bordada, mofletes rubicundos y pelucón hasta los hombros, con los personajes de Goya, rudos, macilentos, sucios, pero dotados de una carga humana y trascendente, se reafirmaba en la convicción de haber elegido el lado bueno de la confrontación.

Se sentaron los cinco a la mesa, dejando una silla y un cubierto para el hermano ausente y uno más a la izquierda de la señora duquesa. Ésta comprobó que todo estuviera en orden e hizo una señal a su marido, el cual asintió e inclinó la cabeza. Todos le imitaron salvo Anthony Whitelands, y el duque bendijo los alimentos que iban a tomar. Cuando acabó y los comensales levantaron la cabeza, preguntó Lilí si los protestantes también bendecían la mesa. Su padre la reprendió por su indelicadeza, pero el inglés repuso amigablemente que los protestantes eran muy aficionados a las oraciones y que leían pasajes de la Biblia en todo momento y ocasión.

—Pero los anglicanos nunca bendecimos la mesa y, en justo castigo, en Inglaterra se come muy mal.

La entrada de un hosco clérigo convirtió en irreverencia la broma inofensiva. Antes de serle presentado, el padre Rodrigo ya había lanzado sobre el inglés una mirada inquisitorial que ponía de manifiesto su repugnancia instintiva hacia todo cuanto viniera de fuera. Era un individuo de mediana edad, fornido, híspido y ceñudo, en cuya sotana proverbiales lamparones daban fe del desprecio de su autor por las vanidades del mundo.

Se alivió la tensión al entrar la sirvienta con una sopera y, pisándole los talones, un muchacho recién lavado, mudado y con el pelo engominado. Besó a su madre en la frente y tendió la mano al visitante.

—Éste es mi hijo Guillermo —dijo el duque con un deje de orgullo en la voz.

Guillermo era un buen mozo. También se parecía a su madre, pero en su actitud, como en la de muchos jóvenes guapos, ricos e inteligentes, había un asomo de insolencia inconsciente. Parecía muy excitado y con gran vehemencia se puso a contar lo que les había sucedido. Aquella misma mañana, con el sol ya alto, cansados y ateridos de frío, los cazadores y el ojeador que les acompañaba habían entrado en un pequeño pueblo, buscando algo de comer, un tazón de caldo o cualquier cosa caliente que les reanimase. Al llegar a la plaza, donde suponían que estaba el mesón, se encontraron con la banda de música, que en aquel momento se puso a tocar *La Internacional,* y con todo el pueblo, que jaleaba y lanzaba gritos amenazadores contra el edificio del Ayuntamiento y contra la iglesia, a pesar de que la iglesia estaba cerrada a cal y canto y de que en el balcón del Ayuntamiento ondeaba la bandera tricolor. Los cazadores tardaron un rato en darse cuenta del peligro que corrían y ese momento de vacilación bastó para que un lugareño advirtiera su presencia y dirigiera la atención de los demás hacia el grupo de señoritos. Uno de los cazadores quiso echar mano de la escopeta que llevaba terciada, pero el ojeador, hombre de edad y de experiencia, se lo impidió. En actitud tranquila, pero no desafiante, los cazadores empezaron a retroceder paso a paso y acabaron marchándose por donde habían venido. Cuando se habían alejado un par de kilómetros, volvieron la vista atrás y percibieron una columna de humo, de lo que infirieron que el populacho había pegado fuego a la iglesia, siguiendo el ejemplo de tantos lugares de España.

—Esto os pasa —dijo la duquesa al término del relato— por ir de caza en esta época del año. Con lo frías que son las mañanas, no sé cómo no habéis caído enfermos de pulmonía o de algo peor. Dichosa caza. Lo que tenéis que hacer a vuestra edad es ir a clase y estudiar.

—Pero, mamá —replicó el joven—, ¿cómo vamos a ir a clase si la Universidad está cerrada?

—¿Cerrada? —exclamó la duquesa—, ¿la Universidad cerrada en pleno mes de marzo? ¿Pues qué se celebra?

Lilí se reía por lo bajo y mascullaba imprecaciones el padre Rodrigo. El señor duque desvió la conversación para no inquietar a su esposa.

—Aparte de eso —preguntó—, ¿cómo ha ido la caza?

La caza no había ido muy bien. Primero habían estado persiguiendo un corzo muy mañoso que consiguió dejar atrás a los perros brincando por los riscos; luego dispararon contra un águila real, pero volaba demasiado alto. Al final los cazadores regresaron con un magro botín en los zurrones: unas pocas liebres y dos gansos. La frustración era tanto mayor cuanto que el propósito inicial de la partida era matar alguna avutarda.

—En esta época del año no veréis ninguna, y menos en la sierra.

La discusión duró un rato. Anthony comía y observaba. En mitad de la mesa había un centro de plata grande, macizo y de muy delicada orfebrería; la vajilla y la cubertería también eran espléndidas. Sin embargo, la comida era sencilla, nutritiva y frugal. Salvo la duquesa, que parecía desganada, todos comían con buen apetito, incluso las dos hijas, sin los melindres de la gente falsamente refinada. El servicio era eficiente y respetuoso, pero de una inelegancia rayana en lo rústico. Anthony Whitelands no podía menos que comparar este prototipo de familia aristocrática española con las familias inglesas que conocía, y apreciar de nuevo las diferencias. Aquí se combinaban con perfecta naturalidad la sencillez de la vida familiar con el lujo, la sosegada simplicidad del campo con el maduro refinamiento de la corte, la llaneza con la inteligencia y la cultura. Todo lo contrario, en definitiva, de la rígida y, en última instancia, advenediza aristocracia británica, obsesionada con sus pergaminos, sus relaciones de parentesco y sus rentas, despectiva en el trato, petulante e inculta.

La voz de la señora duquesa le sacó de estas reflexiones.

—Por el amor de Dios, dejad ya la dichosa caza. Estáis aburriendo a nuestro invitado. A ver, Antoñito, háblenos de usted. ¿Qué ha venido a hacer a Madrid, aparte de aburrirse con nosotros? ¿Dará una conferencia en el Ateneo? A mí me encantan las conferencias. Y si no, me duermo. De una forma u otra, lo paso de maravilla. Hace un mes vino un alemán y nos explicó que Cristóbal Colón era hijo de un esquimal y una mallorquina. Muy interesante. Lo

47

que no dijo es cómo hicieron esos dos para engendrar al Almirante. ¿Usted también tiene teorías disparatadas?

—No, señora. Me temo que soy un poco sosaina. Casi nunca doy conferencias y de vez en cuando publico algún artículo en una revista especializada.

—Ah, bueno, todavía es joven —dijo la duquesa.

El resto de la comida transcurrió en el mismo tono desenfadado. Al acabar, Anthony supuso que cada uno de los presentes volvería a sus ocupaciones y él podría dar comienzo al trabajo para el que había sido requerido, pero el duque, como si considerara terminada la jornada laboral o hubiera olvidado el propósito de la presencia del forastero en el palacio, dispuso que todos se trasladaran de nuevo a la sala de música, donde les serían servidos el café y los licores, y donde quien quisiera, añadió señalándose a sí mismo, podría fumarse un buen habano.

Así lo hicieron todos, salvo el padre Rodrigo, que se retiró con un ininteligible monosílabo que servía de excusas y despedida, y la señora duquesa, una vez consumida la tacita de café, se sentó al piano y empezó a tocar unas melodías ligeras. Luego Lilí se sentó a su lado y ambas interpretaron una pieza a cuatro manos. Al acabar, Anthony aplaudió y Lilí, abandonando el taburete, fue corriendo hasta él, le echó los brazos al cuello y le preguntó con gran frescura si le había gustado. Él le golpeó cariñosamente la mejilla y acertó a murmurar unos distraídos elogios, porque en aquel momento Guillermo había sacado de algún lugar una guitarra, la había afinado y pulsaba unos acordes, mientas Paquita se sentaba a su lado en el sofá y se ponía a cantar con una voz algo ronca, pero muy afinada y sensual. Anthony estaba embelesado. Los dos hermanos estuvieron cantando y rasgueando la guitarra por turno un buen rato. Lilí, que continuaba a su lado, iba murmurando al oído del inglés: esto es un fandango, esto una seguidilla.

El duque fumaba distraído y la señora duquesa dormitaba en un sillón. Fuera, la luz del crepúsculo iba diluyendo las formas del jardín. Cuando la penumbra ya no permitía distinguir los rostros de los presentes, el duque se levantó y encendió una lámpara. Deslumbrados por la repentina claridad, se rompió el hechizo. Todos se levantaron de sus asientos y hubo un instante de desorientación.

—Demonios —exclamó finalmente el dueño de la casa—, se nos ha hecho un poco tarde. Por supuesto, aún quedan horas hábiles, pero yo he de despachar unos asuntos que no admiten demora. En cuanto a usted, señor Whitelands, no tiene sentido que vea los cuadros: con luz eléctrica no se aprecian los colores ni nada. Me temo que tendrá que volver a visitarnos, si nuestra compañía no le incomoda demasiado.

—Oh, para mí será un auténtico placer —dijo el inglés con sincero énfasis—, si eso no implica abusar de su hospitalidad.

—Todo lo contrario —atajó el duque—, en los últimos tiempos recibimos muy poco y usted nos ha caído a todos de lo más bien. Así que no hablemos más. Le espero mañana por la mañana, cuando le convenga, pero no demasiado tarde, no se nos vaya a escapar otra vez el tiempo de las manos. Tenemos muchas cosas pendientes. Lilí, despídete de nuestro amigo y ve corriendo a hacer los deberes. El que no vayas al colegio no significa que hayas de abandonar tu educación y convertirte en un hotentote. El padre Rodrigo te espera para tomarte la lección y ya sabes cómo las gasta su eminencia.

Se fueron despidiendo todos y al llegar el turno a Paquita, ésta se ofreció a acompañar a Anthony a la puerta. Juntos recorrieron las estancias que separaban la sala de música del vestíbulo, donde la atractiva joven dijo a su acompañante:

—No juzgue con ligereza a mi familia. En las presentes circunstancias, todos actuamos de un modo exagerado, que a un extraño le puede parecer inmaduro. Cuando el futuro es incierto, se concentran en el presente acciones y sentimientos que en tiempos de normalidad se desarrollarían con más calma y más decoro. En esta consideración también me incluyo a mí. Por otra parte, mi familia es atrabiliaria y feudal: desde hace siglos está acostumbrada a apropiarse de lo que le gusta. Y usted les ha gustado. Quizá porque al venir de fuera ha traído a esta casa el recuerdo de otra realidad, más alegre y menos cruel.

—Celebro haber causado buena impresión a su familia —respondió el inglés—, pero me gustaría saber qué impresión le he causado a usted.

—Esto deberá averiguarlo por sus propios medios, señor Whitelands. Yo también me apodero de lo que me gusta, pero no dejo que nadie se apodere de mí.

Anthony abrió la puerta de la calle. En el umbral se detuvo, se volvió y dijo:

—¿Volveré a verla mañana?

—No lo sé. Nunca hago planes a tan largo plazo —repuso ella cerrando la puerta.

Anthony Whitelands se encontró solo en el Paseo de la Castellana, por el que circulaban pocos coches y ningún peatón. La luz de las farolas, amortiguada por el aire frío y cristalino de la noche madrileña, apenas proyectaba círculos entre los árboles y los setos del bulevar. Cuando echó a andar, surgió de la oscuridad la figura de un hombre alto que parecía dirigirse resueltamente hacia el palacete. El inglés se paró y el desconocido, tal vez al saberse observado, pasó de largo y continuó su camino con las manos hundidas en los bolsillos del abrigo y las solapas levantadas sobre la cara, hasta desaparecer de nuevo en la oscuridad. Aunque ni antes ni ahora había podido verle el rostro, Anthony tuvo la certeza de que aquel individuo era el mismo que por la mañana había visto en el jardín, en íntimo cónclave con la enigmática mujer del vestido verde.

6

Al entregarle la llave de la habitación, el recepcionista del hotel le informó de que aquella misma tarde un señor había preguntado por él.

—¿Está seguro?

—Completamente. Yo mismo le he atendido y él dio el nombre y apellido de usted. No dejó ningún recado ni dijo si volvería. Por el aspecto parecía extranjero, pero hablaba castellano tan bien como usted y con mejor acento, si me permite la observación.

Anthony subió a la habitación preguntándose quién podía ser aquel anónimo visitante y cómo había dado con él no habiendo comunicado a nadie dónde se alojaba. Ciertamente al llegar se había inscrito en el libro registro del hotel y tal vez la gerencia del hotel había comunicado a la policía la presencia de un nuevo huésped, extranjero por más señas. Por Madrid pasaban muchos extranjeros, pero ahora las circunstancias eran excepcionales, pensó. Ahora bien, si era un policía el que había preguntado por él, ¿por qué no se había identificado como tal? Y, sobre todo, ¿qué interés podía tener la policía, o cualquier otra persona, en hablar con él? ¿Habría sucedido algo en Londres y la Embajada lo buscaba? Y, en última instancia, ¿a qué tanto secretismo?

Mientras iba dando vueltas al asunto, sacó un libro que

ya había tratado en vano de leer en el tren. Tampoco en la soledad de la habitación consiguió concentrarse. Al cabo de un rato cerró el libro y salió a dar un paseo.

En la calle el frío era vivo, pero el centro de Madrid estaba abarrotado de gente. Viendo a los ciudadanos deambular sin prisa ni preocupación, enzarzado todo el mundo en las escaramuzas verbales típicas del ocurrente pueblo madrileño, el inglés olvidó todo recelo y se sintió contagiado de la alegría de vivir que flotaba en el aire y le hacía tan grata la estancia en España.

Callejeando sin rumbo se encontró frente a una taberna donde recordaba haber estado en algún viaje anterior. Voces y risas invitadoras traspasaban las puertas del establecimiento. Dentro no parecía haber espacio para una sola persona más, pero al cabo de muy poco consiguió abrirse paso y acodarse en la barra. Un camarero le atendió con una prontitud y una amabilidad sorprendentes en medio de la algarabía: era como si en toda la taberna no hubiera otro cliente. Anthony pidió una ración de gambas y un vaso de vino. Mientras esperaba recordó anteriores incursiones en aquella misma taberna, cuyas paredes estaban cubiertas de fotos de toreros, porque en aquel local tenía su sede una peña taurina muy nutrida y muy belicosa. A veces los propios toreros acudían a tomar unos vinos con sus peñas. En estas ocasiones se producía una tregua en las enconadas disputas, porque los toreros eran auténticos ídolos y nadie habría cometido la descortesía de expresar una opinión que pudiera molestar al diestro. Pese a las trifulcas, el ambiente era amigable y las veladas siempre acababan entre canciones, muy avanzada la noche. Anthony adoraba este ambiente. Una noche, años atrás, alguien le había señalado la presencia de un torero muy famoso, el legendario Ignacio Sánchez Mejías, un hombre ya maduro, de porte distinguido. Anthony lo conocía de nombre y sabía que era, además de un torero admirado, un intelectual y un poeta de mérito. Poco después de aquel encuentro fortuito, Anthony se enteró de la muerte del torero en el ruedo. Federico García Lorca le había dedicado un sentido poema y Anthony, a quien el suceso había impresionado vivamente, había hecho de aquel poema una traducción al inglés muy rigurosa desde el punto de vista gramatical, pero muy poco conmovedora desde el punto de vista poético.

Este recuerdo y la noción de su propia candidez le hicieron reír, a la vista de lo cual le dijo su compañero de barra:

—¿Tanta gracia le hace?

—¿Perdón?

—Usted es extranjero, a que sí.

—Sí, señor.

—Y según se echa de ver le divierte lo que está pasando.

—Disculpe, no sé a qué se refiere. Yo me reía de un recuerdo sin relación alguna con el presente.

Mientras se disculpaba, percibió la razón del malentendido. A sus espaldas dos grupos discutían de un modo violento y desabrido. Al principio pensó que se trataba de una de las habituales disputas taurinas, pero en esta ocasión no era la tauromaquia la causa del alboroto. De los dos grupos enfrentados, uno, más reducido en número, estaba formado por muchachos muy jóvenes, bien parecidos, bien vestidos y bien alimentados. El otro estaba integrado por tipos rudos, menestrales y obreros, a juzgar por la indumentaria, la gorra y el pañuelo de lunares anudado al cuello. El conflicto inicial había alcanzado ya la fase de los insultos. Los obreros gritaban: ¡Fascistas!, a lo que los otros respondían: ¡Rojos! Ambos coincidían en calificarse recíprocamente de ¡cabrones! Sin embargo, nada indicaba que de las palabras fueran a pasar a los hechos. Unos y otros sopesaban la fuerza del contrario y el resultado de este cálculo les disuadía mutuamente de ir más allá de los denuestos. En un momento dado uno de los jóvenes hizo ademán de llevarse la mano al bolsillo. Uno de sus compañeros, al advertir su intención, le detuvo, le dijo algo y echó a andar hacia la salida. Los demás le siguieron sin volver la espalda a la concurrencia, a la que miraban con expresión desafiante.

—Ya ve usted —dijo el vecino de Anthony cuando se hubo restablecido la calma en el establecimiento—, antes se venía aquí a pelear por si era mejor Cagancho o Gitanillo de Triana... Toreros, ¿me entiende?

—Sí, claro, soy aficionado a las corridas.

—No, si aún será usted simpático. Mateo, ponme otro tinto y lo mismo aquí al caballero. Que sí, hombre, que luego paga usted otra ronda y tan contentos. Pues, como le venía diciendo, esto era antes. Hoy: que si Mussolini, que si Lenin, que si la madre que los parió a todos, dicho sea con perdón de las ideas de usted. Por ahora, como ha visto, las cosas no pasan del toma y daca. A bravucones no nos gana nadie, pero a los españoles nos cuesta llegar a las manos. Ahora, el día que empecemos, esto no lo para ni Dios.

Los españoles tienen un oído fino para las conversaciones que no les conciernen y ningún reparo en interrumpirlas para exponer su opinión, que cada cual da no sólo por buena, sino por definitiva. De modo que a los pocos minutos se había formado un sonoro y sentencioso debate en el que varios parroquianos se disputaban la atención del forastero para ofrecerle su irrefutable diagnóstico sobre los males de España y su sencilla solución. Los ponentes eran en su mayoría obreros, pero no faltaban oficinistas, artesanos, comerciantes y currinches, unidos por una común devoción a los toros que derribaba todas las barreras sociales. Los que habían entrado en el local hacía un rato eran falangistas. Seguramente buscaban pelea, pero el aspecto pacífico de la concurrencia y el carácter apolítico del local les habían desanimado. Los falangistas, le contaron, eran pocos, en su mayoría jóvenes y, por consiguiente, impetuosos e irreflexivos; como su partido había salido mal parado en las últimas elecciones, ahora se dedicaban a la agitación. Se creían los dueños de la calle, sobre todo en Madrid, aunque a veces los socialistas o los anarquistas les zurraban la badana. En los últimos tiempos los enfrentamientos se habían radicalizado y no era raro que se saldaran con heridos e incluso con muertos. Los falangistas, dijo alguien, eran unos señoritos, unos hijos de papá; lo malo era que papá, no contento con darles dinero, les prestaba la pistola. Al parecer, aquella misma mañana un puñado de mocosos con camisa azul se había presentado en un mitin socialista y había descerrajado una perdigonada contra la tribuna de los oradores. Antes de que los asistentes se hubieran repuesto del susto, los agresores se habían dado a la fuga en un automóvil. Y si en aquel momento, continuó diciendo el parroquiano, hubiera acertado a pasar por allí un tipo con aspecto de capitalista o, peor aún, de cura, a buen seguro lo habrían hecho picadillo. De este modo, acabó diciendo, pagaban justos por pecadores.

El problema, dijo otro, era que a aquellas alturas ya no quedaban justos ni pecadores. Era fácil acusar a los falangistas de todo lo malo, pero no había que olvidar quién les había abonado el terreno; los atentados, las huelgas y los sabotajes, la quema de iglesias y conventos, las bombas y la dinamita, sin olvidar las taxativas afirmaciones de cuál era el objetivo último de todas estas acciones, a saber, la destrucción del Estado, la disolución de la familia y la abolición de la propiedad privada. Y esto con la tolerancia, cobarde o cómplice, de las autoridades. En vista de este panorama, no era de extrañar que algunos sectores de la sociedad hubieran decidido tomar medidas para hacer valer su voz o, cuando menos, para morir con las armas en la mano.

Sin dejarle terminar, intervino un hombre menudo, tocado con un bombín raído, que dijo llamarse Mosca y ser miembro de la UGT. En opinión del señor Mosca, la raíz del conflicto estaba en la actitud de los catalanes. Bajo la apariencia de modificar las estructuras administrativas del Estado español, los catalanes habían roto de hecho la unidad de España y ahora la nación se desmoronaba como un muro al que se le hubiera quitado la argamasa. Como entre los presentes no había catalanes, nadie le refutó el argumento ni le indicó la dudosa exactitud de la metáfora, con lo que el señor Mosca prosiguió diciendo que, al desaparecer el sentimiento de pertenencia a una patria común, cada ciudadano se apuntaba a la primera procesión que pasaba por delante de su casa y cada uno, en vez de ver un compatriota en el vecino, veía un enemigo. Antes de terminar, fue acallado por los gritos de otros parroquianos, deseosos de dar a conocer su propio análisis de la situación. Para hacerse oír, el señor Mosca se puso de puntillas y estiró mucho el cuello, pero sólo consiguió que los aspavientos de otro individuo hicieran salir volando su bombín.

Iba subiendo el tono de la polémica y Anthony, a quien el camarero no había dejado de llenar el vaso de vino, intervino para expresar su convicción de que todo se podía resolver mediante el diálogo y la negociación. Esto le granjeó la animadversión de la concurrencia, porque, al no defender la postura de nadie, todos lo consideraban un aliado del contrario. Finalmente, un hombre se colocó a su lado, le tomó del brazo y le indicó por señas que se dejara conducir a la salida. Anthony arrojó unas monedas sobre el mostrador e hizo lo que el otro le indicaba. Cuando ambos hubieron atravesado la barrera humana sin incidentes y se encontraron en la calle, el desconocido dijo:

—No hay motivo para que reciba usted un sopapo.

—¿Cree que me lo habrían dado?

—Es probable. Usted es el más alto y, como forastero, no tiene quien devuelva los golpes en su nombre. Si quiere comprobarlo, vuelta a entrar. A mí, como comprenderá, me importa un rábano.

—No, tiene usted razón y le agradezco que me lo haya hecho ver así. Además, es tarde y debería regresar al hotel en vez de andar metiéndome donde nadie me llama.

Tendió la mano a su desconocido benefactor, el cual, en lugar de estrechársela, se metió las suyas en los bolsillos del abrigo y dijo:

—Mire, le acompañaré a su alojamiento. Las calles son peligrosas y a estas horas, más. Yo, por supuesto, no le puedo ofrecer ninguna garantía de seguridad, pero siendo de aquí, y gato viejo, me doy cuenta de cuándo hay que cambiar de acera y cuándo hay que salir por piernas.

—Es usted muy amable, pero no quiero causarle ninguna molestia. Mi hotel está cerca.

—En tal caso, poca molestia me causará. Y si en vez de ir directamente a su hotel prefiere pasar un rato en buena compañía, conozco un sitio a la vuelta de la esquina, muy higiénico, bien de precio y con un personal de primera.

—Ah —dijo el inglés sintiendo evaporarse los efectos del alcohol y despabilarse sus sentidos por el frío de la noche y el peligro reciente—, cuando era estudiante aquí en Madrid, alguna vez hice una visita a una casa de lenocinio.

—Pues el que tuvo, retuvo —repuso el otro.

Anduvieron un trecho por la Gran Vía y doblaron luego por un oscuro callejón lateral. Ante la puerta de una casucha estrecha, de paredes desconchadas, dieron palmas hasta que apareció el sereno haciendo eses y agitando un manojo de llaves. A distancia apestaba a vino y tenía los ojos entrecerrados. Muy servicial abrió la puerta, agradeció la propina con una reverencia y un eructo y se fue. Entraron en un oscuro zaguán y el amable cicerone dijo:

—Suba usted al segundo derecha y allí pregunte por la Toñina. Yo no le acompañaré porque hoy no tengo el ánimo para estas cosas, pero le esperaré aquí, tranquilamente, echándome un cigarrito. No tenga prisa; yo no tengo ninguna. Ah, y antes de subir, le sugiero que me deje la cartera, el pasaporte y cualquier artículo de valor que lleve encima, salvo el monto del servicio y un pellizco más, por si tiene un capricho. Las chicas son honradas, pero hasta en los mejores locales puede haber descuideros.

Anthony encontró razonable la propuesta de su acompañante y le entregó el dinero, la documentación, el reloj y la pluma estilográfica. Luego, a la débil luz de una lámpara de filamento que parpadeaba en el hueco de la escalera, subió hasta el segundo piso y llamó a la puerta. Le abrió una vieja en bata y chal. Cuatro mujeres más, de edad avanzada, escuchaban la radio y jugaban a la brisca en torno a una mesa camilla. El inglés dijo que quería ver a la Toñina. La vieja hizo un ademán de sorpresa, pero sin decir nada desapareció detrás de una cortina y regresó de inmediato acompañada de una joven muy delgada y muy guapa, a la que seguramente mantenían oculta por ser menor de edad. La niña cogió de la mano al inglés y lo condujo a un cuartucho con catre y palanganero, del que aquél emergió muy satisfecho al cabo de un rato. Cuando hubo pagado y bajó la escalera, no encontró a nadie esperándole en el zaguán ni tampoco en la calle. Todo estaba cerrado a cal y canto, de modo que regresó a buen paso al hotel y se metió en la cama. En el momento de apagar la luz le asaltó la sospecha de haber sido víctima de un timo, pero como estaba derrengado, cerró los ojos y se durmió en el acto.

7

Al abrir los postigos vio un cielo cubierto y una lluvia fina
que humedecía los tejados; de repente recordó el nombre
de aquel fenómeno en español: calabobos, un nombre adecuado a su persona. La resaca producida por los excesos
de la víspera no le impedía percibir con nitidez lo dramático de su situación. El malestar físico y la angustia le produjeron náuseas. Le habría sentado bien comer algo sólido y
tomarse un café bien cargado, pero descartó la idea porque se había quedado sin un céntimo y, sin pasaporte, no
podía acudir a un banco. No le quedaba otra salida que
acudir a la Embajada británica en busca de auxilio, por
más que le avergonzara presentarse ante un displicente
funcionario como el más inocente de los turistas.

Cobijándose de la lluvia bajo los aleros echó a andar
por la calle del Prado, mientras iba pensando en la mejor
manera de darse a conocer en la Embajada, careciendo
como carecía de documentación acreditativa de su identidad. Bastaría con dar su nombre si algún funcionario conocía sus escritos sobre pintura española del Siglo de Oro;
en caso contrario, se vería obligado a recurrir a sus amistades en el Foreign Office, si bien esta eventualidad le producía cierta inquietud, porque su amigo en el Foreign
Office era un antiguo condiscípulo de Cambridge, en la
actualidad el marido de Catherine, con quien le había es-

tado engañando los últimos años y de la que, si la carta de ruptura ya había llegado a sus manos, cabía esperar una reacción airada o tal vez la confesión de su aventura amorosa. En cualquiera de ambos casos, invocar la autoridad de su amigo no parecía una buena idea. Por otra parte, la estancia de Anthony Whitelands en Madrid obedecía a un propósito que requería la máxima discreción. El inglés se preguntaba si la índole del encargo no le imponía un estricto secreto profesional y, por consiguiente, le imposibilitaba dar a conocer su presencia al servicio exterior de su país. Pero, si no le amparaba la Embajada, ¿cómo resolver una situación que se le antojaba desesperada? La única alternativa era contarle lo ocurrido al duque de la Igualada y ponerse bajo su protección. Claro que esta medida suponía perder toda respetabilidad y todo crédito a los ojos del duque y de su familia. Un color se le iba y otro le venía sólo con imaginar la expresión de Paquita cuando tuviera noticia de sus andanzas. Todo se conjuraba en su contra, pensó.

Había llegado a Neptuno cuando arreció la lluvia. No sabiendo dónde refugiarse, ganó en dos zancadas la escalera del Museo del Prado y se dirigió a la taquilla. Dado lo temprano de la hora y la escasez de visitantes, la taquillera lo reconoció y, con una amabilidad que en medio de su desamparo le resultó conmovedora, le dejó pasar sin pedirle una credencial que también le había sido robada. Ya bajo techo, y todavía irresoluto sobre el camino a seguir, dejó que sus pasos le llevaran una vez más a la sala de Velázquez. Iba a ver *Las hilanderas*, pero al pasar por delante de *Menipo* se detuvo en seco, conminado por la mirada de aquel personaje, mitad filósofo, mitad granuja. Siempre le había parecido extraña la elección del asunto por parte de Velázquez. En 1640 Velázquez pintó dos retratos, *Menipo* y *Esopo*, destinados competir en el favor del rey con dos retratos muy parecidos de Pedro Pablo Rubens, a la sazón en Madrid. Rubens pintó a Demócrito y a Heráclito, dos filósofos griegos de fama universal. Por el contrario, Velázquez eligió dos personajes de escasa relevancia, uno de ellos casi desconocido. Esopo era un fabulista y Menipo un filósofo cínico del que nada seguro ha llegado hasta nosotros, salvo lo que cuentan Luciano de Samosata y Diógenes Laercio. Según éstos, Menipo nació esclavo y se afilió a la secta de los cínicos, ganó mucho dinero por métodos de dudosa rectitud y en Tebas perdió cuanto tenía. La leyenda refiere que ascendió al Olimpo y descendió al Hades y en los dos lugares encontró lo mismo: corrupción, engaño y vileza. Velázquez lo pinta como un hombre enjuto, entrado en años, pero todavía lleno de energía, vestido de harapos, sin hogar ni posesiones materiales y sin más recursos que su inteligencia y su serenidad frente a las adversidades. Esopo, su pareja pictórica, sostiene un grueso libro en la mano derecha, en el que sin duda están escritas sus célebres aunque humildes fábulas. A Menipo también le acompaña un libro, pero está en el suelo, abierto y con una página rasgada, como si todo cuanto se hubiese escrito careciera de interés. ¿Qué habría querido decir Velázquez al elegir este personaje evanescente, siempre en camino hacia ninguna meta, salvo el incesante y reiterado desengaño? En aquellos años Velázquez era justamente lo contrario: un joven artista en busca del reconocimiento artístico y, sobre todo, del encumbramiento social. Tal vez pintó a Menipo como advertencia, para recordarse a sí mismo que al final del camino hacia la cumbre no nos espera la gloria, sino el desencanto.

Inspirado por este pensamiento, el inglés salió precipitadamente de la sala y del museo, decidido a resolver los problemas del modo más práctico. La lluvia había cesado y el sol asomaba entre las nubes. Sin vacilar se encaminó a casa del duque de la Igualada. En la Cibeles se hizo a un lado para dejar pasar a un nutrido grupo de obreros con gorra y mandil que se dirigía a una manifestación o un mitin, a juzgar por las pancartas y banderas que algunos llevaban enrolladas. Gracias a su aventajada estatura, Anthony pudo ver estacionados en la Gran Vía a unos jóvenes con camisa azul que contemplaban la escena con aire de desafío. Los obreros les lanzaban miradas rencorosas. Recordando lo sucedido la noche anterior en la peña taurina, Anthony se propuso evitar todo enfrentamiento y regresar a Londres sin tardanza una vez resuelto el asunto que le retenía en Madrid. Al mismo tiempo, la sensación de violencia y peligro le producía una excitación del todo insólita en un hombre que siempre se había tenido a sí mismo por metódico, previsor y pusilánime. Al despedirse de él, Paquita le había dicho que en momentos de tanta incertidumbre, cuando el azar preside la vida y la muerte de las personas, éstas se comportan con peculiar arrebato. Ahora comprendía el sentido de estas palabras y se preguntaba si la hermosa y enigmática joven no las había pronunciado para incitarle a dejarse llevar por sus impulsos, sin parar mientes en las consecuencias inmediatas o futuras.

Llegó a la mansión y tocó a la puerta con renovada energía. Como en la ocasión anterior, el incongruente mayordomo le abrió la puerta, le hizo pasar al vestíbulo y fue a avisar al señor duque. Éste acudió de inmediato y saludó al inglés con el tono afectuoso y natural de quien recibe a un amigo al que acaba de ver hace muy poco.

—Esta vez no le haré perder el tiempo —dijo, y dirigiéndose al mayordomo agregó—: Julián, avise al señorito Guillermo. Estaremos en mi despacho. Quiero que mi hijo esté presente —aclaró dirigiéndose a Anthony—, y lamento que mi otro hijo no pueda intervenir también en la operación. Tengo una concepción tradicional del patrimonio.

Nunca consideré que mis fincas y mis bienes fueran realmente míos, sino parte de una cadena sucesoria de la que cada generación es un eslabón y, como tal, depositaria de ese patrimonio, que debe conservar, incrementar en la medida de lo posible y, llegado el momento, transmitir a la generación siguiente. Cuando se piensa así, la riqueza se convierte en una obligación y las satisfacciones que proporciona vienen compensadas por un sentimiento de responsabilidad que les quita buena parte de su atractivo. No diré que envidio a los pobres; el hombre feliz, que según el cuento no tenía camisa, no habría sobrevivido al invierno de Madrid. Le digo esto para que se haga cargo de la angustia con que me dispongo a liquidar una parte importante de mi hacienda.

Mientras hablaban habían llegado al despacho del duque, dónde éste le había dado cuenta de sus infortunios en la anterior reunión. Ahora una docena de cuadros se alineaban en el suelo, apoyados contra la pared.

—Mi hijo no tardará —dijo el prócer.

El inglés comprendió que las mujeres de la familia no intervendrían en las decisiones que allí se tomaran, lo que le contrarió ligeramente, porque en su experiencia, las mujeres eran más realistas a la hora de valorar el arte, quizá porque una íntima falta de orgullo familiar les permitía aceptar la necesaria componenda entre el valor estético de una obra, su valor sentimental y su valor como mercancía.

La entrada brusca de Guillermo del Valle interrumpió sus reflexiones. Se saludaron con fría cortesía y las miradas de ambos convergieron en el amo de la casa.

—Procedamos cuanto antes —dijo éste en el tono falsamente animoso de quien se dispone a ser intervenido quirúrgicamente—. Como ve, amigo Whitelands, con miras a facilitar su peritación, hemos reunido en el despacho las piezas más adecuadas a nuestros fines, según mi leal saber y entender. Son cuadros de tamaño medio, de temas decorativos, la mayoría de ellos firmados y autenticados. Écheles un vistazo y denos una primera impresión, tenga la bondad.

Anthony Whitelands limpió las lentes de sus gafas con el pañuelo y se acercó a los cuadros. El duque y su heredero permanecían a prudencial distancia, sin hacer ruido, con una expectación mal disimulada que le impedía concentrarse en un examen objetivo de las obras. De ningún modo quería defraudar las esperanzas de aquella familia noble y atribulada, a la que ya se sentía vinculado por varias razones; pero una primera impresión le hizo comprender que no iba a poder ofrecerles nada mejor que buenas palabras. Aunque su juicio ya estaba formado, se detuvo un rato delante de cada cuadro para descartar la remota posibilidad de que fuera una falsificación, para evaluar la calidad de la obra y examinar el estado de conservación de la pintura, todo lo cual no hizo más que reafirmarle en su opinión. Finalmente decidió afrontar la realidad sin dilación, porque también a él le invadía un creciente desasosiego, no sólo por la imposibilidad de colmar las esperanzas depositadas en su peritación, sino porque la idea de haber hecho en balde un viaje erizado de inconveniencias y probablemente de peligros reales le producía una creciente irritación contra sí mismo: nunca debería haber escuchado a un charlatán de la calaña de Pedro Teacher.

Estos sentimientos debieron de traducirse en su expresión cuando se volvió a su anfitrión, porque antes de abrir la boca dijo éste:

—¿Tan malos le parecen?

—Oh, no. De ningún modo. Los cuadros conforman una espléndida colección. Y cada cuadro posee méritos propios, no me cabe duda al respecto. Mis reservas... mis reservas son de otra índole. No soy especialista en pintura española del siglo XIX, pero lo poco que sé me lleva a pensar que tal vez ése no pueda ser considerado su período más brillante. Es injusto, claro está, nada resiste la comparación con Velázquez, con Goya... Pero así son las cosas: fuera de España nombres de valía como los Madrazo, Darío de Regoyos, Eugenio Lucas y otros muchos, quedan eclipsados por las grandes figuras del pasado. Tal vez Fortuny, Sorolla... y poca cosa más...

—Sí, sí, entiendo lo que dice, amigo Whitelands —interrumpió discretamente el duque—, y estoy de acuerdo en todo, pero aun así, ¿cree usted que estas obras encontrarían comprador en Inglaterra? Y, en caso afirmativo, ¿a cuánto podría ascender el producto de la venta? No le pido cifras exactas, claro, sólo un cálculo aproximado.

Anthony carraspeó antes de decir entre dientes:

—Sinceramente, excelencia, yo no lo sé y no creo que nadie esté capacitado para hacer esta estimación de antemano. Ignoro quién puede estar interesado en este tipo de pintura fuera de aquí. Lo único factible, en mi opinión, es poner las obras en manos de una casa de subastas, como Christie's o Sotheby's. Pero esto, dada la situación...

El duque de la Igualada hizo un gesto amplio y benévolo.

—No se esfuerce, amigo Whitelands. Agradezco su delicadeza, pero creo haber entendido lo que trata de decirme. No es así como conseguiremos reunir un capital —ante el silencio de su interlocutor suspiró, sonrió con tristeza y añadió—: No importa. Dios proveerá. Lamento, créame, haberle hecho perder su valioso tiempo para nada, aunque su trabajo se le retribuirá como es debido. Y le prevengo: no tomaré en consideración una negativa por su parte: la amistad nunca debe interferir en los compromisos adquiridos, máxime si son de índole económica. Ustedes los ingleses han hecho de esta norma un auténtico dogma y esto los ha colocado a la cabeza del mundo civilizado. Pero ya tendremos ocasión de filosofar más adelante. Dejemos de lado este desgraciado asunto y vayamos a ver si ya está dispuesto el aperitivo. Contamos con usted para compartir nuestra modesta comida, como es natural.

Anthony Whitelands no contaba con esta invitación y al oírla creyó ver el cielo abierto, no sólo porque le brindaba la oportunidad de volver a ver a la encantadora Paquita, sino porque no había comido nada en todo el día y estaba a punto de desfallecer. Antes de aceptar, sin embargo, advirtió un gesto de contrariedad en el rostro de Guillermo del Valle. Era evidente que el joven heredero se sentía humillado por el juicio despreciativo de un extranjero sobre lo que él consideraba no sólo su legítimo patrimonio, sino el símbolo de la dignidad de su apellido.

—Papá —le oyó murmurar—, te recuerdo que hoy tenemos un invitado.

El duque miró a su hijo con reprobación y ternura y dijo:

—Ya lo sé, Guillermo, ya lo sé.

Se creyó en la obligación de intervenir el inglés a su pesar.

—En modo alguno quisiera..., precisamente tengo un compromiso...

—No mienta, señor Whitelands —repuso el duque—, y si miente, no mienta tan mal. Y tampoco haga caso a mi hijo. Todavía soy yo quien decide los comensales que se sientan a mi mesa. Ciertamente hoy tenemos un invitado, pero es persona de confianza, un buen amigo de la familia. Por lo demás, estoy convencido de que a él le agradará conocerle a usted, y a usted le resultará instructivo conocerle a él. Y no se hable más.

Tiró del cordón y a la entrada del mayordomo dijo:

—Julián, el señor se queda a comer. Y haga que, con el máximo cuidado, vuelvan a colocar los cuadros en su sitio.

Bien pensado, será mejor que yo supervise la operación. Guillermo, atiende a nuestro amigo.

Al salir el duque del gabinete se produjo un silencio tenso. Para salvar la situación, Anthony decidió abordar el tema sin rodeos.

—Lamento haberle decepcionado —dijo.

El joven Guillermo le dirigió una mirada hostil.

—En efecto —respondió—, me ha decepcionado, pero no por lo que usted cree. Yo nunca he tenido la intención de abandonar el país. Al contrario: éste es el momento de permanecer en nuestros puestos y empuñar las armas. No podemos dejar España en manos de los canallas. Pero me habría gustado ver a salvo a mi madre y a mis hermanas. Quizá también a mi padre: es un anciano y, a pesar suyo, una rémora. Ahora mi familia se convierte en un doble motivo de preocupación. Por ellos y porque cuando llegue el momento, tratarán de retenerme. Me consideran un niño, cuando ya tengo dieciocho años. Ahora, si me quedo, todo el mundo pensará que no es por decisión propia, sino por falta de medios, y esto me mortifica. Usted no lo entiende, porque no es español.

Después de decir esto se quedó aliviado, como si se hubiera quitado un peso de encima.

8

Al aproximarse a la sala de música llegaron a sus oídos las notas del piano y sobre ellas la inconfundible voz de Paquita, ronca e incitante, que desgranaba una alegre tonadilla.

Caballero del alto plumero,
¿Dónde camina tan pinturero?

Anthony Whitelands se detuvo ante la puerta, y lo mismo hicieron sus dos acompañantes. Con creciente emoción el inglés escuchó tras un gorjeo:

Los caminos que van a la gloria
son para andarlos con parsimonia.

Sin embargo, la alegría del apasionado oyente se vio truncada de inmediato por una voz de barítono que respondía:

Señorita que riega la albahaca,
¿Cuántas hojitas tiene la mata?
Me parece que son más de ciento,
como las plumas de mi plumero.

Su excelencia el duque de la Igualada abrió la puerta de la sala e interrumpió la romanza. Lilí se sentaba al piano y de pie, junto a él, estaba su hermana mayor, con el vestido verde que llevaba cuando Anthony la vio por primera vez en el jardín. A su lado había un hombre de unos treinta y pocos años, moreno y bien plantado, de facciones viriles, ojos grandes e inteligentes, frente despejada, cabello negro y el porte distinguido y sencillo de la aristocracia española. Con la irrupción de los recién llegados, los cantantes habían enmudecido, pero seguían mirándose a los ojos, con la boca entreabierta, todavía inmersos en la complicidad galante de la música interpretada a dúo. Al instante reaccionaron y sus miradas se dirigieron a la puerta. Brevemente se cruzaron la del inglés y la del apuesto desconocido. Advertir la presencia de la señora duquesa arrellanada en el sofá puso fin al incipiente duelo de salón entre los dos varones. Acudió solícito el inglés a cumplimentar a la dueña de la casa, que le tendió la mano diciendo:

—Alabado sea Dios, Antoñito, ya le echábamos de menos.

Anthony no supo si estas palabras encerraban afecto o burla. Quizás a la duquesa se le antojaba engorrosa su asiduidad, pensó. Poco bregado en el arte del donaire, se azaró el invitado, hasta que Lilí salvó la situación arrojándose en sus brazos con espontánea inocencia. La reprendió el señor duque:

—Alba María, deja en paz a tu protestante favorito y compórtate como una señorita fina. —Y volviéndose a Anthony en tono jovial—: Disculpe a esta niña malcriada, amigo Whitelands, y permítame presentarle al buen amigo de que le hablaba hace un rato.

Liberado de su infantil admiradora, Anthony hubo de posponer el saludo a Paquita para centrar su atención en el apuesto desconocido. El duque hizo las presentaciones de rigor.

—El marqués de Estella, además de una persona muy estimada en mi familia, es hombre de muy variados intereses. Estoy convencido de que no les faltarán temas de conversación. El señor Whitelands es un destacado experto en pintura española de paso por Madrid, que ha tenido la gentileza de echar una ojeada a ciertas piezas con fines de evaluación. El marqués de Estella —aclaró— está al corriente de nuestras intenciones.

El marqués borró todo asomo de tensión con un fuerte apretón de manos y una sonrisa luminosa y sin reservas.

—En esta casa todos se deshacen en elogios de usted —dijo—. Me alegro de conocerle.

—El gusto es mío —replicó Anthony, ganado a su pesar por la desenvoltura del gentilhombre.

El mayordomo les ofreció sendas copas de oloroso en una bandeja de plata.

—No se deje engañar por las buenas maneras —dijo el duque con sorna—. El marqués y yo pertenecemos a dos generaciones distintas y, por lo visto, a dos mundos contrapuestos. Yo soy un monárquico acérrimo y él, en cambio, es un revolucionario que pondría el mundo patas arriba si le dejaran.

—Ya será menos, don Álvaro —rió el aludido.

—No lo decía con reproche —repuso el duque—. La edad nos hace moderados. La juventud es radical. El amigo Whitelands, sin ir más lejos, con toda su flema inglesa, es un iconoclasta. Todo lo que no sea Velázquez, lo arrojaría a la hoguera. ¿O no?

Todavía en ayunas, el espeso y aromático vino nublaba el entendimiento del inglés y le trababa la lengua.

—Yo nunca he dicho nada parecido —dijo—. Toda obra de arte ha de ser valorada en sus propios términos.

Al decir esto, miró involuntariamente de soslayo a Paquita y enrojeció. Maliciosa, la joven aumentó su zozobra.

—El señor Whitelands se debate entre una erudición fría y una pasión desbocada.

Salió noblemente en su defensa el apuesto marqués.

—Es natural que así sea. No puede haber convencimiento auténtico sin pasión. El sentimiento es la raíz y el sustento de las ideas profundas. A mi modo de ver, hemos de estar contentos y agradecidos de que un inglés haya puesto su corazón en algo tan español como Velázquez. Háblenos de su afición por este pintor y de cómo vino a dar en ella, señor Whitelands.

—No quisiera aburrirles con mis historias —protestó Anthony.

—Ay, hijo —intervino la duquesa con su ácido gracejo—, en esta casa sólo se oyen broncas sobre caza, toros y política. Si aún no me he muerto de aburrimiento, nada me matará. Diga usted en buena hora lo que le salga de las narices.

—Mi discurso no tiene nada de apasionado. Soy un estudioso, un universitario, más aplicado al dato escueto que a la apreciación vehemente. Las polémicas con mis colegas más parecen actas notariales que panfletos.

—Esta actitud —dijo el marqués de Estella— no se condice con un pintor tan dramático como Velázquez.

—Oh, no, perdone si discrepo de su opinión. Velázquez no tiene nada de dramático. Caravaggio es dramático, el Greco es dramático. Velázquez, por el contrario, es distante, tranquilo, pinta como a desgana, deja los cuadros a medio hacer, rara vez elige el tema, prefiere la figura fija a la escena de movimiento; hasta cuando pinta el movimiento lo pinta estático, como detenido en el tiempo. Piensen en el retrato ecuestre del príncipe Baltasar Carlos: el caballo está suspendido en un salto que nunca va a acabar y en el príncipe no se advierte el esfuerzo del jinete. El propio Velázquez era hombre de sangre fría. Su vida personal carece de relieve, la política no le interesó nunca: pasó toda su vida en la corte sin participar en las intrigas palaciegas, cosa difícil de imaginar. Prefería ser un funcionario a ser un artista, y cuando finalmente obtuvo un alto cargo burocrático, dejó de pintar o poco menos.

—Oyéndole hablar —dijo el señor duque—, nadie diría que se refiere a un gran artista universal, a un genio indiscutible.

Paquita, que se había mantenido a distancia y como abstraída, irrumpió de súbito en la conversación.

—Para mí que el señor Whitelands lleva el agua a su molino —dijo.

—¿Qué quiere usted decir? —preguntó Anthony.

Paquita le dirigió una mirada divertida y desafiante.

—Quiero decir que, a fuerza de conocimientos adquiridos en museos y bibliotecas, se ha apoderado usted de Velázquez y lo ha moldeado a su imagen y semejanza.

Intervino conciliador su excelencia el duque.

—Paquita, no seas insolente con nuestro huésped. Insolente y temeraria. El amigo Whitelands es una autoridad mundial: lo que diga sobre Velázquez va a misa, si me permite la expresión.

—Una cosa es ir a misa y otra impartir doctrina —replicó la joven sin apartar la mirada del rostro de Anthony, el cual, en su nerviosismo, se había bebido una segunda copa de oloroso y veía girar a su alrededor el salón con sus muebles y sus ocupantes—. Yo no sé nada de Velázquez, es cierto, ¿pero significa eso que el señor Whitelands lo sabe todo? No niego que sepa todo lo que se puede saber. No obstante, de un hombre que vivió hace siglos, que pasó su vida metido en un laberinto de ceremonias, falsedades y ocultamientos, como debía de ser la corte española, y que, por añadidura, fue un gran artista, ¿cómo podemos decir que no se llevó a la tumba ningún secreto o que, astutamente, no llevó una doble vida?

Anthony hizo un esfuerzo para sobreponerse a la embriaguez y a un desconcierto que no podía atribuir únicamente al vino y al ayuno. A lo largo de su brillante carrera académica había rebatido y defendido argumentos con colegas de su mismo nivel, siempre sobre cuestiones de detalle, siempre con el pesado armamento de una voluminosa bibliografía. Ahora, en cambio, se enfrentaba a una mujer hermosa que le atacaba en su terreno y le planteaba una lucha cuerpo a cuerpo que se le antojaba trasunto de otro enfrentamiento más vital e inmediato. Algo distinto del prestigio académico estaba en juego. Se aclaró la garganta y respondió:

—No me malinterprete. En el fondo, estoy más de acuerdo con lo que usted dice que con lo que usted sugiere que yo he dicho. Podemos reconstruir la vida de Velázquez paso a paso, hasta los más mínimos incidentes. La vida en la corte de Felipe IV, como en todas las cortes de los grandes monarcas, era efectivamente un nido de falsedades, calumnias y murmuraciones, pero también, o quizá precisamente por esa causa, una fuente caudalosa de documentos oficiales, vigilancias minuciosas, informaciones pormenorizadas y chismorreo. De todo lo cual hay constancia escrita. Con mucha paciencia, medios adecuados y sentido común, no es difícil separar el grano de la paja. No obstante, por más que esto nos revela la realidad cotidiana, nada ni nadie nos revelará el último misterio del hombre y del artista. Cuanto más veo y más estudio los cuadros de Velázquez y al propio Velázquez, más cuenta me doy del profundo enigma que tengo ante mis ojos. De hecho, este enigma y la convicción de que nunca podré resolverlo es lo que hace apasionante mi trabajo y dignifica mi vida de humilde y fastidioso profesor.

Cuando acabó de hablar reinó un silencio tenso, como si en el discurso del inglés hubiera implícita una acusación. Por fortuna intervino de inmediato el duque con su bonhomía.

—Ya te dije que no te metieras con él, Paquita.

La joven dirigió al inglés una mirada cargada de significado y respondió:

—Ha sido convincente, pero las espadas siguen en alto.

—Pues yo propongo reemplazar esas espadas por la cuchara y el tenedor —dijo el señor duque señalando la puerta del comedor, que acababa de abrirse para dar paso a la criada pazguata y al anuncio de que la comida estaba servida.

Todos se dirigieron al comedor, pero en esta ocasión, por razones protocolarias, o por despecho, Paquita tomó del brazo al marqués de Estella, a cuyo oído susurró una frase ininteligible para el resto de la concurrencia.

9

Concluido el breve recogimiento impuesto por la bendición de alimentos, que en esta ocasión ofició el huraño y reservado padre Rodrigo, y mientras la sirvienta pasaba de uno a otro la sopera humeante, la señora duquesa se interesó por la tasación de los cuadros. El duque, de acuerdo con lo convenido, expresó una moderada satisfacción.

—El amigo Whitelands ha hecho honor a su fama: ni entusiasta ni derrotista, ha fijado lo que considera un justiprecio. También ha dicho que la transacción no será un camino de rosas. Corríjame usted si me equivoco interpretando su sentir.

—No, no —corroboró el inglés precipitadamente—, es tal cual lo explica su excelencia.

La duquesa, que sólo había entendido lo que quería entender, juntó las manos, levantó los ojos al cielo y exclamó:

—¡Bendito sea Dios, por fin podremos dejar atrás este infierno! Mucho se lo he pedido en mis rezos al Sagrado Corazón y a la Virgen Santísima, y mis plegarias no han sido desatendidas. Y todo por mediación de usted, querido Antoñito, ¡nada menos que un protestante! Y, aun así, el instrumento de la divina protección. Dios escribe derecho con renglones torcidos, o al revés. Con los dichos me hago un lío. Pero sea como sea, en nombre de toda la familia y en el mío propio, yo le bendigo a usted desde lo más hondo de mi corazón.

Anthony emitió unos confusos sonidos con la esperanza de que fueran tomados por muestras de humildad o de cortesía, porque si bien estaba convencido de haber actuado con rectitud, experimentaba los lacerantes remordimientos del traidor neófito, y por más que la sustanciosa sopa le hacía recuperarse gratamente de su postración, con gusto habría renunciado a ella para salir huyendo del escenario de lo que se le antojaba una cruel mentira. Advirtiendo su desasosiego, intervino una vez más su excelencia el duque de la Igualada.

—Lo malo es que ahora, cumplida su misión, nuestro amigo regresará a su país, y quién sabe cuándo lo volveremos a ver.

—No digas eso, Álvaro —dijo la duquesa—; vayamos adonde vayamos, incluso en las Américas, Antoñito siempre será bien recibido, por mí y por todos nosotros.

Nadie se sumó a esta manifestación de afecto, pero el aludido creyó advertir un deje de sarcasmo en los bellos ojos de Paquita y una sincera tristeza en los de su hermana menor. Rompiendo el incómodo silencio, el apuesto marqués de Estella, que hasta aquel momento había permanecido callado, dijo en tono voluble:

—Pues yo también lamentaré su ausencia, aunque por motivos harto egoístas. Como todo madrileño de buena familia, he ido al Museo del Prado desde la más tierna infancia, no siempre de buen grado, debo admitir. Mis inclinaciones han ido siempre hacia la poesía. Sin embargo, un ayo nos llevaba a los museos, a mis hermanos y a mí, como parte de nuestra educación, aunque nunca nos enseñó nada. Mis conocimientos en la materia son prácticamente nulos, y para mí Velázquez es algo tan habitual como los árboles del Retiro. Ahora, oyéndole hablar a usted, me doy cuenta de que tengo a mi alcance una mina de metales preciosos por explotar. Y nada me gustaría tanto como explorarla en su docta compañía.

Anthony agradeció el cambio de rumbo que este comentario insustancial imprimía a la conversación y se apresuró a decir:

—Con sumo gusto lo haría si las circunstancias lo permitieran. Veo que es usted un hombre de cultura, pero intuyo que su vida discurre por otros caminos. ¿Es indiscreto preguntarle a qué se dedica, señor marqués?

—No lo es, puesto que mi profesión es notoria. Soy abogado y desde hace un tiempo me dedico a la política, en parte por tradición familiar, en parte por inclinación personal, y en parte por un sentimiento casi religioso de deber para con la patria.

—El señor marqués —intervino la duquesa— ha sido hasta hace poco diputado en Cortes por Madrid.

—¡Qué interesante! —dijo Anthony.

—¿Interesante? —dijo el marqués—. Tal vez lo sea. Pero también, en mi opinión, qué estéril. Cierto, fui diputado, pero lo fui sin fe y sin respeto. En España el experimento de la democracia liberal ha fracasado con estrépito. La Historia no nos ha preparado para este sistema, cuyos méritos no niego, siempre que sea lo que ha de ser, y no una mera excusa para el sectarismo, la demagogia y la corrupción. Un fracaso y un estrépito que se hace sentir a diario por las calles de Madrid.

Asintió calladamente el inglés para evitar una discusión sobre temas de los que lo ignoraba todo y sobre los que no creía correcto pronunciarse por su condición de extranjero. Pero Paquita, siempre maliciosa, no estaba dispuesta a dejarle en paz.

—Me sorprende usted, señor Whitelands —dijo con fingida inocencia—. Como inglés, debería defender la democracia parlamentaria. ¿O es tan escéptico en la materia como lo era Velázquez?

—Disculpe, señorita Paquita, pero yo no creo que Velázquez fuera escéptico —repuso Anthony con seriedad—. Simplemente, era leal a un Rey que, a su vez, le correspondía con su favor y con su amistad personal. En estas circunstancias, no tiene nada de particular una actitud en apariencia acomodaticia por parte de Velázquez, como tampoco tiene nada de particular mi actitud con respecto a mi país y a mi rey, contra los que no tengo motivo alguno de rebeldía. Dicho esto, reconozco que no tiene mérito ser leal en tiempos de prosperidad y de paz social.

—Ha hablado usted bien —convino el marqués de Estella—. Un abismo separa nuestros dos países y por esta misma razón el sistema político que Inglaterra se puede permitir aquí ha fracasado. La democracia y el igualitarismo de ustedes se sustenta en unas relaciones sociales satisfactorias para todas las partes, lo que a su vez sólo es posible gracias a las riquezas provenientes de su vasto imperio colonial. Lo mismo, en cierta medida, se puede decir de Francia. Pero a los países que no disponen de esta fuente de riqueza que todo lo arregla y todo lo suaviza, ¿de qué les sirve la pantomima de unas elecciones? ¿Acaso no hay otras formas más lógicas de regir los destinos de una nación? Vea el caso de Alemania, vea el caso de Italia...

—¿Aboga usted por un régimen totalitario? —preguntó el inglés un tanto escandalizado.

—No —replicó su interlocutor—, todo lo contrario: hablo de defender a España de un totalitarismo mil veces peor que el de los regímenes citados. El totalitarismo soviético, que avanza a pasos agigantados con la connivencia de un gobierno y de un parlamento supuestamente elegidos por sufragio universal.

—Muy fuertes palabras son éstas, señor marqués —dijo Anthony.

—Más lo son los hechos —repuso el otro.

—¿Aceptaría entonces una solución a la italiana?

—No: a la española.

No había en el tono general del diálogo crispación ni enfrentamiento, por lo que ambos interlocutores estimaron oportuno abandonar el tema en este punto, y el resto de la comida discurrió por caminos de educada trivialidad. Al concluir aquélla, se disculpó el marqués por haber de ausentarse precipitadamente, saludó con su característica afabilidad a todos los miembros de la familia, dio un fuerte apretón de manos al inglés y le dijo antes de partir:

—Ha sido un privilegio y un placer haberle conocido, señor Whitelands. Un amigo de esta familia, a la que quiero como a la mía propia, siempre será mi amigo. Me encantaría volver a verle, y confío en que así sea. Pero si ha de regresar a su tierra, le deseo un buen viaje y mucha suerte, y le ruego que recapacite sobre lo que hemos hablado.

Anthony se quedó a la sobremesa, pero a diferencia del día anterior, no hubo música ni animación. La marcha del apuesto marqués había dejado un vacío que nadie parecía capaz de llenar. Era como si al marchar, el ilustre huésped se hubiera llevado consigo el oxígeno del aire, dejando una atmósfera enrarecida. La duquesa, hasta entonces tan alegre ante la perspectiva de abandonar en breve el país, había caído en un mutismo melancólico, como si ya sintiera en su ánimo la triste condición del exiliado. El duque estaba distraído. Su hijo Guillermo, presa del nerviosismo y la irritación, se fue al cabo de unos minutos mascullando una excusa ininteligible. Las dos muchachas también daban muestras de abatimiento. Lilí lanzaba de cuando en cuando fugaces miradas lánguidas al inglés, y Paquita no disimulaba una profunda preocupación. Anthony supuso que ella sentía por el apuesto marqués un amor no correspondido. Nada más lógico: el marqués era guapo, distinguido, brillante y sin duda de temperamento ardiente. En Cambridge haría estragos, pensó. Luego, sin rechazar esta posibilidad, se dijo que los conocimientos que hasta el momento tenía de aquellas personas hacían muy fortuita cualquier conjetura. A una mujer de la inteligencia y posición de Paquita no habían de faltarle motivos de preocupación en la situación presente, no necesariamente de índole romántica. Y, en última instancia, se dijo, a mí ¿qué más me da? Mañana a estas horas estaré en el tren, camino de Hendaya, y nunca más volveré a ver a esta gente. Pero lo acertado y sensato de esta idea le causó un profundo desconsuelo. Cuando se encontrara de nuevo en la seguridad y el confort de su casa de Londres, ¿qué balance podría hacer de un viaje marcado por el fracaso profesional y la constatación de su estupidez personal? ¿Qué opinión se habrían formado de él, especialmente Paquita, y sobre todo, qué opinión se formarían cuando supieran que la peritación de los cuadros no abría el camino a la salvación de la familia? Como el médico que diagnostica una grave enfermedad y sabe que, sin tener culpa alguna, mal puede aspirar a la simpatía del enfermo, Anthony no se hacía ilusiones acerca de los sentimientos de Paquita hacia él, en la improbable hipótesis de un reencuentro. Bah, se dijo, al fin y al cabo, ¿qué me importa a mí el concepto en que me tenga esta mujer, por más que me resulte atractiva? Era absurdo especular con sus sentimientos hacia Paquita precisamente cuando acababa de poner punto final a su relación con Catherine. Salir de aquella casa cuanto antes, concluir la ridícula aventura madrileña y tratar de olvidar lo sucedido no era ya lo mejor, sino lo único razonable. Que los españoles se las arreglen entre ellos como les plazca o como puedan, pensó; aunque se maten los unos a los otros, cuando pase la tormenta, Velázquez seguirá aquí, esperando mi regreso.

Decidido a terminar con la situación y con sus cábalas, inició una despedida que preveía larga y resultó escueta. Sólo la señora duquesa retuvo las manos del inglés entre las suyas, extrañamente frías en la caldeada estancia, y murmuró:

—Si no volviéramos a vernos en Madrid, le esperamos en la Costa Azul. Allí nos instalaremos hasta que pase todo, ¿verdad, Álvaro?

Su excelencia el duque asintió gravemente. Paquita le tendió la mano y Lilí le estampó un húmedo beso en la mejilla. El duque se brindó a acompañarle a la puerta.

—Venga a verme mañana temprano y arreglaremos cuentas. No replique. Lo pactado es lo pactado, usted ha hecho bien su trabajo y yo siempre cumplo mi palabra y le agradezco especialmente su discreción: sé que a los ingleses no les gustan las mentirijillas.

Anthony se alejó del palacete con el paso cansino y el corazón encogido. Si hubiera tenido dinero, habría tomado el primer tren de regreso a Inglaterra. Pero esto era imposible. No sólo seguía impecune, sino indocumentado. Se maldijo mil veces por su estulticia. Luego, persuadido de la inutilidad de este desahogo, decidió hacer lo posible por recuperar la cartera y la documentación. Si el individuo que se las había sustraído era un delincuente profesional, como parecía indicar su método, probablemente actuaría en una demarcación fija, donde los lugares y las personas le resultaran familiares. Había anochecido y las tabernas empezaban a llenarse. Aunque era poco probable encontrarle de nuevo en el mismo sitio, Anthony decidió empezar por la peña taurina donde había trabado conocimiento con el mangante a raíz de la trifulca provocada por los jóvenes falangistas.

No lo encontró ni allí ni en los incontables establecimientos que recorrió. Como se había propuesto proceder de un modo sistemático, se metía allí donde veía animación. Unos locales estaban frecuentados por personas distinguidas, otros por oficinistas, otros por tipos patibularios de inimaginable profesión; los más, sin embargo, presentaban una mezcla diversa y decididamente democrática. En todos reinaba una algarabía ensordecedora y un trasiego incesante de vino y de viandas de increíble variedad. Todo el mundo vaticinaba un inminente estallido de violencia y Anthony no tenía motivo para dudar de lo acertado del vaticinio, pero hasta tanto no se produjera la tragedia, los españoles parecían decididos a divertirse.

De su prolongado periplo por la noche bohemia, Anthony sacó esta conclusión y nada más. Decidido a recorrer el mayor número posible de locales y sin dinero para consumir, apenas entraba en uno se dirigía derechamente al amo, a un empleado o a un parroquiano y le preguntaba si conocía a un individuo de las características del que la víspera le había robado. Su brusquedad, su acento y la imposibilidad de remunerar de algún modo la ayuda solicitada dieron al traste con todos los intentos. Su interés despertaba recelo y en algunos casos abierta animadversión. Más de una vez hubo de optar por una retirada prudente, cuando no vergonzosa. Finalmente, emprendió el regreso al hotel.

De camino, y antes de dar la empresa por perdida, decidió volver al escenario del crimen. No tardó en dar con el ruinoso portalón, batió palmas y esperó al sereno. Cuando éste asomó tambaleante por la esquina le dijo:

—¿Me recuerda usted?

—¿De qué?

—De anoche.

—¿Pues qué pasó anoche de memorable?

—Nada. Ábrame la puerta.

La misma mujerona se mostró amablemente sorprendida al ver a Anthony. No debían de abundar los clientes tan asiduos. Este recibimiento disipó las sospechas del inglés respecto de una posible complicidad entre la mujerona y el carterista. Ella le hizo entrar, cerró la puerta y sin dejarle hablar se volvió dando voces al negro pasillo de la casa.

—¡Toñina, hija, sal corriendo, que ha vuelto tu galán! —y dirigiéndose a Anthony—: No tardará, señor. Se estará aciscalando. La pobrecilla está pirrá por usté, eso se echa de ver. No sabe cómo la gustan los catalanes. ¡Toñina, leche, a ver si nos damos prisa! ¡Y ponte las enaguas negras que te regaló aquel viajante de Sabadel!

—Señora, yo no soy catalán —aclaró Anthony—. Soy inglés.

—¡Joroba, disculpe usté el desliz! Como tiene ese acento tan raro y no dejó propina... Pero ya está aquí la mocita. ¡Mire usté qué ricura, Señor mío de mi alma!

Sobrio y abatido, Anthony advirtió por primera vez una mirada famélica en los ojos grandes de la niña.

—En realidad, señora, yo no he venido a lo que usted supone —dijo.

Con frases confusas refirió lo ocurrido, procurando tranquilizar a las dos mujeres respecto de sus intenciones. Ninguna sospecha recaía sobre las habitantes de aquella digna morada ni él pensaba acudir a las autoridades. Simplemente, estaba en una situación apurada, como extranjero sin dinero ni papeles, y quería saber si conocían al individuo que le había embaucado. Como era de prever, aquellas palabras no despejaron el temor de las dos mujeres. Juraron no saber nada del individuo en cuestión y la mujerona insistió en que no hacer preguntas ni recordar caras era norma estricta de la casa. Anthony dio las gracias y se despidió. Antes de salir dijo la mujerona:

—Si no tié parné, no habrá cenao.

—No, señora.

—Pues mire usté, aquí el que no paga, no moja, pero un trozo de pan no se le niega a un cristiano. Aunque sea inglés. ¿Es verdad que en su pueblo los hombres llevan faldas?

—En Escocia, y sólo los días de fiesta.

—Ja, me barrunto yo qué fiestas serán ésas —rió la mujerona.

Al cabo de un rato reapareció la Toñina con una escudilla de barro llena de un potaje aceitoso, una cuchara de madera y un vaso de agua. Mientras comía, Anthony Whitelands recordaba con detalle el cuadro de Velázquez titulado *Jesús en casa de Marta y María*.

10

A primera hora de la mañana, confiando en la laboriosidad de sus conciudadanos, Anthony Whitelands se encaminó a la Embajada inglesa, sita en el Paseo de Recoletos. Al funcionario que le detuvo en la entrada y le pidió su documentación, le explicó que precisamente el haberla perdido le llevaba a aquel lugar. El funcionario titubeaba. ¿No podía acreditarse como súbdito de la Corona? En tal caso, él no podía franquearle la entrada. Irritado al ver que no bastaban su aspecto y su inconfundible acento de Cambridge, Anthony exigió ver al embajador en persona o, cuando menos, a un diplomático de rango superior. El funcionario de la entrada le dijo que aguardara en el vestíbulo mientras iba a consultar.

Salió el funcionario. En una habitación contigua al vestíbulo, Anthony vio a una anciana pulcramente vestida que hacía calceta. Al verse observada, la anciana esbozó un saludo con la cabeza. Mientras intercambiaban comentarios sobre el tiempo, regresó el funcionario y con acusadora frialdad, como si por culpa del recién llegado hubiera recibido una reprimenda, indicó a éste que le siguiera. Por una escalera ancha y alfombrada subieron al primer piso. Recorrieron un corto pasillo y ante una puerta el funcionario tocó con los nudillos, abrió sin esperar respuesta y se hizo a un lado.

En un despacho de medianas proporciones, amueblado con estanterías llenas de libros de leyes, un pesado escritorio y varias sillas tapizadas, un hombre joven le recibió con claras muestras de alegría.

—Harry Parker, consejero de Embajada —dijo tendiendo una mano laxa a su compatriota—. ¿Qué puedo hacer por usted?

Sus modales eran suaves, pero su aspecto apático y una velada expresión de alarma en sus ojos indicaban la inseguridad del funcionario que sólo se siente a salvo cuando todo responde a un procedimiento claro e inamovible. Sus facciones todavía aniñadas permitían intuir la alopecia y la obesidad que los años le tenían preparadas. En un ángulo del escritorio había una foto enmarcada de Harry Parker estrechando la mano de Neville Chamberlain. Esto y la fotografía de Su Majestad el Rey Eduardo VIII en la pared era todo cuanto revelaba el despacho sobre la persona que lo ocupaba.

—Encantado de conocerle. Mi nombre es...

—Anthony Whitelands —se apresuró a decir el joven diplomático—. Y ha extraviado su cartera. Una circunstancia embarazosa, realmente embarazosa. De hecho, le esperábamos ayer, tan pronto como tuvimos noticia del percance. Me pregunto cómo pudo pasar el día entero sin un penique. Admirable. Por suerte, bien está lo que bien acaba, ¿no es así?

Mientras hablaba rebuscaba en un cajón del escritorio. Al final sacó la cartera, el pasaporte, el reloj y la pluma estilográfica de Anthony y se lo entregó.

—Compruebe que está todo, por favor. Entre nosotros no hace falta la verificación, naturalmente, pero la Embajada firmó un recibo y usted deberá contrafirmarlo. Si está de acuerdo, por supuesto.

Recuperado de su asombro, Anthony examinó el contenido de la cartera, comprobó que no faltaba nada y así se lo hizo saber al consejero. Luego le preguntó cómo habían llegado aquellos objetos a sus manos.

—Oh, del modo más sencillo —dijo el joven diplomático—. Ayer por la mañana vino un individuo de nacionalidad española y nos los entregó. Según dijo, usted mismo se los había dado al entrar en un burdel para que los custodiara. El individuo le estuvo esperando a la intemperie y al cabo de un buen rato, viendo que usted no salía, aterido de frío y debiendo regresar a su domicilio, algo alejado del centro, optó por marcharse con la intención de restituírselos al día siguiente. Sólo al llegar a su casa cayó en la cuenta de que desconocía su paradero. Como no sabía qué hacer, se le ocurrió traerlos a la Embajada, dando por supuesto que usted vendría aquí tarde o temprano. Obviamente, nosotros mismos nos habríamos puesto en contacto con usted de inmediato de haber sabido dónde se alojaba.

—Vaya —exclamó Anthony—, nunca habría imaginado este desenlace. Y ese individuo, ¿dejó algún nombre y dirección? Me gustaría expresarle mi agradecimiento y recompensar su integridad.

—El nombre consta en el recibo: Higinio Zamora Zamorano, pero las señas no. Creo recordar que mencionó un lugar llamado Navalcarnero, ¿le suena?

—Sí, es una población, muy lejos de Madrid. No creo que mi benefactor viva allí. Tal vez se trate de un domicilio anterior o del Ayuntamiento donde está censado. Sea como sea, no veo forma de ponerme en contacto con él, porque una vez recuperada la cartera y el pasaporte, y como nada me retiene aquí, me propongo regresar a Inglaterra hoy mismo. Si no recuerdo mal, a la una y media de la tarde sale un tren. Si me doy prisa, esta misma noche puedo estar en Hendaya.

Había tomado esta decisión de un modo precipitado e

irreflexivo, pero el joven diplomático asintió como si ya contara con ella.

—Por supuesto —dijo—, tal como están las cosas en España, no es prudente prolongar la estancia sin un motivo poderoso. Y ya que hablamos de esto, ¿puedo preguntarle la razón de su presencia en Madrid, señor Whitelands?

—Asuntos privados. He venido a ver a unos amigos.

—Ya entiendo. Por supuesto, no es de mi incumbencia. En absoluto. Le deseo un feliz viaje. Sólo una pregunta más, si es tan amable. ¿Conoce a un tal Pedro Teacher? Puedo deletrearle el apellido.

—No hace falta. Pedro Teacher es un marchante de arte en Londres. Yo soy experto en arte y, dada mi profesión, es natural que conozca de nombre al señor Teacher. ¿Desea saber algo más?

Harry Parker miró hacia la ventana, que enmarcaba el cielo azul y sin nubes, se encogió de hombros como si diera por concluido el tema, y sin apartar los ojos de la ventana dijo:

—Todo me hace suponer, señor Whitelands, que usted conoce bien este país. Si es así, no le habrá pasado por alto la precaria situación en que se encuentra. No hace falta añadir la preocupación del Gobierno británico por el posible desarrollo de los acontecimientos, en la medida en que podrían tener serias repercusiones a escala continental. Esta preocupación concierne de un modo especial a nuestra Embajada. En primer lugar, por cuanto pueda afectar a la seguridad de los muchos súbditos de la Corona residentes o de paso en España; en segundo lugar, por lo que pueda afectar a nuestros intereses, tanto estratégicos como económicos. De estas materias de la máxima gravedad se encargan el señor embajador y los agregados correspondientes, claro está. A mí me corresponden asuntos de menor importancia, pero no insignificantes. Es mi territorio y debo estar informado, ¿no le parece?

Apartó los ojos de la ventana y miró fijamente a Anthony con la misma expresión de inocencia.

—No es un secreto —siguió diciendo— que en estos tiempos de incertidumbre muchas familias están tratando de poner a salvo sus bienes, por si se ven obligadas a salir del país. Nada más natural, desde todo punto de vista. Nada más natural. Pero precisamente en estos tiempos de incertidumbre nuestro Gobierno desea evitar pequeños roces por cuestiones de contrabando, usted ya me entiende. Confidencialmente le diré que hace un tiempo tuvimos noticias de que el señor Pedro Teacher, marchante de arte en Mayfair, como ya sabe, había estado mediando en... contactos... Nadie pone en duda la honorabilidad del señor Teacher, por supuesto. Sin embargo, el señor Teacher no es... ¿cómo le diría? No es inglés al cien por ciento. Tampoco en eso hay nada malo: uno no tiene capacidad para decidir sus orígenes. Yo me refería sólo a, ya sabe, lealtades divididas... Dilemas morales, si podemos llamarlos así. Bien es cierto que los dilemas morales no son de mi incumbencia. Usted es experto en arte, según me acaba de decir...

—Oiga, señor...

—Parker. Harry Parker.

—Señor Parker, puedo darle mi palabra de caballero de que no estoy involucrado en ninguna operación de compraventa de objetos de arte en Madrid, y mucho menos en una compraventa ilegal de cuadros.

—Oh, por supuesto —dijo el joven diplomático con expresión de alarma—, por supuesto. Yo no quería insinuar tal cosa. Uno piensa, sabe usted, y a veces piensa que la frontera entre lo legal y lo... ligeramente ilegal es difusa. Pero es sólo una hipótesis. No es su caso, claro, especialmente si no ha venido a Madrid para intervenir en ninguna transacción, ni legal ni ilegal. ¿Decía que regresaba hoy mismo a Inglaterra?

—Si no encuentro obstáculo.

—No hay razón para que le salga ninguno al paso. Los trenes españoles no son puntuales ni limpios ni confortables, pero funcionan bastante bien cuando no hay huelgas o sabotajes. De todos modos, si por cualquier motivo decidiese permanecer en Madrid, le agradecería que me avisara. Le dejo mi tarjeta. Harry Parker. El número de teléfono es el de la Embajada; puede llamar a cualquier hora, siempre hay alguien de guardia y esa persona se pondrá en contacto conmigo. No tenga reparo en llamar a cualquier hora, señor Whitelands.

Al salir de la Embajada Anthony dio un hondo suspiro: todos sus problemas se habían resuelto en un momento. Había podido ocultar el motivo de su viaje sin faltar a su palabra, puesto que en sentido estricto no había participado en ninguna transacción, y como ya disponía de documentación y dinero, podía regresar a Inglaterra sin necesidad de percibir el estipendio que tan noblemente le había ofrecido el duque. Abandonar Madrid sin volver a ver a la acogedora familia de aquél le producía tristeza, pero aún era mayor su alivio. Con el pensamiento bendijo la honradez ejemplar de aquel humilde representante del pueblo español cuyo nombre ya había olvidado, el cual, pudiendo obtener sin riesgo alguno una ganancia, había preferido devolverlo todo, había tenido ingenio suficiente para ocurrírsele ir a la Embajada y se había tomado la molestia de llevar personalmente los objetos sin esperar ninguna recompensa.

El aire era frío; la gente se apresuraba por las calles con las manos en los bolsillos, la gorra calada y las solapas levantadas. En el horizonte se perfilaban las cumbres nevadas de la Sierra de Guadarrama. Eran las diez y media: tenía tiempo sobrado para regresar al hotel, hacer el equipaje, ir a la estación de Atocha y tomar el tren.

Al entrar en el hotel comunicó al recepcionista que dejaba la habitación. El recepcionista hizo la oportuna anotación en el libro registro. Luego le entregó la llave y un sobre.

—Lo han traído hace un rato.

El sobre estaba cerrado y no llevaba remitente ni destinatario.

—¿Quién lo ha traído? ¿El mismo que vino ayer preguntando por mí?

—No. Éste era un tipo joven, chulapo, parecía gitano. No ha dicho su nombre ni nada de nada. Sólo que le diera a usted la carta en propia mano en cuanto le viera. Que era importante. Eso ha dicho.

—Está bien —dijo Anthony Whitelands metiéndose la carta en el bolsillo—. Voy a hacer el equipaje. Usted vaya preparando la cuenta. No tengo tiempo que perder.

Subió a la habitación, colocó la maleta sobre la cama y abrió la puerta del armario, dejando a la vista sus escasas pertenencias. Antes de empezar a trasladar el contenido del armario a la maleta, sacó el sobre del bolsillo, se acercó a la ventana, abrió el sobre y desplegó una hoja de papel escrita con letra grande, educada, femenina. El texto decía así:

Apreciado Anthony:

Sé que mi padre y usted tienen cita concertada esta mañana, pero el noble carácter que nuestro breve trato me ha permitido discernir en usted me hace temer que desista de acudir a ella. Por favor, no lo haga: es necesario de todo punto que volvamos a vernos. Necesario para mí y, si mi instinto y mi razón no me engañan, también para usted.

Por este imperioso motivo me permito escribirle. Nuestro mayordomo, a quien ya conoce, le hará llegar mi carta, de cuyo contenido nada sabe, pues ignora incluso la mano que la ha escrito. Si le

ve, no la lea en su presencia ni le pregunte nada. Rómpala des-
pués de haberla leído.

Cuando venga a casa no llame a la puerta de la entrada. Ro-
dee el muro hasta que encuentre en la calle lateral una puertecita
estrecha de hierro que da al jardín. A las doce en punto golpee tres
veces y yo le abriré. Cuando venga asegúrese de no ser seguido ni
observado. A su debido tiempo le explicaré la causa de tantas pre-
cauciones.

Confía siempre en usted,

PAQUITA

Releyó la carta sin entender su significado. Aun así, y
por más que eso echase a rodar sus planes, no podía desoír
un llamamiento tan apremiante. Bajó a la recepción y
anunció que se quedaría en el hotel un día más. El recepcionista tachó el asiento anterior e introdujo el nuevo dato
en el registro sin hacer ningún comentario, lo que a Anthony se le antojó sospechoso: el sigilo impuesto por la carta y sus reiteradas advertencias le tenían en un estado de
alarma exacerbada.

Regresó a su habitación, guardó la maleta y cerró el armario. Eran las once. Sobraba tiempo para llegar a la cita,
pero como su inquietud no le permitía permanecer encerrado, se echó a la calle. En una cervecería de la plaza de
Santa Ana se tomó una caña y una ración de calamares,
porque todavía no había desayunado. Luego se puso en camino, dando complicados rodeos. Para cuando se adentró
en la calleja que bordeaba el palacete estaba seguro de no
haber sido seguido o de haber desorientado a cualquier
posible seguidor. Una vez allí no le costó dar con la puerta
de hierro descrita en la carta. Llamó con los nudillos y re-
sonó el metal con acentos lúgubres. Al instante giró la llave
en la vetusta cerradura y la puerta se abrió chirriando. El
inglés se introdujo por la abertura y cerró rápidamente

una figura femenina protegida del frío y de la curiosidad ajena por un amplio capote de cazador; un chal le ocultaba las facciones. En los ojos profundos de Paquita, entrevisto entre los pliegues del chal, advirtió Anthony el fulgor febril de la aventura. En los nudillos de la mano que sostenía la enorme llave vio enroscado un rosario a modo de talismán.

—No tema —dijo—, nadie me ha seguido.

Ella le puso el dedo en los labios y susurró:

—¡Chitón!

Luego le cogió la mano y tirando de él suavemente lo condujo a paso vivo por el sendero del jardín que conducía a la casa. Anthony sólo había tenido visiones fugaces del jardín desde las ventanas del palacete. Ahora, una vez en él, le parecía más grande y misterioso. Flotaba un aroma melancólico proveniente de la tierra mojada, en cuyo seno hibernaban las semillas. Bancos de piedra manchados de musgo aparecían entre los mirtos secos y los esquemáticos rosales. Entre las ramas desnudas de los árboles vislumbró las ventanas del palacete, en cuyos cristales se reflejaba el sol de inverno, dorado y mate. En un jardín cercano ladraba un perro. Ante una puerta de arco se detuvieron Paquita y el inglés. Al abrirla quedó visible un corredor oscuro. Antes de entrar, con un repentino impulso, ella le dio un abrazo. Anthony sintió contra su cara el ardor de las mejillas de la joven y el roce de unos labios helados. «Mi vida está en sus manos», creyó entender entre el susurro del viento. ¿Cómo debía interpretar aquellas palabras? Un pensamiento fugaz, resto de su cordura, le cruzó la mente: a estas horas yo debería estar abordando el tren de Hendaya. Esta reflexión se impuso sobre sus fantasías desbocadas y decidió esperar con todos los sentidos despiertos el desarrollo de aquel insólito lance. Sin soltarle la mano ni darle tiempo a pensar más, Paquita se adentró en el corredor. Al cerrar la puerta les envolvió la oscuridad hasta que sus ojos se habituaron a la escasa luz que difundía una bombilla de filamento suspendida del techo. En el corredor hacía un frío húmedo y desabrido. Anduvieron hasta llegar a otra puerta, que la joven abrió con gestos precisos y decididos. Entró y Anthony la siguió. Al cruzar el umbral se encontró en un almacén de amplias proporciones abarrotado de muebles antiguos, viejos arcones y bultos de varios tamaños protegidos con mantas. Las estatuas presentaban un aspecto fantasmal. Viendo que ella no decía nada ni hacía ningún movimiento, le preguntó:

—¿Dónde estamos? ¿Por qué me ha traído aquí?

Desde un rincón oscuro respondió una voz grave:

—No tema nada, señor Whitelands, está entre amigos.

Mientras decía esto, apareció entre los bultos su excelencia don Álvaro del Valle, duque de la Igualada, cubierto con una gruesa bata y tocado con un gorro de fieltro verde con borla. Al verle, el inglés se quedó perplejo: las emociones que había suscitado en él el comportamiento de Paquita le habían hecho olvidar la razón de su presencia en el palacete.

—Le agradezco mucho que haya venido —siguió diciendo aquél—. Por momentos albergué el temor de que el pundonor le hiciera renunciar a nuestra cita. En cuanto al secreto que envuelve el encuentro, atribúyalo a un exceso de precaución. Es importante que nadie sepa de su presencia aquí, y sobre todo, de lo que vamos a hablar a renglón seguido. También habrá de disculpar la incomodidad de este lugar. Y ahora, si me lo permite y sin más preámbulos, le daré las explicaciones que sin duda le debemos y, si tiene usted la paciencia de escucharlas, comprenderá y absolverá un proceder tan melodramático. En primer lugar, amigo Whitelands, he de pedirle mil perdones por el engaño en el que deliberadamente le he mantenido hasta ahora. Mucho he debido violentar mi natural franqueza para fingir ante usted y más aún mi natural decoro, sabiendo que al hacerlo abusaba de su confianza y de su caballerosidad. De este remordimiento me alivia pensar que al fin y a la postre obtendrá usted una recompensa moral adecuada al agravio que le he infligido.

Se aproximó el señor duque a su perplejo huésped y poniéndole la mano en el hombro prosiguió en una voz más baja y confidencial.

—Aunque lego en cuestiones de arte, no soy tan ignorante ni tan presuntuoso como para fabular que los cuadros que le mostré ayer puedan tener un valor sustancial en el mercado extranjero. Jamás habría hecho venir a una autoridad como usted para tasar la modesta colección de un simple *amateur*. No se ofenda si le digo que le hice venir dos veces y participar del ambiente familiar con el único propósito de observarle. Tenía de usted las mejores referencias y ningún motivo para dudar de la probidad de usted; pero la naturaleza de nuestra relación requería una confianza que sólo podía engendrar el trato personal. Huelga decir que el resultado de este escrutinio no sólo ha sido satisfactorio, sino que ha superado con creces las expectativas más optimistas. Ahora sé que es usted un hombre inteligente, íntegro y ecuánime; sin vacilar pondría en sus manos mi vida y la de mi familia. A decir verdad, esto es lo que estoy haciendo.

Hizo una pausa emotiva, como si la mención del peligro que se cernía sobre sus seres queridos le robara el aliento. Aunque lanzaba de soslayo miradas cargadas de aparente temor, era evidente que encontraba un cierto placer en la escenificación de sus aprensiones.

—De lo que le estoy contando y de lo que le voy a contar a continuación, nadie está enterado, ni siquiera los miembros de mi propia familia, a excepción, naturalmente, de Paquita, aquí presente, la cual, a pesar de su condición femenina, posee una agudeza de juicio y un valor innegables. Para los demás, lo sucedido desde su llegada, incluida la mentira piadosa acerca del posible valor de los cuadros, de la que pronto serán desengañados, es la pura verdad. De este modo no sólo trato de ponerlos a salvo de posibles consecuencias adversas, sino algo más importante: si, como sospecho, estamos siendo espiados, quienquiera que lo haga sacará las mismas conclusiones que mi familia y las que, hasta este momento, pueda haber sacado usted. Y dicho esto, amigo Whitelands, voy a mostrarle el cuadro que ha motivado su viaje a Madrid. Nadie conoce su existencia y, por las mismas razones de prudencia antes expuestas, no se lo puedo mostrar fuera de este sótano, donde la luz es deficiente. Más adelante traeré una lámpara suplementaria. De momento, deberá conformarse con una triste bombilla. Pero no podía postergar por más tiempo esta conversación ni dejar de mostrarle el objeto de tanto enredo y tanta mistificación.

Calló el señor duque y, sin esperar respuesta, giró sobre sus talones y se dirigió al fondo del almacén. Le siguió el inglés más confuso que antes de recibir las aclaraciones de su anfitrión; Paquita, que las había escuchado en silencio, se colocó a su lado, con los brazos cruzados, la vista baja y una leve y enigmática sonrisa en los labios.

Apoyado contra un viejo armario de luna había un bulto rectangular de mediana altura cubierto por una gruesa manta parda. Con mucho cuidado fue retirando la manta el señor duque de la Igualada, hasta dejar al descubierto, ante los ojos incrédulos del inglés, un lienzo insólito.

11

Anthony Whitelands garrapateó un número de teléfono en una hoja de su cuaderno de notas y pidió a la telefonista del Ritz que estableciera la comunicación. Tuvo que repetir varias veces la petición, porque farfullaba en inglés y en español al mismo tiempo y de un modo entrecortado. Había entrado en el hotel con el propósito de hacer la llamada, pero también en busca de la protección que parecía brindarle el lujo sereno e impersonal del establecimiento. Allí se sentía momentáneamente fuera del mundo real. Para tranquilizar el ánimo y poner en orden las ideas, fue al bar y pidió un whisky. Después de tomárselo sintió apaciguarse el torbellino que le agitaba pero no vio con más claridad el camino que debía seguir en aquellas circunstancias sin precedentes. El segundo whisky tampoco disipó sus dudas, pero le reafirmó en la necesidad de asumir el riesgo. La telefonista, habituada a las excentricidades de algunas de las personalidades que componían la selecta clientela del hotel, marcó el número, esperó un rato y finalmente le señaló una cabina. Anthony se encerró en ella, descolgó el auricular y al oír la voz cansina de la secretaria dijo:

—Quiero hablar con el señor Parker. Mi nombre es...

—No se retire —atajó la secretaria con repentina viveza.

Al cabo de unos segundos sonó al otro extremo del hilo la voz de Harry Parker.

—¿Es usted?

—Sí...

—No diga el nombre. ¿Desde dónde me llama?

—Desde el hotel Ritz, enfrente del Museo del Prado.

—Sé dónde está. ¿Ha estado bebiendo?

—Un par de whiskies, ¿se me nota?

—No, qué va. Tómese otro mientras llego, y no hable con nadie, ¿me ha entendido? Con nadie. Estaré ahí en menos de diez minutos.

Anthony regresó al bar y pidió otro whisky, contento y a la vez arrepentido de la llamada que acababa de hacer. Apenas lo había consumido cuando vio entrar en el bar a Harry Parker. Antes de saludar a su compatriota, el joven diplomático dejó sobre una butaca el sombrero, el abrigo, la bufanda y los guantes y llamó por señas a un camarero. Cuando éste acudió le tendió un billete y le dijo:

—Tráigame un oporto y otro whisky para este caballero. Mi nombre es Parker, como las plumas estilográficas. Si alguien pregunta por mí, venga a decírmelo en persona, sin vocear mi nombre. No quiero que voceen mi nombre por ningún concepto. ¿Está claro? —El botones se guardó el billete en el bolsillo, hizo un movimiento de cabeza y se marchó. El joven diplomático se dirigió a Anthony.— Aquí todos vigilan a todos: los alemanes, los franceses, los japoneses, los otomanos. Es broma, naturalmente. Por suerte una propina soluciona cualquier problema de un modo satisfactorio. En este país todo se arregla con una buena propina. Cuando llegué me costaba entenderlo pero ahora me parece un sistema magnífico: permite mantener los sueldos bajos y al mismo tiempo escenifica la jerarquía. El trabajador cobra la mitad y la otra mitad se la tiene que agradecer al amo redoblando el servilismo. Y usted, ¿qué me cuenta? Si no recuerdo mal, la última vez que nos vimos estaba a punto de tomar el tren de vuelta a Londres. ¿Qué le ha hecho cambiar de planes?

Anthony vaciló antes de contestar.

—Sucedió algo... No sé si he hecho bien en llamarle.

—Eso nunca lo sabremos. Lo que habría sucedido si hubiéramos actuado en forma distinta, ¿eh? Un acertijo insoluble. De momento, lo único que sabemos es que usted me ha llamado y yo estoy aquí. Tómeselo con calma y empiece a contarme desde el principio la razón de su llamada.

El camarero trajo las bebidas. Cuando se hubo ido, dijo Anthony:

—No le pediré su palabra de caballero de que todo lo que le voy a contar ha de permanecer en secreto, pero quisiera encarecerle la extrema confidencialidad de este encuentro. No recurro a usted en calidad de diplomático acreditado, sino en calidad de compatriota y de hombre capacitado para comprender la trascendencia del asunto. También quiero decirle —añadió tras cierto titubeo— que esta mañana no le mentí al decir que no participaba en ninguna transacción comercial. A decir verdad, fui llamado para mediar en una posible compraventa de cuadros, pero la operación se deshizo antes de empezar.

—¿Cómo se llama la persona que le llamó? ¿Y su nacionalidad?

—Oh, señor Parker, no puedo revelar la identidad de esa persona. Es un secreto profesional.

El consejero dio un sorbo a su copa de oporto, cerró los ojos y murmuró:

—Me hago cargo. Prosiga.

—La razón por la que fui llamado era la que usted insinuó: vender cuadros fuera de España para disponer de dinero en el extranjero y de este modo poder exiliarse la persona en cuestión con toda su familia si así lo aconsejaban las circunstancias políticas del país.

—Pero usted acaba de decir que la operación no se llevó a cabo.

—En efecto. Inicialmente yo mismo desaconsejé la venta de los cuadros, no tanto por motivos legales cuanto por la escasa posibilidad de encontrarles comprador en ningún país de Europa o América. Este mediodía, sin embargo, las cosas han cambiado... de un modo radical.

—¿De un modo radical? —repitió el joven diplomático—. ¿Qué significa un modo radical?

Anthony se aclaró la garganta antes de responder y fijó la mirada en el vaso de whisky. Estaba a punto de hacer la revelación más importante de su vida y le entristecía hacérsela a un desconocido que obviamente carecía de la sensibilidad necesaria para apreciar su enorme importancia, y en un lugar bien distinto del escenario que él había imaginado para su encumbramiento.

—Se trata de un Velázquez —dijo al fin con un largo suspiro.

—Ah, vaya —dijo Harry Parker sin manifestar el menor entusiasmo.

—No es sólo eso —siguió diciendo Anthony Whitelands con desaliento—. Es un Velázquez no catalogado, totalmente desconocido hasta el momento. Nadie sabe de su existencia, salvo sus propietarios, y ahora usted y yo.

—¿Esto lo hace más valioso?

—Mucho más valioso, por supuesto. Y no sólo desde el punto de vista económico. Porque hay más. ¿Es usted experto en arte, señor Parker?

—Yo no, pero usted sí; dígame todo lo que deba saber.

—Trataré de explicarle lo esencial del modo más breve. De la vida pública de Velázquez se sabe todo: nació y se formó en Sevilla, de joven vino a Madrid y fue nombrado pintor de corte por Felipe IV. Murió a los sesenta y un años de muerte natural. Nunca participó en intrigas palaciegas ni tuvo roces con la Inquisición. Esto, como le digo, por lo que atañe a su vida profesional. De su vida privada se sabe poco, aunque no parece que haya mucho por saber. Se casó en Sevilla a los diecinueve años con la hija de su maestro, tuvo dos hijas; su matrimonio fue ejemplar, no se le conocen aventuras. De haber habido alguna irregularidad de este u otro tipo, los rivales de Velázquez, los que envidiaban su éxito y sus prebendas, no habrían dejado de propagarla para hacerle caer en desgracia. Por otra parte, Velázquez, a diferencia de otros muchos pintores de género, nunca retrató a su mujer, ni la utilizó como modelo, ni siquiera en los inicios de su carrera, cuando pintaba escenas cotidianas sirviéndose de personas de su entorno. En dos ocasiones viajó a Italia; en la primera estuvo ausente un año, en la segunda, casi tres años. No llevó consigo a su mujer y no se ha encontrado correspondencia entre los esposos. Velázquez era un hombre apuesto y gozaba de grandes privilegios; y es evidente que era sensible a la belleza femenina, como se puede advertir contemplando la *Venus ante el espejo* en la National Gallery de Londres.

Hizo una pausa para cerciorarse de que su interlocutor seguía con atención sus explicaciones, pero el joven diplomático había entrecerrado los ojos y parecía dormitar.

—Parker —exclamó Anthony Whitelands desconcertado—. ¿No le interesa lo que le cuento?

—Oh, sí, sí, perdone. Acabo de recordar una gestión, una gestión pendiente, para mañana, para mañana por la mañana, ya sabe, la rutina del trabajo..., pero le escucho, le escucho. ¿Qué me decía de la National Gallery?

—Déjese de tonterías, Parker. Le estoy hablando de la vida privada de Diego de Silva Velázquez.

—Oiga, Whitelands, ¿de veras me ha hecho salir a la calle a una hora intempestiva, en pleno invierno, con el máximo apremio, para insinuar que tal vez Velázquez no era tan buen marido como dicen los biógrafos? Debo admitir que los diplomáticos nunca desdeñamos los secretos de alcoba, pero, sinceramente, no veo qué interés pueden tener los líos de faldas de un mequetrefe que estiró la pata hace tres siglos.

Anthony Whitelands depositó el vaso de whisky en la mesa y se irguió en su asiento.

—Su actitud me parece deplorable, Parker —exclamó en tono seco—. No le consiento que menosprecie mis conocimientos, ni que ponga en tela de juicio mis afirmaciones, y menos que llame mequetrefe a Velázquez.

—¿Qué afirmaciones?

—Mis afirmaciones sobre la importancia del cuadro. Escuche: lo que he visto hace unas horas no sólo es un auténtico Velázquez de la más alta calidad, lo cual por sí sólo ya sería un descubrimiento sensacional, sino una aportación extraordinaria a la historia de la pintura universal. Le pondré un ejemplo para que lo entienda. Imagine que un buen día cae en sus manos un manuscrito de Shakespeare, una obra de calidad comparable a *Otelo* o a *Romeo y Julieta*, y que, además, contiene elementos autobiográficos capaces de aclarar los enigmas que rodean la vida de El Bardo. ¿Le parecería interesante, señor Parker?

El joven diplomático, que había escuchado esta diatriba con los ojos bajos, levantó la mirada y la paseó por el salón. Luego, sin mirar a su interlocutor, respondió:

—Señor Whitelands, lo que a mí me interese o me deje de interesar es irrelevante. Yo no he abandonado las comodidades de mi hogar para adquirir nuevos intereses. Si estoy aquí es para averiguar lo que le interesa a usted. Y no sea tan susceptible ni tan impetuoso si no quiere ir contándole a todo el mundo lo que nadie debería oír. Por el amor de Dios, hasta un niño se habría dado cuenta de que le estoy poniendo a prueba. Si pierde la flema está perdido. Y ahora, si puede apartar por unos minutos el pensamiento de las ligerezas de su querido pintor, dígame qué papel desempeño yo en este enredo.

Anthony hizo una pausa para poner en orden sus ideas. El salón daba vueltas al compás de la música y gustosamente se habría entregado a aquella placentera sensación; pero quería expresarse con la máxima precisión en un asunto tan delicado.

—Verá, hay un individuo, conservador de la National Gallery, su nombre es Edwin Garrigaw; buena familia, máxima respetabilidad; fue profesor mío en Cambridge, ya debe de tener unos cuantos años. En Cambridge le llamaban Violet o algo parecido; si lo repite negaré haberlo dicho... Este caballero, Edwin o Violet, lo mismo da, es experto en pintura española: Velázquez, Murillo, Ribera, ya sabe; por este motivo nos hemos peleado en algunas ocasiones, no personalmente, claro; artículos en revistas especializadas y una vez cartas al *Times*, con rigor, pero con acidez, con sorna por su parte; él no me aprecia; sospecho que sospecha que me gustaría ocupar su cargo, y no niego que unos años atrás la idea me pasó por la cabeza... pero ahora no se trata de esto. En fin de cuentas, yo a él tampoco le tengo aprecio, lo considero una cacatúa engreída, si quiere saber mi opinión; pero le reconozco un alto grado de competencia en la materia, y por esto yo... yo le he escrito una carta...

Sacó un abultado sobre del bolsillo interior de la americana e hizo ademán de tendérselo a su acompañante, pero en el último momento retiró la mano y se quedó mirando el sobre fijamente con los ojos empañados en lágrimas.

—Por el amor de Dios, Whitelands, repórtese —mur-

muró el consejero al advertir la turbación de su interlocutor—. Su actitud es embarazosa. ¿Quiere otro whisky?

Hizo ademanes al camarero y éste, interpretando correctamente su intención, se apresuró a traer prontamente
un vaso de whisky. Para entonces Anthony ya se había repuesto de su repentina agitación y procedía a limpiar los
cristales de las gafas con el pañuelo.

—Perdóneme, Parker —dijo con voz entrecortada—. He
tenido... he tenido un momento de flaqueza... pero ya estoy
bien. La carta —prosiguió dando pequeños sorbos a su
vaso—, la carta va dirigida a Edwin Garrigaw y sólo debe serle entregada si a mí me pasara algo. Ya me entiende. Se la
confío con esta condición. Si a mí..., si me sucediera cualquier cosa, si un imprevisto me impidiera... Es de vital importancia que la carta llegue a manos de Garrigaw. Aquí se
lo cuento todo... Me refiero al cuadro de Velázquez que le
mencioné hace un rato. Bajo ningún pretexto y por ninguna
causa ha de permanecer oculto más tiempo; el mundo ha de
saber de su existencia y, sea como sea, el cuadro ha de acabar en Inglaterra. Edwin sabrá cómo hacerlo. Y si él no, que
desentierren a lord Nelson o a sir Francis Drake, pero hemos de hacernos con ese maldito cuadro, Parker, a cualquier
precio, ¿me comprende?, a cualquier precio. Ese cuadro vale
más que las minas de Riotinto. ¿Lo ha entendido, Parker?
¿Ha entendido la naturaleza y el alcance de su misión?

—Sí, hombre. No tiene complicación. Darle esta carta
a un tipo en Londres.

—Sólo si a mí me sucede algo, ¿eh? Si no, de ningún
modo. Y si, por la razón que fuere, ha de entregarle la carta a Violet, no olvide decirle que fui yo quien descubrió el
cuadro y quien determinó su autenticidad. No permita que
él se quede con el cuadro y con la gloria. Si me sucediera
algo... al menos, Parker, al menos sería recordado con dignidad...

—Descuide, Whitelands —se apresuró a decir el joven diplomático al advertir que las lágrimas asomaban de nuevo a los ojos de su interlocutor—. La carta está en buenas manos. Y confiemos en que no tenga que hacérsela llegar a su destinatario. Y ahora, dígame, ¿qué piensa hacer?

—La carta...

—Sí, sí, la carta; si a usted le ocurriera algo irreparable; eso ya lo he entendido. Pero de momento sigue vivo y no le pasará nada si no mete las narices donde no debe. Pero eso le pregunto, ¿qué piensa hacer? Con el asunto del cuadro, quiero decir.

Anthony se quedó mirando al consejero con expresión aturdida, como si la pregunta le pareciera absurda. Al cabo de un rato se pasó la mano por la cara y dijo:

—¿Hacer? No... no lo sé. Todavía no lo he pensado.

—Entiendo, entiendo. Lo que usted haga no es de mi incumbencia. Pero, ya que me ha llamado para otorgarme su confianza, creo mi deber corresponder a esta confianza con un consejo de amigo.

—Ah, ya sé lo que me va a decir. Pero preferiría no escuchar su consejo. No se ofenda, Parker. Es usted una buena persona y le agradezco mucho su disponibilidad. En realidad... en realidad usted es el único amigo que tengo en el mundo...

Al ver que su atribulado confidente reanudaba los pucheros, el joven diplomático cogió la carta con suavidad, se la metió en el bolsillo, se levantó y dijo:

—En tal caso, Whitelands, le daré igualmente el consejo que pensaba darle: váyase al hotel y duerma la mona. Mañana lo verá todo más claro y conviene que esta noche no hable con nadie más.

12

Con el andar inseguro y ceremonioso de los beodos, Anthony Whitelands iba camino del hotel por las calles frías y desiertas del Madrid invernal, cuando oyó una voz que le interpelaba y un individuo con pinta de pordiosero, tocado con un anacrónico sombrero de ala ancha, se colocó a su lado y ajustó el paso al suyo. Como parecía un personaje salido de un cuadro, Anthony atribuyó su existencia a una alucinación y siguió caminando sin dirigirle la palabra ni la mirada, hasta que su espontáneo acompañante, agarrándole suavemente del codo, le obligó a detenerse bajo el cono de luz de una farola y le dijo en tono dolido:

—Pero bueno, ¿no me reconoce? Míreme bien: soy Higinio Zamora Zamorano, el que le guardó la cartera la otra noche.

Mientras hablaba se había levantado el ala del sombrero para permitir que la farola iluminara sus escuálidas facciones. Al verlas, el inglés dio un respingo y exclamó:

—Por todos los diablos, don Higinio, deberá usted disculparme. El alumbrado público es deficiente y yo debo de haber olvidado mis gafas en el Ritz.

—No señor, las gafas las lleva puestas. Y no me llame don Higinio. Con Higinio a secas voy servido. ¿Se encuentra bien?

—Oh, sí, perfectamente, perfectamente. Y me alegro mucho de este encuentro fortuito, que me permite expresar a usted mi gratitud. He intentado en vano averiguar su paradero para ofrecerle una gratificación por haber llevado mis cosas a la Embajada.

Higinio Zamora Zamorano hizo una floritura con el sombrero antes de volvérselo a poner.

—De ningún modo. Faltaría más. Pero, dígame, ¿adónde va a estas horas, tan flamenco? Si se puede saber, por supuesto.

Anthony señaló calle arriba y dijo en tono resignado:

—Al hotel, a dormir la mona.

—Ah, ¿queda lejos?

—No. Si el sentido de la orientación no me falla, cae por allí.

Higinio Zamora volvió a sujetarle con más firmeza y dijo:

—Pues no debe ir en esa dirección. De allí vengo y he oído gritos y carreras. Los de la CNT y los falangistas están en plena batalla campal. Más nos vale esperar a que amaine la tormenta. Oiga, ¿por qué no vamos un rato adonde le dejé la otra vez? La Justa aún estará levantada y a la chavala, si hace falta, se la despierta. Allí al menos estaremos a resguardo del frío y de las algaradas y podremos tomar unas copitas de aguardiente para entrar en calor. ¿Qué me dice, eh? La noche es joven.

El inglés se encogió de hombros.

—Bueno —dijo—, la verdad es que no tenía muchas ganas de ir al hotel. ¿Le han dicho alguna vez que se parece mucho al Menipo de Velázquez?

—Ni una —repuso el otro—. Venga, iremos dando un rodeo y evitaremos las calles anchas: ahí es donde se producen los enfrentamientos.

Aunque aguzando el oído no percibía el fragor de la

revuelta que su acompañante le predicaba, Anthony se dejó conducir mansamente, reacio a poner fin a una jornada tan singular. Agarrados del brazo atravesaron la plazoleta de la Vaquilla, tan animada en verano con los parasoles de los chamarileros y a la sazón desierta, y se adentraron en un dédalo de callejuelas tortuosas y oscuras. Al cabo de muy poco el inglés ya no sabía dónde estaba. Esto le hizo comprender qué poco conocía Madrid, a pesar de haber estado allí períodos relativamente largos. Ahora se sentía doblemente extranjero y aquella sensación le infundía una profunda melancolía y la excitación de lo desconocido. Pasaba sin transición de un entusiasmo infantil a una tristeza rayana en la desesperación. En ambos casos estaba aturdido y se habría dejado conducir a cualquier parte. Pero Higinio Zamora Zamorano sólo pretendía llevarle al lugar anunciado, y después de dar muchas vueltas, se encontraron nuevamente delante del viejo portón, dando palmas furiosas hasta que apareció el sereno arrebujado en su capote, arrastrando los pies y tiritando de frío. Bajo la gorra asomaban unos ojos enrojecidos y en la punta de la nariz se balanceaba una gota acaramelada.

Subieron hasta el segundo piso y tocaron el timbre. Transcurrido un rato se oyó susurro de pasos y abrió la puerta la mujerona en bata de felpa, babuchas y mitones. Al ver al inglés, se puso en jarras y exclamó con voz ronca:

—Pero, bueno, ¿no hay otro sitio adonde ir en to Madrid? ¡Estas no son horas, leñe! Y si no tié pa comer, vuélvase a su tierra. O a Gibrartá, que pa eso nos lo birlaron.

Anthony hizo una reverencia y se golpeó la frente contra la jamba de la puerta.

—Usted me malinterpreta, doña Justa —masculló recordando el nombre con que Higinio Zamora se había referido a ella poco antes—. Ya no soy pobre como la otra noche ni vengo a mendigar la sopa boba. Encontré la cartera y el dinero intactos, gracias a la probidad de este buen amigo que viene conmigo en calidad de invitado.

Sólo entonces reparó la Justa en la presencia de Higinio Zamora y sus facciones se suavizaron.

—Haber empezao por ahí. Los amigos del Higinio siempre tienen sitio en esta casa. Pero pasar, no sus quedéis en el rellano o sus dará un pasmo. Está la noche que ni te cuento. Bien que nosotras, con el brasero, nos apañamos.

Los dos hombres entraron en el saloncito que Anthony conocía de anteriores visitas. Sobre la camilla un quinqué alumbraba una botella mediada, dos vasitos y un plato cubierto de migas. A la mesa se sentaba una anciana de rostro apergaminado, tan menuda y abrigada que costaba distinguirla de los cojines y gualdrapas repartidas irregularmente por la pieza para disimular el deterioro del mobiliario. En el silencio de la noche se oía gotear un grifo y maullar un gato en el corral de vecindad. Higinio colgó del perchero el abrigo y el sombrero y ayudó al inglés a despojarse de su impedimenta. Luego fueron a calentarse bajo los faldones de la camilla mientras la señora Justa sacaba del aparador otros dos vasos y servía licor a los recién llegados.

—Ahora iré a despertar a la niña —anunció.

—Oh, no, si duerme no la moleste —murmuró Anthony con voz desfallecida—. Por mí no..., yo no venía a...

Intervino Higinio a favor de su amigo:

—Déjalo, Justa. Sólo venimos a hacer tiempo: en la calle había tiros otra vez.

—¡Maldecía política! —gruñó la mujerona ocupando de nuevo su puesto en la camilla y dirigiéndose al inglés—. Antes venían por aquí los estudiantes. Armaban mucho alboroto y traían poco parné, pero algo era. Ahora, en cambio, prefieren ir a pegar y a que les peguen, si no es algo peor. En resumidas cuentas, que entre el frío y lo revuelto que anda tó, aquí no se apersona un cristiano. El país se viene abajo, mal rayo parta a don Niceto y a Ortega y Gasset.

—Ésos no tienen la culpa, mujer —terció Higinio. Y para cambiar de tema se dirigió a la anciana y levantando mucho la voz se interesó por su salud. La anciana pareció volver a la vida y abrió una boca desdentada como si quisiera decir algo, pero de inmediato la volvió a cerrar y se quedó traspuesta.

—Discúlpela —dijo la Justa a Anthony—. Aquí doña Agapita vive sola en la casa de al lado y a su edad chochea un poco. Sorda como una tapia, medio ciega y sin un real ni nadie que se ocupe de ella. Cuando hace tanto frío la invito a pasar, porque en su casa ni brasero tiene.

Anthony observó con compasión a la desvalida anciana y ésta, como si adivinara que por un instante se había convertido en el centro de atención, exclamó con voz de grajo:

—¡Churros, aguardiente y limoná!

—¿Y esos tiros? —preguntó la Justa desentendiéndose de su vecina.

—¡A saber! —dijo Higinio. Y al inglés—: En España las cosas van mal desde hace siglos, pero en los últimos meses esto es la casa de tócame Roque. Los falangistas andan a tiros con los socialistas; los socialistas, con los falangistas, con los anarquistas y, de vez en cuando, entre sí. Y mientras tanto todos hablan de hacer la revolución. Menudo despropósito. Para hacer una revolución, de derechas o de izquierdas, lo primero es tomarse la cosa en serio: unidad y disciplina.

Anthony dio un sorbo a su vaso de cazalla y sintió que se le abrasaba el gaznate. Tosió y dijo:

—Es preferible que no haya revolución, aunque sea por desidia.

—Revolución no habrá —replicó Higinio—, pero habrá golpe de Estado. Y lo darán los militares, eso está cantado. Queda saber el cuándo: esta noche, mañana, de aquí a tres meses; el tiempo lo dirá.

—Bueno —dijo la Justa—, quizá con los militares se arreglen un poco las cosas. Tal y como estamos no se pué continuar.

—No digas insensateces, Justa —respondió Higinio muy seriamente—. Si hay un golpe militar, aquí se va a armar la gorda. El pueblo entero se levantará en armas para salvaguardar lo que es suyo.

La mujerona abarcó con un gesto amplio la pieza y a sus ocupantes y dijo:

—¿Pa salvaguardar qué? ¿Esta roña?

Higinio apuró de un trago su vaso y lo dejó bruscamente en la mesa.

—¡Para defender la libertad, leñe!

—¡Churros, aguardiente y limoná! —gritó doña Agapita sumando su voz a la arenga.

La Justa se echó a reír y rellenó los vasos. En un convento cercano sonaron dos campanadas.

—No le haga caso —dijo la mujerona al inglés—. En oyéndole hablar cualquiera diría; pero en el fondo es un corderín. Y más bueno que el pan bendito.

—No empecemos, Justa. Estas historias no interesan a los forasteros.

—Pero a mí sí —repuso la Justa—, y estamos en mi casa. ¡A ver!

Y sin que sirvieran de nada las reconvenciones, interrumpida por el cacareo extemporáneo y senescente de la vecina, la Justa refirió a Anthony una historia larga y confusa, de la que aquél apenas comprendió el meollo. En su juventud, como tantas pueblerinas perdidas en el fárrago de la gran ciudad, había cometido un desliz y había acabado haciendo la calle, hasta que se cruzó en su camino un obrero guapo, cabal y concienciado, el cual, en un acto de desafío a la moral burguesa, la retiró de la mala vida y la llevó al altar. Al cabo de unos años de felicidad (y algunos sinsabores), el obrero murió por causas naturales o no (esto Anthony no llegó a entenderlo bien), dejando en el máximo desamparo a la Justa y a la niña nacida de aquella unión. Cuando el mundo parecía derrumbarse sobre sus pobres cabezas, se presentó de improviso en su casa Higinio Zamora, del que hasta entonces no habían oído hablar, y les dijo haber sido compañero de armas del difunto en la guerra de Marruecos, a donde habían ido, como tantos mozos, por sorteo, y donde éste había salvado la vida a aquél o viceversa, por lo que ahora Higinio, sabedor de la situación que aquejaba a la viuda y a la hija de su antiguo camarada, acudía a saldar la deuda o a cumplir la promesa hecha en el campo de batalla o la víspera del combate o en reiteradas ocasiones a lo largo de la infausta campaña.

Mientras la Justa relataba su historia, Higinio sonreía y movía la cabeza de lado a lado para rebajar sus méritos y quitar importancia a su intervención. Al fin y al cabo él se había limitado a hacer lo que habría hecho cualquiera en su lugar, sobre todo porque en aquella época se ganaba bastante bien la vida como auxiliar de fontanero y no tenía a nadie a su cargo, pues sus padres habían muerto, sus dos hermanos habían emigrado a Venezuela y no tenía pareja, por más que con sus prendas personales y sus ingresos no le habían faltado pretendientas. Aseguró no pertenecer a ningún sindicato ni militar en ninguna organización política, pese a lo cual creía con firmeza que los proletarios habían de ayudarse los unos a los otros. La Justa se apresuró a añadir que, a cambio de su ayuda, Higinio nunca pidió ni quiso aceptar recompensa de ningún tipo. En aquel momento, como si hubiera escuchado el relato o algún fragmento de él, revivió doña Agapita y proclamó que no había mejor galán que un soldado, como un novio que ella tuvo tiempo atrás.

—Aún me parece estarle viendo —dijo con repentina versatilidad—, con su mostacho y su ros azul y colorao. Cuando le conocí servía a Isabel II. Si en el real tálamo, eso no lo sé, ni él me lo dijo. Pero servir a la Señora, sí la sirvió. ¡Húsar de la Reina! Al abrazarle se me clavaban los entorchados en las mollas, y con el sable..., y con el sable... ¡churros, aguardiente y limoná!

La Justa se llevó el dedo índice a la sien con una sonrisa más misericordiosa que socarrona y dijo:

—No le haga mucho caso. Está de lo más menoscabada. Tuvo un mal de riñón y se quedó enganchada a la morfina. Pobre Agapita, ¡quién la ha visto y quién la ve! Y ese novio que dice que tuvo, sí le tuvo, sí; ahora, de servir a la reina, ni hablar del peluquín. Por borracho y pendenciero le expulsaron del cuerpo.

La bebida y el cansancio pasaban factura al inglés, que no se enteraba de nada. Con gran esfuerzo se levantó y pidió permiso para ir al lavabo. Después de orinar llenó la palangana con el agua helada del aguamanil y se la echó a la cara. Esto le aclaró un poco el entendimiento sin disminuir el agotamiento físico. Mientras se enjugaba con un trapo sucio, creyó oír el llanto de un recién nacido detrás de un tabique. No le extrañó, pero al regresar a la salita encontró allí a la Toñina, que se había unido al resto y acunaba en los brazos al pequeño llorón. La Toñina tenía un aspecto más enfermizo que en ocasiones anteriores, quizá por estar aún medio dormida. Un camisón de lana parda le cubría del cuello a los pies, enfundados en unos gruesos calcetines de hombre con generosos agujeros en las punteras y los talones. Nadie trató de explicarle de dónde salía aquel bebé ni Anthony tenía el menor interés en averiguarlo. Para no caer redondo se apoyó con las dos manos en la camilla haciendo oscilar peligrosamente la botella y el quinqué y anunció que se iba. Al oír su voz dejó de llorar el recién nacido y en su lugar se alzó un coro de protestas: ¡Cómo, marcharse a aquellas horas! ¡Era una imprudencia! ¡Ni soñarlo! ¡Eso no se lo iban a permitir! Además, no estaba en condiciones de andar solo por la calle. La Toñina pasó el fardo de la criatura a la Justa y ciñó con los brazos la espalda del inglés.

—Quédate y descansa —le susurró al oído—. ¿Qué prisa tienes? En el hotel no te espera nadie.

—La niña tiene razón —dijo Higinio—. Aquí está entre amigos.

Anthony trataba en vano de zafarse de los escuálidos brazos de la muchachita.

—Les agradezco sinceramente su hospitalidad y sus muestras de interés y no quisiera parecer descortés, pero a primera hora he de acudir sin falta a un sitio y antes debo dormir unas horas y acicalarme como es debido —dijo.

—Esto no tié complicación —dijo la Justa—. Usté duerme aquí y se le llama a la hora que nos diga; se toma un café con leche con un currusco y se va a hacer lo que haya de hacer.

—No, no —porfiaba el inglés—. Ustedes no me entienden. He de irme ahora. Lo que me reclama... lo que me reclama es muy importante. Un negocio de la máxima trascendencia. Ustedes son gente sencilla y no lo entenderían. Se trata de un cuadro... un cuadro incomparable, por su calidad y por su significación. Hay que sacarlo de España cuanto antes... como sea. Ustedes no, ustedes no lo entenderían...

Perdió el conocimiento y lo recobró en medio de la más completa oscuridad, tendido en una cama dura y cubierto con una manta apelmazada y maloliente. A su lado percibió la respiración profunda de otra persona. A tientas reconoció con alivio el contorno juvenil de la Toñina. Siguió palpando y se llevó una buena sorpresa al notar entre las cobijas la forma diminuta del bebé. Higinio está en lo cierto: España no tiene remedio, pensó antes de volver a caer en un profundo sueño.

13

El impacto del aire gélido de la mañana le permitió encontrar el camino de vuelta al hotel y hacer el trayecto con paso incierto, pero en derechura. Con el estómago revuelto, la boca seca, la laringe abrasada, el cuerpo embotado y la memoria imprecisa, le sorprendía no haber perdido ninguna de sus pertenencias, incluido el gabán, el sombrero y los guantes. El cielo estaba encapotado y el aire presagiaba nieve.

Al entrar en el hotel vio a un hombre que leía el periódico apoyado en la pared, en una actitud tanto más conspicua cuanto que leía con gafas de sol y conservaba puesta la gabardina y el sombrero. Al ver al inglés abandonó todo disimulo, dobló el periódico, se puso a su lado y en tono seco y apremiante le dijo:

—¿Es usted por un casual el señor Antonio Vitelas?

No le pareció desacertada esta traslación de su nombre, pero algo en el comportamiento del hombre de la gabardina, le produjo inquietud. Miró de reojo al recepcionista y éste se limitó a levantar las cejas, entornar los párpados y mostrar las palmas de las manos, manifestando así que se inhibía de todo lo ajeno a sus estrictas funciones de recepcionista. Entre tanto, y sin aguardar confirmación a su pregunta, el hombre de la gabardina había agarrado el antebrazo de Anthony y le empujaba hacia la calle mientras mascullaba:

—Tenga la bondad de acompañarme. Capitán Cosco-lluela, otrora del cuerpo de infantería, ahora adscrito a la Dirección General de Seguridad. No tiene nada que temer si colabora.

Cojeaba ostensiblemente y al hacerlo su rostro se con-traía y adoptaba una expresión pesarosa. Era evidente que el defecto le mortificaba en su dignidad.

—¿Me lleva detenido? —preguntó el inglés—. ¿De qué se me acusa?

—De nada —repuso el agente sin dejar de caminar—. No va detenido, y como no va detenido, no hay causa. Yo le he dicho que viniera, usted viene y aquí paz y después gloria.

—Al menos, déjeme subir a mi habitación a lavarme y cambiarme de ropa. Así no puedo ir a ninguna parte.

—Adonde vamos, sí —dijo tajante el hombre de la ga-bardina sin soltarle el brazo.

Estacionado frente al hotel había un coche negro con un conductor al volante y la portezuela abierta. Entraron y el coche se puso en marcha y se detuvo al cabo de un rato ante el edificio de la Dirección General de Seguridad, sito en la calle de Víctor Hugo esquina Infantas. Anthony respi-ró aliviado, porque en su aturdimiento había olvidado exi-gir al hombre de la gabardina que acreditase la condición de agente de la autoridad que se arrogaba y durante el tra-yecto le había asaltado el temor de estar siendo secuestra-do, aunque no podía imaginar por qué ni por quién. Aho-ra su temor se diluía al ver que se apeaban del coche y entraban en el edificio sin hacer caso de los Guardias de Asalto apostados en la entrada y sin ser interceptados por éstos.

En el vestíbulo reinaba una suave penumbra y, contra todo pronóstico, una calma absoluta. En un extremo cu-chicheaba un corrillo compuesto por varios hombres y una

mujer bastante gorda, vestida de luto, que llevaba un cartapacio. Flotaba en el aire un olor agrio a tabaco frío. Sin
que nadie les dirigiera la mirada, Anthony y su acompañante cruzaron el vestíbulo y, antes de llegar a la escalinata, se metieron por una puerta lateral, subieron un tramo
de escalera estrecha y lóbrega hasta el primer piso; allí anduvieron por varios corredores hasta llegar a la puerta de
un despacho en el que entraron sin llamar. El despacho
era una pieza cuadrada, exigua, donde difícilmente convi-
vían un archivador de madera clara, una enorme mesa de
trabajo y unas cuantas sillas, un perchero, una escupidera
de loza y una papelera de alambre. Un ventanuco enrejado
daba a un patio oscuro. En una pared había un plano de
Madrid sujeto con chinches, alabeado, amarillento y muy
sobado en la parte central. La mesa estaba cubierta de documentos desparramados de cualquier manera. También
había un flexo, una escribanía, un teléfono y un extemporáneo ventilador. Sobre este caos, absorto en la lectura de
uno de aquellos papeles, se inclinaba un individuo cuyo aspecto, pese a tener la cara en sombra y escorzada, produjo
en Anthony una insólita sensación de familiaridad. No sabía dónde ni cuándo, pero tenía la certeza de haber visto
anteriormente al hombre bajo cuya jurisdicción se encontraba en aquel momento.

Transcurrido un período de inmovilidad, el ensimismado lector levantó los ojos del papel, examinó atentamente
al inglés y dijo:

—Siéntese.

Luego se dirigió al hombre de la gabardina, que se disponía a salir del despacho.

—No se vaya, Coscolluela. Mejor dicho, hágame un favor: vaya a buscar a Pilar y dígale que vuelva con el dossier
que le acabo de dar. Y si es tan amable y me trae un café
con leche y unos churros, se lo agradeceré mucho.

Con un breve gesto de asentimiento, el hombre de la gabardina salió y cerró la puerta. Cuando se quedaron solos, y como el otro persistiera en observarle sin pronunciar palabra, dijo Anthony:

—¿Puedo inquirir el motivo de mi presencia en este lugar, señor...?

—Marranón. Teniente coronel Gumersindo Marranón, para servirle. Pensaba que a lo mejor se acordaba usted de mí, como yo me acuerdo de usted. Pero no le censuro el olvido: recordar caras es parte de mi trabajo, no del suyo. Si le sirve de ayuda, nos conocimos hace unos días, en el tren. Usted venía de la frontera y, según me dijo, de su Inglaterra natal. Coincidimos en la estación de Venta de Baños y mantuvimos una conversación breve pero cordial. Por eso mismo, al enterarme casualmente de su paradero, fui anoche al hotel con la intención de saludarle y ponerme a su disposición. Le estuve esperando y al fin, como no regresaba y yo no podía desplazarme de nuevo, opté por enviar esta mañana a uno de mis colaboradores y rogarle que viniera. Yo, como ve, estoy abrumado de trabajo. El capitán Coscolluela es, a mi entender, hombre despierto y educado. Luchamos juntos en África. Una herida en la pierna lo incapacitó para el servicio activo. Conducta heroica; estuvieron a un tris de concederle la Laureada de San Fernando, pero sus ideas políticas..., ya sabe. Confío en que le habrá tratado con la debida gentileza.

—Oh, sí, sí, por supuesto —se apresuró a decir Anthony—. Sin embargo, esta... visita..., por lo demás muy grata, me resulta en extremo inconveniente a estas horas. Precisamente había quedado con unas personas...

—Caramba, en eso no había pensado yo. Una torpeza por mi parte, le pido mil disculpas. Por suerte, la cosa tiene fácil arreglo. Coja mi teléfono, llame a sus amigos y dígales que se demorará unos instantes. Ellos comprenderán: por desgracia en España no somos tan exigentes con la puntualidad como ustedes. Y si no sabe el número de teléfono, dígame el nombre de la persona o personas en cuestión y yo lo averiguaré en un santiamén.

—No, muchas gracias —se apresuró a decir Anthony—. En el fondo, no era una cita en firme. No merece la pena que se tome tantas molestias.

Repiqueteó el teléfono. El teniente coronel lo descolgó y lo volvió a colgar sin responder a la llamada y sin apartar los ojos de su interlocutor.

—Como usted quiera —dijo alegremente el teniente coronel Marrañón—. Ah, ya tenemos aquí a Pilar. Pilar, le presento al señor Vitolas. Es inglés, pero habla español mejor que usted y yo juntos.

Anthony advirtió que Pilar era la mujer gorda que había visto al entrar y también el cartapacio que acarreaba parecía ser el mismo. De esta doble coincidencia dedujo que el procedimiento a que estaba siendo sometido había sido preparado minuciosamente con anterioridad. Mientras Pilar dejaba sobre la mesa de su jefe el cartapacio y éste desataba las cintas y hojeaba su contenido, entró nuevamente el capitán Coscolluela con una bandeja de alpaca en la que había un tazón humeante y un cucurucho del que sobresalían churros aceitosos y azucarados. Entre todos hicieron sitio a la bandeja en la mesa, removiendo los papeles. Luego Coscolluela se quitó la gabardina y el sombrero y los colgó del perchero. Acto seguido se sentó y Pilar hizo lo propio. Del bolso sacó un cuaderno de taquigrafía y un lápiz como si se dispusiera a tomar nota de la conversación. Concluido este ceremonial, el teniente coronel miró fijamente a Anthony y dijo:

—No sé si el capitán Coscolluela le habrá explicado con claridad que su presencia en estas dependencias no responde a ninguna razón de carácter oficial. Es más, que su presencia aquí es totalmente voluntaria y, por decirlo de algún modo, amistosa. Esto ha de quedar muy claro. De cuanto aquí se hable no quedará constancia —añadió como si no hubiera advertido los preparativos de Pilar, la cual, por otra parte, permanecía con el lápiz en alto, pero sin anotar nada—. De lo que acabo de decirle se desprende —prosiguió el inspector— que es usted muy dueño de marcharse cuando le plazca. No obstante, yo le rogaría que nos dedicara unos minutos de su tiempo. Entre amigos, por supuesto. A decir verdad, el café con leche y los churros que tan amablemente ha traído el capitán Coscolluela son para usted. En cuanto le he visto entrar me he dicho a mí mismo: este hombre está en ayunas. Dígame si me equivoco. No, claro, éstas son cosas que nunca se le escapan a un policía. De modo que no haga cumplidos, señor Vitelas, y tómese en buena hora este modesto refrigerio.

La dignidad le impulsaba a rechazar el ofrecimiento, pero se sentía desfallecer y pensó que el café con leche y los churros le permitirían afrontar con más claridad de juicio el interrogatorio a que sin duda se disponían a someterle.

—Otra cosa no digo —exclamó el inspector viéndole devorar con fruición el desayuno—, pero churros como los de Madrid no los hay en el mundo entero.

Mientras pronunciaba esta afable frase, había sacado una hoja suelta del dossier y se la mostraba al inglés. Era la fotografía de un hombre en el acto de pronunciar un discurso con ademán vehemente. Sin ser una buena fotografía ni una reproducción cuidadosa, Anthony reconoció de inmediato al hombre que había conocido en casa del duque de la Igualada. Por fortuna tenía la boca llena y esto le dio una excusa para disimular su turbación y aplazar la respuesta. Aparentando calma sacó el pañuelo, se limpió la grasa de los labios y los dedos y dijo:

—¿Quién es?

—Su pregunta hace innecesaria la mía, pues me da a entender que no le conoce ni le ha visto nunca —dijo el policía sin apartar la fotografía de los ojos del inglés—. No importa, no pensaba que hubiera ninguna relación entre usted y este sujeto. Pero a veces, no sé, en la tertulia de un café, en casa de amigos comunes..., ya sabe, un encuentro casual... Por lo que concierne a la identidad del personaje —añadió guardando la fotografía en el dossier y cerrando la tapa—, es natural que usted no haya oído hablar de él, pero le aseguro que pocos españoles hay que no puedan darle cumplida referencia.

Hizo un guiño al capitán Coscolluela y a Pilar y a renglón seguido procedió a esbozar el perfil del aludido.

El individuo en cuestión era el hijo mayor de Miguel Primo de Rivera, un general golpista, Dictador en España entre 1923 y 1930. José Antonio Primo de Rivera y Sáenz de Heredia solía utilizar el título de marqués de Estella en los círculos aristocráticos en los que se movía; sus seguidores le llamaban José Antonio a secas o, simplemente, el Jefe. Natural de Madrid, abogado de profesión, soltero; treinta y tres años de edad en el momento actual. Degradado y expulsado del Ejército por haber agredido físicamente a un general en lugar público, yendo ambos de paisano. En 1933 fundó Falange Española, un partido político de orientación fascista. Un año más tarde el partido se fusionó con el grupo de Ramiro Ledesma Ramos denominado Juntas de Ofensiva Nacional Sindicalistas, o, más simplemente, las JONS, de orientación similar, más radical en sus planteamientos. Al cabo de poco se produjo la ruptura, Ramiro Ledesma abandonó la formación y por convicción o por despecho lanzó una virulenta campaña de descrédito contra la Falange y contra su Jefe, acusando a ambos de haberse apropiado del programa y de los símbolos de las

JONS. De nada le sirvió, porque la mayoría de militantes de este partido habían optado por abandonar a su antiguo líder y permanecieron en el seno de la Falange, pero la escisión fue dolorosa y puso de relieve algunas contradicciones todavía no resueltas en el momento presente. Más tarde, cuando José María Gil Robles parecía destinado a convertirse en el Mussolini español, José Antonio Primo de Rivera le ofreció el concurso de la Falange para consumar el golpe de Estado, pero Gil Robles no se decidió a dar el paso definitivo y declinó la oferta. Estos dos contratiempos convencieron a José Antonio de la necesidad de conducir a la Falange al combate sin contar con más fuerzas que las propias. Poco después, este convencimiento le llevó a rechazar una posible alianza con José Calvo Sotelo, monárquico, autoritario, orador brillante y hombre de fuerte personalidad, que se había convertido en el adalid de la derecha más conservadora y pretendía acaudillar el movimiento fascista español. Las relaciones de la Falange con los militares proclives a la sublevación eran cordiales pero fluctuantes: entre ambos sectores predominaba la desconfianza de José Antonio hacia el Ejército, al que culpaba de haber abandonado a su padre, y la desconfianza del Ejército hacia un partido de ideario confuso y actuación errática. La violencia formaba parte del programa de Falange Española desde su fundación. En sucesivos choques con grupos de izquierda, los falangistas habían sufrido bajas y también las habían causado. En las elecciones legislativas de 1933, Primo de Rivera obtuvo un escaño; en las de 1936 se quedó sin él. Desde entonces se habían recrudecido las acciones violentas y, en consecuencia, las represalias.

—No sabemos lo que trama en la actualidad —dijo el teniente coronel a modo de conclusión—, pero ha estado haciendo llamamientos constantes a la rebelión armada y no se descarta que trate de dar un golpe de Estado.

Se frotó las manos y retomó la palabra.

—Se estará usted preguntando, amigo Vitelas —dijo pausadamente—, por qué le contamos cosas que, como extranjero de paso en nuestro país, no son de su incumbencia. Me pondría en un aprieto si hubiera de responder a esa pregunta. Sin embargo, desde el primer día, cuando hablamos en el tren, he tenido el convencimiento de que, aun siendo inglés, siente usted algo muy especial por España y no desea verla, por así decir, envuelta en llamas. ¿Me equivoco?

—No —repuso Anthony—, está usted en lo cierto. Llevo a España muy cerca del corazón. Lo que no implica que deba inmiscuirme en sus asuntos, y menos en cuestiones de alta política. Pero, ya que hablamos de este tema, dígame una cosa: ¿de veras cree que ese tal Primo de Rivera puede dar un golpe de Estado?

El inspector y el capitán Coscolluela intercambiaron una mirada, como si cada uno esperase que el otro tomara la iniciativa del vaticinio. Finalmente, dijo el teniente coronel Marranón:

—Es difícil de contestar. Puede intentarlo, claro. ¿Conseguirlo? No creo. Salvo que cuente con ayuda de fuera. Con sus propias fuerzas no llegaría lejos. En rigor, Falange Española y de las JONS no pinta nada. Los fundadores son unos señoritos ociosos; sus seguidores, un puñado de estudiantes y en los últimos tiempos media docena de pistoleros a sueldo. Los apoya un sector de la carcunda y lo votan las niñas cursis y los pollos pera de Puerta de Hierro. Con todo, no se puede negar su capacidad de acción. Coscolluela, cuente.

El capitán Coscolluela miró a su superior de soslayo, recompuso su expresión, de sumisa a competente, y dijo:

—Los falangistas de José Antonio están organizados en forma piramidal: elementos, escuadras, falanges, centurias, banderas y legiones. La unidad más pequeña, un elemento, consta de tres hombres, un jefe y un subjefe. La mayor, una legión, de unos 4.000 hombres. Este sistema les da una gran capacidad de acción en todas las modalidades de lucha armada: como guerrilla y como fuerza de choque, y se adapta a cualquier circunstancia, salvo al campo abierto. El número total de falangistas encuadrados en esta tropa es difícil de precisar. Todos exageran, unos por lo alto y otros por lo bajo, según les conviene. De todos modos, no son tantos como para tomar el poder por sí solos. Primo de Rivera ha ofrecido su colaboración al Ejército en varias ocasiones, si el Ejército o una parte de él se decide a un pronunciamiento. Naturalmente, los militares le han dado con la puerta en las narices. Harán lo que quieran cuando lo estimen oportuno, y ni entonces ni antes ni después quieren saber nada de una facción armada que no reconoce la jerarquía militar, que sólo obedece a un jefe que en su día se lió a mamporros con un general y que pretende imponer sus objetivos políticos al propio Ejército si éste toma el poder. Aun así, no hay que descartar que de producirse un conflicto, el Ejército utilizara a los falangistas como fuerza auxiliar o para acciones concretas poco gratas. Los falangistas no son remilgados. En definitiva, que no sabemos lo que puede pasar. Al margen de todas las consideraciones lógicas, no hemos de olvidar que José Antonio es un memo y un irresponsable, y sus seguidores, unos fanáticos que harían lo que él les dijera sin pararse a pensar. La mayoría son unos críos, exaltados y románticos. A esa edad no tienen miedo a la muerte, porque todavía no saben lo que es. Y el Jefe les ha calentado la cabeza con la mandanga del heroísmo y el sacrificio.

El teniente coronel Marrañón hizo un ademán cortés.

—Ya basta, Coscolluela. No hemos de aburrir a nuestro invitado. Con lo dicho va servido y tiene otros compromisos que atender. Deberá usted disculpar nuestro exceso de celo, señor Vitelas.

Anthony respondió con un murmullo impreciso. Después de un breve silencio, el teniente coronel volvió a tomar la palabra.

—En el fondo —dijo con su habitual ecuanimidad—, yo pienso igual que usted. A mí tampoco me interesa la política. No pertenezco a ningún partido ni a ningún sindicato ni a ninguna logia, y no siento simpatía ni respeto por ningún político. Pero soy un funcionario al servicio del Estado; mi cometido es mantener el orden público y para mantener el orden público he de adelantarme a los acontecimientos. No puedo esperar aquí cruzado de brazos, porque si se arma la gorda, como muy bien podría suceder en cualquier momento, entonces, señor Vitelas, ni la policía ni la Guardia Civil ni el mismísimo Ejército podrán evitar una hecatombe. Yo sí puedo. Pero para eso he de saber. Qué, quién, cómo y cuándo. Y actuar sin dilación y sin hilar muy fino. Descubrir a los sediciosos y detenerlos antes, no después. Y lo mismo a sus cómplices. Y a sus encubridores. Conocer a José Antonio Primo de Rivera no es un delito. Sí lo es mentir a la policía. Estoy convencido de que usted no haría tal cosa. Y dicho esto, no le retengo más. Sólo quisiera hacerle un ruego. Mejor dicho, dos ruegos. El primero es que me mantenga informado de cualquier cosa que a su juicio me pueda interesar. Es usted lo bastante inteligente para entender el significado de mis palabras. El segundo ruego es que esté localizable mientras permanezca en España. No cambie de alojamiento y, si lo hace, avísenos. El capitán Coscolluela le visitará de tanto en tanto, y si usted desea ponerse en contacto con nosotros, ya sabe: tenemos abierto las veinticuatro horas del día.

14

Al salir de la Dirección General de Seguridad, Anthony Whitelands se sorprendió al encontrarse en un lugar conocido, alegre y abarrotado de ciudadanos que iban de un lado a otro como a la carrera, espoleados por el frío. El cielo encapotado había adquirido un reflejo metálico y en el aire quieto que precede a los fenómenos naturales intensos, parecían lejanos los sonidos habituales del bullicio urbano. De todo lo cual Anthony, todavía bajo los efectos de la entrevista recién mantenida, apenas si se enteraba. Sabía que se enfrentaba a un dilema moral, pero estaba tan aturdido que no atinaba siquiera a discernir cuál era. Mientras se abría paso entre la multitud se preguntaba por la razón de que le hubieran detenido de un modo tan caprichoso. Sin duda algo sabían de sus movimientos y de sus conexiones en Madrid, pero de lo hablado era imposible deducir cuánto. Probablemente muy poco, o no habrían usado tantos circunloquios. Tal vez no sabían nada concreto y sólo trataban de sondearle. O de asustarle. O de prevenirle, pero ¿de qué? Del peligro que llevaba aparejada la proximidad de José Antonio Primo de Rivera. De ser así, conocían sus contactos esporádicos en casa del duque. ¿Quién podía haberles informado? En cuanto a José Antonio, siempre había desconfiado de aquel misterioso individuo, si bien el trato directo le había producido muy buena impresión. Lo importante, de todos modos, no era su valoración personal, sino el papel que desempeñaba en el asunto. ¿Conocía José Antonio los planes del duque? ¿Estaba en connivencia con él? Su aparente interés por Paquita, ¿era real o sólo encubría intereses de otra naturaleza? Y, en última instancia, ¿qué pintaba en aquel enredo un inglés experto en pintura española? Preguntas sin respuesta que, sin embargo, modificaban su percepción de la realidad: no podía seguir actuando como si no supiera nada; antes de dar el paso siguiente tenía que esclarecer algunos puntos, saber con exactitud dónde se metía. El sentido común indicaba a las claras el curso de acción más razonable: dejarlo todo y regresar a Inglaterra sin tardanza. Pero eso suponía desperdiciar una oportunidad única e irrepetible en el terreno profesional. Por el momento nada indicaba que hubiera una relación directa entre las explicaciones y las insinuaciones de la policía y la venta de un cuadro, cuya posible ilegalidad, si la había, sería de tipo administrativo, sin connotaciones políticas o de otro orden. Por lo demás, la ilegalidad en nada afectaba a una persona cuya intervención se limitaba a certificar la autenticidad de una obra de arte. Lo que sucediera luego no era cosa suya, y cuanto más averiguara, mayor sería el grado de participación en algo que no le concernía. Él no tenía constancia de que se fuera a cometer un delito. Era un extranjero en un país donde reinaba el caos y, por añadidura, le amparaba el secreto profesional. Lo mejor era no hacer averiguaciones.

Por otra parte, otros apremios más prosaicos reclamaban su atención: tenía que acudir sin más dilación a la cita con el duque y justificar el retraso para que no fuera interpretado como una deserción precisamente cuando el trato había llegado a un punto tan decisivo, pero antes tenía que afeitarse, lavarse y cambiarse de ropa. Para colmo, empezaban a caer los primeros copos de nieve, que al posarse en el asfalto dejaban puntos negros.

Apretó el paso hasta llegar al hotel. En el felpudo se restregó los zapatos cuidadosamente para no ser reprendido por el recepcionista, que al advertir su presencia había adoptado la expresión grave de quien acaba de presenciar cómo un agente de la autoridad se lleva detenido a un cliente del establecimiento. Con aire distraído pidió la llave y preguntó si alguien había preguntado por él durante su breve ausencia.

—Pues a ver —respondió secamente el recepcionista—. Si usted solo da más trabajo que todos los clientes juntos.

A poco de irse, un hombre había telefoneado al hotel para preguntar si el señor inglés se encontraba allí o si había salido. Al decirle el recepcionista que había salido, el hombre había querido saber cuándo y si había dicho adónde se dirigía. El recepcionista dijo no saber nada; no quería comprometer a un cliente y menos aún meterse en líos. De todos modos, el otro pareció contrariado o alarmado o ambas cosas a la vez. No quiso dejar dicho ni su nombre ni el número de teléfono al que se le podía llamar, como le había propuesto el recepcionista. A la media hora escasa, una niña muy mona trajo una carta. Al decir esto, el recepcionista frunció el ceño: no le gustaba que una niña fuera al hotel con cartitas para un parroquiano y menos haber de mediar en la correspondencia. A Anthony no se le ocurrió una explicación satisfactoria y guardó silencio. Sin desarrugar el ceño, el recepcionista le entregó la carta.

Una vez en la habitación, abrió el sobre y leyó en una hoja de bloc este escueto mensaje: «¿Dónde se ha metido? Por el amor de Dios, llame al 36126.»

Como la habitación no disponía de teléfono, volvió a bajar a la recepción y pidió usar el teléfono general del hotel. El recepcionista señaló el aparato que había sobre el mostrador. Anthony habría preferido algo menos ostensible, pero para no despertar sospechas aceptó el ofrecimiento y marcó el número. Al instante respondió Paquita. El inglés se identificó y ella dijo con voz queda, como si temiera ser oída:

—¿Desde dónde llama?

—Estoy en la recepción de mi hotel.

—Nos tenía muy inquietos con su tardanza. ¿Ha ocurrido algo?

—Sí, señor. Le pondré al corriente en la próxima reunión —dijo Anthony con forzada naturalidad de comerciante en el ejercicio de su profesión.

Hubo un silencio y luego ella dijo:

—No venga a casa. ¿Conoce el Cristo de Medinaceli?

—Sí, es una talla sevillana del siglo XVII.

—Me refiero a la iglesia.

—Sé dónde está.

—Pues vaya allí sin perder un instante y siéntese en uno de los últimos bancos de la derecha. Yo me reuniré con usted en cuanto pueda.

—Deme media hora para asearme y cambiarme de ropa. Voy hecho un pordiosero.

—Mejor, así no llamará la atención. Y no pierda tiempo en chiquilladas —dijo la joven, que había recuperado su habitual desenvoltura.

Simulando no advertir la expresión torcida del recepcionista, colgó el teléfono, le dio las gracias, subió de nuevo a la habitación, se puso las prendas de abrigo, cogió el paraguas, volvió a bajar, dejó la llave en el mostrador y salió.

Por la calle Huertas llegó muy pronto al lugar de la cita. La nieve había seguido cayendo y empezaba a cuajar allí donde los pasos de los viandantes no lo impedían. Ante la fachada ostentosa y sin armonía se detuvo un instante a recobrar el aliento y la serenidad. El corazón le latía aceleradamente por la carrera, por el riesgo y por la inminencia del encuentro con la enigmática marquesa de Cornellá. Desde la acera opuesta contempló la nutrida cola de devotos que sin dejarse amilanar por las inclemencias del tiempo habían acudido a rezar y a pedir alguna gracia. En el doliente tropel se mezclaban todas las edades y todas las clases sociales. Anthony apreció el acierto de Paquita al citarlo allí, donde nada ni nadie llamaba la atención. Cruzó la calle e instintivamente fue a colocarse al final de la cola para aguardar su turno con paciencia, pero en seguida comprendió lo inadecuado de su cívica conducta y optó por colarse a través de una puerta lateral, confiando en que su aspecto de extranjero excusara la pequeña transgresión. Para hacerlo hubo de atravesar el atrio donde se apiñaban ciegos, tullidos y una florista arrebujada en una manta negra para protegerse del frío y la nieve. Los plañidos y súplicas de los pedigüeños formaban un disonante y afligido coro. El inglés salvó sin contratiempo estos obstáculos y con alivio se encontró en el interior. Miles de cirios encendidos reflejaban su vacilante luz en el colorido chillón de las paredes. El aire cargado de olor a sudor, humo, incienso y cera derretida vibraba con el rumor constante de las plegarias. No le costó encontrar asiento en uno de los bancos convenidos, porque la mayoría de los fieles sólo querían acercarse al altar a depositar exvotos o a susurrar más de cerca su deprecación a la venerada imagen. La afluencia traslucía la zozobra imperante en la ciudad.

Por su interés en el arte español de la época, Anthony había examinado la talla en varias ocasiones y siempre le había producido un disgusto rayano en la repugnancia. Sin restar mérito artístico a la escultura, la actitud del personaje, su ropaje suntuoso y sobre todo su caballera de pelo natural le conferían aires de tenorio y de embaucador. Quizás era eso, había pensado entonces, lo que infundía confianza al vulgo: la divinidad encarnada en un chulo barriobajero. En sus tiempos de estudiante en Cambridge, había oído decir a un experto en la materia que el catolicismo de la contrarreforma había sido una rebelión del cristianismo meridional de los sentidos contra el cristianismo cerebral que propugnaban los hombres del Norte. En España se había impuesto un cristianismo de vírgenes bellas, con los ojos negros y los labios rojos abiertos en expresión de carnal dramatismo. El Cristo de los creyentes era el Cristo de los evangelios: un hombre mediterráneo que vive comiendo, bebiendo, charlando con los amigos y relacionándose con las mujeres, y que muere padeciendo tormentos físicos; y cuyas ideas van del bien al mal, del placer al dolor y de la vida a la muerte, sin sombra de dudas metafísicas ni razonamientos ambiguos. Aquélla era una religión de colores y olores, ropas vistosas, romerías, aguardiente, flores y canciones. En su momento, a Anthony, descreído por carácter y convicción, positivista por educación y receloso del menor atisbo de misticismo o sortilegio, la explicación le había parecido satisfactoria pero irrelevante.

Absorto en estas reflexiones, el suave roce de una mano enguantada en el antebrazo le hizo dar un respingo: por un instante pensó que la policía volvía a detenerle. Pero no era la policía quien le tocaba sino una mujer de luto con el rostro cubierto por un espeso velo de encaje. Con la otra mano sostenía un rosario de cuentas de azabache. Antes de oír su voz, Anthony supo que era Paquita.

—Vaya susto me ha dado —susurró—. Así no hay quien la reconozca.

—De eso se trata —respondió Paquita con un deje de picardía en la voz—, y usted tiene los nervios a flor de piel.

—No es para menos —dijo el inglés.

—Arrodíllese y podremos juntar más las cabezas —dijo ella.

Encorvados en el reclinatorio, con la frente casi apoyada en el pasamano, parecían dos ánimas beatas desgranando avemarías con fervorosa unción. Sintiendo en el costado el contacto del cuerpo de la joven, Anthony refirió a la marquesa su reciente experiencia en la Dirección General de Seguridad. Paquita escuchaba en silencio, asintiendo sigilosamente con la cabeza gacha.

—He mentido a la policía sin un motivo concreto —dijo el inglés al término de su relato—; por una simple corazonada he infringido la ley. Dígame que no he actuado equivocadamente.

—No, ha obrado usted bien —repuso ella tras una pausa—, y yo se lo agradezco. Ahora —añadió con deliberada lentitud, como si le costara dar con las palabras adecuadas—, ahora he de pedirle un gran favor.

—Dígame de qué se trata, y si está en mi mano...

—Lo está. Pero exige de su parte un enorme sacrificio —dijo ella—. El objeto que le mostramos ayer...

—¿El Velázquez?

—Sí, ese cuadro. ¿Está usted convencido de su autenticidad?

—Oh, por supuesto, debo proceder a un examen más detenido... pero yo pondría la mano en el fuego...

—¿Y si yo le dijera que es falso? —interrumpió la joven.

El inglés ahogó con dificultad un grito.

—¡Cómo! ¿Falso? —exclamó conteniendo la voz y el sobresalto—. ¿Acaso le consta?

Sin perder su dramatismo, en la respuesta de la joven tintineó de nuevo el deje burlón.

—No. Yo creo que es auténtico. Éste es precisamente el favor que le estoy pidiendo: que diga taxativamente que es falso.

Anthony se quedó sin habla. Ella recuperó la gravedad y dijo:

—Comprendo su estupor y su resistencia. Ya le he dicho que se trata de un enorme sacrificio. No he perdido el juicio y razones muy poderosas avalan mi ruego. Como es natural, usted querrá conocer estas razones y yo misma se las expondré en su momento. Pero todavía no puedo. Deberá actuar fiado sólo de mi palabra. Por supuesto, no puedo obligarle, ni a esto ni a nada. Sólo hacerle una súplica y jurarle en presencia de Dios Todopoderoso, en cuya casa estamos, que mi agradecimiento no tendrá límites, ni lo tendrá mi voluntad de corresponder a su generosidad. Grabe esto en su mente, Anthony Whitelands, no hay nada que yo no esté dispuesta a hacer para resarcirle de su sacrificio. Ayer, en el jardín de casa, le dije que mi vida estaba en sus manos. Hoy lo reitero con renovada fe. No diga nada y escúcheme bien. Esto es lo que debe hacer: esta tarde vaya a mi casa y dígale a mi padre que esta mañana no pudo acudir a la cita por un motivo cualquiera. No le cuente en modo alguno lo que me acaba de contar a mí. No mencione la Dirección General de Seguridad y menos aún a José Antonio. Limítese a decirle que el Velázquez es falso y en consecuencia no vale nada. Sea convincente: mi padre es confiado pero no tonto. No recela de usted como persona ni como experto, y le creerá si actúa con aplomo. Y ahora, discúlpeme, pero he de irme. Nadie de mi familia sabe que he venido y no quiero que se note mi ausencia. Usted quédese unos minutos. Aquí hay mucha gente, alguien podría reconocerle y no deben vernos juntos. Si esta tarde coincidimos en mi casa, como seguramente ocurrirá, compórtese como si no nos hubiéramos visto desde ayer. Y recuerde: estoy en sus manos.

Se santiguó, besó la cruz del rosario, lo guardó en el bolso, se incorporó, y salió con paso lánguido, dejando a Anthony sumido en un mar de confusiones.

15

Anonadado y con una expresión de angustia similar a la del Cristo que presidía el santuario, Anthony Whitelands ganó la calle dando tumbos y tropezando con el flujo incesante de feligreses. Fuera arreciaba la nevada y al dejar el atrio le envolvió un remolino de gruesos copos cuya profusión y blancura parecía sumir el resto del mundo en una impenetrable oscuridad. Este fenómeno le pareció adecuado a su ánimo, en el que se libraba una violenta batalla. Tan pronto su voluntad se sometía a la desconcertante petición de Paquita como se rebelaba contra aquella cruel imposición. Ciertamente, la intrepidez con que ella se le había ofrecido tácitamente pero sin reservas avivaba sus deseos, pero el precio se le antojaba excesivo. ¿Había de renunciar al reconocimiento mundial precisamente cuando lo tenía al alcance de la mano? ¡Y para colmo, sin darle ninguna explicación, apelando únicamente a su debilidad! ¡Imposible!

El frío y la nieve le despejaron la mente, al menos para comprender que no podía seguir bajo la tormenta, hablando a solas como un demente. Todavía fuera de sí, entró en una taberna cercana, se sentó en un taburete y pidió un vaso de vino que le hiciera entrar en calor. El tabernero le preguntó si quería comer algo.

—Mi suegra hace unos callos..., ¿cómo le diría? Así, entre usted y yo, muchas cosas buenas de esa bruja no se pueden decir, pero ¿cocinar? ¡Como Dios! Los callos están que resucitan a un muerto, y usted, si no se ofende, parece que acaba de ver uno.

—No anda desencaminado —dijo Anthony, encantado de que la charla del tabernero le distrajera de su desazón—. A ver esos callos. Y póngame también una ración de jamón, unos calamares a la romana y otro vasito de vino.

Al concluir el almuerzo se sentía mejor. No había tomado ninguna decisión, pero la duda había dejado de atormentarle. La tormenta amainaba, el viento se había calmado y las calles estaban cubiertas de nieve que crujía bajo los pasos vacilantes del inglés. Regresó al hotel rodeado de silencio, subió a la habitación, se quitó el abrigo y los zapatos, se dejó caer en la cama y se quedó profundamente dormido.

Contra todo pronóstico, durmió largo rato sin pesadillas ni sobresaltos. Al despertar ya era de noche. A través de la ventana el cielo tenía el reflejo nacarado de la nieve. Al asomarse vio los tejados cubiertos de una capa blanca. En las calles los automóviles y los carros habían abierto surcos negruzcos y en los bordillos de las aceras se formaban aguazales. Anthony se lavó, se afeitó, se puso ropa limpia, salió a la calle y se encaminó al palacete del duque de la Igualada sin haber pensado una excusa y sin haber resuelto la terrible disyuntiva, dispuesto a seguir los dictados de su instinto y a dejar sus decisiones y sus actos a merced de sus impulsos.

Hizo el trayecto hasta la Castellana evitando las calles más concurridas, donde las secuelas de la nevada obstaculizaban la circulación de vehículos y peatones. Las precauciones no impidieron que llegara a su destino con los zapatos calados y el dobladillo de los pantalones mojado y maltrecho.

El mayordomo le hizo entrar, se hizo cargo de las prendas de abrigo y fue a anunciar su llegada al dueño de la casa. A solas en el amplio vestíbulo, frente a la copia de *La muerte de Acteón*, Anthony sintió evaporarse su eufórica osadía. Trataba de imaginar una justificación verosímil a su incomparecencia de la mañana y no se le ocurría ninguna. Finalmente optó por decir que estaba indispuesto, aprovechando que su aspecto, después de los estragos de la noche anterior y los agitados sucesos del día lo corroboraría. Aun así, le incomodaba sobremanera mentir. En su aventura extramatrimonial con Catherine se había visto obligado a emplear este tipo de embuste de un modo recurrente y esta servidumbre había terminado por envenenar la relación y convertirla en algo odioso. Al ponerle punto final, Anthony creía haber dejado también atrás aquella penosa pero necesaria transgresión, y ahora, apenas transcurridos unos días, se veía de nuevo urdiendo un embuste innecesario, del que sólo podían derivarse consecuencias negativas para él. En este punto regresó el mayordomo a darle un respiro.

—Su excelencia tiene una visita y el resto de la familia ha salido. Si desea esperar, puede pasar a la salita.

Anthony se encontró a solas en la pieza donde en anteriores ocasiones había tomado café con la familia y donde Paquita le había deleitado con sus canciones. Ahora el piano estaba cerrado y no había ninguna partitura en el atril. Inquieto, dio vueltas por la pieza como un hombre encarcelado. La humedad había permeado los zapatos y sentía una desagradable sensación en los pies y los tobillos. Sonaron las seis en el carillón rococó. Cuando el mismo carillón dio el primer cuarto sin que nadie hubiera acudido a su encuentro, el nerviosismo de Anthony se transformó en inquietud. Algo importante debía de estar ocurriendo para que el duque postergara recibirle después de la vehemencia con que la víspera le apremiaba a dar su opinión acerca del cuadro. Cuando el inglés, con buen tino, se negó a pronunciarse de inmediato sobre una cuestión tan delicada y propuso volver a la mañana siguiente para proceder con más calma al estudio de una obra cuya primera impresión le había alterado el discernimiento, el duque había comprendido sus razones y aceptado el aplazamiento, pero no había disimulado su impaciencia por concluir la operación sin más tardanza. ¿Qué había sucedido en el ínterin para provocar un cambio tan radical? Fuera lo que fuese, no podía quedarse recluido toda la tarde.

Con sigilo abrió la puerta de la sala y se asomó al recibidor. Como allí no había nadie, se introdujo en el pasillo que conducía al despacho del duque. Ante la puerta, oyó voces. Por fortuna, los españoles siempre hablan a gritos, pensó. Reconoció la voz del duque y la de su hijo Guillermo, pero no la de un tercer interlocutor, ni pudo entender lo que decían. En vista de que nada podía averiguar y temeroso de ser sorprendido, regresó a la sala con intención de reclamar el abrigo y marcharse. En la puerta le detuvo una voz femenina.

—¡Anthony! Nadie me ha dicho que estabas aquí. ¿Qué haces?

Era Lilí, la hija pequeña de los duques. El inglés se aclaró la garganta.

—Nada. Estaba esperando a tu padre y, como no viene, salía a buscar al servicio.

—No digas mentiras. Hay huellas de pisadas por toda la casa. Has estado husmeando.

Ambos habían entrado en la sala y Lilí cerró la puerta y se sentó muy modosa en una silla, recompuso los pliegues de la falda y dijo:

—Siento mucho que mi padre te haya dado plantón. Algo grave ha debido de retenerle para que se comporte de un modo tan desconsiderado. Al pasar por delante del despacho he oído bronca. No me atrevo a preguntar, pero puedo hacerte compañía.

—Será un placer —respondió con ironía el inglés, a quien no resultaba halagüeña la perspectiva de pasar un rato encerrado con aquella criatura vivaracha, que a todas luces había heredado la capacidad de desconcertarle propia de la familia.

—Ya veo que no —dijo ella—. Pero me da lo mismo. Te haré compañía porque me caes bien, Tony. ¿En tu país te llaman Tony?

—No. Anthony.

—A un primo mío de Barcelona le llaman Toni. Tony te queda bien: te hace más simpático. No es que llamándote Anthony no lo seas, no me interpretes mal —dijo Lilí alegremente. Luego se puso seria sin transición y añadió—: Esta mañana he ido a tu hotel a llevarte una carta. El señor de la recepción es un tipo zafio.

—En eso estamos de acuerdo. Y te agradezco la gestión.

La niña hizo una pausa y clavando la vista en el suelo y con un hilo de voz dijo:

—¿Estás liado con mi hermana?

—¡No! ¡Qué cosas se te ocurren! Ya sabes que estoy en tratos profesionales con tu familia. La carta tenía ese propósito y no otro.

Lilí levantó los ojos y clavó en el inglés una mirada cargada de congoja.

—No me trates como si fuera tonta, Tony. Mi hermana me dio la carta en propia mano y por su cara y sus palabras entendí que no me estaba encomendando correspondencia mercantil.

Anthony se percató de que no tenía delante a una niña, sino a una mujer en ciernes, inteligente, sensible y de una belleza turbadora. Enrojeció a su pesar y dijo:

—No te enfades. Nunca te he considerado tonta. Todo lo contrario. Lo que ocurre es esto: el asunto que en estos momentos me vincula a tu familia no es sencillo. Tiene aspectos materiales y otros que trascienden lo estrictamente comercial. Como comprenderás, yo no puedo revelarte detalles que tu propio padre no te ha contado. Pero puedo asegurarte que entre tu hermana y yo no hay nada. Además, ¿a ti qué te importa?

En vez de contestar, Lilí se acercó lentamente al piano, levantó la tapa y con un dedo pulsó dos notas agudas. Sin dejar de mirar el teclado respondió:

—Dentro de muy poco yo también recibiré un título nobiliario. Y podré disponer de la parte que me corresponde de la herencia de mi abuela. Para entonces ya seré una mujer hecha y derecha, y Paquita será una vieja.

Cerró la tapa del piano y se echó a reír al advertir la confusión del inglés.

—Pero tú no tienes que preocuparte: todavía soy una mocosa deslenguada.

La entrada del mayordomo le liberó de aquella tensa situación.

—Su excelencia dice que le entregue esto —dijo tendiendo un papel doblado.

Anthony lo desplegó y leyó: «Razones poderosas me impiden verle hoy como habíamos convenido y como sería mi deseo. En breve me pondré en contacto con usted. Perdone las molestias y reciba un cordial saludo.» La firma era un garabato con rúbrica florida. Anthony volvió a doblar la misiva, se la metió en el bolsillo y pidió el abrigo y el sombrero.

—Tony, ¿ya te vas? —preguntó Lilí.

—Sí. La compañía es muy grata, pero aquí, por lo visto, estoy de más.

La niña abrió la boca para decir algo, pero en seguida

la volvió a cerrar y abandonó la sala precipitadamente por la puerta que comunicaba con el comedor. En el vestíbulo Anthony se puso las prendas que le presentaba el mayordomo, se despidió de éste con una seca inclinación de cabeza y salió a la calle. La puerta se cerró a sus espaldas con una prontitud que se le antojó excesiva. Un viento helado había barrido las nubes y en el cielo brillaban diáfanas las estrellas. La nieve se había empezado a helar y el pavimento era resbaladizo. Anthony se subió las solapas del abrigo y anduvo a pasos cortos, buscando un taxi con la mirada. Al llegar a la esquina del callejón se detuvo en seco, fulminado por una idea espantosa. Tratando de dar una explicación a la sorprendente conducta del duque, se le había ocurrido la posibilidad de que éste hubiera llamado a otro experto a consulta. Tal vez Anthony había defraudado sus expectativas, por más que éste no acertaba a ver qué podía haber hecho mal, ni en el terreno profesional ni en el trato personal. Por supuesto, no había que descartar los imponderables: tal vez el severo duque se había enterado de su encuentro con Paquita en la iglesia, un episodio inocuo cuya iniciativa no se le podía imputar a él, pero que, a juzgar por la pregunta de Lilí, se prestaba a interpretaciones equívocas. La propia Lilí, que no tenía reparo en manifestar su atracción por Anthony, podía haberlos delatado para provocar la cólera de su padre y poner fin a un idilio que sólo existía en su imaginación. La idea era descabellada y presuponía una maldad por parte de Lilí que nada hasta el momento permitía atribuirle. Pero es sabido que los niños son egoístas por naturaleza y que a menudo por inexperiencia no calculan las consecuencias de sus acciones. Claro que, incluso en este supuesto, era absurdo pensar que el duque hubiera tenido tiempo de reemplazar los servicios de Anthony por los de otro experto de la misma solvencia. De haberlo hecho, habría cometido un acto precipitado y temerario: la operación debía realizarse en el máximo secreto y un erudito despechado es un animal peligroso.

Anthony comprendía que su recelo era infundado, pueril y, por añadidura, nocivo para la salud: si se quedaba quieto a la intemperie mucho rato podía contraer una grave enfermedad. Pero ninguno de estos razonamientos disipaba sus temores. Yo de aquí no me muevo hasta averiguar qué está pasando en esa casa, se dijo.

Por fortuna no hubo de esperar mucho. Transcurridos unos minutos se abrió la puerta principal del palacete y en rectángulo iluminado se recortó la silueta de dos hombres que se despedían con efusividad. A contraluz y al débil resplandor de los faroles le fue imposible identificar a los dos hombres, aunque dio por sentado que uno de ellos era el dueño de la casa. El otro echó a andar. Oculto en el callejón, Anthony le dejó pasar y cuando se encontraba a prudencial distancia, inició el seguimiento.

Perseguido y perseguidor avanzaban lentamente por la dificultad del terreno. Llevaban recorridos unos veinte metros cuando dos individuos surgieron de detrás de los árboles del paseo e interceptaron a Anthony. Éste se detuvo y uno de los individuos, sin previo aviso, le dio un puñetazo en la mandíbula. La solapa del abrigo amortiguó la fuerza del golpe, pero el impacto y la sorpresa le hicieron trastabillar, perdió el equilibrio y cayó de espaldas contra el hielo. Desde el suelo vio cómo el otro individuo sacaba una pistola, le quitaba el seguro y le apuntaba. Decididamente, las cosas iban de mal en peor para el inglés.

16

Edwin Garrigaw, alias Violet, recorre sus dominios con largas zancadas y semblante adusto. A última hora de la tarde ha recibido una llamada trascendental y ahora trata de sosegar su ánimo en la contemplación de tanta belleza. Falta poco para la hora del cierre y ya no quedan visitantes en las salas de exposición de la National Gallery, por otra parte muy poco frecuentada en esta época del año. Sin público, la calefacción del edificio resulta insuficiente y en los grandes espacios hace frío. Resuenan en las altas bóvedas los pasos decididos del viejo curador. La llamada ha concluido de un modo tajante: Tenlo todo preparado para cuando llegue el momento. No ha sido necesario especificar de qué momento se trata. Edwin Garrigaw ha deseado y temido este momento desde hace muchos años. Ahora parece haber llegado o estar a punto de llegar y la espera se le antoja corta. A su edad cualquier cambio supone un ajetreo excesivo. Distraído en estos pensamientos, sus pasos le han conducido de un modo automático a la sección de pintura española de la que es amo indiscutible: nadie pone en duda su autoridad en la augusta institución. De puertas afuera no faltan las críticas, claro. Los jóvenes creen haber descubierto la luna y lo cuestionan todo. En conjunto, nada grave: tormentas en el restringido y proceloso estanque de los académicos. A este respecto, el viejo curador está tranquilo: a pesar de su edad, ni su cargo ni su prestigio corren peligro.

Ante un cuadro se detiene. El rótulo dice: *Retrato de Felipe IV en castaño y plata*; para los entendidos, *Silver Philip*. El retrato muestra a un hombre joven, de rasgos nobles pero no agraciados, la cara enmarcada en largos bucles dorados, la mirada vigilante y preocupada de quien se esfuerza por mostrar grandeza cuando lo que siente es miedo. El destino ha puesto una pesada carga sobre unas espaldas débiles e inexpertas. Felipe IV viste jubón y calzones de color marrón con profusos bordados en plata. De ahí el nombre y el sobrenombre con que se conoce la obra. Una mano enguantada reposa con gesto gallardo en el pomo de la espada; en la otra sostiene un papel plegado en el que figura el nombre del retratista: Diego de Silva. Velázquez había llegado en 1622 a Madrid en la estela de su compatriota el conde duque de Olivares, un año después de la ascensión al trono de Felipe IV. Velázquez tenía veinticuatro años, seis más que el Rey, y poseía una técnica pictórica apreciable, pero todavía con resabios provincianos. Al ver las obras del aspirante a pintor de corte, Felipe IV, que era lerdo para asuntos de Estado pero no para el arte, se dio cuenta de que estaba delante de un genio y, sin hacer caso de la oposición de los expertos, decidió confiar su imagen y la de su familia a aquel joven indolente y audaz, de insultante modernidad. Al hacerlo entró en la Historia por la puerta grande. Tal vez entre los dos hombres hubo un trato regido únicamente por la etiqueta palaciega. Pero en el intrincado mundo de las intrigas cortesanas, nunca flaqueó el apoyo del Rey a su pintor favorito. Ambos compartieron décadas de soledad, de destinos cruzados. Los dioses habían concedido a Felipe IV todo el poder imaginable, pero a él sólo le interesaba el arte. Velázquez había recibido el don de ser uno de los más grandes pintores de todos los tiempos, pero él sólo anhelaba un poco de poder. Al final los dos vieron realizados sus deseos.

Felipe IV dejó a su muerte un país arruinado, un Imperio en descomposición y un heredero enfermo predestinado a liquidar la dinastía de los Habsburgo, pero legó a España la más extraordinaria pinacoteca del mundo. Velázquez subordinó el arte a su afán por medrar en la corte sin más credenciales que su talento. Pintó poco y a desgana, para obedecer y complacer al Rey, sin más finalidad que merecer el ascenso social. Al final de su vida obtuvo el ansiado blasón.

En la misma sala, en el mismo paño de pared, a pocos metros del magnífico cuadro, hay otro retrato de Felipe IV, también de Velázquez. Entre uno y otro median treinta años. El primer cuadro mide casi dos metros de alto por uno y pico de ancho y representa al monarca de cuerpo entero; el segundo mide apenas medio metro de lado y sólo representa la cabeza sobre fondo negro, el jubón, apenas esbozado. Naturalmente, las facciones son las mismas en ambos cuadros, pero en éste la tez es pálida y mate, hay una cierta flaccidez en las mejillas y la papada, y bolsas bajo unos ojos tristes, de mirada apagada.

Velázquez, que sólo pintaba a instancias ajenas y no sentía la menor apetencia por trabajar, se retrató a sí mismo muy pocas veces. De joven, quizá como escéptico testigo de la efímera rendición de Breda; más tarde, al término de su carrera, representando a su propio personaje en *Las Meninas*. En esta última obra luce ya la cruz de la Orden de Santiago que lo acredita como gentilhombre, pero su imagen es también la del hombre cansado que ha visto realizado su sueño tras una vida de afanes y renuncias y se pregunta si valió la pena. Hoy Edwin Garrigaw se hace la misma pregunta. Quizás ha llegado el momento, pero cuando se mira al espejo, y lo hace a diario, con frecuencia obsesiva, no ve el rostro del muchacho que concibió el sueño e inició la paciente espera. Entonces tenía la piel tersa y sonrosada, los ojos brillantes, el cabello alborotado y las facciones entre aniñadas y femeninas. Un profesor emérito le enviaba anónimamente sonetos en latín y ramitos de violetas, aludiendo a su nombre. Cambridge fue escenario de sus triunfos académicos y de unas aventuras amorosas que sólo tuvieron de aventurado la reiterada infidelidad. En estos juegos desperdició la juventud; en las luchas profesionales, la madurez. Ahora tiene también las mejillas fláccidas, arrugas en la piel, canas en las sienes y un resuelto y dramático inicio de calvicie que ningún tratamiento consigue detener. En los últimos tiempos se ha preguntado a menudo si no debería buscar una pareja estable para evitar una vejez de soledad y paliativos mercenarios, pero la pregunta es retórica. Aunque es evidente que pronto tendrá que dejar su puesto a alguien más joven, la idea no le perturba: su trabajo ya no da más de sí. A lo sumo, añadir a su ingente bibliografía unas observaciones supletorias, probablemente pomposas, que de inmediato serán contestadas, si no ridiculizadas, por la joven generación. Aunque tampoco esto le importa mucho: antes temía el descrédito; ahora le espanta la decrepitud. De todos modos, no se quiere volver a enzarzar en una batalla agria y prolongada si no es por algo excepcional, y duda de que algo excepcional o meramente curioso se le pueda presentar a estas alturas. La belleza a la que ha consagrado su vida le ha traicionado al no envejecer con él. Con trescientos años a cuestas, *Silver Philip* es hoy tan joven como la primera vez que lo vio, y lo seguirá siendo cuando él ya no esté. ¿Qué dejará de su paso por estas salas suntuosas y vacías? Si al menos su labor recibiera alguna forma de reconocimiento, tal vez un título nobiliario: sir Edwin, nada más incongruente con sus ideas. Si acaso, sir Violet...

Suena el timbre que anuncia el cierre del museo. El viejo curador regresa a su despacho, pregunta a las secretarias si alguien ha llamado durante su ausencia. Ante la respuesta negativa, se pone el abrigo, coge el paraguas, la cartera y el

bombín, se despide del personal y sale con vaivén de cade-
ras. Habituado al recorrido, no le impresionan los lúgubres
pasillos ni la escalera a media luz. Al salir encuentra la ciudad envuelta en la niebla. Tampoco esto le sorprende ni le
incomoda. De camino a la estación del Metro cree ver a una
persona conocida y se detiene. La niebla le impide identifi-
carla con exactitud, pero también evita que el otro le reconozca. El viejo curador da un rodeo. Por nada del mundo
desea un encuentro con aquel personaje al que detesta.
Pronto lo pierde de vista y recupera la buena dirección más
despacio, perdido en sus cábalas. Está seguro de que el individuo se dirigía al museo, seguramente a entrevistarse con
él. Por fortuna, ha salido antes de lo habitual y la entrevista
no tendrá lugar. Esto le alegra, pero le deja sin saber qué demonios puede querer Pedro Teacher y por qué recurre a él
precisamente hoy, coincidiendo con la llamada telefónica.

A esa misma hora, muy lejos de allí, su ex alumno, colega y antagonista en muchas controversias, yace en el pavimento de la Castellana derribado de un puñetazo y enfrentado al siniestro cañón de una pistola. La situación es tan
absurda que siente más indignación que miedo.

—¡Soy inglés! —grita con voz de falsete.

Antes de que sus asaltantes reaccionen a esta información, se oye una orden entre marcial y divertida.

—Dejadle en paz. No es peligroso.

Los asaltantes se quedan inmóviles; luego se retiran res-
petuosos mientras el hombre al que ha estado siguiendo se
le acerca y le ofrece una mano recia para ayudarle a recuperar la verticalidad. A la luz de la farola Anthony Whitelands reconoce la figura atlética, el porte señorial, los rasgos viriles y la franca sonrisa. Se levanta y con gesto desairado
sacude de los faldones del abrigo los trozos de hielo y las
cazcarrias que se le han adherido. Al hacerlo advierte que
le tiembla el pulso visiblemente.

—Exijo una explicación —masculla para ocultar su flaqueza y recobrar parte de la dignidad perdida.

—Y la tendrá, señor Whitelands —responde su adversario con un deje de ironía. Luego le mira fijamente y añade en un tono más amable—: No sé si me recuerda. Nos conocimos hace un par de días en casa de nuestro común amigo...

—Sí, claro, no tengo tan mala memoria —interrumpe el inglés—. El marqués de Estella.

—José Antonio para los amigos. Por desgracia, también para los enemigos. Y tal es la causa de este desafortunado incidente. He sufrido varios atentados y me veo obligado a llevar escolta. Ruego disculpe la precipitación de estos compañeros. La precaución les llevó a pecar por exceso de celo. La triste realidad no deja margen a la cortesía. Hemos sufrido muchas bajas y la violencia se recrudece. ¿Se ha lastimado?

—No. Estoy bien. Y acepto las disculpas. Ahora, si me lo permite...

—De ningún modo —replica José Antonio con impetuosa cordialidad—. Le debo una reparación y no se me ocurre nada mejor que invitarle a cenar. Le he visto comer y sé que no le hace ascos a la buena mesa. De paso tendremos ocasión de conocernos mejor. Me consta que compartimos algunos intereses.

—Con mucho gusto —responde Anthony, en parte porque no juzga sensato llevar la contraria a gente armada y expeditiva y en parte porque le intriga el significado de la última frase.

—En tal caso, no se hable más —dice José Antonio—. Antes, sin embargo, he de pasar un momento por nuestro centro de operaciones para ver si hay novedades y para dar algunas instrucciones. No queda lejos y es temprano. Si no le importa acompañarme, tendrá ocasión de conocer a personas valiosas y de ver un poco cómo funciona nuestro partido, si todavía se nos permite llamarlo así. Venga, amigo Whitelands, mi coche está a la vuelta de la esquina.

17

Con la despreocupada arrogancia de quien ha hecho del peligro el eje de su vida, José Antonio Primo de Rivera pisaba a fondo el acelerador de su pequeño pero potente Chevrolet de color amarillo, haciendo caso omiso de los charcos helados en el pavimento. Desde la Castellana tomaron por la calle de Zurbarán hasta la de Nicasio Gallego, donde el coche se detuvo frente al número 21. Salieron primero los fieles guardaespaldas pistola en mano para comprobar que el terreno estaba libre de enemigos y luego lo hicieron José Antonio y Anthony Whitelands. Desde el portal del edificio montaban guardia dos hombres con zamarra de cuero y boina, que les dejaron paso franco tras escuchar el santo y seña, saludar brazo en alto y exclamar: «¡Arriba España!»

El Centro, como llamaban al cuartel general de Falange Española y de las JONS, ocupaba una casa independiente y espaciosa. Hasta hacía poco había estado en un piso de la cuesta de Santo Domingo, pero, con gran alivio de los vecinos, el casero les había desahuciado por falta de pago: no eran nutridas las arcas del movimiento. Finalmente habían encontrado cobijo en aquel lugar gracias a un golpe de fortuna y al penoso recurso de los intermediarios y los subarriendos. Aun así, estaban de precario. Nada se podía hacer cuando quienes detentaban el poder no escatimaban medios para acallar su voz, dijo José Antonio durante el trayecto. El inglés escuchaba estas explicaciones sin hacer ningún comentario, más preocupado por un posible accidente de circulación que por la conspiración urdida contra el alocado conductor del vehículo y sus adláteres. Varias veces patinaron y sólo la pericia y la suerte les libraron de estrellarse contra un poste de alumbrado. Flemático, pero poco inclinado a correr riesgos innecesarios, Anthony temía haber puesto su integridad física en manos de un insensato.

A pesar de la hora y del mal tiempo, el Centro era un ruidoso hervidero de gente. La mayoría de los presentes eran muchachos barbilampiños. Varios de ellos vestían camisa azul mahón con una insignia roja. Esta misma insignia, consistente en un yugo de arado cruzado por un puñado de flechas, campaba en el centro de una bandera a listas verticales rojas y negras que cubría un paño de pared. Por más enfrascados que estuvieran en sus tareas, al ver entrar a José Antonio todos dejaban lo que tenían entre manos, se ponían firmes, entrechocaban los talones y levantaban el brazo. La actitud de respeto y devoción por la persona del Jefe impresionó al inglés; aunque reacio a las efusiones, no podía sustraerse a aquella atmósfera cargada de una fanática energía. Miró de soslayo a su acompañante y vio que éste había experimentado una transformación al cruzar el umbral del Centro. El aristócrata risueño, cortés y un punto tímido que había conocido y tratado en casa de los duques, se había convertido en un hombre de aspecto decidido, de ademán recio y voz vibrante. Erguida la espalda, los ojos brillantes y las mejillas encendidas, José Antonio impartía consignas con la autoridad de quien sólo concibe la obediencia ciega. Al contemplarlo, Anthony recordaba las imágenes de Mussolini vistas en los noticiarios cinematográficos y se preguntaba cuánto había de imitación y cuánto de fingimiento en aquel despliegue; también se preguntaba si Paquita lo habría visto transfigurado de este modo o si sólo conocía su vertiente doméstica. Tal vez, pensó, es a mí a quien quiere impresionar y no a ella. Si teme mi rivalidad, ésta es la mejor manera de disuadirme.

Pero estas consideraciones no le distraían de su propia situación. Había sido una temeridad acudir solo a aquel lugar donde parecía imperar una sed de violencia primaria e irresponsable a la que, por añadidura, podía sumarse una violencia de idéntico signo procedente del exterior. Cautelosamente se mantenía al lado de José Antonio, cuya protección era su única salvaguardia, mientras determinaba si estaba rodeado de idealistas, de locos o de criminales.

Un hombre fornido, de estatura mediana y frente abombada se les acercó y se dirigió a José Antonio para decirle algo importante, pero al advertir la presencia de un extraño se interrumpió y arrugó el entrecejo.

—Viene conmigo —dijo José Antonio al notar la reserva de su camarada—. Es inglés.

—Vaya —dijo el otro con sorna estrechándole la mano—, Mosley nos envía refuerzos.

—El señor Whitelands no tiene relación alguna con la política —aclaró José Antonio—. En realidad, es un gran experto en pintura española. ¿Qué venías a decirme, Raimundo?

—Hace un rato ha llamado Sancho desde Sevilla. Nada urgente, luego te lo explicaré.

José Antonio se volvió a Anthony y dijo:

—Sancho Dávila es el jefe de la Falange en Sevilla. Siempre es importante mantener el contacto con los centros, y en este momento más que nunca. Este camarada es Raimundo Fernández Cuesta, abogado, amigo y compañero de los primeros tiempos. El camarada Raimundo Fernández Cuesta es miembro fundador de Falange Española y actualmente su secretario general. Aquel de allá, que se parece a mí pero con bigote, es mi hermano Miguel. Y esto que ve a su alrededor es el cubículo de la fiera. Aquí tienen su sede el Sindicato Universitario, el Departamento de Prensa y Propaganda y las Milicias.

—Es muy interesante —dijo Anthony— y le agradezco la confianza que supone haberme traído aquí.

—No hay tal cosa —dijo José Antonio—, por suerte o por desgracia, la notoriedad nos exime de guardar secretos, ni sobre la identidad de nuestros camaradas ni sobre nuestras actividades. Ni siquiera sobre nuestras intenciones. La policía nos tiene fichados a todos y no hay duda de que habrá algún confidente infiltrado en nuestras filas. Sería ingenuo imaginar otra cosa. Si me permite, despacharé unos asuntos y luego iremos a cenar. Estoy dispuesto a morir por la patria, pero no de hambre.

Varios miembros de Falange se habían acercado a conferenciar con el Jefe. José Antonio se los iba presentando y el inglés trataba en vano de retener el nombre de cada uno de ellos. Aunque todos hablaban con frases lacónicas, remedando la precisión tajante del fraseo militar, su dicción, vocabulario y modales revelaban un origen social alto y un considerable nivel de instrucción. Los que desempeñaban cargos de responsabilidad frisaban, como José Antonio, la treintena; los demás eran muy jóvenes, probablemente estudiantes universitarios. Por esta razón, el nerviosismo inicial del inglés fue dando paso a una cierta comodidad, propiciada por las muestras de simpatía que recibía de todo el mundo. Tal vez lo consideraban afín a su ideología, y como era el Jefe en persona quien le había invitado, a sabiendas de cuál era su postura, no se sentía obligado a contradecirles. Si le preguntaban algo sobre la Unión Británica de Fascistas, se limitaba a decir que no había tenido ocasión de conocer personalmente a Oswald Mosley y a mascullar vaguedades que su condición de extranjero hacía convincentes.

Al cabo de un rato, José Antonio, sin perder su talante cordial y animoso, pero con palpables muestras de impaciencia, cortó en seco la retahíla de consultas, exhortó a todos a no cejar en el trabajo y a no perder la fe en su proyecto, cuya realización era inminente, y cogiendo a Anthony del brazo, dijo:

—Vámonos por las buenas o no saldremos nunca de aquí.

Levantando la voz preguntó a su hermano si quería cenar con ellos. Miguel Primo de Rivera se excusó alegando asuntos pendientes. Anthony pensó que tal vez, de un modo consciente o inconsciente, rehuía ser visto en compañía de su hermano mayor, para que la personalidad arrolladora del primogénito, más alto, más guapo y más brillante, no eclipsara la suya. Era natural que Miguel sintiera devoción por José Antonio, y también que no quisiera dar pie a comparaciones que por fuerza habían de serle desfavorables.

Como la invitación iba dirigida a Miguel, pero de la actitud de José Antonio se infería una convocatoria indiscriminada, se unió al grupo Raimundo Fernández Cuesta y otro individuo enjuto, retraído, a quien unas gruesas gafas de montura redonda quitaban cualquier asomo de gallardía. Rafael Sánchez Mazas era un intelectual antes que un hombre de acción, a pesar de lo cual, según explicó José Antonio al inglés mientras salían, había sido miembro fundador de Falange Española y era miembro de la Junta Directiva. A él se debía el lema que ahora todos coreaban: «¡Arriba España!» Anthony simpatizó con él de inmediato.

En el Chevrolet amarillo de José Antonio se apretujaron los cuatro y los dos guardaespaldas y fueron a un restaurante vasco de nombre Amaya, situado en la Carrera de San Jerónimo. Al entrar, el mesonero les recibió levantando el brazo.

—No le hagas caso —bromeó José Antonio pasando con naturalidad al tuteo—; si entra Largo Caballero, lo recibirá puño en alto. Aquí se come bien y eso es lo importante.

Les sirvieron una cena copiosa y suculenta y vino sin tasa. José Antonio comía con fruición y al cabo de poco todos estaban muy animados, incluso Anthony, a quien hallarse en territorio neutral había dado mayor desahogo. Ya no se sentía obligado a disimular sus opiniones. Por lo demás, José Antonio no cesaba de darle muestras de afecto y, de resultas de ello, los otros dos también le trataban, si no con cordialidad, sí con deferencia. Mediado un primer plato de huevos revueltos con pimientos, dijo el Jefe:

—Espero, Anthony, que cuando vuelvas a Londres cuentes lo que has visto y oído con objetividad y exactitud. Sé que corren muchos bulos sobre nosotros, y muchos juicios más interesados que justos. En la mayoría de los casos, quienes dan falso testimonio no actúan de mala fe. El gobierno español no escatima esfuerzos para silenciarnos. De este modo la gente conoce su versión y no la nuestra. Censuran y secuestran nuestras publicaciones y si pedimos permiso para convocar un mitin, nos lo niegan por sistema. Luego, como en aras de las convicciones democráticas que dicen profesar no pueden privarnos de un derecho constitucional, nos acaban dando la autorización, en el último minuto, para que no tengamos tiempo de organizar el acto ni de anunciarlo como es debido. Aun así, la gente acude en masa, el mitin es un éxito, y al día siguiente la prensa sólo publica una noticia breve donde se recoge la opinión adversa del periódico y cuatro frases tergiversadas de los discursos. Si hay una refriega, como suele suceder, dan cuenta de las bajas sufridas por los otros, no de las nuestras, e indefectiblemente nos echan la culpa de lo sucedido, como si nosotros fuéramos los únicos provocadores o como si invitáramos a una violencia de la que somos las principales víctimas.

—Y en los últimos tiempos —intervino Sánchez Mazas con aire triste—, con el partido ilegalizado, ni a eso podemos aspirar.

Anthony reflexionó un instante y luego dijo:

—Bueno, si la animadversión es tan unánime, alguna razón tendrán.

A estas palabras siguió un instante de estupor. Se agrandaron los ojos de Sánchez Mazas tras las lentes y Raimundo Fernández Cuesta hizo ademán de llevarse la mano a la pistola. Por fortuna, José Antonio resolvió la situación con una sonora carcajada.

—¡Ah, el célebre *fair play* de los ingleses! —exclamó dando una palmada en el hombro de Anthony. Luego, recobrando la seriedad, añadió—: Pero no hay tal cosa, amigo mío. Nos combaten porque nos temen. Y nos temen porque la razón y la Historia están con nosotros. Somos el futuro y contra el futuro de nada sirven las armas del pasado.

—Así es —dijo Sánchez Mazas con circunspecta convicción—. Si ahora, hoy, aquí, coaccionados y amordazados, no paramos de crecer y nuestro empuje es cada día más vigoroso, ¿qué sucedería si nos dejaran las manos libres?

—Que barreríamos a todos los partidos en un abrir y cerrar de ojos —concluyó Fernández Cuesta.

—Pues si los queréis eliminar —porfió Anthony envalentonado—, es lógico que los partidos traten de defenderse.

—El argumento está mal planteado —replicó Sánchez Mazas—. Nosotros queremos eliminar a los partidos, no a las personas. Suprimir cuanto hay de falso y oscurantista en el sistema parlamentario y ofrecer al ciudadano la posibilidad de integrarse en un gran proyecto común.

—Ya tienen uno —dijo Anthony.

—No —dijo José Antonio—. Lo que hoy en día hay en España no es un proyecto, sino una mecánica sin alma y sin fe. El Estado liberal no cree en nada, ni siquiera en sí mismo. Los socialistas son unos forajidos, los radicales, unos pícaros, la CEDA contemporiza. Con estos elementos, la Asamblea, cuya misión es legislar, se degrada hasta las más viles intrigas y las más vergonzosas componendas. Hoy las Cortes españolas son un espectáculo chabacano y nada más. En este ambiente, ningún republicano puede ser otra cosa que el comodín de las masas torvas de las violentas organizaciones obreras. Nuestro tiempo no da cuartel.

A medida que hablaba, José Antonio había ido levantando la voz mientras en el local se hacía un silencio respetuoso. Desde la puerta, los guardaespaldas escudriñaban a los parroquianos, inmóviles en sus mesas. José Antonio se dio cuenta del efecto causado por la soflama y sonrió satisfecho. Anthony estaba impresionado por el convencimiento y el brío del orador. Él no sentía el menor interés por la política. En las últimas elecciones inglesas había votado a los laboristas a instancias de Catherine, y en las anteriores a los conservadores por complacer a su suegro; en ambos casos lo ignoraba todo sobre los candidatos y sobre el programa de sus respectivos partidos. Educado en los principios del liberalismo, daba por bueno el sistema mientras éste no demostrase su ineficacia, y no sentía ninguna afinidad hacia otros sistemas políticos. En sus años de Cambridge había rechazado instintivamente las ideas marxistas, tan en boga entre los estudiantes. Consideraba a Mussolini un charlatán, aunque le reconocía haber sabido disciplinar al pueblo italiano. Por el contrario, Hitler le inspiraba aversión, no tanto por su ideología, que juzgaba más ampulosa que consistente, como por la amenaza que representaban para Europa sus bravuconerías: aunque demasiado joven para ser movilizado entre 1914 y 1918, había visto con sus propios ojos las consecuencias de la Gran Guerra y ahora veía a las naciones protagonistas de aquella carnicería correr de un modo insensato hacia una repetición de la misma locura. En el fondo, Anthony sólo quería dedicarse a su trabajo, sin más complicaciones que las que le deparaba su turbulenta vida privada. Aun así, no había podido sustraerse al magnetismo de José Antonio, y si éste era capaz de provocar semejante reacción en un extranjero refractario, y ante un plato de estofado, ¿qué no sería capaz de provocar en unas masas predispuestas y en un ambiente adecuado a la exaltación y el enardecimiento?

Antes de que pudiera responder a esta pregunta, el propio José Antonio disipó la tensión levantando su vaso de vino y diciendo en tono jovial:

—Brindemos por el futuro, pero ocupémonos del presente. Sería un crimen dejar enfriar estos manjares deliciosos, y otro crimen aún mayor aburrir a un forastero con nuestros problemas internos. Comamos, bebamos y saquemos a colación temas más gratos.

Rafael Sánchez Mazas se hizo eco de esta propuesta preguntando al inglés si sus conocimientos de la pintura española del Siglo de Oro se extendían también a la literatura de esa época. Anthony, gustoso de regresar a un terreno menos ignoto y menos resbaladizo, respondió que, si bien el objeto primordial de sus estudios y sus intereses era, efectivamente, la pintura, y más concretamente la obra de Velázquez, mal podría hablar de ella sin conocer otras manifestaciones de la extraordinaria cultura española de aquel período glorioso. Velázquez era, en sentido estricto, coetáneo de Calderón y de Gracián, y de sus contactos con la literatura había pruebas sobradas; había retratado a Góngora y, aunque no se le debía asignar la autoría del retrato de Quevedo, como algunos habían sostenido, esta misma atribución errónea daba fe de que bien podía haberlo retratado. En el Madrid de su tiempo, los pasos de Velázquez de fijo se habrían cruzado con los de Cervantes, Lope de Vega y Tirso de Molina, y el ambiente intelectual estaba impregnado de la poesía de Santa Teresa, de fray Luis de León y de San Juan de la Cruz. Y para demostrar su competencia en la materia, recitó:

> *Del monte en la ladera,*
> *por mi mano plantado tengo un huerto,*
> *que con la primavera*
> *de bella flor cubierto*
> *ya muestra en esperanza el fruto cierto.*

No lo hizo muy bien, pero su buena voluntad, su innegable amor a todo lo español y, muy en especial, su pintoresco acento, le merecieron el aplauso de sus compañeros de mesa, al que se unieron otros comensales y varios camareros. De este modo la cena terminó entre risas y en una atmósfera de alegre camaradería.

El aire de la noche surtió un efecto tonificante y vivificador en el animado grupo. Anthony anunció su retirada; José Antonio no quiso saber nada de este saludable propósito y el inglés, incapaz de hacer frente a la energía del Jefe, se volvió a estrujar con los otros en el coche.

Desanduvieron lo andado y por Cedaceros fueron a salir a Alcalá; rebasada la Cibeles, estacionaron el coche y anduvieron hasta un local situado en los bajos del café Lyon d'Or. En aquel local pequeño, ruidoso y cargado de humo, con las paredes decoradas con pinturas de tema marinero, denominado La ballena alegre, José Antonio y sus adláteres frecuentaban una peña literaria. Los recién llegados repartieron saludos, presentaron brevemente al forastero que venía con ellos y sin más preámbulo se sumaron al debate. En aquella barahúnda, José Antonio parecía sentirse a gusto, y Anthony, acostumbrado a las tertulias madrileñas, no tardó en hacerse un discreto y amigable lugar. La mayoría de contertulios, además de poetas, novelistas o dramaturgos, eran acérrimos falangistas, pero en aquel ambiente distendido no se guardaban las jerarquías a la hora de expresar opiniones y rebatir las del contrario. Con agradable sorpresa, Anthony advirtió que, en el fogoso toma y daca, José Antonio se mostraba más flexible que sus compañeros desde el punto de vista ideológico. En aquellos días triunfaba en los escenarios *Nuestra Natacha*, una pieza dramática de Alejandro Casona, cuya explícita propaganda soviética era, a juicio de los contertulios de La ballena alegre, la razón principal, si no la única, de la afluencia de público y de los elogios de la crítica. José Antonio dijo no haber visto la obra en cuestión, pero alabó *La sirena varada*, una obra anterior del mismo dramaturgo. Al cabo de un rato, de nuevo contra el parecer general, manifestó un entusiasmo sin reservas por la película *Tiempos modernos*, de Charles Chaplin, a pesar de su mensaje abiertamente socialista.

Así, entre whiskys y disputas encendidas, pasaron volando un par de horas. Al salir, según la costumbre española, los contertulios estuvieron largo rato en mitad de la calzada, intercambiando abrazos y largas parrafadas a voz en cuello, como si llevaran mucho tiempo sin verse o se despidieran para siempre. Una mujer harapienta e increíblemente menuda se les acercó ofreciendo lotería. Sánchez Mazas le compró un décimo. Al marcharse la vendedora sonrió el comprador.

—Si toca, será para la causa.

—No se tienta la suerte, Rafael —dijo José Antonio ladeando la cabeza.

Finalmente se separaron.

Bastante achispado, Anthony emprendió el regreso a

su hotel. Cuando llevaba recorrido un trecho por la desierta calle de Alcalá, oyó a sus espaldas el ruido de pasos precipitados. La alarma se disipó a medias al comprobar que su perseguidor era Raimundo Fernández Cuesta. Anthony se sentía cohibido en presencia de aquel hombre, que durante toda la noche se había mostrado taciturno y ahora acentuaba la gravedad de su expresión.

—¿Llevamos el mismo camino? —preguntó.

—No —repuso el otro con la respiración entrecortada por la carrera—. He dado esquinazo a los camaradas y te he dado alcance para tener contigo unas palabras.

—Tú dirás.

Antes de hablar, el secretario general del partido miró en todas direcciones. Luego, viendo que estaban solos, dijo lentamente:

—Conozco a José Antonio desde que nació. Lo conozco tan bien como a mí mismo. No ha habido ni habrá un hombre como él.

Como después de pronunciar esta frase lapidaria guardara un silencio prolongado, Anthony pensó que tal vez aquél era el contenido de la conversación, y estaba a punto de formular una respuesta inocua cuando el otro añadió en tono confidencial:

—Es evidente que siente por ti un afecto sincero y fraternal, cuya causa al principio yo no acertaba a dilucidar. Finalmente he comprendido que José Antonio y tú compartís algo de gran valor para él, algo sublime y vital. En otras circunstancias seríais rivales. Pero las circunstancias distan de ser normales y su alma noble ignora la animosidad y el egoísmo.

Volvió a callar y al cabo de un rato añadió con voz ronca:

—A mí sólo me queda respetar sus sentimientos y hacerte una advertencia: no defraudes la amistad con que él te honra. Y nada más: buenas noches ¡y arriba España!

Giró bruscamente sobre sus talones y se alejó a buen paso. Anthony se quedó meditando el alcance del extraño mensaje y la vaga amenaza que llevaba implícita. Era un pésimo psicólogo, pero había dedicado su vida a los grandes maestros del retrato y algo podía inferir de la expresión y la fisonomía de las personas: Raimundo Fernández Cuesta no parecía actuar del modo impulsivo que caracterizaba a los falangistas, sino movido por una fría y calculada ideología. Anthony comprendió que si alguna vez pasaban a la acción, los falangistas se comportarían de un modo imprevisible, pero algunos, además, serían implacables.

18

Le despertó con sobresalto un estampido lejano, como el producido por el disparo de un cañón de gran calibre. Acaba de comenzar algo terrible, pensó. Luego, como a la primera detonación no le siguió ninguna otra, Anthony decidió que tal vez aquélla formaba parte de un mal sueño. Para alejarlo se levantó, fue a la ventana y abrió los postigos. Todavía era de noche, pero el cielo tenía un color púrpura demasiado uniforme para atribuirlo al crepúsculo. Por la plaza no circulaban vehículos ni personas. Si ardiera Madrid, habría un gran griterío, se dijo, y no este silencio ominoso. Pero lo cierto es que reina la calma que, según dicen, hay en el centro de un huracán.

Volvió a la cama, cansado y aterido; el desasosiego no le permitió volver a conciliar el sueño. Había dejado abiertos los postigos y en el recuadro de la ventana vio clarear el día. Entonces se levantó, se enfundó en una gruesa bata de felpa y se asomó de nuevo. La plaza seguía desierta y de las calles aledañas no llegaba el ronquido de los camiones, ni el traqueteo de los carros en el empedrado, ni los cláxones de los coches ni ninguno de los ruidos habituales.

Oculta tras las fachadas, la villa y corte calla y espera.

Con la primera luz del día se apagan las lámparas que han brillado toda la noche en la Dirección General de Seguridad, donde ahora don Alonso Mallol espera de un momento a otro la llegada del ministro de la Gobernación, que lleva horas reunido con el presidente del Consejo de Ministros.

Con el vuelco electoral del pasado 16 de febrero, el señor Mallol se ha hecho cargo de la Dirección General de Seguridad en un mal momento. Los conflictos se multiplican, las instrucciones emanadas del Gobierno son titubeantes y contradictorias, y ni siquiera sabe si puede confiar en sus propios subordinados, heredados del gobierno anterior, aunque también éste los heredó del anterior, y así hasta el infinito. En los puestos clave ha colocado a hombres que conoce a medias, fiado de su instinto, sin escuchar consejos ni leer informes probablemente tendenciosos; sabe que en Madrid cualquier informe se compone de una cuarta parte de verdad por tres de bulo. En cuanto al resto del personal, cuenta más con la inercia de los funcionarios que con su lealtad.

A las ocho en punto un ordenanza le anuncia la llegada del teniente coronel don Gumersindo Marranón. El Director General le hace pasar sin demora y el teniente coronel entra acompañado del renqueante capitán Coscolluela. Los saludos ceremoniosos se prolongan; luego los recién llegados dan el parte en términos escuetos y monótonos, como si la desgana fuera garantía de objetividad. Don Alonso escucha con atención, no en vano el teniente coronel es uno de sus hombres de confianza.

El relato ha sido monótono pero no tranquilizador: en Madrid y en el resto de España se han quemado varias iglesias. Por la hora en que se han producido los sucesos, no había fieles en los locales afectados, y los daños materiales han sido mínimos. En algunos casos los revoltosos se han limitado a quemar papeles y trapos en el atrio del templo y a hacer más humareda que otra cosa. Actos simbólicos, sin que se pueda descartar la autoría de la propia derecha con fines de provocación. Si es así, han conseguido su propósito, porque ha muerto un bombero en Madrid mientras trataba de sofocar uno de los incendios y se prepara una manifestación de repulsa a la que no faltarán los falangistas. Por si esto fuera poco, Falange Española ha convocado un acto en el cine Europa para el próximo sábado a las siete de la tarde. Un mes antes, con motivo de la campaña electoral, ya había celebrado un mitin en el mismo lugar, con afluencia de público. En aquella ocasión el asunto se saldó sin incidentes graves. Pero entonces cada partido estaba distraído con su propia campaña. Ahora las cosas son distintas. Don Alonso pregunta el motivo del mitin. El teniente coronel se encoge de hombros. No lo sabe; barrunta que será para justificar el descalabro de las elecciones, en las que la Falange no ha conseguido un solo escaño, y para plantear ante las bases la política futura. Falange no parece dispuesta a desaparecer, y si quiere seguir teniendo presencia en la vida política española, algo ha de inventar. Sea como fuere, el mitin promete ser un semillero de altercados.

El teniente coronel hace una pausa interrogativa y su jefe responde con un gesto de mudo asentimiento: autorizar la manifestación y el mitin es tan peligroso como prohibirlos; cualquier nimiedad puede prender la mecha que haga saltar el polvorín. Mejor dejar la decisión en manos del ministro de la Gobernación, el cual probablemente consultará con el presidente del Consejo de Ministros. Esta delegación sucesiva de responsabilidades no es una muestra de apocamiento ni de deferencia, sino puro sentido común: en toda España el presidente del Consejo es la única persona que todavía cree en una salida pacífica de la situación actual.

Este moderado optimismo no es gratuito. Don Manuel

Azaña tiene una larga experiencia gubernamental y, como suele decirse, las ha visto de todos los colores. En 1931, recién proclamada la República, se hizo cargo del ministerio de la Guerra; poco después fue elegido presidente del Consejo de Ministros. En 1933 pasó a la oposición y ahora vuelve a presidir el Consejo, cuando el panorama no es sombrío, sino desesperado. Pero no para él: intelectual antes que político, siempre ha alcanzado las cimas del poder por las rápidas e imprevisibles corrientes de la Historia y no por su empeño, razón por la cual no conoce ni quiere conocer los repliegues más turbios de la política real, cosa que le reprochan sus adversarios y sus seguidores por igual. Quizá también por esta razón confía en una oposición leal, que no esté dispuesta a todo para arrebatar el poder a quien lo tiene momentáneamente, sin reparar en las consecuencias. A estas alturas todavía le parece posible solucionar mediante el diálogo y la negociación los problemas candentes de España: la agitación laboral, la reforma agraria, los enfrentamientos armados, la cuestión catalana.

Esta visión la comparten muy pocos. A diferencia de lo que sucedía en los primeros tiempos de la República, las organizaciones obreras han vuelto la espalda a los políticos y sólo vacilaciones y disidencias internas les retraen de echarse a la calle a tomar el poder por la fuerza. Motivos no les faltan: el Gobierno de derechas que precedió al actual hizo lo que pudo para invalidar los logros laborales alcanzados hasta el momento y reprimió la agitación con inusitada brutalidad. Hoy el Frente Popular trata de reconducir la situación pero choca con obstáculos formidables: la oposición, encabezada por Gil Robles, y Calvo Sotelo, torpedea en el Parlamento el programa de reforma social del nuevo Gobierno, mientras las poderosas fortunas españolas maniobran en las bolsas europeas para provocar la depreciación de la peseta, el aumento del paro y el hundi-

miento de la economía. La Iglesia y la prensa, mayoritaria-
mente en manos de la derecha, agitan la opinión y siem-
bran el pánico, y los intelectuales más influyentes (Ortega,
Unamuno, Baroja, Azorín) reniegan de la República y piden un cambio drástico. En previsión de un golpe militar o
fascista, que juzgan inminente, los sindicatos hacen colec-
tas para comprar armas, y las milicias obreras montan guardia día y noche para intervenir a la primera señal de alarma.

Don Manuel Azaña conoce estos factores pero disiente
de los demás en lo que se refiere a su trascendencia. En su
opinión, los obreros no se decidirán a tomar la calle: los
socialistas y los anarquistas no unirán sus fuerzas y los comunistas han recibido del Komintern órdenes tajantes de
estar alerta y esperar; el momento no es propicio para la
revolución, tratar de imponer la dictadura del proletariado sería un error de cálculo. Por la misma regla de tres, no
da crédito a la posibilidad de un golpe de la derecha. Los
monárquicos han ido a pedir a Gil Robles que se proclame
dictador y Gil Robles se ha negado.

Queda el Ejército, claro. Pero Azaña lo conoce bien: no
en vano ha sido ministro de la Guerra. Sabe que los militares, bajo su apariencia terrible, son inconsistentes, volubles
y maleables; por un lado amenazan y critican y por el otro
lloriquean para conseguir ascensos, destinos y condecora-
ciones; se pirran por las prebendas y son celosos de las ajenas: todos creen que otro con menos mérito les ha pasado
por delante; en suma, que se dejan camelar como niños.
Habituados por la férrea jerarquía a hacer sólo lo que otro
decide, no consiguen ponerse de acuerdo para una acción
conjunta. Todas las armas (artillería, infantería, ingenie-
ros) están a matar entre sí, y basta que la Marina haga una
cosa para que la Aviación haga la contraria. A raíz del triunfo reciente del Frente Popular, el general Franco fue a ver

al presidente del Consejo de Ministros y le conminó a poner fin al desorden reinante con la ayuda, si fuera precisa, del Ejército. Francisco Franco es un general joven; posee inteligencia práctica y un valor probado: en África ascendió de un modo meteórico y se ganó una merecida reputación entre la oficialidad. Por sus dotes personales y su ascendiente podría ser uno de los cabecillas de la revuelta, si su carácter melifluo y su natural reserva no inspiraran desconfianza a los demás generales. Es dudoso que la velada amenaza de Franco al presidente del Consejo contara con el respaldo de todo el Ejército, pero a Portela Valladares la visita le metió el miedo en el cuerpo y dimitió precipitadamente. Fue el vacío generado por esta dimisión lo que llevó de nuevo a la presidencia del Consejo a don Manuel Azaña.

Un ordenanza pide permiso y entra en el despacho del Director General con una bandeja en la que humea una jícara junto a un canastillo con bollería. Otro ordenanza trae tazas, platos, vasos, cubiertos, servilletas y una jarra de agua fresca y dispone la mesa para el refrigerio. Cuando están acabando de desayunar irrumpen en el despacho don Amós Salvador, ministro de la Gobernación, acompañado del subsecretario de la Gobernación, don Carlos Esplá. Risas y saludos. Entre Mallol y Esplá, que son masones, hay un rápido intercambio de signos. Mientras tanto el despacho se ha llenado de ayudantes, funcionarios, inspectores y un gobernador civil que está de paso por Madrid. En las mesas se apilan las carteras y se tambalea el perchero bajo el peso de los abrigos. Se lían cigarrillos, se encienden pipas y algún charuto, el humo nubla el aire tupido de la pieza.

Como era de esperar, el presidente del Consejo decide autorizar la manifestación por el bombero muerto, pero no autoriza el mitin de la Falange en el cine Europa. Se tomarán las medidas oportunas y pasará lo que tenga que pasar. Si los falangistas hacen acto de presencia y meten bulla, se puede aprovechar la ocasión para ilegalizar el partido y meter en el calabozo a los principales dirigentes. Y si hace falta, se impone el toque de queda. Con la habitual prosopopeya y la esporádica cooperación de su acólito, el capitán Coscolluela, el teniente coronel Marranón da cuenta de los últimos movimientos de Primo de Rivera y su camarilla, tanto en la capital como en provincias. Luego se despachan otros asuntos.

Según informes fidedignos, el secretario de la Internacional Comunista, Georgi Dimitrov, sigue decidido a defender a la República a toda costa. Por este lado, al menos, no hay peligro. Por supuesto, los militares siguen conspirando; muchos de ellos tienen contacto estrecho con Falange o con la Comunión Tradicionalista que encabeza Manuel Fal Conde. Como medida preventiva, los generales más levantiscos han sido destinados a plazas periféricas, lejos de los centros estratégicos.

Se mantendrá la censura informativa, tanto sobre los actos de violencia, incluida la quema de iglesias, como sobre las huelgas sectoriales en todo el país. El gobernador civil comenta la posibilidad de utilizar al ejército para cubrir los servicios básicos y los abastecimientos afectados por las huelgas. En principio no es buena solución, pero habría que examinar el caso en cada localidad. Por ahora, Cataluña está tranquila; en cambio, Andalucía anda muy revuelta.

Trámites sin importancia, pero vitales para la buena marcha de la administración, ocupan todavía una hora de la densa jornada de los funcionarios. Luego, con los ojos enrojecidos por la vigilia y el humo, van saliendo de uno en uno para reincorporarse a sus respectivos despachos. Cuando se quedan de nuevo a solas el Director General de

Seguridad, el teniente coronel Marranón y el capitán Coscolluela, el señor Mallol reprime un bostezo, se despereza y murmura con cansancio:

—¿Y qué novedades tenemos del inglés?

El teniente coronel, que ya se levantaba, se vuelve a sentar, mira de refilón a su ayudante y responde con su voz apagada:

—Nada definitivo por ahora. Parece un tontaina, pero no lo debe de ser. Cuando le interrogamos mintió deliberadamente.

En pocas palabras refiere el diálogo sostenido la víspera con Anthony Whitelands, hace una pausa para que su jefe pueda asimilar lo referido y añade:

—Ayer, a última hora, recibí una llamada telefónica de nuestros informantes en Londres, con quienes me había puesto al habla previamente. Según todos los indicios, nuestro hombre es lo que dice ser: un entendido en cuadros. Ha publicado artículos y es respetado en su medio. Aunque estudió en Cambridge no es maricón ni comunista. Tampoco ha tenido contactos con grupos fascistas ni de otras tendencias. Apolítico hasta la fecha. Sin medios de fortuna personales. Desde hace unos años le pone los cuernos a un funcionario del Foreign Office. Dispone de una modesta renta. Los beneficios derivados de su trabajo no dan ni para pipas.

—Esto podría explicar su venida a España —apunta el director general—. El dinero cuenta.

—Es una posibilidad, en efecto —asiente el teniente coronel—. Se le ha visto entrar y salir de casa del duque de la Igualada.

El señor Mallol deja escapar un gruñido y murmura:

—¿Estará tramando algo la vieja carcunda?

—No me extrañaría. Primo de Rivera visita con frecuencia la casa del duque.

—Será por la chica.

—Ca. Eso no prospera. Claro que con las mujeres, nunca se sabe... Lo único cierto es que el inglés anduvo anoche de parranda con Primo y los de su cuerda en La ballena alegre.

Don Alonso Mallol hace un gesto decidido: está cansado y quiere zanjar la cuestión sin más demora.

—No me lo pierda de vista —dice a modo de despedida.

Por la ventana entra un sol pálido y de la calle sube el atenuado rumor del bullicio urbano. A esa misma hora, ajeno al escrutinio de que está siendo objeto, Anthony Whitelands se desayuna con café con leche y porras en un bar de la plaza de Santa Ana mientras hojea la prensa diaria con preocupación. Se ha contagiado de la incertidumbre general, pero como buen inglés, no comprende el silencio de los medios de información sobre asuntos que tienen al país en vilo. No ignora la severa censura impuesta por el Gobierno, porque los propios periódicos destacan en la primera página y con grandes letras el atropello de que son víctimas, pero no entiende la utilidad de una medida que desacredita al Gobierno y produce el efecto opuesto al que persigue. A falta de información regular, circula un sinfín de rumores que la imaginación popular trasforma y exagera hasta la desmesura. Todo el mundo asegura recibir de buena fuente noticias sensacionales y conocer secretos gravísimos que no tiene el menor reparo en difundir a los cuatro vientos. Los conductos por donde circula este tipo de información son variadísimos y complejos, porque la sociabilidad de los españoles no tiene límites. En las tabernas y los cafés, en las oficinas y las tiendas, en los transportes públicos y en los patios de vecindad, el pueblo cuenta, comenta y discute con conocidos y desconocidos, con mucho aplomo y a grandes voces, el presente y el futuro de la azarosa realidad española. A más alto nivel ocurre lo mismo, pero aquí se añade un factor de confusión adicional, porque la filiación política de cada cual coexiste con su círculo familiar y profesional, el club deportivo y el centro cultural o recreativo al que pertenece. El furibundo derechista y el furibundo izquierdista pueden coincidir en los toros o en el fútbol e intercambiar nuevas y datos sobre tal o cual tema, sobre tal o cual persona o sobre tal o cual escándalo; y lo mismo sucede en el Ateneo, o a la salida de misa, o en la logia masónica. De todos estos medios, el español en general y el madrileño en particular obtiene información, unas veces verídica y otras falsa, sin que nada le permita discernir la una de la otra.

De todo esto, Anthony Whitelands tiene una vaga idea, pero su conocimiento de España es profundo en algunos aspectos y muy superficial en otros, y se pierde fácilmente en el laberinto de hechos, conjeturas y fantasías en que se encuentra inmerso. Por añadidura, le absorben sus propias preocupaciones.

El editorial de *ABC* clama contra la inacción del Gobierno ante los actos vandálicos en iglesias y conventos. ¿Cuántas desgracias personales y cuánta destrucción del patrimonio artístico habremos de lamentar antes de que el señor Azaña se digne tomar medidas contundentes contra los infractores? ¿Habremos de esperar a que el populacho haga extensivo su odio a otros sectores de la sociedad y empiece a quemar las casas de los ciudadanos con éstos dentro?

Esta eventualidad le corta el resuello. Tal como están las cosas, no descarta un atentado contra el palacete del duque y, si así fuera, ¿qué le ocurriría al cuadro que en este mismo instante está en el sótano, a la espera de que míster Whitelands emita su dictamen?

19

Sin pasar por el hotel ni anunciar previamente su visita, Anthony Whitelands caminó con ligereza hasta el palacete de la Castellana y llamó al timbre. Al abrir la puerta el mayordomo no excusó su intempestiva presencia ni se esforzó por ocultar su nerviosismo.

—He de ver con urgencia al señor duque —dijo.

El mayordomo opuso a su extravío una sorna senequista.

—Su excelencia sin duda le recibiría si estuviera en casa —dijo—, pero no siendo así, no veo manera. Su excelencia salió temprano sin dejar dicho cuándo pensaba volver. Por el contrario, la señora duquesa sí está, pero no recibe hasta pasadas las doce. Si quiere, avisaré al señorito Guillermo.

Enfriado su ánimo por la decepción, Anthony adoptó una actitud distante.

—No quiero hablar con el señorito Guillermo —respondió secamente, dando a entender que él no trataba con niñatos—. ¿Y la señorita Paquita?

El mayordomo esbozó la media sonrisa de quien, siendo inferior en rango, se sabe dueño de la situación.

—Iré a ver —dijo haciéndose a un lado para dejar paso al inglés y adoptando una expresión sumisa que preparaba el terreno para una cortés despedida.

Una vez más Anthony se quedó a solas en el amplio vestíbulo frente a la copia de *La muerte de Acteón*. Aquella escena violenta y confusa que representaba un hecho repentino e irreversible le producía tanta admiración como rechazo. Tiziano había pintado el cuadro por encargo de la corona española, pero por razones que Anthony desconocía, aquél no llegó nunca a manos de su legítimo destinatario. Quizá Felipe II supo del asunto y no lo juzgó apropiado. Pese al tópico carácter fogoso de los españoles, en la pintura española no tienen cabida la cólera y la venganza. Velázquez nunca habría pintado una escena similar. Su mundo estaba compuesto de hechos cotidianos, cargados de una vaga melancolía, de una serena y comedida aceptación del ineluctable fracaso de las ilusiones de este mundo. Que la copia del Tiziano hubiera ido a parar a un lugar tan prominente de la austera casa de los duques no dejaba de extrañarle, aunque el prestigio de una firma y el paso del tiempo podían justificar esta elección. Y otras peores: Anthony había visto horribles degollamientos presidir salones donde se servían canapés, se bailaba y se cotorreaba, simplemente porque la pintura en cuestión había sido adquirida a un alto precio o heredada de un antepasado ilustre y ahora sólo constituía una muestra más de opulencia y abolengo. Anthony reprobaba esta perversión del arte. Para él el contenido del cuadro era esencial, y la intención con que el artista lo había realizado no sólo seguía vigente al cabo de los siglos, sino que este espíritu, cuando se trataba de una verdadera obra de arte, pasaba por encima de cualquier otra consideración de orden técnico, histórico o crematístico.

Absorto en estos pensamientos, se había acercado mucho al cuadro y pasaba los dedos por la pintura. Luego se retiró unos pasos y contempló desde los medios del vestíbulo la imponente escena con una media sonrisa. Ay, exclamó para sus adentros, la vieja historia del cazador cazado.

—¿Qué anda murmurando entre dientes, señor White-lands? —dijo a sus espaldas la voz de Paquita.

Anthony se volvió sin prisa ni confusión.

—Disculpe —dijo—, no la he oído entrar. Estaba contemplando este cuadro.

—Sólo es una copia.

—Ya lo sé, pero eso no importa. La reproducción es buena; el copista supo captar lo esencial del original y, más aún, conservar el misterio. Me pregunto de dónde lo copiaría y cómo vino a dar aquí. Quizás usted lo sepa.

—Pues no —dijo ella haciendo un ademán hacia atrás, como si señalara un largo camino hacia el pasado—. Supongo que proviene de la colección familiar. Julián me ha dicho que quería verme.

—Así es —dijo el inglés repentinamente azorado—. En ausencia de su padre, usted es la persona más indicada. Verá, he leído en la prensa..., ya sabe, los incendios... Este palacete no reúne condiciones... Las algaradas van en aumento.

—Sí, ya veo adónde quiere ir a parar: esta casa podría ser objeto de un asalto por parte de la chusma, en cuyo caso lo que a usted le preocupa es la suerte del cuadro, y no la nuestra.

—Señorita Paquita —respondió Anthony en tono dolido—, no es momento para juegos de salón. Usted sabe muy bien lo que a mí me preocupa. Y aún diré más, lo que a mí me atormenta. Y me parece indigno de usted escarbar en la herida. Yo hablaba en términos prácticos: en caso de incendio, las personas pueden ponerse a salvo con relativa facilidad, mientras que una tela se consumiría sin remedio en pocos segundos. Tengo por cierto que usted conoce el valor del cuadro y que entiende y comparte mi inquietud.

Paquita le puso la mano en el antebrazo, le miró a los ojos con seriedad y retiró la mano de inmediato.

—Perdóneme, Anthony, no debería haberme burlado de usted. Ya le dije el primer día que todos tenemos los nervios de punta y esto nos vuelve desconsiderados. Por lo que se refiere a ese maldito cuadro, no me importaría verlo convertido en ceniza. Se lo dije el otro día y hoy se lo repito: auténtico o falso, deje el cuadro en paz. Y deje también de sufrir por él: está en lugar seguro. Puede irse tranquilo.

—¿Podría verlo de nuevo?

—Es usted más tozudo que una mula. Está bien, le acompañaré al sótano. Voy a buscar las llaves y algo de abrigo: en el sótano hace un frío pelón. Espéreme aquí y no diga nada a nadie. El servicio no sabe lo que hay ahí abajo ni lo debe saber.

La seriedad de sus palabras no coincidía con su humor, que parecía más burlón que preocupado. Salió del vestíbulo con ligereza de adolescente y Anthony se dijo: ¡Qué joven y hermosa es! No debería estar envuelta en este embrollo. Pero lo está, y yo también.

Paquita regresó en seguida. Asegurándose de no ser vistos, recorrieron un pasillo, al fondo del cual, bajo una escalera que ascendía al piso superior del palacete, había una puerta baja. Paquita seleccionó una llave grande y negra y dijo mientras la introducía en la cerradura:

—Esta llave siempre me recuerda el cuento de Barbazul. ¿Lo conocen en Inglaterra?

—Sí, claro, sólo que allí lo llamamos Bluebeard —respondió él mientras estimaba a ojo el espesor de la puerta.

Ante la puerta se iniciaba un tramo de escalera que descendía al sótano. Paquita hizo girar un interruptor. Cuando entraron y ella cerró la puerta a sus espaldas, quedaron envueltos en la penumbra. La única luz procedía de una bombilla desnuda suspendida del techo del sótano, cuyas ventanas tenían los postigos cerrados. La corriente de aire fría proveniente del sótano traía olor a polvo y naftalina. Anthony volvió a ponerse el abrigo que llevaba al brazo. Mientras bajaban despacio los angostos escalones, dijo Paquita:

—El sótano pertenece a la estructura original del edificio. No fue hecho para servir de bodega, sino para vivienda del servicio. Por esta razón está protegido de la humedad y de las inundaciones. Tampoco hay ratas ni insectos dañinos. De lo contrario, no lo usaríamos para guardar muebles. Aun así, el cuadro siempre ha estado en otro lugar. Hace poco lo trasladaron aquí.

Habían llegado al amplio espacio abarrotado de muebles. El cuadro, cubierto por la manta, seguía en el mismo lugar.

—¿Quién lo trajo? —preguntó Anthony—. Pesará lo suyo.

—No lo sé. Empleados de mi padre, supongo, con las debidas precauciones y sin ver lo que transportaban: el cuadro iba embalado. Una vez en el sótano, mi padre y yo lo desembalamos y lo cubrimos con la manta. Sólo lo hemos visto él y yo, y ahora usted.

—Ayúdeme a levantar la manta —dijo él—. Por nada del mundo querría dañar la tela.

Entre los dos dejaron el lienzo a la vista. Anthony no hizo ningún comentario ni demostró ninguna emoción. Sólo miraba atentamente el cuadro, con las cejas arqueadas, los párpados entornados y los labios apretados. En la quietud sepulcral del sótano se oía su respiración profunda y regular. Paquita lo contemplaba y no se podía sustraer al magnetismo que desprende una persona cuando, olvidada de cuanto le rodea, aplica toda su energía a un objeto que conoce, valora y respeta. Así transcurrió un buen rato. Finalmente, el inglés pareció despertar de un sueño, sonrió y dijo con naturalidad:

—El estado de conservación es bueno. Ni la tela ni la pintura han sufrido daños irreparables. Nada que una restauración cuidadosa no pueda arreglar. Es una pieza magnífica, verdaderamente magnífica.

—¿Sigue pensando que es auténtico?

—Sí. ¿Cómo vino a parar a su familia una obra tan importante? Eso sí lo sabrá.

—No del todo. Como ya le dije el primer día, no tengo especial interés por la pintura. Debe de haber venido por herencia de alguna rama indirecta de la familia. Como cualquier casa de abolengo, estamos emparentados con toda la aristocracia española. Nuestro árbol genealógico es un galimatías. Esto justifica buena parte de nuestro patrimonio y la mayoría de nuestras lacras.

—¿Cuáles son las suyas?

—Las habituales: egoísmo, indolencia, arrogancia y carencia de sentido común.

—Por Dios... ¿Quién más conoce la existencia de esta obra?

—Nadie. Por raro que parezca, el cuadro lleva varias generaciones arrumbado. Seguramente por el tema. Además de lo dicho, en mi familia somos pacatos y meapilas.

—Pero habrá sido inventariado —dijo Anthony.

—Seguramente las primeras transmisiones están escrituradas. Luego las sucesivas herencias se debieron de hacer en privado, sin intervención oficial, por razones obvias. Si los documentos existen, estarán en algún archivo, en el desván de alguna casa, Dios sabe cuál. Con tiempo, se podrían encontrar; no dudo de que saldrán a la luz cuando convenga. Ahora, por desgracia, sólo contamos con las conjeturas de usted. ¿No tiene frío?

—Bastante. Pero necesito tiempo. Puede dejarme solo.

—Ni hablar. ¿Por qué no me dice lo que está pensando?

—Lo haré con mucho gusto cuando salgamos de aquí.

Le agradezco mucho que me haya permitido verla y me haya dedicado su tiempo.

—No me dé las gracias —repuso la joven—. Yo también voy a pedirle un favor.

—Cuente con ello si está en mi mano —dijo Anthony—. Y acláreme una duda. ¿Algún antepasado de su familia ocupó un cargo de importancia en Italia?

—Alguna vez oí decir que un antepasado por línea paterna fue cardenal. ¿Le sirve el dato?

—Ya lo creo. Tapemos el cuadro.

Volvieron a cubrir el cuadro con la manta. Cuando iban a salir, la bombilla del techo empezó a oscilar y se apagó, dejándolos en la más completa oscuridad.

—¡Qué lata! —dijo Paquita con voz serena—. Se habrá fundido la bombilla. O habrá empezado otra dichosa huelga. Pueden pasar horas hasta que vuelva la luz; si no salimos de aquí, pillaremos una pulmonía. No se mueva, podría lastimarse. Deme la mano y trataremos de llegar a la puerta del jardín. Conozco el sótano mejor que usted.

Al inglés no le costó encontrar la mano de la joven. Estaba helada y la apretó con fuerza.

—¿No le da miedo la oscuridad? —preguntó.

—Como a todo el mundo —dijo ella con voz firme—. Acompañada, menos.

Arrastrando los pies fueron avanzando con extrema lentitud. En la oscuridad el frío era más intenso y el tiempo parecía haberse detenido.

—A tientas todo queda más lejos —dijo Paquita.

—Vaya con cuidado, no se confunda y acabemos metidos en un armario.

—Ahí deberían meterlo a usted, por sandio —dijo ella.

No tardaron en alcanzar la puerta que comunicaba el sótano con el jardín. Paquita la abrió después de soltar la mano del inglés y trajinar un rato con las llaves. Habituados a la oscuridad, la repentina luz del sol les deslumbró. Paquita se arrebujó en el chal, asomó la cabeza y se aseguró de que no había nadie afuera. Anthony recordaba que en aquel mismo lugar ella le había abrazado dos días antes. Impulsivamente, la tomó en sus brazos. Paquita no ofreció resistencia, pero desvió la cara y dijo:

—No lo tome por costumbre.

Se separaron y cruzaron el jardín furtivamente. Ante la puerta de hierro dijo Paquita:

—Justo detrás, en Serrano, hay una cafetería llamada Michigan. Espéreme ahí. Me reuniré con usted en un periquete.

20

—Hasta el siglo XX —empezó diciendo Anthony sin hacer una pausa, como quien lleva preparada la lección—, el desnudo es un género inexistente en la pintura española. *La Maja desnuda* de Goya es una excepción, y otra, anterior y aún más notable, es la *Venus* del propio Velázquez. La razón de esta carestía es obvia: en España los encargos provenían de la iglesia y, en menor grado, de la casa real, o sea, imaginería religiosa, retratos y algunas escenas de costumbres. En Italia o en Holanda, el caso es distinto. Allí los nobles y los ricos encargaban pinturas para adornar sus salones y como tenían una moral menos estricta, veían con agrado asuntos mitológicos con profusión de desnudos femeninos. Los pintores españoles de la época conocían la técnica del desnudo, pero en la España de la contrarreforma, sólo la aplicaban a la anatomía masculina: escenas de martirio e innumerables crucifixiones y descendimientos. En este sentido, como en tantos otros, Velázquez tuvo una situación privilegiada: como cortesano recibió encargos privados y pudo ejercitar su arte en todos los géneros, incluido el mitológico: *El triunfo de Baco, La fragua de Vulcano* y unos cuantos más. Entre ellos, *Venus y Cupido,* que hoy está en la National Gallery de Londres y que es el primer desnudo de la pintura española y durante mucho tiempo el único.

En la cafetería Michigan había poca gente: nadie en la barra y sólo media docena de mesas ocupadas. Los más rezagados ya habían acabado de desayunar y todavía no había sonado la hora del bullicioso aperitivo. Dos parroquianos solitarios leían sin prisa *ABC* y *El Sol* respectivamente; un tercero escribía con una sonrisa en los labios; un oficial de artillería fumaba con la mirada perdida en el techo. Junto a la ventana, dos señoras de mediana edad hablaban a un tiempo y sin pausa; en la mesa, junto a los tazones de café con leche y el azucarero de alpaca, habían dejado los misales y las mantillas negras pulcramente plegadas. Anthony admiraba la variedad de locales que Madrid ofrecía al ciudadano. Ni siquiera los afamados cafés de Viena, donde tantas horas había pasado entre visita y visita al Kunsthistorisches Museum, se podían comparar a los de Madrid. Los cafés de Viena le producían una enojosa sensación de teatralidad y decadencia; en Madrid, por el contrario, no había nada de anacrónico en aquellos locales llenos de vida. Los cafés de Madrid, a diferencia de los de Viena, no tenían las paredes cubiertas de espejos, porque los madrileños no los necesitaban: en los cafés de Madrid los clientes se miraban directamente entre sí, sin disimular su curiosidad. Pero en este desempacho no había nada de malo, porque en los cafés de Madrid, con la misma ligereza que se mira, se olvida. Todo formaba parte del dulce fluir de las cosas en aquella ciudad alegre, generosa y superficial. No obstante, la euforia que le producía el ambiente, la compañía de Paquita y la posibilidad de hablar con ella de su tema favorito, no le hacía olvidar que tenía entre manos un asunto de la máxima trascendencia para muchas personas, empezando por el propio Anthony, cuya carrera profesional estaba a punto de tomar un rumbo inesperado si se confirmaban sus impresiones y no cometía un error irreparable.

—En la década de 1640 a 1650, Velázquez había alcanzado la cúspide de su fama —prosiguió, tratando de imprimir a su voz un tono neutro— y al margen de sus obligaciones como pintor de la corte, recibía y aceptaba encargos de importantes personalidades de la nobleza y del clero. Uno de estos clientes fue don Gaspar Gómez de Haro, hijo del marqués del Carpio, que sucedió al conde duque de Olivares como valido de Felipe IV. No sé si está al corriente de estos sucesos históricos. Si no es así, no importa. Lo que importa es que don Gaspar era un hombre muy poderoso y un apasionado coleccionista de arte, y que encargó a Velázquez una pintura de tema mitológico: una Venus desnuda a la manera de Tiziano. Pese a lo insólito del encargo, Velázquez acometió la empresa con evidente gusto, a juzgar por el resultado. Cuando el cuadro estuvo listo, don Gaspar lo guardó prudentemente en su palacio y nadie lo vio hasta muchos años más tarde, cuando todos los protagonistas de esta historia ya habían muerto.

Hizo una pausa para continuar el relato con precisión pero también con delicadeza: en modo alguno deseaba herir la sensibilidad de su bella interlocutora con detalles escabrosos.

—Don Gaspar Gómez de Haro —dijo bajando la voz y la mirada— no sólo era un entendido en arte, sino un hombre de costumbres licenciosas. Su personalidad estaba más cerca de don Juan Tenorio que de San Juan de la Cruz, por decirlo suavemente. Tal vez esta flaqueza le llevó a encargar a Velázquez una pintura incompatible con la moral de su tiempo. En cualquier caso, la pregunta es ésta: ¿quién es la mujer del cuadro? ¿Utilizó Velázquez una modelo cualquiera, posiblemente una prostituta, para representar a Venus, o la modelo fue, como dicen algunos, una de las amantes de don Gaspar, cuyas formas éste quería perpetuar en la tela? ¿Y si, como han sugerido algunos, la mujer del retrato no es otra que la propia esposa de don Gaspar? Los defensores de esta tesis alegan, a modo de prueba, que las facciones de la Venus del cuadro, reflejadas en el espejo que sostiene Cupido, fueron deliberadamente veladas por el pintor para evitar cualquier identificación, cosa innecesaria de haberse tratado de una simple meretriz.

—¿Y cuál es la teoría de usted? —preguntó la joven.

—Yo prefiero no pronunciarme. La idea de que una dama ilustre y casada pose desnuda resulta extraña, y más en la España de la Inquisición, pero no imposible. Siempre hay excepciones a la regla. La esposa de don Gaspar, doña Antonia de la Cerda, estaba emparentada con doña Ana de Mendoza y de la Cerda, princesa de Éboli, que pasa por haber sido amante de Felipe II. Ambas eran mujeres de gran belleza, carácter fuerte y temperamento atrevido. Aun así, no veo lógica en que un esposo compulsivamente infiel desee tener un retrato de su mujer desnuda, por más que sea Velázquez quien la pinte. Más sencillo habría sido hacerla retratar vestida. Sea como sea, nunca sabremos la verdad con absoluta certeza: la historia del arte está llena de sorpresas.

—No me cabe la menor duda —dijo Paquita.

—Percibo un deje de ironía en su voz —repuso el inglés—. Probablemente la estoy aburriendo con mis divagaciones. Pero le diré que se equivoca. Las teorías y los debates de los expertos pueden ser soporíferos; mis artículos ciertamente lo son, pero el Arte no lo es, porque los cuadros significan cosas, como los poemas o la música; cosas importantes. Bien sé que para muchos un cuadro antiguo sólo es una posesión valiosa o una pieza de colección o un pretexto para demostrar erudición y avanzar en el mundo académico, y no niego que estos factores existen y que también han de ser tomados en consideración. Pero una obra de arte es, por encima de todo, la expresión de algo a la vez sublime y profundamente enraizado en nuestras creencias y nuestros sentimientos. Prefiero la barbarie de un inquisidor dispuesto a quemar un cuadro por juzgarlo pecaminoso, a la indiferencia de quien sólo se preocupa de la datación, los antecedentes o la cotización de ese mismo cuadro. Para nosotros un pintor, un cliente y una modelo del siglo XVII son meros datos enciclopédicos. Pero en su momento fueron personas como usted y como yo, y volcaron su vida en un cuadro por razones y sentimientos muy hondos, a veces arrostrando riesgos y derrochando fortunas. Y nunca pensaron que todo aquello acabaría en la sala de un museo o en el rincón de un almacén.

—Vaya —dijo ella—, una vez más debo pedirle perdón. Está visto que mi relación con usted es una sucesión de agravios y disculpas.

—Dejará de serlo cuando deje de tomarme por el pito del sereno, si esta forma idiomática es correcta. Pero no es usted, sino yo, quien ha de disculparse. Suelo exaltarme hablando de este tema.

—Está bien, eso lo hace un poco más atractivo. Continúe con sus hipótesis.

—Se discute sobre la fecha en que Velázquez pintó *Venus y Cupido*. Todo indica que fue a finales de la década de 1640 puesto que en 1648 Velázquez se fue a Italia y no regresó hasta 1651 y para entonces el cuadro ya estaba en el palacio de don Gaspar. Pudo ser pintado en Italia, donde abundaban pinturas de desnudos que podían haber servido de inspiración a Velázquez, pero yo no lo creo. En Madrid había infinidad de desnudos de grandes maestros, como Tiziano o Rubens, incluso en las colecciones reales, y aunque no estaban expuestos al público, como conservador del patrimonio artístico de la corona, Velázquez estaba familiarizado con ellos. Estoy convencido de que la *Venus* fue pintada en Madrid, antes del viaje a Italia, probablemente a principios de 1648 y en la más estricta intimidad.

Como si esta frase hubiera accionado un resorte, el oficial de artillería se levantó bruscamente. El camarero corrió a ponerle el abrigo que colgaba de un perchero. El oficial dio una moneda al camarero y se dirigió a la puerta. Al pasar junto a la mesa, miró de soslayo al inglés y luego con más detenimiento a Paquita, que había bajado los párpados. Sin detener su camino, el oficial amagó una reverencia y salió a la calle. Anthony creyó advertir cierto malestar en su acompañante, pero no estimó prudente pedir explicaciones de lo sucedido.

—En noviembre de 1648 —continuó diciendo—, Velázquez viaja por segunda vez a Italia por orden de Felipe IV con el propósito de adquirir obras de arte para incrementar las colecciones reales. Sin embargo, en esta ocasión el viaje dura más de lo previsto: dos años y ocho meses. El Rey se impacienta y reclama a su pintor favorito, pero Velázquez se hace el remolón. Durante esta larga estancia en Italia, pinta poco: en Roma retrata al Papa Inocencio X y a altas jerarquías de la curia vaticana, y para distraerse mientras convalece de unas fiebres, pinta dos paisajes diminutos y melancólicos de la Villa Medici. El resto del tiempo lo pasa dando vueltas por Italia, relacionándose con artistas, coleccionistas, diplomáticos y mecenas, comprando cuadros y esculturas y ocupándose de que los objetos lleguen a su destino. Su mujer y sus dos hijas se han quedado en Madrid. Cuando finalmente regresa a España, Velázquez es un hombre cansado y sin aliento. En los diez años que median entre la vuelta de Italia y la muerte, el 6 de agosto de 1660, sólo pinta retratos de la familia real, entre ellos, *Las Meninas*.

—Hombre, no está mal —dijo Paquita, que parecía haber olvidado el incidente del oficial de artillería.

—Sí, claro, es un cuadro extraordinario, y eso demuestra que Velázquez se encontraba en posesión de todas sus facultades, en plena capacidad creativa. Y si es así, ¿a qué tanto abandono?

—¿Cree que la Venus le trajo mal fario?

—Creo que después de pintar ese cuadro, o mientras lo pintaba, Velázquez atravesó por una tremenda crisis personal, de la que nunca logró reponerse, y que la causa real de la crisis está en el cuadro. Llevo años discutiendo este punto con un experto inglés, un viejo profesor de Cambridge, actualmente conservador en la National Gallery. Él sostiene... una tesis contraria a la mía. A él no le gustan las mujeres, y quizá por este motivo... En fin, dejemos eso. Ahora importan los problemas personales de Velázquez, no los míos.

—A lo mejor coinciden —dijo Paquita—, y si quiere me los puede contar. Es más fácil hablar de las propias preocupaciones que esperar a que venga Velázquez a pintarlas.

—No, no, de ningún modo. No podemos desviarnos de la cuestión. Mire, le diré lo que creo que sucedió: en 1648 don Gaspar Gómez de Haro encarga a Velázquez pintar desnuda a una mujer que represente a Venus. La propia u otra, eso no importa por el momento. Velázquez acepta el encargo y la pinta, pero no una vez, sino dos: una en forma de Venus ante el espejo, con las facciones cuidadosamente difuminadas para que nadie la pueda identificar, y una segunda vez, igualmente desnuda, con las facciones claramente definidas y sin recurrir al subterfugio de la mitología. Obviamente esta segunda pintura es para él. Nunca apareció en el inventario de los bienes de don Gaspar Gómez de Haro. Al pintar el segundo cuadro, Velázquez incurrió en varios peligros. Si hubiera trascendido su existencia, el escándalo habría sido mayúsculo, podría haber tomado cartas en el asunto la Inquisición y, en el mejor de los casos, Velázquez habría perdido el favor del Rey. Desde que llegó a Madrid y desplazó a los antiguos pintores de corte con su estilo innovador, no le faltan enemigos que maquinan su ruina. Y luego está el propio don Gaspar Gómez de Haro: si la relación del pintor con la modelo ha traspasado los límites de lo artesanal para entrar en el terreno amoroso o algo más grave, como hace suponer el cuadro, tanto si es el retrato de su legítima esposa como si es el de su amante, se impone una venganza sangrienta: estamos en la España del honor calderoniano y don Gaspar es poderoso. Sólo una pasión irrefrenable pudo llevar a un hombre de natural sereno, casi apático, como Velázquez, a cometer semejante locura.

En su excitación había ido levantando la voz e hizo una pausa para recobrar la compostura. Paquita le observaba con el ceño fruncido y una nube de tristeza en la mirada. Sin reparar en ello, Anthony se pasó la mano por la cara y siguió diciendo:

—Esto Velázquez lo sabía y, siendo inteligente y comprendiendo que su pasión era inviable, decidió poner tierra por medio. No le costó convencer a Felipe IV de que le enviase a Italia en comisión de servicios, y a Italia se fue, por orden del Rey, llevándose consigo el segundo retrato.

—Un pobre sustituto —dijo Paquita.

—Menos es nada. Además, para Velázquez la realidad y la pintura se confundían a menudo, aunque esto nos llevaría muy lejos. La cuestión es que al regreso, serenada la pasión tras una larga ausencia, dejó el cuadro comprometedor en Italia, probablemente en Roma. Andando el tiempo, alguien se hizo con él, lo trajo a España y ahora está ahí, a pocos metros de esta cafetería, esperando...

—A que Anthony Whitelands lo dé a conocer al mundo entero —interrumpió Paquita.

Esta vez el tono de voz de la joven consiguió poner en guardia al inglés.

—Naturalmente —dijo—, falta precisar algunos detalles. ¿Está enojada?

—Sí, pero no con usted. Todos los hombres que se cruzan en mi camino son unos visionarios y ya estoy harta. Pero ahora dejemos eso. Lo importante no soy yo, sino Velázquez.

Se le quebró la voz y con un movimiento rápido de la cabeza, como si algo hubiera llamado su atención, desvió la cara. Desconcertado ante aquel cambio súbito, Anthony no supo cómo reaccionar. Al cabo de unos segundos ella volvió de nuevo la cara a su interlocutor y con los ojos empañados pero con voz serena le dijo:

—Ayer, ante el Santo Cristo de Medinaceli, le pedí que no autenticara ese cuadro. Entonces creí que a cambio le ofrecía algo valioso. Ahora veo que para usted valgo menos que el cuadro o lo que el cuadro significa. Nada le apartará de su camino y no se lo reprocho. No me humilla haber sido derrotada por una mujer que murió hace tres siglos y de la que sólo conocemos la cara y buena parte de su anatomía, pero se me hace extraño, compréndalo.

—No me resulta fácil comprenderla si usted no me explica la razón de su conducta —dijo el inglés.

—Déjeme su pañuelo.

Anthony le dio el pañuelo, ella hizo ademán de enjugar unas lágrimas imperceptibles y se lo devolvió.

—Hace un rato —dijo él viendo que ella no estaba dispuesta a añadir nada más a lo dicho— usted misma me decía que le contara mis preocupaciones. Lo haré brevemente. Desde hace unos años mi vida parece haberse detenido. Estoy estancado, en lo profesional y en lo personal, y la situación no lleva trazas de variar. He visto demasiados casos similares para hacerme ilusiones: estudios brillantes, grandes perspectivas, unos años de esplendor y luego nada: marasmo, reiteración y mediocridad. Yo repito el esquema:

he dejado atrás la juventud y voy andando hacia atrás, como los cangrejos. Y de repente, del modo más inesperado, se me presenta una oportunidad única, en mi vida y en el mundo del arte en general. La aventura comporta riesgo, bordea la ilegalidad y, por si eso fuera poco, poderosos factores emocionales interfieren en el proceso. Pero si a pesar de todo saliera bien, si por una maldita vez este asunto saliera bien, yo conseguiría algo más que saciar mi ridícula vanidad académica. Obtendría prestigio. Y dinero, sí, dinero para comprar mi independencia y mi dignidad. Por fin podría dejar de mendigar... ¿Sabe usted lo que significa eso, señorita Paquita?

—Todas las mujeres lo sabemos, señor Whitelands —repuso ella—. Pero no tema: no voy a insistir, soy demasiado orgullosa. Por supuesto, entiendo sus razones, como usted entendería las mías si se las expusiera. Pero no puedo. Todavía no. Sin embargo, le daré alguna pista. El resto lo habrá de decir usted, y ahí veremos si es tan perspicaz para desentrañar el presente como lo es para los entresijos del siglo XVII.

En el transcurso de la conversación habían ido abandonando la cafetería los parroquianos con quienes inicialmente la habían compartido y empezaba a llenar el local una nueva y ruidosa clientela. Anthony llamó al camarero, pagó y salieron. Se había calmado el viento y el sol, alto en el cielo despejado, infundía una tibieza precursora de la primavera. En las ramas de los árboles se apuntaban los primeros brotes. Anduvieron sin mediar palabra hasta la puerta lateral del jardín del palacete y allí se detuvieron mientras ella buscaba las llaves.

—Antes —dijo Paquita con la puerta ya entornada— le dije que le pediría un favor. No lo habrá olvidado.

—No. Usted dirá.

—Esta tarde, a las siete, José Antonio Primo de Rivera da

un mitin en el cine Europa. Quiero ir y que usted me acompañe. Recójame a las seis en la esquina de Serrano y Hermosilla. Allí tomaremos un taxi. ¿Puedo contar con usted?

—Será un placer.

—Ya se verá. Pero estoy segura de que la experiencia le será instructiva. A las seis. Puntual como un inglés.

21

Todos los pesares que los reveses de la Historia, el desgo-
bierno de la nación y las discordias de los hombres habían
acumulado sobre la España de 1936 quedaban momentáneamente suspendidos a la hora del aperitivo por acuerdo
unánime de las partes implicadas. Desbordaban de clientes
postineros las elegantes cafeterías del barrio de Salamanca
igual que los grasientos figones del barrio de Lavapiés desbordaban de horteras y chulapos cuando Anthony Whitelands hacía camino de vuelta al hotel absorto en reflexiones de muy diversa índole. Por primera vez desde su
llegada a Madrid estaba contento con la marcha de los
acontecimientos. La reciente conversación con Paquita en
Michigan había discurrido por cauces favorables al inglés,
a juicio de éste: ella había depuesto tanto la actitud displicente como el hermetismo de los encuentros previos y él,
por su parte, había conseguido exponer sus puntos de vista
sin presunción ni timidez, en suma, sin cometer un desliz
del que ahora hubiera de arrepentirse y sin hacer, como
otras veces, el ridículo. El futuro de la relación entre ambos continuaba siendo imprevisible, pero al menos discu-
rriría por cauces más normales. La oportunidad que ella le
brindaba aquella misma tarde daba testimonio de este
cambio de actitud: era una muestra de confianza y tal vez
una invitación a llevar la relación a otro terreno, una auto-

rización a entrar en competencia directa con un rival cuya superioridad habría sido ingenuo no reconocer, pero al que no resultaba imposible vencer con habilidad y paciencia. Todo lo cual, en el fondo, pasaba a un segundo término en el ánimo de Anthony ante la trascendencia de lo que se traía entre manos con el cuadro de Velázquez. Este asunto le excitaba de tal modo que sólo la natural contención de su carácter y una estricta educación le impedían comportarse en plena calle como un perturbado. Caminaba a grandes zancadas, braceando y pronunciando sin darse cuenta exclamaciones, frases o palabras sueltas, que atraían sobre sí la atención de los viandantes. Le urgía llegar al hotel, donde tenía pensado poner por escrito el torbellino de ideas que se agitaba en su cabeza, en parte para ordenarlas y darles forma y en parte para tranquilizar su ánimo desbordado. Llevado por este propósito y aunque el hambre le aguijoneaba, desoía los cantos de sirenas provenientes de los restaurantes y las casas de comida ante las que pasaba en su acelerada marcha.

Cuando le faltaban cien metros escasos para alcanzar la meta, oyó a sus espaldas una voz que le llamaba, se volvió y se encontró cara a cara con Higinio Zamora Zamorano.

—¡Cómo! —exclamó—. ¡Usted otra vez! ¿No son demasiadas coincidencias?

Higinio Zamora se echó a reír y dijo:

—Lleva usted razón. Sería muy casual si fuera casual. Pero no lo es, porque vengo de su hotel adonde he ido a buscarle hace un momento y el señor de la recensión me ha dicho que no estaba.

—Ya veo. ¿Y por qué venía a buscarme, si se puede saber?

—Se puede, se puede. Máximamente cuando es mi menda el que ha venido a verle. Pero la cosa no es para ser dicha de pie y en un minuto, sino con un buen cocido y una botella de Valdepeñas.

—Lo siento —dijo Anthony—. Hoy no puedo permitirme una comida.

—Oh, señor, no me he expresado con propiedad. Yo invito.

—No es eso. Tengo trabajo y he de volver de inmediato al hotel.

Higinio Zamora sonrió con los ojos pero no con la cara.

—Pues si de veras tiene trabajo, no vaya al hotel. En la entrada hay un andoba con mucha pinta de policía, y al preguntar yo por usted me ha mirado de los pies a la cabeza. De lo que saco yo la inferencia de que le está esperando. ¿Puede ser?

—Puede.

—En tal caso, dele plantón y vamos a por el cocido. Sólo de mentarlo ya le veo salivar. Y no tema ninguna indiscreción: no voy a preguntarle por qué le vigilan.

Anthony no perdió tiempo en reflexiones: si quien le esperaba en el hotel era el capitán Coscolluela u otro enviado del teniente coronel Marrañón, era mejor no dar señales de vida: tenía demasiadas cosas que ocultar. Y si volvían a llevarle a las dependencias de la Dirección General de Seguridad, ya podía despedirse de su cita con Paquita y de asistir con ella al mitin de José Antonio Primo de Rivera.

—Está bien, vamos allá, siempre y cuando paguemos a escote.

—No es costumbre española —dijo el otro—, pero se acepta.

Se alejaron del hotel y, después de andar un rato, Higinio Zamora entró en una casa de comidas seguido del inglés. Había bastante gente, pero reinaba un silencio monacal, sólo alterado por el ruido de platos. Por indicación del camarero, subieron al altillo y ocuparon una mesa libre. Pronto la mesa quedó cubierta de fuentes repletas de berzas, garbanzos, tocino, chorizo, patatas y morcillas. Una mujer gorda, con un delantal bastante sucio, les sirvió la sopa en unas escudillas de barro y un muchacho trajo vino. Higinio Zamora se sirvió de todo y sin más preámbulo empezó a comer con buen apetito. Anthony, viéndose abandonado por su interlocutor, hizo lo mismo. Los manjares eran sabrosos y el vino, sin ser bueno, los acompañaba bien, de modo que mediada la comida los dos hombres tenían los carrillos arrebolados y los ojos brillantes de satisfacción. Higinio Zamora eligió aquel momento para dejar los cubiertos en el plato, limpiarse los labios con una pulcritud que revelaba cierta educación, y empezar diciendo:

—Ante todo, permítame reiterar, si bien lo hago por vez primera, que en nada de cuanto le diré a renglón seguido media interés para mí ni para mi persona.

Anthony se dio por advertido con un vago ademán y el otro prosiguió:

—Le hablaré con toda confianza. Usted, según tengo visto, será un lord o será el Rey de Inglaterra, pero está más solo y más desamparado que un avión de reconocimiento. No me se ofenda, se lo digo como amigo.

—No me ofendo, pero no sé adónde quiere ir a parar. Cómo yo esté, es asunto mío.

—Quizás en su tierra. Aquí todo es de todos. Si uno tiene alegrías, se festejan, y si penas, pues se comparten.

—¿Y si uno quiere estar tranquilo y que nadie se meta en sus cosas?

—Entonces lo tiene mal. Mire, le pintaré las cosas tal cual son: éste no es un país pobre, por más que digan. Éste es un país de pobres, no sé si capta la diferencia. En un país pobre, cada cual se arregla como puede con lo que tiene. Aquí no. Aquí cuenta lo que uno tiene, pero cuenta más lo que el vecino tiene o deja de tener. Pero esto no es a lo que yo iba. A lo que yo iba era a su situación personal, no a sus dineros. Y ahí es donde le duele. Con su planta de maniquí antiguo y sus modales podrá engañar a todos, pero no a Higinio Zamora Zamorano. Yo le he visto tal cual es. Me refiero a la Toñina. No tenga miedo, no hablo de extorsión, ya le he dicho antes que en esto a mí no me va nada. Además, usted no ha hecho nada malo, al contrario. A lo que vengo a referirme es a esa pobre familia: la Justa, la Toñina y esa pobre criaturita sin padre, el hijo del pecado. Ya oyó lo que dijo la Justa: solas en el mundo. Ahora, la niña es dispuesta, limpia, discreta como pocas, y no tiene un pelo de tonta. La espera un porvenir amargo si algo no lo remedia. Usted en cambio tiene el porvenir resuelto, pero el presente da pena. El azar ha querido que se cruzaran sus caminos. ¿Ve adónde quiero ir a parar?

Anthony, que hasta aquel momento había escuchado distraídamente y sin dejar de comer, cruzó los cubiertos, miró a su acompañante fijamente y dijo:

—¿Me está vendiendo a la chica, señor Zamora?

El otro bebió un trago de vino, dejó el vaso en la mesa y levantó los ojos al cielo con la expresión resignada de quien trata de enseñar algo sencillo a un niño de cortas luces.

—¡Ah —exclamó—, comprar y vender! ¡Como si no hubiera nada más en el mundo que comprar y vender! Ustedes lo ven todo con mentalidad de comerciantes. Antes hemos discutido por ver cómo se pagaba la comida y ahora esto. No, señor, la Toñina no está en venta. No es de ésas. Si su padre hubiera vivido, ni por asomo andaría en el oficio. Habría estudiado, sería una señorita y hasta puede que hubiese ido a la Universidad. Pero el pobre hombre, por una buena causa, tuvo un mal fin, y la sociedad las dejó tiradas a las dos. De todo han tenido que hacer para no morir de hambre. ¿Esto convierte a la pobre infeliz en una mercancía de segunda mano?

—Yo no he dicho tal cosa. Usted se lo dice todo.

—Y usted no entiende nada —replicó Higinio Zamora con suavidad, casi con cariño—. Éste es el problema. No el nuestro, el de usted y yo, sino el de España y el del mundo: que ustedes no entienden al proletariado. Lo ven inculto, malhablado, ceñudo, andrajoso, y piensan: válgame Dios. Si los proletarios piden algo, si reclaman un derecho o una mejora salarial, se asustan. Ésos vienen a quitarme hasta la camisa, se dicen. Y algo hay de cierto en ello. Pero el proletariado no sólo quiere dinero. Quiere justicia y respeto. Y mientras ustedes no lo entiendan, no habrá concordia ni paz social, y la violencia irá en aumento. Ya ha visto lo que está pasando, en Madrid y en el resto del país: los obreros queman unas cuantas iglesias. Yo no lo apruebo, pero dígame una cosa: ¿quién las construyó?

Hizo una pausa para beber otro vaso de vino y continuó con el mismo tono didáctico:

—Si el obrero se solivianta, en vez de preguntarse por qué, le mandan a la policía; si eso no basta, a la Guardia Civil, y si es preciso, a la legión. Con estos argumentos no hace falta tener razón. Recuerde lo de Asturias. Pero una cosa tiene el proletariado, y es que no se acaba. Mire a su alrededor, escuche la voz del pueblo: cree que la fruta está madura y sabe que no tendrá otra oportunidad, de modo que estallará la revolución. Cuando vino la República, todo el mundo dijo: ya era hora, se acabó la injusticia. Eso fue hace años, hoy todo sigue igual: los ricos igual de ricos, los pobres igual de pobres, y al que chista, garrotazo y tente tieso. O el proletariado se hace con la riqueza y el poder por la fuerza o aquí no hay cambio que valga. Ya ve lo que pasó en Rusia. ¿Aquello es el paraíso terrenal? No sabría decírselo, pero al menos en Rusia se acabaron las tonterías.

Calló de nuevo, miró a su alrededor por si su discurso provocaba alguna reacción y, viendo que los parroquianos de las mesas contiguas seguían comiendo sin inmutarse, atacó los restos de su cocido con la ferocidad que no había empleado en su perorata. El inglés aprovechó la ocasión para intervenir.

—¿Y la revolución bolchevique no se producirá si yo le pongo un piso a la Toñina?

—¡Muy gracioso! —repuso Higinio Zamora algo dolido por la reticencia del inglés, pero decidido a no alterar su buen talante—. Ya veo que usted no me ha entendido. No sólo cuando le hablaba de la situación, sino cuando le hablaba de lo otro. Mire, señor, nada detendrá el curso de la Historia, es cierto, contra eso nada podemos hacer ni usted ni yo. Lo que sí podemos es resolver el problema de esa pobre chica. Le seré sincero: es lo único que me preocupa y no sé qué hacer. La desazón me mata. Prometí ocuparme de esa familia y no he conseguido nada. La Justa, a fin de cuentas, ya ha vivido lo suyo. Pero esa criatura, por el amor de Dios, no ha conocido más que ignominias y privaciones.

Le tembló la voz y los ojos se le llenaron de lágrimas. Por su remoto parecido con el *Menipo* de Velázquez, Anthony le había atribuido arbitrariamente las características intelectuales del mítico filósofo de la antigüedad, y ahora, ante aquel súbito arranque de sentimentalismo, se sentía más incómodo de lo que se había sentido poco antes, cuando el otro le acusaba de propiciar el triunfo de los bolcheviques.

—Repórtese —dijo por lo bajo—, alguien puede oírle.

—Lo mismo me da. Por llorar no meten preso a nadie. Y perdone mis expansiones, pero cuando pienso en la pobre infeliz... La vida que lleva no es para ser descrita. Y el futuro que la espera, ni que decir tiene.

—Hombre, si estalla la revolución, quizá se arregla el caso.

—Quia. Yo he dicho que estallará la revolución, no que triunfará. Al contrario: tal y como está el panorama, al primer conato de revuelta sacarán los cañones a la calle. Y si ganan ésos, entonces todo será peor que ahora. Eso es lo que me da más miedo.

Anthony consultó su reloj con disimulo. Habían dado cuenta del cocido y debía apresurarse si quería pasar por el hotel y llegar a la cita.

—Me hago cargo de su frustración —dijo en tono conciliador—, pero la solución que usted busca no está en mi mano. Soy extranjero, estoy de paso, dentro de unos días volveré a mi país.

Higinio Zamora dejó de hacer pucheros y miró al inglés con renovado interés.

—Bah —dijo con animación—, de los detalles nos ocuparemos a su debido tiempo. Quiero decir que su marcha no es obstáculo, al contrario. Sacarla del país sería una gran cosa. La chica en Inglaterra estaría como pez en el agua. Tiene madera de señorita; además es trabajadora, honrada y muy agradecida. Nunca olvida un favor. Bien sé —añadió con gravedad, como si este aspecto de la cuestión le preocupara más que el desconcierto de su interlocutor— que este plan contradice los preceptos marxistas. Un proletario no debe buscar la salvación individual, sino salvarse con su clase. Pero estoy convencido de que si Marx hubiera conocido a la niña habría hecho una excepción. Y del bebé, no digamos: educado en Inglaterra, nada menos, y con el valor innato de los españoles, podría llegar a oficial del Ejército Británico en la India, figúrese usted.

Aquél era un diálogo de sordos. Anthony había sido educado en el respeto escrupuloso a todo individuo, fuera cual fuese su origen y su posición social, pero esta misma educación se basaba en una concepción rígida de la jerarquía social, por lo que las pretensiones de su interlocutor le parecían no ya absurdas, sino intolerables. A los ojos de Anthony el discurso de Higinio Zamora era un delirio. Pero como el personaje conservaba su habitual ponderación y en sus planes no mediaba interés personal, sino una disparatada generosidad, optó por no prestar demasiada atención a sus palabras. Tal vez, pensó, aquel pobre hombre necesitaba un desahogo. Lo importante en aquel momento era poner fin a la sobremesa, y eso sólo se podía lograr adoptando una actitud de simpatía por la postura del contrario y de impreciso consentimiento.

—Tenga por cierto que pensaré en una forma viable de cumplir sus deseos sin menoscabo de mi propia situación —dijo—, pero ahora debo ausentarme sin demora. Y he reconsiderado lo que convinimos al principio: yo invito.

Esta última maniobra, encaminada a predisponer favorablemente a Higinio Zamora, resultó en extremo contraproducente. Éste rechazó la invitación y se empeñó en pagar, tanto más cuanto que había tenido la osadía de pedir un favor tan señalado y de obtener una respuesta tan positiva. Advirtiendo el riesgo de nuevas complicaciones, Anthony aceptó la invitación y sin esperar a que el otro la hiciera efectiva, se levantó, le estrechó la mano y salió precipitadamente del local. Una vez en la calle se dirigió al hotel tan de prisa como le permitía la pesada digestión. A prudencial distancia de la meta, se detuvo y prosiguió la marcha con cautela por si todavía montaba guardia el individuo descrito por Higinio Zamora a raíz de su encuentro. Finalmente, como no advertía ninguna presencia sospechosa en las inmediaciones del hotel, recorrió casi a la carrera el último trecho, pidió la llave al recepcionista y se encerró en la habitación.

Reinaba una atmósfera propicia al trabajo: la estufa irradiaba un calor placentero y por la ventana entraban los rayos esquinados de un sol pálido y bajo. Anthony sacó el cuaderno y la pluma, se sentó a la mesa y se dispuso a tomar las notas postergadas por el encuentro y la comilona, pero de inmediato cruzó los brazos sobre la mesa, recostó la cabeza y se quedó dormido. Sin conciencia de estar dormido, soñó que de la calle llegaba un coro numeroso que entonaba *La Internacional*. La ventana enmarcaba un cielo rojo por el que ascendían gruesas columnas de humo negro. Era evidente que había estallado la revolución y, en consecuencia, que su vida corría serio peligro. Con la implacable lógica de los sueños, se vio arrastrado por el torbellino de los acontecimientos. No tengo escapatoria, pensaba, me obligarán a vestir harapos, a dejarme barba y a gritar ¡todo el poder para los soviets! Esta perspectiva le producía una angustia física: sudaba copiosamente y le ardía el estómago, quería salir huyendo, pero los músculos se negaban a cumplir las órdenes impartidas por el cerebro. Despertó con un poso de desasosiego y el terror de haber rebasado durmiendo la hora de la cita. El reloj le tranquilizó respecto de lo segundo. Guardó de nuevo el cuaderno y la pluma, se echó agua en la cara y en el pelo para recomponer un poco su apariencia externa, se puso el gabán y el sombrero y salió a toda prisa de la habitación y del hotel. El farolero encendía las farolas de la plaza.

Mientras corría hacia el lugar de la cita, recordaba los detalles de la pesadilla y pensaba que los vaticinios lanzados por Higinio Zamora durante la comida le habían impresionado más de lo que en su momento, distraído por la demencial proposición, había tenido ocasión de reconocer. Tal vez estoy caminando al borde del abismo, se dijo.

22

Los funestos presagios todavía pesaban en el ánimo de Anthony Whitelands cuando llegó jadeando a la esquina convenida. En la calle Hermosilla le esperaba Paquita de pie junto a un taxi. No tanto para protegerse del frío como para no ser reconocida, llevaba subidas las solapas del abrigo y un elegante casquete lila hundido hasta las cejas. Al ver al inglés, sacó una mano del manguito de visón, le hizo señas y, sin esperarle, se metió en el taxi. Él la siguió y cerró la portezuela. El taxi arrancó y circularon un rato en el silencio conspiratorio de quienes se dirigen a cometer un delito.

En la melancólica media luz del atardecer de invierno, enfilaron Bravo Murillo desde Cuatro Caminos. A medida que se acercaban a su destino, iban encontrando grupos de peatones cada vez más numerosos, que se dirigían al lugar del mitin, ocupando las aceras e invadiendo la calzada. El taxi avanzaba con creciente lentitud y a menudo había de frenar de sopetón, porque el aspecto de los viandantes no aconsejaba hacer uso del claxon. Finalmente el taxista dijo que no se atrevía a continuar. Él no era de ésos, dijo por toda explicación. Anthony pagó y Paquita y él se apearon y continuaron a pie. Como el gentío empezaba a ser considerable, Paquita se agarraba con fuerza del brazo del inglés.

—¿No nos estaremos metiendo en una ratonera? —preguntó Anthony.

—No sea miedica —dijo Paquita—. Ya es tarde para arrepentimientos. ¿Está asustado?

—Tengo miedo por usted.

—Sé defenderme sola.

—Esta frase no significa nada; es un lugar común —replicó Anthony, ofendido en su fuero interno por haber sido tratado de cobarde—. Además, yo estoy a salvo de cualquier eventualidad: soy súbdito británico.

Paquita se rió por lo bajo.

—El acto ha sido prohibido por la policía —dijo—. Estamos infringiendo la ley.

—Alegaré haber sido engañado.

—¿Sería capaz? —dijo ella, medio en serio medio en broma.

A pesar del coqueteo, Anthony no las tenía todas consigo. Disimuladamente miraba a derecha e izquierda buscando a la policía, pero ni siquiera con su elevada estatura conseguía atisbar ningún uniforme. Tal vez la presencia de la Guardia de Asalto habría resultado contraproducente, pensó, o tal vez esperan a tenernos a todos encerrados para molernos a palos. Ahora bien, si no ha venido la policía y otros grupos nos atacan, ¿quién restablecerá el orden? Después de mucho cavilar dedujo que debía de haber un contingente oculto en las inmediaciones y dispuesto a intervenir al menor síntoma de violencia. Esta contingencia le tranquilizaba y le alarmaba a partes iguales.

El cine ocupaba todo un edificio de tres plantas. Los grandes paneles publicitarios de la fachada habían sido cubiertos por telones negros donde figuraban los nombres de los falangistas muertos en enfrentamientos callejeros o en emboscadas. Anthony leyó con aprensión la larga y fúnebre nómina y perdió el poco humor que le quedaba. Las puertas del cine estaban abiertas de par en par y el gentío formaba largas colas para entrar bajo la estricta vigilancia de unos jóvenes con camisa azul que trataban de descubrir a posibles agentes provocadores mezclados con los asistentes. Todo se hacía con mucho orden y seriedad. Anthony y Paquita hicieron cola y accedieron al vestíbulo. Allí la gente se distribuía por las bocas de entrada a la platea o por la escalera que conducía a los pisos superiores. Vacilaban empujados en varias direcciones cuando se les acercó un hombre fornido, moreno, de pelo engominado y bigote fino. En la camisa azul mahón llevaba bordado en rojo el yugo y las flechas, y una pistola al cinto, dos cosas que le conferían una indiscutible preeminencia. Con todo, su actitud autoritaria no conseguía ocultar un nerviosismo contagioso. Sin mirar siquiera al inglés, se dirigió a Paquita con expresión preocupada.

—Nadie nos avisó de que vendrías —dijo.

—Ya lo sé. Voy de incógnito —repuso ella—. He venido acompañando a un observador internacional.

El mandamás examinó a Anthony con desconfianza. Repuesto de su sorpresa ante el embuste de Paquita, Anthony adoptó una actitud impasible, casi desdeñosa. El otro desvió la mirada y dijo:

—Venid conmigo. Os llevaré a un palco.

—No —dijo Paquita con precipitación—. Él no debe saber que estoy aquí. Nos acomodaremos donde podamos. Sobre todo, no le digas nada.

—Está bien. Como gustes. En los laterales de platea quedan butacas vacías. Pero no os entretengáis, porque habrá un llenazo.

Encontraron dos asientos contiguos en el extremo de una fila, no demasiado lejos de una salida de emergencia. Esto agradó a Anthony, que buscaba con ansiedad una vía para salir precipitadamente de allí cuando empezara el jaleo sin perder la dignidad a los ojos de su acompañante. En este sentido, la situación empeoraba por momentos: la afluencia de público desbordaba la capacidad del local; había gente de pie en los pasillos y en todos los espacios libres, y los palcos y antepalcos estaban abarrotados.

En el centro del escenario había una mesa alargada cubierta por un tapete negro. El patio de butacas, delante del escenario, formaba una hilera de camisas azules con las banderas de la Falange. El ambiente se caldeaba con el transcurso del tiempo. Finalmente, con veinte minutos de retraso sobre el horario anunciado, un griterío acogió la entrada en el escenario de tres oradores. Anthony reconoció a Raimundo Fernández Cuesta y a Rafael Sánchez Mazas, pero no al tercero, un hombre alto, atlético y calvo, que Paquita, preguntada por el inglés, identificó como Julio Ruiz de Alda, el legendario aviador que diez años atrás había cruzado el Atlántico en hidroavión, y uno de los fundadores de la Falange. Mientras tanto, los tres oradores se habían sentado a la mesa y esperaban a que se restableciera el silencio. Al cabo de un rato, Fernández Cuesta se levantó, tomó el micrófono y dijo: ¡Silencio! El griterío cesó de inmediato y el propio Fernández Cuesta empezó a hablar.

—Como todos sabéis —empezó diciendo—, el motivo de esta convocatoria es hacer balance de lo ocurrido en las pasadas elecciones generales. El Frente Popular ha ganado: un paso más para echar a España en brazos del marxismo. Ahora bien —agregó acallando con un ademán imperioso las protestas del público—, si en vez de ganar la coalición de izquierda hubiera ganado la coalición de derecha, el resultado último habría sido el mismo, porque las elecciones son un lamentable simulacro encaminado a legitimar la permanencia en el poder de un hatajo de haraganes corrompidos y traidores a la patria.

—Ese hombre hará que nos detengan a todos —susurró Anthony al oído de Paquita.

—No se ponga nervioso —respondió ella—, esto no ha hecho más que empezar.

—Por esta razón —continuó el orador—, la Falange no fue a las elecciones con un bloque ni con el otro. Fue sola, a sabiendas de que perdería, porque no le importa perder en un juego en el que nunca ha creído. Hemos ido a las elecciones para hacer propaganda, y nada más. —Hizo una pausa dramática y añadió bajando la voz—: Pero también este esfuerzo ha resultado infructuoso, porque quienes nos entienden nos odian y quienes deberían amarnos no nos entienden. Porque no somos de izquierdas ni de derechas. De la izquierda, tenemos el ímpetu transformador, y de la derecha, el sentido nacional, pero no tenemos el odio de la una ni el egoísmo de la otra.

Estas paradojas hicieron que la mayoría de los oyentes y el propio orador perdieran un poco el hilo del discurso, que prosiguió en el mismo tono exaltado, pero algo deslavazado de contenido. El público no quería perder su enardecimiento, pero las manifestaciones de entusiasmo eran cada vez menos espontáneas. Fernández Cuesta siguió perorando un rato más con mucha vehemencia de voz y gesto, y concluyó gritando «¡Arriba España!» El público respondió a este grito con una cerrada ovación.

Acto seguido tomó la palabra Rafael Sánchez Mazas. A diferencia del orador precedente, tenía una voz débil y hablaba con el tono mortecino de un predicador desencantado de la eficacia de sus sermones. Sin embargo, sus ideas eran más enjundiosas. Anthony pensó que no buscaba enardecer a los presentes, sino convencerles, lo cual le mereció su simpatía, aunque el propósito le pareció desencaminado, puesto que allí todos, menos él, estaban firmemente convencidos de la ideología que se les impartía.

—Cuando la Falange anunció que se presentaría sola a las elecciones —dijo Sánchez Mazas—, hubo quien dijo que éramos cuatro gatos sin dos pesetas ni un árbol donde ahorcarnos. Nadie dijo, eso no, que no teníamos dónde caernos muertos, porque los falangistas caen muertos por todas partes. Que somos pobres, en cambio, es bien cierto. La pobreza es la fuerza de la Falange, y porque es pobre, la Falange comprende y defiende los derechos del pobre, del pequeño labrador, del marinero, del soldado, del cura de aldea. Defensores del pueblo queremos ser, no pretorianos de los especuladores de la alta Banca y de las grandes Empresas. Los socialistas dicen que aumentarán los jornales, que con ellos se vivirá mejor. Tal vez sí o tal vez no. Lo único cierto es que no les preocupa nada España. Pues bien, frente a este interés mezquino, la Falange propugna algo distinto: unidad de destino y grandes ideas redentoras. ¡Justicia sin influencias, justicia seca, eso es lo que queremos para lograr el renacer de España!

También Sánchez Mazas fue muy aplaudido cuando dejó de hablar, pero el ardor inicial se iba apagando. Con toda seguridad habían oído aquel mismo mensaje muchas veces a lo largo de la campaña electoral.

Julio Ruiz de Alda, que intervino a continuación, logró arrancar aplausos y gritos con el austero dinamismo y el noble arrojo de militar navarro que le caracterizaban. Era impensable, dijo, que España saliera de la atonía en que estaba sumida por medios democráticos. Por este motivo la Falange estaba dispuesta a conquistar el poder por todos los medios, legales o ilegales. Sólo de este modo, aseguró con firmeza, dentro de unos años, dos, tres, cuatro, no más, las nuevas generaciones traerán a España el nacional-sindicalismo que hará grande a nuestra Patria.

Resonaron de nuevo vivas y aplausos. Anthony miró el reloj: eran más de las ocho y media y sin duda el acto tocaba a su fin. Como todo el mundo iba muy abrigado por el frío que hacía en la calle y el local estaba tan lleno, el calor era asfixiante. Anthony estaba algo decepcionado, pero íntimamente satisfecho: hasta entonces nunca había asistido a una manifestación fascista y ahora veía que, al margen de los excesos formales, sus argumentos no iban tan desencaminados como hasta entonces había oído decir. Si las cosas no cambian, habremos salido bien librados, se decía. Un movimiento entre el público le hizo creer que los asistentes se disponían a salir ordenadamente del local. Pero en aquel momento, Raimundo Fernández Cuesta tomó de nuevo el micrófono y con voz estentórea dijo:

—¡Atención! ¡El Jefe Nacional!

Un seísmo pareció sacudir los cimientos del cine Europa al pisar la escena José Antonio Primo de Rivera. Todo el público se puso en pie y saludó brazo en alto. Arrastrado por el impulso común, Anthony también se puso en pie, pero se abstuvo de levantar el brazo. Una voz bronca le increpó desde la fila de atrás.

—¿Qué pasa, usted no saluda?

—No estoy autorizado —respondió Anthony volviéndose hacia atrás y exagerando el acento inglés.

Esta explicación satisfizo en apariencia a su interlocutor. Anthony se volvió de nuevo y miró a Paquita, pero para entonces todos los brazos habían bajado y el público se sentaba en un silencio expectante, por lo que no pudo verificar si también ella se había desmarcado del sentir general. Mientras tanto José Antonio había llegado a la mesa y repartía abrazos y palmadas entre los oradores. Luego ocupó el centro de la mesa y, sin sentarse y sin más preámbulo, echó el cuerpo hacia adelante y dijo:

—Los que me han precedido en el uso de la palabra ya os han dicho, por si falta hiciera, qué motivo nos reúne. La cosa no tiene complicación. El Frente Popular ha ganado las elecciones. España ha muerto. ¡Viva Rusia!

Un rugido acogió esta escueta declaración. En un instante el público había recobrado la efervescencia. Aunque descorazonado por el giro inesperado de los acontecimientos, Anthony no dejaba de apreciar fríamente las extraordinarias circunstancias a que le habían conducido los caprichos del destino. La semana anterior poseía sobre la España actual la escasa información que se dignaba suministrar a sus lectores la prensa británica; de la Falange y de José Antonio Primo de Rivera ni siquiera había oído hablar. Ahora, en cambio, no sólo conocía el partido, su ideología y a sus máximos dirigentes; no sólo había trabado conocimiento e incluso amistad con el fundador y jefe nacional, y no sólo por su causa había atraído sobre sí la vigilancia de la Dirección General de Seguridad, sino que, de hecho, competía con José Antonio por el favor de una joven y fascinante aristócrata madrileña que en aquel mismo momento, sentada junto a él, enderezaba la espalda y seguía jadeante las palabra del hombre singular, vehemente y a todas luces desequilibrado que proclamaba en público la necesidad y el deber de dar un golpe de Estado. Claro que, como contrapunto a los momentos apasionantes que estaba viviendo, la semana anterior Anthony gozaba de una existencia placentera en Londres y ahora se estaba jugando la vida en un mitin fascista.

—¿O alguien creía de buena fe —prosiguió José Antonio cuando se hubo restablecido el silencio— que los problemas de nuestra sociedad se remedian llamando cada dos años a los ciudadanos a depositar unos papelitos en las urnas? ¡Dejemos ya de hacernos los distraídos! El 14 de abril de 1931, con el triunfo de la República sobre la Monarquía, no se hundió una forma de gobierno, sino la base social, económica y política en que se sustentaba esa forma de gobierno. Esto bien lo sabían Azaña y sus secuaces. Su proyecto no consistía en sustituir la monarquía liberal por una República burguesa, sino sustituir el Estado destruido por otro. ¿Cuál es el nuevo Estado que nos espera? Una de dos: o un Estado socialista que imponga la revolución hasta ahora triunfante, o un Estado totalitario que logre la paz interna haciendo suyos los intereses de todos...

Tal vez, pensaba Anthony mientras los aplausos y los vítores a José Antonio, a la Falange y al general Primo de Rivera interrumpían reiteradamente la alocución, él se cambiaría ahora por mí; dejaría el estrado para estar en mi lugar, sentado al lado de Paquita, escuchando los despropósitos de un loco embriagado de retórica. ¿Qué pretende este tipo? ¿De veras cree en lo que dice, o lo hace para impresionarla? ¿Y ella? ¿Qué piensa? ¿Y por qué me ha hecho venir? ¿Para mostrarme la mejor faceta de José Antonio o la peor? ¿Y qué le importa mi veredicto?

—¡No nos engañemos ni dejemos las cosas para otro día! —prosiguió José Antonio con creciente ardor—. Nuestro deber no es otro que ir a la guerra civil con todas sus consecuencias. ¡No hay término medio: España ha de ser roja o azul! Y estad seguros de que en esta disyuntiva, nuestro ímpetu acabará triunfando. Entonces veremos cuántos se apresuran a ponerse camisas azules. Pero las primeras, las de las horas difíciles, ésas tendrán olor a pólvora y rozaduras de plomo... ¡pero les brotarán de los hombros alas de imperio!

Ya no pudo decir nada más: todo el público se puso de nuevo en pie, levantó el brazo y entonó a voz en cuello el *Cara al sol.*

—Vámonos —dijo Paquita agarrando a Anthony del brazo.

—¿Ahora?

—O nunca. Todos están levantados y en medio del aquelarre no notarán nada.

Paquita resultó estar en lo cierto: bajo el bosque de brazos alzados salieron por una puerta lateral al pasillo, llegaron al vestíbulo, se pusieron los abrigos y ganaron la calle sin que nadie saliera a su encuentro. Había anochecido y la calle estaba inusitadamente vacía, como si el tráfico hubiera sido cortado. Un viento frío arremolinaba las octavillas que siempre acompañan a los mítines. Al inglés todas las sombras se le antojaban enemigos emboscados.

—Esta tranquilidad me da mala espina —dijo—, busquemos un taxi y salgamos de aquí cuanto antes.

Del edificio recién abandonado llegaban amortiguadas las últimas estrofas del himno seguidas de gritos marciales. Andando por Bravo Murillo vieron venir en dirección contraria un grupo compacto formado por obreros de torva catadura y actitud hostil. Paquita se arrimó a su acompañante y apoyó la cabeza en el hombro del inglés. Éste entendió la maniobra y ambos continuaron su camino como dos tortolitos despistados. La marea humana los envolvió y casi sin rozarlos los dejó atrás. Cuando se vieron libres de peligro se separaron y apretaron el paso. En Cuatro Caminos un destacamento de Guardias de Asalto desviaba a los coches. Como no había ningún taxi a la vista, se metieron en la estación de Tetuán y fueron en metro hasta Ríos Rosas; allí salieron y cogieron un taxi. Anthony dio la dirección del palacete de la Castellana. Cuando el taxi estuvo en marcha, Paquita se arrellanó en el asiento, suspiró y dijo:

—Bueno, ya lo ha visto. Dígame sinceramente su opinión.

—¿Sinceramente? Que su amigo de usted está como una regadera —respondió el inglés.

Paquita sonrió tristemente y guardó un instante de recogimiento antes de responder con voz débil:

—No seré yo quien le lleve la contraria. Y, a pesar de eso, sentimientos más fuertes que la razón me unen a él indisolublemente. Para bien o para mal, mi suerte y la suya van unidas. No tome mis palabras al pie de la letra: esta declaración no tiene efectos prácticos ni los tendrá. La fatalidad ha querido que nuestros destinos corran paralelos sin encontrarse nunca. Entrar en detalles sería penoso para mí y aburrido para usted. Por lo demás, el sentimiento no me ciega. Me doy perfecta cuenta de que la ideología de José Antonio es inconsistente, el partido no tiene programa ni base social, y su famosa elocuencia consiste en hablar con salero sin decir nada concreto. En cuanto a los demás, Ruiz de Alda es sólo un símbolo; Raimundo Fernández Cuesta es un notario sin capacidad política, y Rafael Sánchez Mazas es un intelectual, no un hombre de acción. Ninguno de ellos tiene la autoridad ni el sentido de la estrategia imprescindibles para dirigir un movimiento revolucionario. José Antonio posee estas cualidades, pero le repugna ejercerlas. Abandonaría si no fuera demasiado tarde: ya se ha vertido mucha sangre para dar marcha atrás. Y seguir adelante es una locura. Si por las circunstancias más peregrinas la Falange consiguiera el poder a que aspira, la suerte de José Antonio no cambiaría: en el mejor de los casos, lo utilizarían; en el peor, sus propios aliados acabarían con él.

Anthony, comprendiendo que si decía algo ella callaría, pero que si callaba ella ya no podría detener el flujo de las confidencias, guardó silencio, y Paquita añadió casi sin pausa:

—Se preguntará por qué le cuento estas cosas, por qué le he hecho asistir a ese acto, por qué confío en usted. En primer lugar, lo hago porque pronto le llegará el momento de tomar una decisión definitiva, y quiero que disponga de los elementos de juicio necesarios. En segundo lugar, porque le aprecio y le respeto y, aunque no tengo el menor reparo en utilizarlo, como ha podido comprobar, preferiría que no me tomara por una mujer manipuladora. En dos ocasiones le he dicho que estaba dispuesta a devolverle sus favores y nunca me retracto de la palabra dada.

El taxi frenó a la puerta del palacete y Anthony se alegró de no tener que responder de inmediato al impreciso ofrecimiento. Hizo un gesto vago y ella sacó bruscamente la mano del manguito y se la tendió.

—Buenas noches, Anthony —susurró—, y gracias por todo.

—De nada —repuso el inglés, y añadió con seriedad—: Por un momento creí que iba a sacar un revólver del manguito.

—No llevo ningún arma —dijo Paquita con una sonrisa— ni creo necesitarla con usted. No me haga cambiar de opinión.

Le estrechó la mano, abrió la portezuela y se apeó del taxi. Antes de que Anthony pudiera hacer lo mismo para despedirla en la acera, ella ya había cruzado la cancela y desaparecía en la penumbra del jardín. Anthony entendió que allí no tenía nada más que hacer, dio al taxista la dirección del hotel y dedicó el resto del trayecto a meditar las palabras de Paquita. Su experiencia personal hasta el momento le había llevado a considerar el fascismo español como un movimiento sólido y sin fisuras. Ahora esta imagen se venía abajo por los argumentos de alguien de cuya veracidad no cabía dudar. A pesar de la arrogancia y la megalomanía de sus portavoces, la Falange era un grupo pequeño y marginal, cohesionado por la labia de su fundador y por un estado permanente de peligro físico que impedía a sus miembros hacer balance frío de la situación. Y aunque todo aquello no le afectaba personalmente, la conclusión produjo un profundo decaimiento en el inglés.

23

—Disculpe que le moleste a estas horas, don Alonso, pero no quería dejar de notificarle que el sujeto en cuestión ha sido finalmente hallado y aprehendido, y en estos momentos está siendo conducido a las dependencias.

Al otro lado del hilo don Alonso Mallol, Director General de Seguridad, acoge con un suspiro la comunicación del teniente coronel Marranón: la noticia le alegra pero seguramente le impedirá cenar tranquilamente en su casa, como tenía previsto hacer. Responde:

—Estaré ahí en veinte minutos.

El teniente coronel Marranón cuelga el teléfono y lía ceñudo un cigarrillo de picadura. Tampoco a él le complace la idea de hacerse subir de la tasca un bocadillo de caballa. El causante de tantas contrariedades habrá de pagar el malhumor de ambos, piensa el teniente coronel mientras enciende el cigarrillo y empieza a ordenar la mesa de trabajo para causar una buena impresión a su superior. Luego hace venir a la secretaria y le pone al corriente de la situación. La oronda taquimeca responde levantando los brazos ajamonados en ademán de resignación. No parece enojada. Sin embargo, desde hace años su marido, aquejado de una dolencia crónica, no puede trabajar y ella sola lleva sobre los hombros el sustento de los dos, los quehaceres del hogar y el cuidado de un inválido. Hacer horas extraordinarias le supone un trastorno tremendo: ha de llamar a una vecina y pedirle que se ocupe de la cena y del enfermo hasta que ella llegue. Pero la oronda taquimeca nunca se queja ni pierde la placidez. No así el capitán Coscolluela, cuyo carácter empeora de día en día, piensa con fastidio el teniente coronel. El capitán es un hombre de acción; estaba acostumbrado al combate y a la vida castrense; ahora, por culpa de la herida, ha de ejercitar la paciencia en largas horas de espera y malgastar su energía en farragoso papeleo.

Antes de lo previsto hace su entrada en el despacho don Alonso Mallol enfundado en un elegante abrigo azul marino con solapa de terciopelo negro y tocado con un bombín. Cuando recibió la llamada asistía a un acto en el Ateneo y ha preferido recorrer a pie la distancia que le separaba de la Dirección General para ahorrarse el tráfico del centro. Por la tarde los estudiantes católicos se han manifestado en la Puerta del Sol contra la supresión de la enseñanza religiosa y todavía quedan grupos rezagados que lo entorpecen todo, comenta mientras deja el abrigo y el bombín en el perchero ayudado por el teniente coronel.

—Y yo me digo: si ya son católicos, ¿para qué quieren la doctrina?

—El caso es no estudiar y armar un zipizape, don Alonso —asiente el teniente coronel.

El señor Mallol y su subordinado se sientan. El primero saca un cigarrillo de una pitillera, ofrece otro a su subordinado, pero no a Pilar, introduce el suyo en una boquilla larga, lo enciende y da fuego al teniente coronel. Los dos callan y fuman.

—¿Y dónde diantre se había metido nuestro hombre? —pregunta al fin el señor Mallol.

—No se lo va usted a creer, don Alonso. ¡En el cine Europa, escuchando a Primo y la comparsa fascista! Al proceder a su arresto, negó el cargo, pero uno de nuestros agentes lo vio entrar en el lugar de autos acompañando a la hija del duque de la Igualada.

—¡Válgame el cielo, esa cabecita loca los hace ir a todos de coronilla! ¿Qué les dará?

—Lo que dan siempre las mujeres, don Alonso: falsas esperanzas.

El señor Mallol asiente con media sonrisa y luego pregunta si el mitin no había sido prohibido. Sí, en efecto, se denegó la autorización correspondiente, pero hicieron caso omiso. El dueño del local alega haber sido coaccionado. En el último momento, el señor subsecretario de la Gobernación optó por no hacer intervenir a la fuerza pública para evitar mayores males. A la larga, fue peor el remedio que la enfermedad: a la salida hubo trifulca con las juventudes socialistas. Hubo varios heridos y un muerto por impacto de bala: un falangista de dieciocho años, natural de Ciempozuelos, dependiente en una droguería de la misma localidad.

Unos golpes enérgicos en la puerta interrumpen el informe. Entran el capitán Coscolluela y Anthony Whitelands entre dos agentes uniformados. Al verlos, Pilar dispone el bloc de taquigrafía y comprueba la mina del lapicero: a partir de este momento, todo lo que allí se diga puede tener carácter oficial. El inglés viene amedrentado pero con un resabio de altivez imperial. Antes de que pueda decir nada, don Alonso Mallol aplasta el cigarrillo en el cenicero rebosante de colillas, sacude la boquilla, se la guarda en el bolsillo de la americana y se pone de pie.

—¿Señor Whitelands? —dice tendiendo la mano a éste, que se la estrecha de un modo automático—. Creo que no hemos sido presentados. Alonso Mallol, Director General de Seguridad. Lamento conocerle en estas circunstancias.

—¿Puedo preguntar...? —balbucea el inglés.

—No empeore la situación, Vitelas —interviene secamente el teniente coronel—. Las preguntas las hacemos nosotros. Ahora, si quiere saber el motivo de la detención, le puedo ofrecer varios.

—Sólo quiero llamar por teléfono a la Embajada británica —dice Anthony.

—A estas horas no habrá nadie, señor Whitelands —dice el señor Mallol—. Tiempo habrá. Antes hablemos. Tenga la bondad de sentarse.

Bajo la atenta mirada de los guardias, Anthony cuelga el abrigo en el perchero, junto al del señor Mallol, y se sienta en la misma butaquita de mimbre trenzado que ocupó en la visita anterior. La oronda taquimeca arrastra su silla para colocarse cerca de quienes van a intervenir en la conversación y el capitán Coscolluela se deja caer en otra de un modo poco ceremonioso, reprimiendo un gemido: su pierna mutilada se resiente de la larga espera. Anthony se percata de que no le sobran amigos en aquel despacho. El teniente coronel Marranón hace una seña y los Guardias de Asalto saludan con estrépito de cuero y metal, dan media vuelta y salen. Por el pasillo se oye alejarse el retumbar de los taconazos. Luego reina un silencio ominoso que rompe el Director General con voz neutra, no exenta de tirantez.

—Señor Whitelands, dado que hoy mismo ha asistido usted al mitin de la Falange en el cine Europa, habrá podido colegir que tenemos entre manos asuntos mucho más graves que vigilarle a usted. Si todos los aquí presentes estamos perdiendo un tiempo valioso por su causa, la razón debe de ser otra. ¿Me explico con claridad? Pues si es así, iré al grano. Usted ha oído las palabras que se han proferido en ese cine, no una vez, sino reiteradamente. Ha visto la reacción de los asistentes. Sabe de la existencia del movimiento fascista en Europa y conoce sus intenciones: sedición, toma del poder por medios violentos, guerra civil si no hay otro remedio y, al final, imposición de un régimen totalitario. Ellos no ocultan estas intenciones ni hablan por hablar: ahí tiene a Italia, a Alemania y a otros países decididos a imitar su ejemplo. Con todo, y al margen de su gravedad, este asunto compete al Gobierno español, no a usted, en cierto modo, ni siquiera a mí. El fascismo es política y lo mío es el orden público. ¿Usted fuma?

Anthony niega con la cabeza. El Director General hace la ronda de la pitillera, repite la ceremonia de la boquilla, aspira el humo y prosigue.

—José Antonio Primo de Rivera es tonto —dice—, pero él no lo sabe, y ahí está el problema. Como hijo de dictador, creció como un príncipe, rodeado de halagos. Luego, cuando los mismos que habían encumbrado a su padre lo echaron escalera abajo, no lo supo digerir. Esto lo lanzó a la política. Es agraciado de aspecto, orador brillante, vive rodeado de una corte de señoritos tan tontos como él que le ríen todas las gracias. En circunstancias normales, habría sido un abogado de éxito, habría hecho una buena boda y se le habría pasado la chaladura.

Hace una pausa, suspira y prosigue.

—Pero se enamoró de esa chica, la cosa salió mal, y eso acabó de trastornarle el entendimiento. Para acabarlo de arreglar, la situación política y social de España propicia su locura. El resultado, a la vista está. Esta misma tarde, al finalizar el acto del cine Europa, ha habido enfrentamientos en la calle con el resultado habitual: un falangista muerto, un chiquillo de dieciocho años. José Antonio les llena la cabeza de quimeras, los envía a la muerte y se queda tan tranquilo. Usted mismo ha visto la lista de falangistas muertos; quizá le interesaría saber, además del nombre, la edad de esos mártires: la mayoría eran unos críos que ni siquiera entendían las ideas por las que estaban sacrificando su futuro. Esto a Primo de Rivera le parece poético. A mí me parece siniestro.

Anthony ha escuchado con interés, pero su atención se ha desviado ante la mención de los amores frustrados de José Antonio con Paquita, pues de las insinuaciones del Director General se desprende que no es otra la protagonista de la historia. ¿Qué pudo haber salido mal en la relación entre ambos? El tema le preocupa, pero no es momento de perderse en conjeturas: su propia persona está en una situación comprometida y ha de poner todo su ingenio en juego para salir airoso sin revelar demasiado.

La habitación se ha ido cargando de humo. La tos obliga a Pilar a interrumpir la tarea. El teniente coronel se levanta y abre la ventana. Del oscuro patio interior entra una ráfaga de aire frío y el desolado tableteo de una máquina de escribir. Transcurrido un minuto, el teniente coronel da por renovada la atmósfera y vuelve a cerrar. Prosigue con su explicación el señor Mallol.

—Además de irresponsable y tonto, Primo de Rivera es un botarate y eso salta a la vista. Visitó a Mussolini y a Hitler para pedir su bendición y su ayuda; los dos lo recibieron con los brazos abiertos, pero de inmediato le tomaron la medida y se lo quitaron de en medio con buenas palabras. Mussolini le pasa una mensualidad con la que apenas se cubren los gastos de organización. Hitler, ni un céntimo. Con idénticos resultados ha ofrecido sus servicios a la extrema derecha y a la extrema izquierda. Los socialistas lo recibieron a tiro limpio; los anarquistas lo escucharon como quien escucha a un loco y cuando se aburrieron le dieron con la puerta en las narices. También Gil Robles le ha dado calabazas, y aunque muchos militares se sienten atraídos por el fascismo, ni en sueños se les ocurriría contar con la Falange en el supuesto de que decidieran dar un golpe de Estado: no necesitan la pobre ayuda de un grupo de niñatos inexpertos y no están dispuestos a que un tontaina les diga lo que han de hacer. Por si eso no bastara, recuerdan que José Antonio fue expulsado del Ejército por liarse a puñetazos con el general Queipo de Llano. No es así como uno se granjea las simpatías del alto mando. Por su parte, José Antonio desprecia a los generales: cree que en su momento no defendieron a su padre por cobardía o que le traicionaron, lisa y llanamente. La alta burguesía considera a Primo de Rivera uno de los suyos y lo mira con ternura, pero a la hora de la verdad, ni se compromete ni afloja la mosca. Al fin y al cabo, José Antonio ha prometido acabar con los privilegios de clase y nacionalizar la Banca. Así las cosas, a la Falange no le cabe más salida que echarse a la calle en solitario, a la conquista del poder y esperar a que el Ejército secunde la iniciativa. Por supuesto, si lo hiciera no conseguiría nada. Si los militares dan un golpe, lo darán cuando ellos lo decidan, no cuando les apetezca a los falangistas, y los falangistas, por su parte, no tienen efectivos: ni armas ni dinero para comprarlas.

El Director General de Seguridad guarda silencio con el propósito de que su interlocutor asimile la información y saque sus propias conclusiones antes de pasar de lo general a lo particular.

—Desde siempre, los falangistas han tratado desesperadamente de conseguir armas y este esfuerzo se ha intensificado a raíz de las pasadas elecciones. Además del sufragio de Mussolini, parte del dinero se lo proporcionan algunos ricachones insensatos. Naturalmente, las armas han de adquirirse en el extranjero y pagarse en divisas. Muchos tienen dinero depositado en el exterior, pero lo guardan celosamente. Si pasara algo, ese dinero les garantizaría una supervivencia desahogada. Otros, muy pocos, están dispuestos a cualquier sacrificio por la causa. De éstos, el más conspicuo es su amigo de usted, el duque de la Igualada.

La revelación deja estupefacto a Anthony, no tanto por lo que se refiere a la ideología del señor duque, como por el hecho de haberle sido ocultada de un modo deliberado. Este efecto no pasa inadvertido a los otros: el Director General y el teniente coronel intercambian miradas de inteligencia. Mientras el señor Mallol enciende otro cigarrillo con mucha prosopopeya, el teniente coronel le sustituye en las explicaciones.

—En su momento, el duque de la Igualada fue un acérrimo partidario de la Dictadura de Primo de Rivera, de quien era íntimo amigo, y a la caída de éste, trasladó su fidelidad al hijo del dictador. Siempre protegió y ayudó a José Antonio, financieramente y también con su influencia; en los años de ostracismo lo acogió como uno más de la familia. Luego se complicaron las cosas...

—Pero éste es otro asunto —interrumpe el señor Mallol—, lo importante ahora es lo otro.

Según todos los indicios, el duque de la Igualada se dispone a sacar de España una fuerte suma de dinero con destino a la compra de armas. Su hijo mayor lleva un mes viajando por Francia y por Italia. El motivo declarado del viaje son unos supuestos estudios de arte; el verdadero objetivo, tomar contacto con grupos fascistas para organizar la compra y el envío de las armas tan pronto llegue el dinero. El duque no dispone de cuentas en bancos europeos y, según informes fidedignos, no ha realizado ventas ni ha movilizado capitales en España. Pero sin duda trama algo.

—Y en ese preciso instante aparece usted, el hombre más inocente del mundo —dice con sorna el teniente coronel—. Visita al duque, sale de cuchipanda con José Antonio y se camela a la hija, pero no sabe nada de lo que le estamos contando.

—Sabemos que se puso en contacto con usted un marchante de Londres llamado Pedro Teacher —dice el Director General—. ¿Fue a verle en nombre del duque de la Igualada?

—¿Quién les ha dicho lo de Pedro Teacher? —pregunta Anthony—. Son asuntos privados, propios de mi oficio.

Esta vez responde desde su rincón el capitán Coscolluela.

—Desde hace unos años Pedro Teacher sirve de enlace entre grupos fascistas españoles e ingleses. ¿No lo sabía?

—¿Cómo lo iba a saber? Él no me dijo nada. Pedro Teacher es un hombre conocido en el mundillo del arte en Gran Bretaña, y yo no me meto en política. No tenían ningún motivo para sospechar que detrás de su visita se ocultaba una intriga internacional.

—Entonces, no niega que se entrevistó con Pedro Teacher en Londres hace siete días —pregunta el teniente coronel, y Pilar aguza el oído y endereza la espalda para no perder ni una sílaba de la respuesta.

—Ustedes lo saben tan bien como yo. No perdamos más tiempo, señores. Pedro Teacher vino a verme en nombre de una familia española para proponerme la tasación de la colección de cuadros de dicha familia. Ni Pedro Teacher ni posteriormente los interesados me ocultaron el posible objeto de la tasación: ante la inestabilidad reinante en España, estaban considerando la posible liquidación de una parte de sus bienes con miras a trasladar su residencia al extranjero. Esta intención, por supuesto, no era, ni es, de mi incumbencia. A mí se me pidió una tasación; tasar cuadros es parte de mi profesión.

—Reconoce haber aceptado el encargo —dice el teniente coronel.

—Sí, claro. Soy especialista en pintura española y me tentó la posibilidad de enriquecer mis conocimientos con una colección que supuse de interés. Además, no tenía compromisos de otra índole en Inglaterra y acogí con agrado un pretexto para volver a Madrid.

—Eso fue hace siete días, como usted mismo ha dicho. ¿No es mucho tiempo para hacer una tasación?

—En absoluto. Un cuadro no se puede tasar a la ligera. Hay muchos factores a tener en cuenta, unos artísticos y otros de naturaleza material. Químicos, por ejemplo. O documentales. Además, cada cuadro lleva consigo una pequeña historia y todo contribuye a determinar su autenticidad y, en definitiva, su valor. No se trata únicamente de decir si un cuadro es auténtico o falso. Aparte de las falsificaciones fraudulentas hay alteraciones debidas a restauraciones poco cuidadosas, atribuciones erróneas, copias hechas por el propio pintor, cuadros de taller, etcétera, etcétera. La colección del señor duque es numerosa y las obras pertenecen a distintas épocas. A decir verdad, para llevar a cabo una evaluación rigurosa y exhaustiva se necesitarían meses, quizás un año entero. Yo espero hacerla en menos tiempo, pero no en un abrir y cerrar de ojos.

Esta ponderada exposición es recibida con muestras de deferencia e inmediatamente arrinconada por sus interrogadores, demasiado hábiles para dejarse conducir a un terreno ajeno a su competencia y al asunto que llevan entre manos.

—¿En cuánto valora usted, grosso modo, la colección de pintura del duque? —pregunta el Director General.

—Es imposible de determinar —responde el inglés—. Como es obvio, su valor económico depende de muchos imponderables. De todos modos, no se confundan: la valoración económica no entra en mis atribuciones ni, en el caso presente, se me pidió tal cosa. Como experto, yo me limito a autenticar la autoría de una obra, o, si es anónima, a atribuirla a un pintor o a una escuela, a una época o a un lugar de origen. Esto, naturalmente, tiene consecuencias económicas, pero sólo a posteriori.

—¿Aconsejó usted al duque la venta de alguna obra? En Europa. Usted está en contacto con galeristas ingleses y también de otros países.

—Ya les he dicho que no soy marchante de cuadros. En el curso de nuestras conversaciones, ha salido el tema de una posible venta, no lo niego. En estas ocasiones yo me he pronunciado en contra de la operación. El señor duque corroborará lo que les acabo de decir.

—Señor Whitelands —insiste el Director General—, ¿no nos está ocultando algo que deberíamos saber a la luz de lo que le hemos estado diciendo? ¿Posee usted indicios de que el duque se propone efectuar una venta de cierta cuantía en el extranjero? La pregunta no puede ser más clara. Le ruego la responda con la misma claridad. ¿Sí o no?

Anthony ha tomado la decisión con anterioridad y no vacila en responder:

—No.

A la rotunda manifestación sigue un silencio sosegado. Nadie da muestras de perplejidad ni de impaciencia, como si esperaran esta respuesta y no otra. Don Alonso Mallol se levanta, da un breve paseo por el reducido espacio, luego se dirige a la oronda taquimeca.

—Puede irse a casa, Pilar, y gracias por su disponibilidad.

—Siempre a sus órdenes, don Alonso —responde ella mientras cierra el cuaderno, lo guarda en el bolso, saca del bolso un plumier, guarda el lapicero—. Mañana por la mañana entregaré el documento.

—No se moleste. No hay prisa —dice con suavidad el señor Mallol.

Con una ligera reverencia Pilar saluda a todos, incluido Anthony, y sale. El señor Mallol se encara con el inglés.

—También le agradezco a usted su colaboración, señor Whitelands —le estrecha la mano mientras habla con el teniente coronel Marrañón—. Gumersindo, dejo el asunto en sus manos.

—Descuide usted, don Alonso.

Viendo que todos se levantan, Anthony hace lo mismo y va hacia el perchero.

—¿Me puedo ir ya? —pregunta, antes de ponerse el gabán.

—No. Usted está detenido por asistencia a un acto público no autorizado. Será conducido a los calabozos de la Dirección y en su momento se decidirá si pasa a disposición judicial o si, en su condición de extranjero, es deportado. El capitán Coscolluela le acompañará. No creo necesaria la presencia de agentes. Ya nos ocuparemos mañana de la ficha antropométrica. A estas horas ya no debe quedar nadie para hacerle las fotos.

—¡Cómo! ¿Me van a encerrar? —exclama Anthony—. ¡Pero si ni siquiera he cenado!

—Nosotros tampoco, señor Vitelas —le responde el teniente coronel.

24

Al despertar distinguió una tenue claridad en el angosto ventanuco del calabozo y calculó que serían las seis de la mañana. Como le había sido imposible ver la esfera del reloj en toda la noche, no pudo calcular cuánto tiempo había dormido. Probablemente muy poco. Desde el momento de su encierro y tras oír el siniestro ruido metálico de las puertas al cerrarse al paso del capitán Coscolluela, Anthony Whitelands había pasado por una etapa de desconcierto, otra de pánico y, al final, por una larga etapa de reflexión. Por descontado, su situación no era halagüeña: la ley amparaba a quienes le habían detenido y su propia falta de colaboración ciertamente no les predispondría a renunciar a ninguna de las ventajas de la legalidad. Visto desde este ángulo, el futuro inmediato era sombrío. Pero más le atormentaba la duda de si su conducta había sido acertada, tanto desde el punto de vista práctico como ético.

Después de mucho ponderar el pro y el contra de su decisión de mentir abiertamente, acabó decidiendo que había obrado bien o, al menos, que no había obrado mal. En primer lugar, el asunto en el que se veía implicado sólo le concernía de un modo indirecto: él no tenía ningún motivo para inclinarse por uno u otro bando en el complejo juego de fuerzas enfrentadas en España: ni era su país ni poseía más conocimientos que los suministrados por las partes de un modo fragmentario y a todas luces tendencioso. Por principio, estaba a favor de quienes representaban el mantenimiento de la legitimidad política y el orden establecido, pero los argumentos esgrimidos por los falangistas no le parecían carentes de fundamento. Poco le atraía la aspereza de los funcionarios gubernamentales, respaldados por la fuerza del Estado; en cambio los falangistas, con su ligereza y su osadía juvenil, irradiaban el romanticismo de los perdedores. Por no hablar, claro está, de Paquita: ¿Le perdonaría ella que traicionara a José Antonio y a su propia familia y antepusiera su salvación a la lealtad?

Y, por último, si contaba la verdad, ¿qué sucedería con el cuadro? Probablemente el Gobierno encontraría algún subterfugio legal para incautarse de él y colgarlo en el Museo del Prado. Sería un acontecimiento de trascendencia mundial del que Anthony se vería excluido. De todos los malos augurios, éste era el peor.

Pero todos estos razonamientos no conducían a nada. Al negar la evidencia ante el Director General de Seguridad, había buscado únicamente ganar tiempo para reflexionar, y ahora la reflexión, lejos de aportarle una posible solución, confirmaba sus temores. No le dejarían salir de allí si, a cambio de su libertad, no ofrecía una revelación sustanciosa. Pero ¿qué les podía revelar? Una mentira sería descubierta de inmediato y empeoraría las cosas: sus contrincantes no eran necios. Por otra parte, tampoco le serviría de mucho decir la verdad. No estaba en condiciones de negociar. Poco beneficio le reportaría a él malograr los planes del señor duque, fueran éstos cuales fueran; a lo sumo, una discreta expulsión del país en lugar de un proceso judicial y una larga temporada en la cárcel. La perspectiva de ingresar en una institución penitenciaria española le producía un terror justificado: aun cuando sobreviviera a la prueba, su vida personal y profesional quedaría deshecha sin remedio.

No contribuían a levantar su ánimo el hambre, el cansancio producido por un largo día lleno de incidentes, el frío reinante en el calabozo, el lóbrego silencio, la oscuridad que le envolvía y el ataque despiadado de las pulgas y las chinches. El lugar era apestoso y sólo disponía de un bloque de cemento para recostarse. Cuando finalmente se durmió vencido por el agotamiento, tuvo, por contraste, un sueño agradable: se encontró en Londres, paseando por St. James's Park del brazo de una hermosa mujer que a ratos era Paquita y a ratos Catherine, su despechada amante. Era una hermosa mañana de primavera y el parque estaba muy concurrido. Al cruzarse con ellos, todos los paseantes, hombres y mujeres de distinguido porte, los saludaban con una efusividad impropia de los ingleses. Algunos se detenían incluso a palmearle el hombro o a darle amistosos codazos de complicidad. En estas familiaridades Anthony percibió un deseo generalizado de hacer público su cariño y su aprobación: la buena sociedad londinense bendecía sus irregulares relaciones sentimentales y mostraba sin reservas su beneplácito. Al despertar, el recuerdo de este plácido paseo imaginario redobló su congoja: una fantasía perversa le había presentado como real algo que nunca lo podría ser.

Con el clarear del día los sótanos de la Dirección General se llenaron paulatinamente de voces, pasos y ruidos de puertas. Pero de él no se ocupaba nadie, como si los responsables del encierro hubieran olvidado su existencia. Esta sensación le oprimió más que cualquier amenaza. El hambre y la sed habían llegado a un extremo insoportable. A las diez de la mañana le abandonaron definitivamente las fuerzas y decidió claudicar. La puerta del calabozo, de madera maciza, disponía de una abertura cuadrada en el paño superior, protegida por dos sólidas rejas. Anthony se asomó a esta abertura y dio voces para llamar la atención de los guardias. Como nadie respondía a su llamamiento, desistió. Al cabo de un rato lo volvió a intentar. Al tercer intento alguien preguntó de malos modos qué le pasaba.

—Por favor, avise al teniente coronel Marranón o al capitán Coscolluela y dígales que el señor inglés que anoche metieron preso está dispuesto a hablar. Ellos ya entenderán. Por el amor de Dios, no tarde.

—Bueno. Espérese aquí —dijo el guardia, como si al detenido le cupiera otra posibilidad.

Transcurrió más de una hora, durante la cual Anthony acabó de hundirse en la más negra desesperación. Ya no le importaba la opinión de Paquita ni la de nadie, la deportación y cualquier humillación le parecían preferibles a la incertidumbre. Finalmente sonó el cerrojo de la puerta, ésta se abrió y en el umbral se recortó la imponente silueta de un Guardia de Asalto con el mosquetón en bandolera.

—Venga.

Andando con dificultad en pos del guardia, Anthony deshizo el intrincado camino de la víspera. Al llegar ante la puerta de un despacho, se detuvieron el guardia y el preso; aquél la abrió y se hizo a un lado. Al inglés le daba vueltas la cabeza a causa de los tormentos sufridos y de la vergüenza por la iniquidad que se disponía a cometer. Entró sin atreverse a levantar los ojos del suelo y permaneció así hasta que le sacó de su retraída actitud una voz conocida.

—¡En nombre del cielo, Whitelands! ¿Se puede saber en qué líos anda metido?

—¡Parker! ¡Harry Parker! —exclamó Anthony—. ¡Alabado sea Dios! ¿Cómo ha dado conmigo?

—Sin ninguna dificultad —respondió el joven diplomático—. Esta mañana he ido a buscarle al hotel y el recepcionista me ha dicho que lo habían traído aquí. Por todos los demonios, Whitelands, he tenido que crear un verdadero incidente internacional para que lo dejaran salir. ¿Qué ha hecho esta vez? Se ha convertido en el enemigo público número uno.

—Es largo de contar.

—Entonces no me lo cuente. Hemos de apresurarnos. Nos están esperando.

—¿A mí? ¿Quién? ¿Dónde?

—¿Dónde va a ser? ¿En la plaza de toros? En la Embajada, hombre, en la Embajada. Tomaremos un taxi.

—Pero yo no puedo ir así a la Embajada, Parker. Mire qué pinta: he pasado la noche en un calabozo, estoy lleno de pulgas.

—Pero en cambio está sereno. Algo es algo: la última vez que nos vimos llevaba una merluza de mucho cuidado. Venga, no hay tiempo que perder —añadió atajando las protestas del otro—; o viene conmigo a la Embajada tal como está, o lo dejo aquí. Hay un tal capitán Cocohueco que la tiene tomada con usted. Un hombre serio. Cojo. Porte militar. Usted decide.

—Está bien —dijo Anthony echándose a temblar ante la sola mención del capitán Coscolluela—. Pero a condición de que paremos en un bar: necesito beber agua y comer algo.

Ya estaban en la calle y el joven diplomático, sin atender las súplicas de su compatriota, llamaba un taxi con grandes aspavientos. No tardó en detenerse un taxi junto a la acera y Harry Parker hizo entrar a Anthony sin miramientos.

—Ni un minuto que perder —repitió—. En la Embajada habrá algo de comer: un té y un *porridge*, ¿le parece bien?

Anthony se sentía desfallecer, pero después de la noche pasada en el calabozo y los trágicos pensamientos que le habían visitado, la sensación de sentirse a salvo le compensaba de cualquier inconveniente.

—Parker, he..., todavía no... todavía no le he dado las gracias... —acertó a decir mientras se reclinaba en el asiento del taxi y se quedaba instantáneamente dormido.

Le despertaron unas sacudidas.

—Despierte, Whitelands. Ya estamos en la Embajada. ¿Seguro que no ha bebido?

Bajaron del taxi, entraron en la Embajada, subieron la escalera de mármol y entraron en una pieza después de tocar a la puerta y recibir la correspondiente autorización. Para su sorpresa y consternación, Anthony se encontró en un elegante salón de regulares proporciones, con pesados cortinajes y paredes tapizadas de tela verde, y presidido por un enorme retrato al óleo de Su Majestad Eduardo VIII. En un sofá, junto a la chimenea, se sentaban dos caballeros de mediana edad, vestidos con el impecable atuendo de los diplomáticos de carrera. Otro caballero, en traje de calle, daba cortos paseos por la espesa alfombra mientras fumaba abstraído una pipa. Nadie hizo ningún gesto para recibir a los recién llegados. Sin dejar de fumar, el caballero de la pipa dirigió una breve mirada de disgusto a la andrajosa figura de Anthony, frunció las cejas y reanudó su paseo. Anthony procuraba adoptar una actitud digna y reprimía el deseo de rascarse afanosamente para contrarrestar las picaduras de los parásitos que habría traído consigo. Olvidado del prometido refrigerio, Harry Parker hizo las presentaciones ante la indiferencia de los aludidos. Uno de los dos diplomáticos era David Ross, primer secretario de la Embajada, el cual transmitió a los demás el pesar del señor embajador por no poder estar presente en la reunión, retenido por otros asuntos. El otro diplomático era Peter Atkins, agregado cultural de la Embajada, a quien el primer secretario, David Ross, había convocado en vista del carácter de la reunión. El caballero de la pipa era lord Bumblebee. Lord Bumblebee, aclaró Harry Parker a Anthony, bajando la voz, trabajaba en el servicio de inteligencia británico y había llegado de Londres aquella misma mañana en avión. Al parecer, habían encontrado mal tiempo al sobrevolar el canal. Como él no era presentado, Anthony dedujo que los presentes conocían su identidad y seguramente sus circunstancias. Nada, de lo contrario, habría justificado su presencia en aquel salón. Transcurrido un período de protocolaria incomodidad, el primer secretario indicó a Anthony que tomara asiento.

—¿Un oporto?

—No, gracias.

—Whisky, tal vez.

—Tampoco. Estoy en ayunas.

—Oh.

Transcurrió un nuevo lapso. Harry Parker, que permanecía en pie junto a la butaca ocupada por Anthony, apuntó la conveniencia, si los demás lo estimaban oportuno, de poner al señor Whitelands al corriente de los hechos. El primer secretario, tras considerar esta sugerencia, suspiró con fastidio ante la necesidad de referir algo sabido.

—Hace unos días —dijo— usted, señor Whitelands, llamó por teléfono a nuestro consejero, el señor Parker, y concertó con él una cita en el hotel Ritz de Madrid. Una vez reunido con él, le entregó una carta que el señor Parker debía remitir a una persona concreta si se producían determinados acontecimientos. En esa ocasión, el señor Parker detectó indicios de hallarse usted bajo los efectos del alcohol u otro producto de naturaleza tóxica y atribuyó su conducta a enajenación temporal. No obstante, a la mañana siguiente me notificó lo ocurrido y ambos procedimos a abrir y leer la carta.

Al oír esto Anthony dio un respingo y dándose la vuelta

se dirigió al joven diplomático, que contemplaba la escena con sonrisa sosegada.

—¡Parker! ¿Cómo pudo hacerme una cosa así? ¡Yo le encarecí la máxima confidencialidad y usted me juró...!

—Yo no le juré nada, Whitelands. Y no se preocupe por la confidencialidad. Hemos mantenido el secreto dentro de lo posible, se lo aseguro —respondió el aludido—. Entiéndalo, yo no podía hacer otra cosa. Soy diplomático y todo cuanto pueda afectar a los intereses de la Corona, ya sabe...

—El señor Parker —interrumpió el primer secretario— no le debe ninguna explicación, señor Whitelands. Hizo lo único adecuado, esto es, dar cuenta a sus superiores de la conducta de un súbdito británico en España ante la sospecha de que dicha conducta podía incidir en las relaciones internacionales de ambos países. Por si hiciera falta, le recuerdo que acabamos de sacarle, no sin dificultad, de la Dirección General de Seguridad, donde permanecía usted detenido. —Carraspeó y siguió diciendo—: Mi impresión personal sobre el contenido de la carta no fue favorable; quiero decir que me inclino a no creer nada de su contenido. No obstante, tal como están las cosas en España, juzgué preferible extremar las precauciones. En resumen, me puse en contacto con el Foreign Office. Ahora el señor Peter Atkins, agregado cultural, le informará sobre el resto.

El agregado cultural tomó la palabra con tan poco entusiasmo como su antecesor y refirió que, mientras el primer secretario notificaba al Foreign Office la existencia de una presunta transacción fraudulenta y sus posibles consecuencias diplomáticas, él, como agregado cultural, se puso en contacto telefónico con el destinatario de la carta, un tal Edwin Garrigaw, conservador de la National Gallery de Londres, persona intachable y de reconocido prestigio en su campo, y le leyó el contenido de la carta. El señor Edwin

Garrigaw, después de hacerse repetir dicho texto, manifestó que el cuadro mencionado por el señor Whitelands en la carta por fuerza había de ser una falsificación. Sin poner en tela de juicio los conocimientos ni la probidad del señor Whitelands, el señor Edwin Garrigaw estaba persuadido de que el juicio del señor Whitelands se había visto alterado por circunstancias imposibles de determinar sin un conocimiento más detallado de sus actos. En vista de lo cual...

Al llegar a este punto, Anthony no pudo contener una cólera paradójicamente exacerbada por el agotamiento y la inanición.

—¡Esto es intolerable! —exclamó levantándose de su asiento y señalando con un dedo amenazador a todos los presentes—. ¡Ustedes se han comportado de un modo incompatible con su cargo y con su condición de caballeros! ¡No sólo han defraudado la confianza depositada por mí en ustedes, sino que han puesto en manos de un rival algo que me pertenece, causándome un perjuicio material y moral ilimitado! Edwin Garrigaw... ¡valiente autoridad! Ese hombre es un ignorante engreído. ¡En Cambridge le llamaban Violet! Y les diré algo que les producirá sonrojo: hace diez años tuvo la osadía de enfrentarse a Adolfo Venturi y a Roberto Longhi por la atribución de un cuadro supuestamente de Caravaggio, ¿pueden creerlo? ¡A Venturi y a Longhi! No hace falta decir que le dieron un buen revolcón. Pero según parece ese tipo no escarmienta. ¡Yo he visto el cuadro, señores, con mis propios ojos! Yo...

El arrebato cesó tan repentinamente como se había producido y Anthony se derrumbó de nuevo en la butaca, ocultó el rostro entre las manos y rompió a sollozar de un modo ruidoso y espasmódico. Se quedaron anonadados los diplomáticos, mirándose entre sí sin saber cómo resolver aquel embarazoso incidente, hasta que lord Bumblebee detuvo bruscamente su deambular, se encaró con Anthony y con voz serena y decidida dijo:

—Señor Whitelands, deje estas penosas expansiones emocionales para otro momento. Aquí están fuera de lugar, como lo están sus acusaciones. Estos caballeros han cumplido con su deber de diplomáticos y de ingleses. Usted, por el contrario, ha antepuesto sus intereses personales a los de su país. Yo también he leído la famosa carta y ésta es mi conclusión: si lo que allí se cuenta es falso, usted es un estafador o un demente; si es cierto, es usted cómplice de un delito internacional. Así que deje de comportarse como un idiota y escuche atentamente lo que le voy a decir. Por su causa he hecho un viaje muy desagradable. No lo haga más desagradable aún.

Cuando Anthony hubo controlado el torbellino de su desconsuelo, lord Bumblebee acercó una silla a la butaca que ocupaba aquél, se sentó a horcajadas y tomando la pipa por la cazoleta apuntó con la boquilla a la nariz de Anthony mientras clavaba en él una mirada inquisitiva.

—¿Le suena el nombre de Kolia? ¿Lo ha oído pronunciar en los últimos días?

—No —respondió Anthony—, ni en los últimos días ni nunca. ¿Quién es?

—No lo sabemos —dijo lord Bumblebee levantando la voz para ser oído por todos los presentes—. Caballeros, ahí está el quid de la cuestión. Kolia es el nombre en clave de un agente soviético que opera en España, no sabemos nada más. Puede ser español o extranjero, hombre o mujer, cualquier cosa. No tenemos ningún dato acerca de su identidad ni de sus actividades. Nuestro informante sólo ha podido hacernos llegar un mensaje cifrado, según el cual, el embajador de la Unión Soviética en España fue llamado a consulta por el Komintern con carácter de urgencia e hizo un viaje relámpago a Moscú. Al Kremlin y a la Lubianka, al cuartel general de la NKVD. Como resultado de esta visita, la NKVD cursó órdenes precisas a Kolia...

Lord Bumblebee calló y guardó un silencio cargado de amenaza. Al cabo de un rato, como el silencio se prolongaba indefinidamente, el primer secretario se atrevió a decir:

—Y entonces, ¿qué?

—Entonces, nada —replicó lord Bumblebee en tono tajante, como si la pregunta fuera improcedente.

Un reloj de pared dio la una. Todos los presentes, menos Anthony, comprobaron el correcto funcionamiento de sus respectivos relojes. Hecho esto, lord Bumblebee se frotó las manos.

—Ya va siendo hora de comer, ¿no les parece?

—Cuando usted guste, lord Bumblebee.

Ante el nuevo sesgo que tomaba el cónclave, Anthony se preguntaba si era mejor para él caer en el olvido o aclarar su situación. Finalmente optó por llamar la atención sobre su persona con una discreta tos. Lord Bumblebee sacudió la cabeza y exclamó:

—Por todos los demonios, Whitelands, casi me había olvidado de usted. En fin, como el tiempo apremia, le diré de qué modo ha de proceder. Recapitulando, esto es lo que hay: usted ha de mediar en la venta de un cuadro falso... No me interrumpa, por todos los demonios. De un cuadro falsamente atribuido a un tal Velázquez.

—Perdone, lord Bumblebee, pero...

—Cierre la boca, Whitelands, su opinión me importa un rábano: yo trabajo para el servicio de inteligencia, no para Sotheby's. Quiero decir que el Gobierno de Su Majestad —añadió señalando el augusto retrato con la pipa— tiene puesto en la operación un interés de carácter no artístico. ¿Está claro? Prosigo: según parece, el producto de la venta se invertirá en la compra de armas con destino a grupos fascistas operantes en España. Esto también lo sabe el servicio de inteligencia español, si es que existe algo digno de tal nombre. Ahora, caballeros, presten atención. Lo que voy a decir debe quedar entre estas cuatro paredes. En nombre de Su Majestad, Whitelands, le ordeno proseguir con la venta, dando por auténtico el cuadro, lo sea o no, a fin de que dicho cuadro alcance la máxima cotización posible. ¿Me he expresado con claridad? Oficialmente, nosotros no tenemos conocimiento de estos cambalaches. Si las autoridades españolas descubren la operación y la consideran delictiva, como realmente es, será usted quien pague las consecuencias. Nosotros no intervendremos en su favor, negaremos cualquier conocimiento de los hechos e incluso haber tenido contacto con usted. No podemos actuar de otra manera: Inglaterra no se inmiscuye en los asuntos internos de España. Por otra parte, Inglaterra no mantiene relaciones de amistad y cooperación con gobiernos ni con grupos de ideología fascista, pero tampoco tiene una actitud beligerante hacia ellos. Allá cada cual es el lema de nuestra política exterior.

Dio unas furiosas chupadas a la pipa, sacudió la cazoleta sobre un cenicero hasta desprender un emplasto de tabaco y saliva, se guardó la pipa en el bolsillo y añadió:

—Ahora bien, todos los indicios apuntan a una inminente revolución bolchevique en España, y si bien eso continuará siendo un asunto interno, Inglaterra no lo puede consentir. Un país comunista a pocas millas de nuestras costas y con capacidad para controlar el estrecho de Gibraltar es impensable para el mantenimiento del equilibrio de fuerzas en el Continente y en la cuenca del Mediterráneo. Hasta ahora hemos mantenido una entente con los fascistas y nada hace prever un cambio de actitud por parte de Hitler. Mussolini es un fantoche y está entretenido con su ridícula guerra de Abisinia. El enemigo verdadero es la Unión Soviética. Nos guste o no nos guste, en España hemos de apoyar a los fascistas frente a los marxistas. Creo haber hablado de un modo prístino. ¿Alguna pregunta?

Como el asunto no iba con ellos y las órdenes procedían de la autoridad superior, los diplomáticos expresaron su total conformidad con las palabras de lord Bumblebee y aseguraron tenerlo todo claro. Anthony tampoco dijo nada. Para él la disyuntiva era clara: obedecer a lord Bumblebee o perder la protección de hecho de la Embajada y caer de inmediato en manos del teniente coronel Marranón. Como, por otra parte, seguía convencido de la autenticidad del Velázquez, le convenía todo cuanto favoreciera la revelación de la obra asociada a su nombre, fuera cual fuese el objetivo último de la venta. En el fondo, los acontecimientos habían tomado un giro positivo para él: como a partir de aquel momento actuaba conforme a los deseos explícitos del Gobierno británico, podía contar con el apoyo de éste, siquiera velado e indirecto, a su persona y a sus planes.

—¿Cuál es mi posición actual con respecto a la policía española? —preguntó.

—Eso pregúnteselo a ellos —respondió el primer secretario—. Bastante hemos hecho consiguiendo su libertad. En mi opinión, le dejarán en paz. Lo encerraron para ver si cantaba, pero tenerlo entre rejas no les sirve para nada. Prefieren que esté libre y les conduzca hasta lo que buscan. Téngalo en cuenta. Del cuadro no saben nada: ahí juega usted con ventaja.

Mientras decía esto, el primer secretario se disponía a salir junto con los demás participantes en la reunión. Todos tenían prisa por ir a comer, pero ninguno tanta como Anthony, de modo que se levantó y, viendo que nadie parecía dispuesto a despedirse de él, se encaminó hacia la puerta. Harry Parker lo acompañó, para asegurarse de que abandonaba la Embajada con discreción. En la puerta, sin embargo, a Anthony le asaltó una duda, se detuvo y se volvió hacia lord Bumblebee.

—Disculpe, lord Bumblebee, hay una cosa que no me ha quedado clara. ¿Qué papel juega Kolia en este asunto?

—¿Kolia? Ya se lo he dicho antes: no lo sabemos. Pero de una cosa estamos seguros: Kolia es su contraparte. Si nosotros estamos enterados de la venta del cuadro y las autoridades españolas sospechan algo, es obvio que los rusos también están al corriente de la cuestión. Naturalmente, a ellos no les interesa que los fascistas reciban ayuda en dinero o en armas, y harán lo posible para impedirlo. Con este propósito han movilizado a Kolia.

—Ya entiendo —dijo Anthony—, ¿y de qué modo puede obstaculizar Kolia la operación?

—¡Vaya pregunta tonta, Whitelands! —exclamó lord Bumblebee—. Por el método habitual: eliminándole a usted.

25

Una exuberante ración de lentejas con chorizo, media hogaza de pan blanco y una jarra de vino tinto no consiguieron disipar el decaimiento producido en su ánimo por las agoreras palabras de lord Bumblebee. Mientras saciaba el hambre acumulada desde el día anterior, Anthony Whitelands no podía apartar de su imaginación la sensación de estar siendo perseguido por un asesino sin rostro. Cualquier persona, en cualquier lugar y en cualquier momento podía clavarle un puñal o dispararle un tiro a quemarropa, estrangularle con la corbata o echar veneno en su plato o en su vaso. Mientras comía y bebía con aprensión, Anthony ponderaba por enésima vez la conveniencia de tomar el primer tren y regresar a Inglaterra. Sólo le retenía la sombría convicción de estar envuelto en una intriga de dimensiones internacionales y de que, por esta razón, no había lugar en el planeta donde estuviera a salvo de los conspiradores si éstos decidían acabar con él como represalia o para asegurar su silencio, o por simple animadversión. La única forma de salir con vida del enredo, se decía, era concluir cuanto antes la operación que le había traído a Madrid. Sólo cuando su existencia dejara de ser un estorbo para los planes de sus enemigos, éstos le dejarían en paz.

Con este vago consuelo acabó de comer y emprendió el regreso. Caminaba con paso ligero por las calles concurridas, mirando a derecha e izquierda, y de cuando en cuando daba media vuelta repentinamente para detectar a tiempo una agresión traicionera. Él mismo se daba cuenta de lo ridículo de esta conducta, puesto que ignoraba la fisonomía del potencial agresor. Por un capricho de su exaltada fantasía, había decidido que el asesino se parecía a George Raft, y escudriñaba entre los viandantes tratando de identificar el rostro del actor y el atildado atuendo de sus famosos personajes. Esta locura le distraía del miedo, y le impulsaba a seguir andando el prurito de llegar al hotel para asearse, afeitarse y cambiarse de ropa: si había de morir trágicamente, al menos morir con un aspecto presentable.

Al pasar ante el escaparate bien surtido de una tienda de ultramarinos, se detuvo, entró y compró alimentos variados. No quería estar en la calle después de anochecido y se aprovisionaba para encerrarse en su habitación y resistir el asedio. En una tahona compró pan, y vino en una taberna. Así pertrechado llegó a la puerta del hotel sin contratiempos.

Como ya era habitual, el recepcionista le dirigió una mirada de patente reproche, justificada por su lamentable aspecto. Pero en aquel momento la opinión del prójimo le traía sin cuidado al inglés. Saludó al recepcionista con frialdad y le tendió la mano para recoger la llave de la habitación. El recepcionista se la dio mientras con la mirada señalaba algo a espaldas de Anthony. Éste se dio media vuelta reprimiendo un grito. Pero en lo que vio no había motivo de alarma.

Una niña andrajosa dormía en una silla del vestíbulo. Anthony preguntó al recepcionista qué tenía que ver con él aquella niña.

—Usted sabrá —dijo el recepcionista—. Vino ayer tarde preguntando por usted y no se ha movido de aquí. Yo estaba por llamar a los guardias, pero luego pensé que ya tiene usted bastante trato con ellos para echar más leña al fuego.

Anthony se puso en cuclillas delante de la niña para verle la cara y se llevó una sorpresa mayúscula al reconocer a la Toñina. Ésta, como si hubiera percibido en sueños la reacción, abrió los ojos y clavó una mirada de gratitud en el inglés, el cual se enderezó como si hubiera visto una tarántula.

—¿Qué haces tú aquí?

La Toñina se frotó los ojos y sonrió.

—Higinio Zamora vino a buscarme y me dijo que viniera a este hotel, que tú ya sabías de qué iba la cosa. Me dijo que si no estabas, te esperase hasta que volvieras. Llevo aquí desde ayer. Ya pensaba que te habías ido de vuelta a tu país.

—¿Higinio Zamora te dijo que vinieras? —preguntó Anthony—. ¿Y te dijo para qué?

—Me dijo que me llevarías contigo a Inglaterra.

Al decir esto señaló debajo de la silla. Anthony vio consternado un hato envuelto en un pañuelo de hierbas.

—Escucha, Toñina —dijo procurando conservar la calma y expresarse en términos sencillos y claros—, yo no sé lo que te habrá contado Higinio Zamora, pero sea lo que sea, carece de todo fundamento. Es cierto que ayer a mediodía almorzamos juntos, a instancia suya. Él estaba muy agitado, en el transcurso del almuerzo dijo muchas insensateces y yo opté por no contradecirle para no agravar su condición. Con posterioridad, otros sucesos de mayor trascendencia me hicieron olvidar la conversación. Por lo demás, no era necesario disipar un posible malentendido. Si Higinio Zamora sacó conclusiones erróneas de mi discreción, el problema es suyo, no mío. Tú me entiendes, ¿no?

La Toñina expresó su asentimiento. Tranquilizado, Anthony se dirigió a la escalera que conducía a las habitacio-

nes. Al llegar al primer peldaño se volvió para ver si la Toñina había abandonado el hotel y la encontró pegada a sus
talones, con el fardo en la mano. O no había escuchado la
explicación o no la había entendido; o la había entendido
y no tenía intención de darse por aludida. Anthony comprendió que debía actuar de un modo enérgico e inequí-
voco: la única solución era agarrar a la niña por el pes-
cuezo, sacarla a la calle y propinarle un puntapié en su
esmirriado trasero. Éste era el único lenguaje apropiado
con las personas de espíritu simple y baja extracción. Tal
vez el recepcionista reprobaría el recurso a la violencia en
el vestíbulo del hotel, pero sin duda se haría cargo de la situación y se solidarizaría con él. Animado por esta idea,
Anthony puso una mano en el hombro de la Toñina y la
miró de hito en hito.

—No has comido nada desde ayer, ¿verdad? —le preguntó. Y ante el mudo asentimiento de ella, añadió—: En
esta bolsa traigo vituallas. Sube a la habitación y te daré un
bocado. Luego, ya veremos.

Dicho esto se dirigió al recepcionista, que seguía la escena con curiosidad.

—Estoy en mi habitación y no quiero ser molestado
bajo ningún concepto —le dijo.

El recepcionista levantó las cejas e hizo amago de tomar medidas para salvaguardar la respetabilidad del establecimiento. Al advertirlo, la Toñina subió tres escalones
para ponerse a la altura del inglés y le susurró al oído:

—Dale una propina.

Anthony sacó precipitadamente un duro, fue hasta la recepción y lo dejó en el mostrador. El recepcionista se lo metió en el bolsillo sin pronunciar palabra y dejó vagar la mirada por las molduras del techo mientras Anthony y la Toñina
corrían escalera arriba.

En la habitación, Anthony entregó la bolsa de comida a

Fernanda. barbare@gmail. com

gonzalezjustingbrann@gmail.com

Cel: Justin

+52 444 230 11 90
Fernanda.
+52 449 114 18 25

la Toñina, le encareció que dejara algo para la cena, se dejó caer vestido en la cama y se quedó dormido al instante. Al despertar, la habitación estaba en penumbra; había anochecido y sólo se filtraba por la ventana la pálida claridad del alumbrado público. La Toñina dormía a su lado, hecha un ovillo. Antes de acostarse le había quitado la ropa y los zapatos y lo había cubierto con la sábana y la manta. Anthony dio media vuelta y se deslizó nuevamente en un plácido sueño.

De esta paz lo arrancaron unos golpes persistentes en la puerta. Preguntó quién iba y respondió una voz masculina.

—Un amigo, ábreme.

—¿Quién me garantiza sus buenas intenciones? —dijo Anthony.

—Yo mismo —repuso la voz—. Soy Guillermo, Guillermo del Valle, el hijo del duque de la Igualada. Nos hemos conocido en casa de mis padres y te vi la otra noche en la tertulia de José Antonio en La ballena alegre.

El diálogo había despertado también a la Toñina. Consciente de su condición y posiblemente habituada a trances similares, saltó de la cama, ocultó debajo su exiguo equipaje, recogió la ropa esparcida por el suelo y se metió en el armario. Anthony se vistió y abrió la puerta.

Guillermo del Valle entró en la habitación sin miramientos. Como en ocasiones anteriores iba vestido con elegante desaliño. Con una sonrisa abierta y simpática, estrechó la mano de Anthony.

—Perdona que te reciba en medio de este desbarajuste —dijo el inglés—. No esperaba visita. A decir verdad, he dejado dicho en recepción que no dejaran subir a nadie bajo ningún concepto.

—Ah, sí —dijo el recién llegado pasando de la sonrisa a una risa juvenil—, el tipo de la entrada no me dejaba entrar. Le enseñé la pistola y le convencí. No soy un matón —se apresuró a añadir al ver la súbita palidez del rostro de su interlocutor—. En circunstancias normales no te habría importunado. Pero me urge hablar contigo.

Anthony cerró la puerta, señaló la única silla y se sentó en la cama después de haber estirado la colcha para disimular su reciente uso.

—No te molestes —dijo Guillermo del Valle—. Sólo te robaré unos minutos. ¿Estamos solos? Ya veo que sí. Me refería a si podemos hablar con la seguridad de no ser oídos. El asunto es de la máxima gravedad, como ya te he dicho.

Anthony no estimó oportuno revelar la presencia de una prostituta adolescente en el armario e invitó al recién llegado a exponer la razón de su visita. Guillermo del Valle permaneció un rato en silencio, como si en el último momento dudara de lo acertado de su decisión. Con un titubeo que ponía de manifiesto una timidez innata y la inseguridad propia de su edad, empezó disculpándose por el tono desabrido de sus encuentros anteriores. Siempre estaba tenso en casa de sus padres, empeñados en tratarle como si todavía fuera un niño. Por presiones familiares estudiaba Derecho, aunque sin gusto ni vocación; por temperamento, él era poeta, no a la manera de los románticos o los paisajistas, sino de la escuela de Marinetti. La poesía y la política activa ocupaban todos sus pensamientos. Quizá por esto no tenía novia. En la Universidad se había afiliado al S.E.U., atraído por los ideales falangistas primero y más tarde por la personalidad magnética de su líder. En la actualidad y en sus horas libres, trabajaba en el Centro, ayudando en las labores de organización y propaganda. Esta actividad burocrática, se apresuró a añadir, no excluía la intervención directa en actos públicos, a menudo violentos.

—En cuanto a lo que me trae aquí —prosiguió diciendo Guillermo del Valle—, trataré de exponerlo de la mejor manera posible. Todavía tengo las ideas un poco revueltas. Pero si me escuchas hasta el final, entenderás la causa de mi preocupación y también la de haberte elegido a ti para contártela.

Hizo una nueva pausa y se pasó la mano por la cara sin dejar de lanzar miradas hacia los reducidos límites de la habitación.

—Iré directamente al fondo de la cuestión. Algo raro está pasando en el seno de la Falange. Tengo la sospecha de que entre nosotros hay un traidor. No me refiero a un infiltrado de la policía. Con eso ya contamos: bien poco valdríamos si el ministerio de la Gobernación no se hubiera tomado la molestia de vigilarnos de cerca. Somos muchos y es imposible garantizar la lealtad de todos y cada uno de los nuestros. Como te digo, eso tiene poca importancia y yo no habría venido por una minucia semejante. Me refiero a otra clase de traición.

Una vez revelada la naturaleza del problema, Guillermo del Valle se tranquilizó y su soliloquio adquirió un tono más amistoso, casi confidencial. Aunque muy joven e inexperto, gozaba de una posición insólita para conocer a fondo los entresijos del partido en el que militaba, en la medida en que veía simultáneamente a José Antonio en su faceta de jefe enérgico, seguro de sí mismo, de sus ideas y de su estrategia, y también, en el reducido círculo familiar, en compañía de Paquita, al José Antonio humano, con sus indecisiones, sus contradicciones y sus momentos de fatiga y desaliento, unas debilidades que no podía mostrar ni siquiera ante sus amigos más íntimos. Esto le había permitido percatarse de la terrible soledad del Jefe.

Al escucharle, Anthony reconocía en aquel muchacho rico, consentido, de aspecto aniñado y aires desenfadados, la perspicacia y la inteligencia atormentada que había podido detectar en sus hermanas. Esta constatación puso en guardia al inglés: en los últimos días se había sentido varias veces como un juguete en manos de las dos mujeres y no estaba dispuesto a repetir la experiencia con aquel mocoso.

—Entiendo lo que me cuentas —dijo—, pero ¿qué tiene que ver la traición con todo esto?

El joven falangista se levantó de la silla y dio unos pasos agitados por la habitación procurando no acercarse demasiado a la ventana.

—¿No lo entiendes? —exclamó—. Alguien trata de eliminar a José Antonio para hacerse con las riendas de la revolución o quizá para sofocarla en la cuna.

—Esto es sólo una conjetura, Guillermo. ¿Hay algún hecho que la sustente?

—Precisamente —dijo Guillermo del Valle con gran excitación—; si tuviera alguna prueba, un simple dato, iría derecho al Jefe y se lo contaría, sin rodeos. Pero si llego con las manos vacías, con simples suposiciones, ¿cómo se lo tomará? Montará en cólera y hará que me den una dosis de ricino. Y, sin embargo, yo sé que la intuición no me engaña. Algo importante está sucediendo, algo de consecuencias tremendas para el movimiento y para España.

Anthony dejó un intervalo antes de responder para recalcar la diferencia de actitud.

—Éste es el problema endémico de los españoles —dijo al fin extendiendo los brazos como si quisiera abarcar a todo el censo nacional—. Tenéis intuición pero carecéis de metodología. Hasta Velázquez cojeaba de este pie. ¿Puedes creer que con toda su formación técnica y a pesar de haber estado varios años en Italia, nunca llegó a dominar las leyes elementales de la perspectiva? Tú mismo, como has dicho hace un momento, tienes una formación jurídica, pero en lugar de proceder como un jurista, atento a los hechos probados y a la veracidad de los testimonios, piensas y actúas como un poeta. Hoy está de moda decir que la poesía es una forma de conocimiento, pero no estoy de acuerdo, al menos en cuestiones de esta índole. Al contrario, yo creo que hemos de anteponer la lógica a todo si no queremos precipitarnos en el caos. Hemos de convivir en un mundo de intereses contrapuestos, y la convivencia se basa en el cumplimiento colectivo de unas normas explícitas e iguales para todos.

Hizo una pausa y añadió con sonrisa serena, para compensar el tono didáctico de sus palabras:

—Me temo que con estas ideas nunca podré formar en vuestras filas.

—No te pido tanto —respondió Guillermo del Valle—. Sólo he venido a pedirte una cosa concreta. ¿Por qué justamente a ti, me preguntarás? Muy sencillo: porque eres extranjero, recién llegado y de paso, y esto te exonera de cualquier relación con el motivo de mi inquietud. No tienes conexiones con la Falange ni con otros movimientos políticos. Al mismo tiempo, te considero inteligente, honrado y buena persona y, a mayor abundamiento, he creído percibir entre José Antonio y tú una corriente de simpatía y esa armonía indefinible que cimienta la amistad entre personas de ideas y temperamentos diferentes e incluso contrapuestos.

—Pues vayamos al grano. ¿Qué quieres que haga?

—Habla con él. Sin mencionarme a mí, claro. Ponle sobre aviso. El Jefe es muy perspicaz y entenderá en seguida la gravedad de la cuestión.

—O hará que me den ricino —dijo el inglés—. Tus intuiciones sobre mi relación con José Antonio son tan arbitrarias como tus intuiciones sobre todo lo demás. La situación política es extremadamente complicada; no tiene nada de particular que cunda la inquietud y la duda entre quienes han de decidir el futuro de España. Si en medio de tanta confusión se mete un extranjero a sembrar temores y sospechas, José Antonio no me hará caso o me tomará por loco. O por un agente provocador. Aun así —añadió al ver la decepción en el rostro aniñado de su interlocutor—, trataré de hablar con él si se presenta una ocasión propicia. Más no te puedo prometer.

Esta imprecisa declaración bastó para iluminar de nuevo las facciones del impulsivo falangista, que saltó de la silla y estrechó con fuerza la mano del inglés.

—¡Sabía que podía confiar en ti! —exclamó—. ¡Gracias! ¡En nombre de Falange Española y en mi propio nombre, gracias, camarada, y que Dios te guarde!

Anthony trató de atajar tanta efusión. Como no tenía intención de hacer nada de lo prometido y contaba con abandonar el país en breve, la sincera gratitud del muchacho pesaba en su conciencia. Guillermo del Valle comprendió la conveniencia de poner fin a la entrevista y, remedando la parquedad castrense adoptada por los falangistas, pero subordinada durante la entrevista a su temperamento poético, dijo:

—No te molesto más. Sólo un último ruego: no digas nada a mis padres de lo que te he contado. Adiós.

En cuanto se hubo ido, Anthony corrió al armario. Sofocada por la falta de oxígeno, la Toñina yacía exánime entre la ropa. La tomó en brazos, la tendió en la cama, abrió de par en par la ventana y le propinó violentos cachetes hasta que un imperceptible jadeo le indicó que la pobre criatura seguía perteneciendo al mundo de los vivos. Aliviado por la comprobación, la cubrió con una manta para protegerla del frío de la noche, se puso el abrigo y se sentó a esperar en la silla en que el fogoso falangista había tratado de implicarle en una intriga más, real o imaginaria, pero también vital para el futuro de la nación. Anthony había ido a Madrid a tasar un cuadro y sin saber cómo se había convertido en el punto de colisión de todas las fuerzas de la Historia de España. Sobre esta posición tan poco envidiable meditaba el inglés cuando la Toñina abrió los ojos, miró a su alrededor tratando de recordar dónde estaba y cómo había ido a parar allí. Finalmente esbozó una sonrisa de disculpa y murmuró:

—Perdona. Me he dormido sin darme cuenta. ¿Qué hora es?

—Las nueve y media.

—Tan tarde... Y a lo mejor ni siquiera has cenado.

Quiso levantarse, pero Anthony la retuvo en la cama, instándola a descansar. Luego cerró la ventana, acercó la silla a la mesa y consumió el resto de los alimentos y buena parte del vino que había comprado aquella misma tarde. Al acabar, la Toñina se había vuelto a dormir. Anthony abrió su cuaderno y se dispuso a redactar las notas que tenía pendientes, pero no llegó a escribir una palabra. El cansancio producido por los acontecimientos de los últimos días se abatió sobre él, guardó la pluma, cerró el cuaderno, se desvistió, apagó la luz y se metió en la cama, desplazando con suavidad a su ocupante. Mañana me desharé de ella como sea, pensó. Pero de momento, en su atribulada situación, la tibia compañía de aquella criatura dormida a su lado le brindaba una sensación de protección tan falsa como reconfortante.

26

La intensa luz que se filtraba por los postigos advirtió a un soñoliento Anthony Whitelands de lo avanzado de la hora. El reloj señalaba las nueve y media y a su lado la Toñina dormía con infantil abandono. Mientras trataba de ordenar mentalmente los acontecimientos de la víspera y de hacer balance de la situación, Anthony se levantó, se aseó, se vistió y salió sigilosamente de la habitación. En la recepción pidió permiso para utilizar el teléfono y marcó el número del duque de la Igualada. Respondió el mayordomo y le informó de que su excelencia no podía ponerse al aparato. Se trataba de un asunto urgente, insistió el inglés, ¿cuándo podría hablar con el señor duque? Ah, el mayordomo no estaba capacitado para responder a la pregunta; su excelencia no había informado al servicio de sus planes. Lo único que el mayordomo podía sugerir era que el señor siguiera llamando a cortos intervalos. Tal vez tuviese suerte.

Anthony regresó contrariado a la habitación y encontró a la Toñina vestida y a punto de salir. Con mucha diligencia había hecho la cama y adecentado un poco el resto. Por los postigos abiertos entraba el sol a raudales.

—Estaré fuera unas horas, si no te importa —dijo la muchacha—. He de ocuparme de mi hijo. Pero puedo volver antes, si tú quieres.

Anthony contestó secamente que hiciera lo que quisiera, con tal de que le dejara en paz, y la Toñina se fue cabizbaja y apresurada. Una vez a solas, Anthony empezó a dar vueltas como una fiera enjaulada. Dos veces se sentó ante el cuaderno de notas y otras tantas se levantó sin haber escrito una palabra. Un nuevo intento de comunicarse con el señor duque chocó con la parca negativa del mayordomo. Anthony se devanaba los sesos tratando de comprender la causa de aquel súbito cambio de actitud por parte del duque. Tal vez sabía que la policía conocía sus planes y prefería esperar un momento más propicio para llevarlos a término, pero, de ser así, ¿por qué no se lo había dicho, en vez de mantenerlo al margen? Si abrigaba algún recelo acerca de su lealtad, era preciso disiparlo cuanto antes.

Con estas ideas rondándole por la cabeza, seguir encerrado se le hizo insoportable. Después de una noche de sueño reparador y con el sol alto en un cielo azul y transparente, los temores de la víspera se le antojaban pueriles. Sin restar veracidad a las palabras de lord Bumblebee, le parecía inverosímil que un agente del servicio secreto soviético se ocupara de alguien tan insignificante como él desde el punto de vista político. Y aun cuando se cruzasen sus caminos, nada podía ocurrir en pleno día y en medio del gentío de una calle céntrica. De las provisiones compradas la tarde anterior ya no quedaba nada. Por si los problemas a que había de enfrentarse fueran pocos, ahora tenía una boca más que alimentar.

Al pisar la acera se alegró de haber tomado aquella decisión y tuvo la sensación de dejar las preocupaciones en los sombríos recovecos del vestíbulo del hotel. Sólo al desembocar en la plaza de Santa Ana percibió el cambio atmosférico ocurrido en las últimas horas. En aquella parte de Madrid, carente de árboles y plantas, la llegada de la primavera se manifestaba en el aire y los colores, como si se tratara de un cambio anímico. Nada malo podía pasarle bajo aquel cielo resplandeciente que arropaba a la ciudad y a quienes discurrían por ella.

Después de desayunarse un café y un bollo y, llevado por la efervescencia primaveral, echó a andar y una vez más se encontró, casi sin proponérselo, delante del Museo del Prado. Si había de abandonar pronto Madrid, no quería hacerlo sin despedirse de sus queridos cuadros. Mientras subía la empinada escalera le asaltó una idea descorazonadora: tal vez aquélla fuera la última oportunidad de contemplar unas obras de arte en cuya compañía había pasado momentos de éxtasis. Si la locura que fermentaba en todos los sectores de la sociedad española degeneraba en el enfrentamiento armado que vaticinaban todos, ¿quién podía asegurar que los innumerables tesoros artísticos repartidos por todo el país no sucumbirían a la vorágine?

Agobiado por este sombrío pensamiento recorría las salas del museo sin advertir que un individuo enfundado en un macfarlán y tocado con un sombrerito tirolés le seguía a distancia, ocultándose en un recodo o tras una columna si el objeto de su persecución se detenía ante alguna de las pinturas expuestas. Era una precaución justificada, porque a aquella hora no había ningún otro visitante en todo el museo, pero también era una precaución innecesaria, porque Anthony no prestaba atención ni siquiera a las obras sobre las que posaba la mirada. Sólo al avistar el primer cuadro de Velázquez dejó de lado sus reflexiones y concentró toda su atención en los cuadros. Esta vez le atrajeron con fuerza irresistible dos personajes singulares.

Diego de Acedo, apodado *El Primo*, y Francisco Lezcano habrían gozado en este mundo de un rango igual o inferior al de los perros si Velázquez no los hubiera hecho entrar en la inmortalidad por la puerta grande. Acedo y Lezcano eran dos enanos adscritos al nutrido elenco de bufones de la corte de Felipe IV. Los cuadros en que aparecen son grandes, de un metro de alto por ochenta y cinco centímetros de ancho. Los retratos de las infantas Margarita y María Teresa miden lo mismo. Y también es idéntica la mirada del pintor sobre sus modelos, sean infantas o enanos: humana, sin halago ni compasión. Velázquez no es Dios y no se siente llamado a juzgar un mundo que ya ha encontrado hecho y sin remedio; su misión se ciñe a reproducirlo tal cual es, y a eso se aplica.

Obviamente Lezcano padece idiocia; probablemente Acedo también. A pesar de sus escasas luces, o quizá para resaltar el hecho, los dos bufones hacen cosas que requieren un mínimo de inteligencia y de aprendizaje, dos cualidades de las que carecen: El Primo sostiene un libro abierto casi tan voluminoso como él mismo; Lezcano coge un mazo de cartas como si fuera a repartir juego. La página abierta del libro de Acedo parece escrita e incluso ilustrada, pero sólo es un truco habitual en Velázquez: vistos de cerca, letra y dibujo sólo son una mancha uniforme. Lo mismo ocurre con la baraja. Los bufones ocupan la mayor parte del lienzo; a la derecha de cada composición se ve el esbozo de la sierra de Guadarrama; la lejanía de las montañas y la ausencia de otros referentes sitúa a los enanos en el campo; la luz, a una hora tardía; el conjunto sugiere abandono. La majestad de las cumbres al fondo y, en primer plano, el paradigma de la pequeñez y el desvalimiento.

Anthony está tan cautivado por estos personajes que sin darse cuenta mueve los labios como si conversara con ellos. En este momento Acedo y Lezcano se le antojan los únicos seres capacitados para comprender y compartir su tristeza ante la inminencia de una catástrofe que destruirá todo lo que encuentre a su paso, empezando por lo bello y lo noble, y que no tendrá piedad de los débiles. Éste no es mi país, murmura el inglés mirando, ora al uno ora al otro, y sería absurdo unir mi suerte a la de una gente que no cuenta conmigo, que ni siquiera sabe de mi existencia. No se puede tachar de huida lo que sólo es una juiciosa retirada.

Los enanos no contestan. Miran hacia delante, pero no al espectador, sino a otra cosa, seguramente al propio Velázquez que los está pintando, quizás al infinito. Esta indiferencia no sorprende a Anthony, que no esperaba más. Para él los enanos representan al pueblo de Madrid, compañeros mudos en un viaje al abismo.

Cuando da media vuelta para dirigirse a la salida, todavía sumergido en el mundo paralelo de la pintura, advierte que un hombre enfundado en un macfarlán y tocado con un sombrerito tirolés viene hacia él con paso decidido. Esto le hace descender de golpe a la realidad: sin duda es el taimado Kolia el que se le echa encima con intenciones criminales. Como en una pesadilla, el terror le paraliza las piernas, quiere gritar y ningún sonido le sale de la garganta; el instinto de conservación le hace levantar los brazos y agitarlos sin ton ni son para protegerse y repeler la agresión. Ante esta reacción, el otro se detiene asustado, se quita cortésmente el sombrero y en un inglés afectado exclama:

—¡Por el amor de Dios, Whitelands! ¿Se ha vuelto loco?

El pánico dejó paso al asombro en el ánimo de Anthony.

—¿Garrigaw? ¿Edwin Garrigaw?

—No sabía cómo localizarle y no quería recurrir a instancias oficiales, de modo que vine al museo convencido de encontrarle aquí tarde o temprano. Y en el peor de los casos, me dije, qué demonios, una visita al Prado bien vale las molestias del viaje.

Pasada la sorpresa, Anthony fue presa de una rabia sorda.

—No esperará un recibimiento cálido —masculló.

El viejo curador se encogió de hombros.

—Tratándose de usted, no espero nada. No obstante, debería estarme agradecido —y señalando a los bufones agregó—: ¿No podríamos hablar sin la presencia de estos desventurados? Me hospedo a dos pasos de aquí, en el Palace. Allí estaremos tranquilos y cómodos.

Anthony dudaba. Por su gusto, habría enviado a la porra al presuntuoso entrometido, pero el sentido común le disuadía de granjearse la enemistad de una autoridad mundial en la materia, capaz de proporcionarle grandes beneficios y también de causarle muchos problemas. Tras una breve reflexión hizo un ademán de agria resignación y echó a andar hacia la salida seguido del viejo curador. Cruzaron el Paseo del Prado sin despegar los labios. En la suntuosa rotonda buscaron un rincón aislado, se despojaron de las prendas de abrigo, se apoltronaron en sendas butacas y prolongaron el tenso silencio hasta que el viejo curador dijo a media voz:

—Por Júpiter, Whitelands, deponga de una vez su maldita suspicacia. ¿De veras cree que quiero robarle el mérito del descubrimiento? Recapacite, soy conservador de la National Gallery, soy una personalidad, si me permite la inmodestia, de renombre universal y me falta muy poco para retirarme. ¿Comprometería la reputación de toda una vida por una aventura de incierto resultado y, si me permite decirlo, de dudosa legalidad? Y si decidiera cometer semejante desatino, ¿vendría expresamente a buscarle para ponerle al corriente de mis intenciones?

Anthony esperó unos instantes para responder. Al otro extremo del salón, los melosos acordes de un arpa envolvían el murmullo de las conversaciones.

—No sea hipócrita, Garrigaw —dijo al fin con fría calma—. ¿Pretende hacerme creer que ha dejado su despacho en Trafalgar Square y su té en el Savoy para meterse en este avispero con la única finalidad de hablar conmigo sobre un cuadro que ni siquiera ha visto? No me haga reír. Usted ha venido para llevarse un trozo del pastel, si no el pastel entero, y ha acudido a mí porque soy la única persona que puede llevarle hasta donde está oculto el Velázquez. Por suerte tuve la prudencia de no decírselo en la carta. De lo contrario...

Se les acercó un camarero por si deseaban tomar algo. Edwin Garrigaw pidió un café y Anthony no quiso nada. Cuando se fue el camarero, el viejo curador adoptó una actitud dolida.

—Siempre ha sido usted un tipo atravesado, Whitelands —dijo sin encono, como quien describe las características de un mueble—. Cuando era estudiante ya lo era y ese rasgo se le ha acentuado con la edad. Y con la falta de éxito profesional, si no le molesta que se lo diga. Entienda bien esto: yo no quiero tener ninguna relación con ese cuadro. Es falso, Whitelands, falso. No digo que se trate de una falsificación ni de un fraude deliberado: quizá los actuales propietarios lo tienen por auténtico, quizás están obrando de buena fe. Pero el cuadro no es un Velázquez. Yo no he dejado mi rutina para venir a robarle nada, Whitelands. Hace unos días un miembro de nuestra Embajada en Madrid me telefoneó para referirme el caso y me leyó una carta escrita de su puño y letra. De inmediato me puse en camino con un solo propósito: evitar que cometa usted un disparate irreparable. Porque a pesar de sus defectos personales y de su ingenuidad, yo le considero un profesional de cierta valía, y no quiero ver su carrera arruinada y a usted convertido en el hazmerreír del mundo académico. Puede creerme o no, pero le estoy diciendo la verdad. Yo amo nuestra profesión, Whitelands, le he dedicado toda mi vida; el arte ha sido y sigue siendo mi alegría y mi razón de ser. Y aunque nunca he rehuido la polémica, también amo a mis compañeros de profesión. Ustedes son mi familia, mi...

La emoción producida por sus propias palabras le atenazó la garganta y le impidió seguir. Para ocultar su confusión, sacó un pañuelo carmesí del bolsillo superior de la americana y se dio unos toques en la frente, el mentón y las mejillas. Luego examinó con interés los efectos de esta operación en el pañuelo.

—El clima de Madrid cuartea el maquillaje —aclaró mientras plegaba el pañuelo y lo volvía a colocar en su sitio—. Demasiado seco. También cuartea la pintura. Espero que haya tenido en cuenta este dato.

Volvió el camarero con una bandeja en la que había una taza de moka, una jarrita de leche, un azucarero, una cucharilla, una servilleta de hilo y un vaso de sifón. Garrigaw sonrió satisfecho y Anthony, arrepentido de su temperancia, aprovechó la presencia del camarero para pedir un whisky con soda. Luego, mientras el viejo curador succionaba el café con delicados mohínes, dijo:

—Usted no lo ha visto. El cuadro, quiero decir. Usted no ha visto el cuadro, y yo sí.

El viejo curador se enjugó las comisuras de los labios con remilgos de damisela antes de responder.

—No me hace falta. Soy perro viejo y he conocido casos similares. El diablo está apostado en las encrucijadas de los caminos y ofrece maravillas a los viajeros dispuestos a venderle su alma. Al final todo acaba en un triste engaño. Engañar está en la naturaleza del diablo. Yo he sentido las mismas tentaciones; también ante mis ojos desplegó Mefistófeles su rutilante mercancía. Humo y ceniza, Whitelands, humo y ceniza.

—Pero usted no ha visto el cuadro —insistió Anthony sin tanta convicción.

—Justamente por eso sé que es falso, y por eso estoy aquí. Si lo hubiera visto, quizás habría sido fulminado por el brillo cegador de la falsedad, como usted. Lo más fácil del mundo es ver lo que uno desea ver. Si no fuera así, los hombres no se casarían con las mujeres y la Humanidad se habría extinguido hace milenios. Darwin lo vio claro. Ay, Whitelands, Whitelands, ¿cuántos ejemplos podríamos citar, cuántos de nuestros colegas, los más templados e incorruptibles no se han ganado el descrédito por culpa de un deseo irresistible? ¡Cuánta atribución precipitada! ¡Cuánta datación errónea! ¡Cuánta interpretación simbólica, cuántas revelaciones ocultas en un detalle del paisaje, en un pliegue del manto de la Virgen! ¡El desmedido afán de descubrir e interpretar lo que, por definición, es misterio y ambigüedad!

Echó el cuerpo hacia delante y dio unas palmaditas en la rodilla de Anthony, en un gesto a la vez burlón y paternal.

—Desengáñese, Whitelands, en la apreciación de una obra de arte, el 50 % se corresponde con la realidad; el otro 50 % lo integran nuestros gustos, nuestros prejuicios, nuestra educación y, sobre todo, las circunstancias. Y si no estamos en presencia de la obra e interviene la memoria, el peso de la realidad se reduce a un mero 10 %. La memoria es flaca, idealiza, es negligente, los recuerdos se intercambian datos entre sí. Para el aficionado, estas variaciones no tienen importancia; incluso es posible que el subjetivismo forme parte esencial de las artes plásticas. Pero nosotros somos profesionales, Whitelands, y hemos de luchar contra los engaños de la emoción. Nuestra función no consiste en hacer descubrimientos sensacionales, ni siquiera en interpretar o valorar. Nuestra función se limita a analizar las telas, los pigmentos, los bastidores, el craquelado, las escrituras de compraventa, en definitiva, todo lo que pueda servir para fijar la realidad y evitar el caos.

Volvió a retreparse en su butaca, juntó las yemas de los dedos y prosiguió:

—Hace un rato, en el Prado, le he estado observando. Estaba lejos, la luz era tenue y mis ojos no son los de antaño, pero aun así, estoy convencido de haberle visto dialogar con Diego de Acedo y con Francisco Lezcano. No seré yo quien se lo reproche. Muchas veces he abierto mi corazón a las imágenes pintadas, con más sinceridad y emoción de la que pueden esperar de mí los hombres y los ángeles; he llorado delante de algunos cuadros, no por emoción estética, sino como desahogo del alma, como confesión, como psicoterapia, como lo que sea. Nada hay de malo en ello, mientras sepamos lo que son estas expansiones momentáneas. Luego, a la hora de la verdad, la emoción ha de guardarse bajo llave, confiar sólo en los hechos, en las comprobaciones de primera mano, en el cotejo... ¿En qué condiciones ha visto ese cuadro, Whitelands? ¿Solo o acompañado? ¿Varias horas, unos minutos solamente? ¿Qué documentación ha manejado? ¿Y qué me dice de los rayos-x? Nadie puede atreverse a teorizar en los tiempos modernos sin haber recurrido a los rayos-x. ¿Lo ha hecho usted? No diga nada, Whitelands, conozco la respuesta a estas preguntas. ¿Y todavía insiste en llevarme la contraria?

Había llegado el whisky y Anthony bebió dos tragos generosos. Animado por esta ingestión, dijo:

—Yo no le llevo la contraria, Garrigaw. Es usted el que ha venido desde Londres para someterme a esta especie de lobotomía académica disfrazada de rigor y método. En cuanto a sus preguntas, le diré algo: yo puedo responderlas bien o mal, pero usted no, porque no ha visto el cuadro y da palos de ciego. Por su boca no habla la prudencia ni la experiencia, y mucho menos el compañerismo. Por su boca habla únicamente el miedo a que yo consiga un triunfo que deje en ridículo su larga carrera de arribismo, charlatanería y zancadilleo. Para eso ha venido hasta aquí, Garrigaw, para obstaculizar mi labor y, si no puede, para asociarse al descubrimiento y robarme una parte de algo que sólo me pertenece a mí.

El viejo curador frunció los labios, levantó las cejas con aire divertido y emitió un suave silbido.

—¿Se ha desahogado ya, Whitelands?

—Sí.

—Gracias a Dios. Ahora descríbame el cuadro.

—¿Por qué habría de hacerlo?

—Porque soy la única persona que puede entenderlo y usted se muere de ganas de hablar de su jodida pintura. En este momento me necesita más usted a mí que yo a usted. Hasta ahora ha aflorado su nerviosismo. Es natural. Yo en su lugar también me estaría subiendo por las paredes.

La flema del viejo curador transformó el crispado pugilato en la antigua relación de maestro y discípulo.

—Un metro treinta de alto por ochenta de ancho. Fondo ocre oscuro, sin paisaje ni otro elemento adicional. En el centro, un desnudo femenino, ligeramente ladeado hacia la izquierda. La mano derecha sostiene una tela azul a la altura del regazo. La postura recuerda en algo la *Dánae* de Tiziano, que Velázquez pudo ver en Florencia en su primer viaje a Italia. Las facciones de la mujer están claramente definidas y no coinciden con las de ninguna de las modelos utilizadas por Velázquez. La paleta es idéntica a la utilizada para la *Venus de Rokeby* y sin duda se trata de la misma mujer.

—¿La amante de don Gaspar Gómez de Haro?

—O su esposa.

—¿Está bromeando, Whitelands?

—Siempre se ha dicho que la Venus del cuadro podría

haber sido la esposa de Gómez de Haro, doña Antonia de la Cerda, y que por eso Velázquez veló el rostro reflejado en el espejo.

—¡Por favor! ¡Esa teoría es el fruto de mentes calenturientas! Ningún noble, y menos español, permitiría a su legítima esposa posar desnuda ni encargaría semejante cuadro. No hay precedentes...

—Ninguna conducta humana necesita precedentes para ser posible. Tampoco había precedentes de un pintor como Velázquez.

—Ya veo adónde quiere ir a parar: el pintor enamorado de la modelo, un cuadro clandestino, amores imposibles, venganzas, en definitiva, novelerías. ¿Tan bajo está dispuesto a caer para conseguir un poco de renombre? Estamos entre colegas, Whitelands, a mí no trate de venderme esa baratija.

—Mi teoría no es descabellada —replicó Anthony, que en esta ocasión decidió pasar por alto los insultos y aprovechar los conocimientos de su interlocutor—. La sociedad española del Siglo de Oro era mucho más liberal que la sociedad inglesa; nada que ver con la sombría imagen que nos ha legado la leyenda negra. España estaba más cerca de Italia que de cualquier otro país. Las comedias de Lope de Vega o de Tirso de Molina o el mismo Quijote nos muestran unas costumbres muy poco estrictas e incluso el bárbaro honor calderoniano es un reconocimiento implícito de la fragilidad, la temeridad y la fogosidad de las mujeres. Si hemos de creer en la literatura de la época, en España las mujeres eran cultas y decididas; no les arredraba la idea de emprender arriesgadas correrías disfrazadas de hombres. En mi opinión, los hechos se producen de la siguiente manera: un noble libertino, casado con una mujer inteligente y muy poco convencional, encarga un cuadro de tema mitológico, pero en el fondo un desnudo femenino sensual y desinhibido. El cuadro nunca ha de salir de los aposentos privados de don Gaspar, por lo que su esposa no tiene inconveniente en participar del juego. No hemos de descartar que ella pueda ser cómplice del libertinaje de su esposo en vez de una virtuosa y resignada víctima. Al fin y al cabo, se trata de Velázquez; ser retratada por él no sólo halaga su vanidad, sino que le garantiza un lugar preeminente en la Historia del Arte. Si la *Venus de Rokeby* es realmente doña Antonia de la Cerda, hasta usted deberá convenir en que se trata de una mujer de extraordinaria belleza, y no precisamente mojigata. No perdamos el hilo. Entre doña Antonia de la Cerda y el pintor surge una poderosa atracción mutua. En secreto, Velázquez pinta un segundo desnudo, esta vez sin ocultar el rostro de la modelo. Es el único modo de poseer para siempre a la mujer que ama, de prolongar una relación condenada a la fugacidad. Para evitar complicaciones, se va a Italia y se lleva consigo el cuadro. Si lo dejara en Madrid alguien podría descubrirlo. Dos años más tarde, el Rey reclama a su pintor y Velázquez regresa a España. El cuadro se queda en Italia. Más tarde un cardenal español lo adquiere y lo repatría. El cuadro permanece oculto en medio de un nutrido patrimonio familiar, pasa de generación en generación y ahora reaparece. ¿Qué hay de inverosímil en la historia?

—De inverosímil, nada; de real, muy poco. Todo es fruto de su imaginación. Podría haber sucedido esto o algo diametralmente opuesto; el cuadro podría haber sido pintado por otro pintor, quizá Martínez del Mazo.

Anthony negó con la cabeza: ya había considerado y descartado esta posibilidad. Juan Bautista Martínez del Mazo nació en Cuenca en 1605, fue el mejor discípulo y ayudante de Velázquez y se casó con Francisca, la hija de éste, en 1633. A la muerte de Velázquez fue nombrado pintor de cámara. A menudo las obras de Martínez del Mazo fueron atribuidas a Velázquez. El propio Anthony había escrito un artículo analizando las diferencias entre ambos pintores.

El viejo curador se encogió de hombros.

—Más no estoy dispuesto a concederle. Ni a discutir tampoco: tal como le veo, es inútil tratar de convencerle. Dejemos el asunto en suspenso. He venido por usted, pero oír sus disparates no es lo único que puedo hacer en Madrid. Me quedaré unos días, consultaré documentación, visitaré amigos y colegas, puede que me llegue a Toledo o a El Escorial, y trataré de ver una novillada: me pirro por los banderilleros. Si quiere algo de mí, deje recado en recepción. Sé que lo hará.

27

Al salir del Palace, Anthony Whitelands distinguió brotes verdes en las ramas de los árboles de hoja caduca. Esta delicada proclamación de la primavera le produjo una absurda irritación: cualquier excusa le era válida para exteriorizar la zozobra en que le había sumido la charla con Edwin Garrigaw, no tanto por los insultos recibidos como por la innegable mella que habían hecho en sus convicciones los argumentos del viejo curador. Sin embargo, en el punto en que se encontraba no podía permitirse debilidades y menos contemplar la posibilidad de una renuncia. Si por temor a cometer un aparatoso error abandonaba la empresa, ¿qué podía esperar? La vuelta a la insatisfacción en el reducido horizonte de la vida académica, con sus tediosos trabajos y sus sórdidas rivalidades. Tanto valor se requería para seguir adelante como para echarse atrás. Por no hablar del temor a que el astuto Garrigaw asumiera el riesgo que le aconsejaba evitar y acabara alzándose con el triunfo. Porque, no había que engañarse, en circunstancias normales, Edwin Garrigaw y no Anthony Whitelands habría sido la persona idónea para dictaminar sobre la autenticidad y el valor de un cuadro de tanta importancia. Sólo la turbulenta situación política de España y, sobre todo, la vieja enemistad entre el repulgado y displicente Garrigaw y el tortuoso Pedro Teacher hacía que la elección hubiera recaído en un experto de segunda fila. Sin duda por este motivo, tan pronto tuvo conocimiento de la usurpación, Garrigaw había viajado a Madrid dispuesto a utilizar su prestigio y sus mañas para recobrar el protagonismo perdido. Pero no se saldría con la suya, juró Anthony para sus adentros.

Con este firme propósito y con una abultada bolsa de comida comprada en la misma tienda de ultramarinos del día anterior, entró en el vestíbulo del hotel y pidió la llave de la habitación.

—Se la he dado a la señorita —dijo el recepcionista—. Le está esperando arriba.

Anthony no reparó en el tono respetuoso del recepcionista y en el uso del término señorita para referirse a la Toñina, a la que supuso de regreso, cumplidas sus obligaciones maternales y decidida a no separarse de él ni un minuto más de lo imprescindible. Pero cuando llamó con los nudillos a la puerta sosteniendo en precario equilibrio el paquete, la que le abrió fue Paquita del Valle, marquesa de Cornellá.

—Buenos días, señor Whitelands —dijo ella, divertida al comprobar el efecto producido por su presencia—. Disculpe mi atrevimiento. Quería hablar con usted y no me pareció adecuado esperarle en el vestíbulo, expuesta a la curiosidad de la gente. El recepcionista tuvo la gentileza de entregarme la llave. Si le molesto, sólo tiene que decirlo y me iré.

—De ningún modo, no faltaría más —balbuceó el inglés mientras depositaba la bolsa de víveres en la mesa, y colgaba el abrigo y el sombrero de la percha—. La verdad es que no esperaba... Algo me dijo el recepcionista, pero no pensé en usted, como es natural...

La joven se había colocado contra la ventana. A la nítida luz del mediodía primaveral se dibujaba su perfil y lanzaba destellos su cabellera ondulada.

—¿Quién pensó que era?

—Oh, nadie. Sólo que... últimamente he recibido visitas inesperadas con harta frecuencia. Ya sabe: la policía, funcionarios de la Embajada... Entre todos me están volviendo tarumba, si la expresión es correcta.

Mientras recorría con la mirada el desolado paisaje de aquel cuchitril, Anthony recordaba el suntuoso salón del hotel Palace e imaginaba con dolorosa precisión la amplitud, la elegancia y el confort de sus habitaciones, y una vez más se le hacía patente la inferioridad de condiciones con que debía enfrentarse a los momentos decisivos de su vida.

—Pero no se quede de pie —agregó en un esfuerzo por conferir cierta dignidad al encuentro—. Tome asiento. Sólo dispongo de una silla. Como ve, este cuarto no reúne condiciones...

—Las necesarias para mi propósito —atajó ella sin abandonar su posición junto a la ventana.

—Ah.

—¿No siente curiosidad por saber cuál es mi propósito?

—Sí, sí, por supuesto... Es..., disculpe, es la sorpresa. Verá, he comprado comida... De este modo puedo trabajar sin interrupción...

La joven marquesa hizo un ademán de impaciencia.

—Anthony, no tienes que darme explicaciones sobre tus costumbres —dijo a media voz, adentrándose con valor en el tuteo—. Y no desvíes la conversación. He venido porque hace unos días te pedí un favor y te ofrecí algo a cambio. Estoy aquí para cumplir mi parte del trato.

—Oh..., pero yo no he hecho nada.

—El orden de los factores no altera el producto —dijo Paquita con la inconsecuencia de quien no está dispuesto a que la lógica se interponga en el camino de su determinación—. Yo cumplo y tú habrás de hacer lo mismo. ¿Tan malo te parece el trato?

—Oh, no —dijo azorado el inglés—, es que..., sinceramente, nunca me lo tomé en serio.

—¿Por qué? ¿No tomas en serio a las mujeres o no me tomas en serio a mí?

—Ni una cosa ni otra..., pero tratándose de una persona como tú, una aristócrata...

—¡Déjate de bobadas! —dijo la joven marquesa de Cornellá—. La aristocracia es el símbolo de la tradición y el conservadurismo, pero los aristócratas nos comportamos como nos da la gana. Los burgueses tienen dinero; los aristócratas tenemos privilegios.

Anthony pensó que el obtuso Garrigaw debería haber escuchado aquel planteamiento sencillo y directo, aplicable punto por punto a doña Antonia de la Cerda. Pero ni sobre esto ni sobre nada de cuanto allí ocurriera podría hacer jamás ningún comentario.

—¿Y...? —empezó a decir.

—¿Él? —dijo ella con una sonrisa irónica que el contraluz ocultó al inglés—. Nunca lo sabrá si tú no se lo dices. Confío en tu caballerosidad y, además, es parte esencial de nuestro acuerdo el que tu estancia en España no se prolongue ni un minuto más de lo necesario. Y no perdamos más tiempo. He vuelto a decir que iba a misa y alguien acabará sospechando de mis repentinos ataques de religiosidad.

El frío humor de Paquita no era el ingrediente más adecuado para despertar el ardor del inglés, al cual, por otra parte, no se le escapaba lo absurdo de la situación ni las consecuencias nefastas para todos que por fuerza había de tener aquella aventura. Pero estas reflexiones nada podían contra la presencia física de Paquita en el reducido espacio de la habitación, cuya atmósfera parecía haberse cargado de electricidad. Esto mismo debió de experimentar Velázquez por la mujer de don Gaspar Gómez de Haro, con grave peligro de su posición social, de su carrera artística y de su vida, pensó Anthony mientras abandonaba toda cordura y se precipitaba en brazos de la adorable joven.

Media hora más tarde ella recogió el bolso del suelo, sacó una pitillera y un encendedor y prendió un cigarrillo.

—Nunca te había visto fumar —dijo Anthony.

—Sólo fumo en ocasiones especiales. ¿Te molesta?

En su voz había un leve titubeo en el que Anthony creyó advertir una sombra de ternura. Cuando hizo amago de abrazarla, ella rechazó su avance con suavidad.

—Acabo el cigarrillo y me voy —murmuró con la mirada perdida en las manchas del techo—. Ya te he dicho que no puedo estar ausente mucho rato. Por no hablar de la policía: si te están vigilando, me habrán visto entrar, me verán salir y atarán cabos. Claro que, a estas alturas, eso ya no importa mucho.

Anthony entendió el significado de la última frase y el tono de tristeza con que fue dicha: por su relación con José Antonio Primo de Rivera, sin duda eran inútiles todas las precauciones para sortear la vigilancia de la policía. Que en aquel momento los pensamientos de la joven marquesa volaran hacia otro hombre le causó dolor, pero no extrañeza.

—¿Nos volveremos a ver? —preguntó sin esperanza.

—Es posible —repuso Paquita recalcando cada palabra—. A vernos, sí; quizá volvamos a vernos.

Con el cigarrillo en los labios se levantó y empezó a vestirse. En aquel preciso instante sonaron unos golpes decididos en la puerta. A Anthony le dio un vuelco el corazón. La lista de personas que pudieran estar apostadas en el pasillo era larga y temible: el temible Kolia, el propio José Antonio, el capitán Coscolluela o Guillermo del Valle. Con fingida indolencia preguntó quién era y respondió la voz de la Toñina. Anthony suspiró aliviado: su presencia era más incómoda que peligrosa y confiaba en resolver la situación con habilidad.

—Es la encargada de la limpieza —dijo en voz baja dirigiéndose a Paquita; y en voz alta—: ¡Estoy ocupado, vuelva más tarde!

—¡No puedo esperar, Antonio! —respondió al otro lado de la puerta la voz angustiada de la muchacha—. He traído al niño y he de cambiarle los pañales.

Confuso, el inglés se volvió instintivamente hacia Paquita, que había acabado de vestirse y se había sentado en la silla para ponerse las medias. La joven marquesa se encogió de hombros y siguió poniéndose las medias y los zapatos tranquilamente. Cuando hubo acabado, se levantó, dio media vuelta y se puso a mirar por la ventana. Anthony se había cubierto con la sábana enrollada a la cintura y acudía a la puerta. Con la mano en el pomo se detuvo, dudó unos segundos y dijo:

—Espera.

Cruzó la exigua pieza, se colocó al lado de Paquita y murmuró:

—Es una historia larga y estúpida, sin la menor trascendencia...

Sin mirarle, Paquita arrojó el cigarrillo al suelo, lo aplastó con la suela del zapato y, como si hablara consigo misma, musitó:

—Dios mío, ¿qué he hecho?, ¿qué he hecho?

Anthony le puso la mano en la hombrera del vestido. Ella le propinó un manotazo.

—¡No me toque, señor Whitelands! —exclamó mientras se dirigía a la puerta.

Fuera el bebé se había puesto a berrear. La joven marquesa abrió la puerta y se quedó mirando a la Toñina, que mecía a su hijo y canturreaba una nana. Paquita sorteó el escollo y se alejó con paso altivo. La Toñina se había repuesto de la sorpresa y detuvo al inglés, que salía en persecución de Paquita.

—¡Antonio, que vas en porretas!

El aludido arrojó con rabia la sábana al suelo del pasillo y regresó a la habitación mascullando juramentos en su idioma. El bebé seguía berreando. La Toñina recogió la sábana, entró en la habitación y cerró la puerta a sus espaldas para evitar el escándalo. El inglés, que se vestía apresuradamente, interrumpió la operación para fulminar a la Toñina con los ojos y exclamar:

—¡Maldita seas, tú y esta repugnante criatura!

—¡Perdóname, Antonio, perdóname! El señor de abajo no me advirtió...

Mientras se disculpaba protegía al bebé por si a la imprecación del inglés seguía una buena tunda. Esta reacción desarmó a Anthony. Se puso la chaqueta y los zapatos, salió a la carrera y bajó la escalera hasta llegar jadeando al vestíbulo. Ni allí ni en la calle vio a Paquita. Entró de nuevo e interrogó por señas al recepcionista. Fingiendo ignorancia de la escena de vodevil que él mismo había propiciado, el recepcionista respondió que la señorita había salido a la calle y parado un taxi. Sin regresar a coger el abrigo y el sombrero y con los zapatos desatados, Anthony paró otro taxi, entró y dio al taxista la dirección del palacete de la Castellana.

No lejos de allí y mientras estos dramáticos sucesos tenían lugar, más responsable de ellos que el avieso recepcionista pero más ignorante que éste del desarrollo de los acontecimientos, Higinio Zamora Zamorano se dirigía a casa de la Justa para recabar información sobre el resultado de su iniciativa. Ninguna podía proporcionarle la buena mujer a este respecto, y, de haber tenido puntual noticia de la fatal cadena de tropiezos, ni él ni ella habrían dado por perdido el buen fin de la operación. Con una visión de la vida y las cosas en la que ostentaban el mismo rango las consignas políticas y los donaires de zarzuela, el Higinio y la Justa sabían que del intento del primero por colocar a la niña podía esperarse poco, pero que este poco era mucho en comparación con nada. Dos trayectorias vitales descalabradas desde sus inicios por una implacable conjunción de obstáculos sociales y errores personales les habían enseñado a relegar los grandes conceptos y los sentimientos nobles al mundo del cinematógrafo y del novelón por entregas. Preservados de un modo casi milagroso hasta la edad madura, tenían depositada toda su confianza en los fortuitos e irrenunciables compromisos nacidos de las pequeñas culpas y las ingobernables debilidades de la naturaleza humana.

—No tengas miedo por la niña, Justa —le había dicho Higinio Zamora a la comadre cuando la puso al corriente de su conversación con Anthony Whitelands—. El inglés es un buen hombre, y si al pronto la maltrata y la pega, después con más motivo se ocupará de ella.

A lo que la Justa dio su aquiescencia sin reservas, llevada de su fe en la sabiduría de Higinio Zamora Zamorano, el cual subía ahora muy ufano la tenebrosa escalera y llamaba a la puerta con alegre repiqueteo de nudillos, mientras con la otra mano sostenía un ramillete de violetas comprado a una florista callejera. De inmediato abrió la Justa y esta prontitud y la actitud de ella más que su rostro, invisible en la oscuridad del descansillo, le pusieron instintivamente en guardia.

—Tienes visita, Higinio —dijo la mujerona ladeando la cabeza y escondiendo las manos en los pliegues de su harapienta bata de percal.

Higinio entró y miró con desconfianza a la persona que, alejada de las insalubres emanaciones del brasero, le observaba fijamente desde el extremo opuesto de la sala.

—Soy Kolia —dijo la visita.

El Higinio y la Justa cruzaron miradas cautelosas.

28

Al otro extremo del arco inconmensurable que la separa del pueblo llano —y aún más de la subespecie del proletariado urbano, su enemigo natural—, preside el comportamiento de la rancia aristocracia una filosofía adaptativa no más profunda ni mejor trenzada, pero tan eficaz como la tosca deontología que rige el de su contraparte. Tan marcada como ésta por las circunstancias de su nacimiento, pesa sobre la nobleza una servidumbre ineludible que le impide reflexionar sobre su conducta, sobre sí misma y sobre el mundo, si las tres cosas no son una sola. Pero si pudiera reflexionar, tampoco podría cambiar ni las ideas recibidas ni su forma de vida. Con abnegación ha de sacrificar sus mejores cualidades en el altar de la irracionalidad, el inmovilismo y la incuria, que la han puesto y la mantienen donde está, y cultivar con férrea disciplina unos defectos que afianzan su posición en la medida en que es su posición lo que le permite cultivarlos. Indómita sin dueño y caprichosa sin elección, la irresponsabilidad que preside sus actos la hace vivir sumida en la indecisión: sus iniciativas no conducen a nada, sus pensamientos desembocan sin remedio en la frivolidad y sus pasiones, exoneradas de consecuencias, se reducen a vicios.

Don Álvaro del Valle, duque de la Igualada, marqués de Orán, de Valdivia y Caravaca y grande de España, siente sobre sus hombros este legado abrumador al haber de enfrentarse a una disyuntiva histórica. Como no carece de inteligencia ni de imaginación ni de temple, y dispone de elementos de juicio, urde maniobras y maquina intrigas, pero en fin de cuentas el determinismo de su posición social lo devuelve a su lugar y le obliga a componer ante sí y ante el mundo la figura bobalicona de quien ha perdido todo vínculo con su tiempo y con su realidad.

Con este sentimiento mira por la ventana del gabinete, y el jardín, como si quisiera ofrecerle consuelo en la tribulación, muestra los brotes tiernos en las hojas. Sin dejar de mirar por la ventana, el duque murmura:

—Lo que me pedís atenta contra mi conciencia.

Esta declaración es recibida en silencio por los tres hombres que tiene a su espalda. Como si hubiera sabido de antemano lo inútil de su misión, uno de los hombres se inhibe. Otro mira expectante a quien hasta ahora ha llevado la voz cantante. Éste dice en el tono comprensivo que viene empleando desde el principio de la reunión:

—A veces la patria pide estos sacrificios, Álvaro.

El que habla frisa la cincuentena, es alto, de porte distinguido, facciones toscas pero inteligentes. La mirada profunda y unas gafas de aro metálico le dan un aire de intelectual, y en cierto modo, lo es. Militar de profesión, cuando el gobierno de la República le apartó del Ejército sin un motivo real, se ganó la vida colaborando en varios periódicos y escribió un manual de ajedrez que mereció el elogio de los entendidos y el favor de los aficionados. Luego fue rehabilitado y desempeñó cargos de importancia en España y en el Protectorado. Aunque no tiene un pasado golpista, no goza de la confianza del presidente del Gobierno, que lo ha destinado a Pamplona para tenerlo lejos de Madrid. El duque de la Igualada y él son viejos amigos y como amigos han ventilado sus desavenencias políticas con vehemencia y respeto mutuo. Fue él quien unos días atrás llamó al duque desde Pamplona para preguntar si eran ciertos los rumores que le habían llegado. Sorprendido, el duque se limitó a darle la versión oficial.

—Estoy tratando de realizar algunos bienes para disponer de liquidez si he de poner a salvo a mi familia.

—No es eso lo que me han contado, Alvarito.

Después de este breve diálogo, el duque pensó que si estallaba un conflicto, estaría indispuesto con los unos y con los otros y decidió aplazar la venta del cuadro, con gran desconcierto de Anthony Whitelands. Ahora el general, aprovechando un viaje relámpago a Madrid, visita al atribulado duque con otros dos generales de renombre para sonsacarle y llamarle al orden. El duque se resistía sin presentar batalla. Ante su tenaz silencio, otro general reformula el ruego en términos castrenses.

—Lo que se ha de hacer, se hace. Y punto.

Desde el principio de la reunión, este general se ha mantenido distante, seco. No oculta su nerviosismo ante tanto miramiento y en el tono exasperado de la voz hay una vaga amenaza. Sin embargo, cuando le conviene, nadie sabe actuar con tanta parsimonia. Está en Madrid, como los otros, para asistir a un cónclave de generales; para ello ha hecho un largo viaje, porque desde hace poco el Gobierno que preside Azaña lo ha destinado a Canarias. Luego, en el transcurso de la reunión, no ha dicho casi nada y cuando ha intervenido ha sido para enfriar los ánimos, recomendar cautela, dudar de la oportunidad de pasar de las palabras a los hechos. Es el más joven de todos y el menos marcial. Bajo, tripudo, con una calvicie incipiente, tiene la cara fláccida y la voz atiplada. No fuma, no bebe, no juega y no es mujeriego. El que, pese a todo, goce de un enorme prestigio en el Ejército y fuera de él dice mucho de sus cualidades profesionales. Azaña siempre contó con él por su extraordinaria capacidad de organización y por considerar que, no obstante su profundo conservadurismo, un puntilloso sentido del deber le impedirá actuar contra la República. Y así ha sido hasta el día de hoy: varias veces le han propuesto sumarse a proyectos golpistas y otras tantas se ha negado o, por lo menos, no ha dado su conformidad de un modo explícito. Su cautela, que contrasta con su valor y decisión en el combate, exaspera a sus compañeros de armas en la misma medida en que lo necesitan. Unos y otros están de acuerdo en que hay que contar con él; el problema es que nadie sabe si realmente se puede contar con él y hasta qué punto. Sea como sea, todos han tratado y siguen tratando hasta el último minuto de atraerlo a su causa. Hasta los falangistas, que aborrecen su estilo prosaico y su aparente falta de ideales, le han hecho llegar proposiciones a través de personas de confianza, con resultados decepcionantes: no ha respondido a los falangistas y se ha indispuesto con el intermediario por meterse donde nadie le llama. Él no escucha proposiciones ni las hace. Da órdenes, cumple las que le dan y dice que lo demás no le incumbe. Por si cambia de opinión lo han enviado al lugar más remoto y tranquilo de la revuelta geografía española. Él se muestra conforme y hasta contento, pero es posible que en su fuero interno ya haya sentenciado a quienes pretenden excluirlo de la vida política.

El primer general trata de dulcificar el diálogo.

—No es sólo el dinero, Alvarito, sino el prestigio social de nuestras acciones, caso de producirse... Tú eres un prócer.

Al oír estas relamidas muestras de deferencia, el tercer general, despatarrado en el sofá, emite un chasquido burlón. De porte distinguido y pulcro aspecto, es lo opuesto a su rollizo camarada: temperamental, revoltoso, juerguista, de ingenio corrosivo. De mayor edad que los otros dos, a los que tiene en poco, también él ha hecho carrera en África, pero se formó a la sombra de la feroz guerra de Cuba. Considera pueril, por no decir afeminado, calcular el coste de una acción en términos de esfuerzo o de bajas. Para tenerlo entretenido y contento, el Gobierno anterior lo nombró Inspector General de Carabineros, un cargo con buen sueldo y poco trabajo, en el desempeño del cual viaja por toda España, lo que, unido a su carácter fácil y jaranero, lo ha convertido en el enlace ideal entre los militares dispersos.

Ahora los tres se han reunido de tapadillo en Madrid con otros generales para tomar una determinación y, según sea ésta, coordinar movimientos y fijar fechas. Pero la reunión sólo ha servido para poner de manifiesto sus diferencias. Casi todos están de acuerdo en la necesidad de una intervención militar que ponga fin al caos imperante, impida la desintegración del Estado español y prevenga la conjura roja orquestada por Moscú. Pero a partir de ahí las opiniones divergen. Muchos son partidarios de no esperar más; cuanto más se demore el inevitable levantamiento, más preparado estará el enemigo. Una minoría se opone por juzgarlo precipitado. Sobre todos pesa el recuerdo del general Sanjurjo, que se sublevó un par de años antes y todavía vive exiliado en Portugal.

Un golpe de Estado no es cosa fácil. En primer lugar, no se puede contar con la unidad interna del Ejército: algunos generales son republicanos convencidos; otros no lo son, pero su código del honor les impide sublevarse contra un Gobierno legitimado por las urnas. Muchos oficiales y cuadros medios, con mando en plaza, son de izquierdas o simpatizan con sectores de la izquierda. Por último, no se puede contar a ciegas con la obediencia de la tropa, ni con la aptitud de un atajo de caloyos sin experiencia en combate. A estos problemas ven solución fácil los africanistas: el golpe de Estado lo dará la Legión y, si hace falta, se traerá de Marruecos a los Regulares; los moros son leales y estarán encantados de hacer una guerra colonial al revés. Sin embargo, este recurso no soluciona el aspecto más grave de la cuestión. Los frecuentes pronunciamientos del siglo XIX tuvieron como escenario una España agrícola, por no decir feudal, con una población aislada, ignorante e indiferente a la política. Hoy es todo lo contrario. Si el golpe encuentra resistencia armada y desemboca en una verdadera guerra civil, un ejército unido y competente sin duda ganará batallas en campo abierto, pero no podrá controlar las ciudades y los centros industriales, sobre todo si, como parece, la Guardia Civil y la Guardia de Asalto no se suman al levantamiento. Contra esta eventualidad habría que recurrir a los grupos irregulares de extrema derecha: son numerosos, tienen experiencia en la lucha callejera y están deseando entrar en acción. Pero los inconvenientes saltan a la vista: al no estar encuadrados en la estructura militar, los miembros de estos grupos obedecen a sus propios jefes y a nadie más. Uno de los generales presentes ha estado negociando con los tradicionalistas navarros y ha salido escarmentado. A cambio de su colaboración, los requetés pedían muchas cosas, unas razonables y otras fantásticas, y, por añadidura, los trabajosos acuerdos ni sirven ni duran a causa de las continuas disidencias en el seno del grupo. Finalmente ha llegado a la conclusión de que, aun persiguiendo objetivos comunes, estas organizaciones paramilitares, con mucha ideología y poca disciplina, son lo contrario del Ejército. Con todo, ha conseguido un principio de pacto con los requetés. Más difícil es la relación con la Falange. Ninguno de los militares presentes siente el menor aprecio por el partido y menos aún por su jefe, de cuyos labios han salido reiterados insultos a militares insignes por no haber apoyado en su día la Dictadura de Primo de Rivera. José

Antonio considera al Ejército culpable por acción u omisión de la ruina de su padre y no tiene empacho en propagar su despecho de palabra y obra: años atrás, uno de los generales presentes recibió un puñetazo por esta causa en un lugar público, en presencia de testigos. El agresor fue expulsado del Ejército, pero el agredido todavía conserva muy vivo el escozor del agravio. Sin motivos de inquina personal, los otros dos generales consideran a José Antonio Primo de Rivera un mequetrefe, cuya ineptitud ha permitido que un grupo de señoritos saturados de poesía haya derivado en una banda de pistoleros descontrolados. Sin dinero ni apoyo social efectivo, si deciden sacar a la calle a los falangistas, habrá que proporcionarles armas, lo que supone un dispendio y un riesgo cierto, porque nada hace pensar que una vez cumplida su función, las escuadras estén dispuestas a dejarse desarmar. Por esta razón y por otras, los tres generales están ahora en el gabinete de trabajo de don Álvaro del Valle, duque de la Igualada, cuya participación tratan de granjearse con frases pomposas, halagos obsequiosos y coacciones veladas.

El señor duque se debate entre el escrúpulo y el cálculo. Después de darle tantas vueltas al asunto sólo faltaría acabar enfrentado a los dos bandos en discordia.

—Yo soy un hombre sencillo, Emilio —dice a su amigo en tono plañidero, para ganar tiempo—, un hombre del campo. En política me mueve el respeto a la tradición, el amor a España y la preocupación por los míos.

—Y eso te honra, Álvaro, pero la ocasión pide más. Nos lo pide a todos y a ti en particular: tú tienes un nombre y una posición. Tus títulos nobiliarios figuran desde hace siglos en el *Almanaque de Gotha*.

Sensible como el que más al brillo de los blasones, pero escandalizado al ver a un general de brigada dando coba a un civil, el general despatarrado levanta las cejas y vuelve a chascar la lengua. No entiende que su camarada no se humilla en vano: también en este terreno los tiempos han cambiado y, ante la amenaza larvada de los países fascistas, Inglaterra y Francia siguen con preocupación los acontecimientos de España y podrían intervenir en ellos directa o indirectamente. Una condena de la Sociedad de las Naciones lastraría el futuro del Estado surgido del golpe. Es de vital importancia acentuar el carácter conservador de los golpistas, desvincularse de la actitud expansionista de Alemania y de Italia, dejar claro que sólo les mueve el deseo de restablecer el orden. Obtener el apoyo de las familias más respetables y del clero no es una ceremonia palaciega, sino una maniobra estratégica previa a la batalla.

Pero la jugada del consumado ajedrecista no da resultado. El duque vuelve a mirar por la ventana: el viento agita las ramas de los árboles y en el horizonte se ven nubes negras: el tiempo cambiante de marzo. Tal vez su tosco camarada está en lo cierto, piensa el general, y a la hora de la verdad la diplomacia no sirve para nada; en tal caso, habrá que recurrir a las medidas extremas propias del caso y arrostrar las consecuencias. Y mientras aguarda la respuesta, confecciona mentalmente la lista de fusilamientos. El duque pide a Dios un milagro que le saque del atolladero, siquiera por un rato, y su plegaria surte un efecto inmediato. La doble puerta del gabinete se abre de golpe y entra la señora duquesa como un torbellino, se planta en mitad de la reunión y se da cuenta de su equivocación cuando ya es tarde para rectificar. A pesar de su aturdimiento, es la primera en reaccionar: inicia la retirada y murmura unas disculpas que ahogan los taconazos de los generales. El duque no desaprovecha la ocasión.

—¿Qué ocurre, Maruja? Algo muy grave será cuando entras como una exhalación, sin tocar antes. Como ves —agrega sin esperar la aclaración pedida, como si no le in-

teresara—, estoy reunido. A Emilio ya lo conoces. Estos señores... le acompañan.

Queda claro que se abstiene de dar sus nombres y el
viejo amigo de la familia besa la mano de la duquesa. De
los otros dos, uno zanja el protocolo con una sobria inclinación; el tercero, fanfarrón, ordinario y galante, se atusa
el bigote y dice con voz hueca:

—Aconsejábamos a su señor esposo dejar los asuntos
de Estado en otras manos y dedicarse a cultivar las flores
de su jardín para ofrecérselas a usted, señora duquesa.

Obtusa y dura de oído, la señora duquesa no entiende
la patochada, pero intuye la intriga y el peligro que lleva
aparejada y lanza a su marido una mirada de prevención
que el duque interpreta correctamente: haz lo que dicen y
diles que se vayan. Luego, en voz alta y con sonrisa munda-
na dice:

—Perdona, Álvaro. Y ustedes también. Sin mala intención y por una bobada he sido inoportuna. Sigan con lo
suyo y hagan como que no me han visto.

Sale sin despedirse ni preguntar si desean tomar algo.
Desde la puerta hace un ademán y una mueca coqueta
para quitar toda importancia a su persona y cierra. Pero su
intervención ha servido de catalizador. De los tres generales, Emilio Mola y Gonzalo Queipo de Llano se han quedado inermes. Sólo Francisco Franco continúa impertérrito,
perdido en sus cavilaciones.

29

Ni amable ni desdeñoso, Kolia rechazó el vaso de cazalla que le ofrecía la Justa. Esta actitud casi lánguida, insólita en quien pasaba por ser un desalmado agente del NKVD, infundió más temor a Higinio Zamora Zamorano que cualquier muestra de saña.

—Yo me limité a cumplir lo que me habían dicho —dijo en tono casi suplicante—. Birlarle la cartera al inglés y entregársela a los británicos para que supieran de su presencia en Madrid. Luego él siguió frecuentando esta humilde casa. Está coladito por la niña.

El agente jugueteó con el ramito de violetas que Higinio había dejado en la mesa. Con su indiferencia cortó la descripción de la romántica quimera que Higinio se disponía a hacer.

—Y los de la Embajada, ¿cómo reaccionaron? —preguntó.

—Delante de mí, como si tal cosa. Lo natural. Con él se han entrevistado varias veces y le tienen vigilado. Cuando le llevaron preso a la Dirección General de Seguridad, les faltó tiempo para sacarlo del calabozo.

—No les interesa que hable más de la cuenta. Como a nosotros. Y de lo que vino a hacer, ¿qué se sabe?

—Un servidor, nada de nada. Vino por veinticuatro horas, como me dijo él mismo, y aquí sigue, sin intención de marcharse, según se echa de ver. Si las trabas se las ponen los ingleses o la poli, eso no se lo puedo decir.

—Puede haber más partes implicadas —murmuró el espía—. Lo mismo da. Lo importante es salir de la inacción. Hasta entonces, nada podemos hacer. ¿Por dónde anda?

Higinio sonrió satisfecho de poder regresar a su tema favorito.

—Mismamente, en el hotel, con la niña. Está coladito por ella.

La fría mirada del agente volvió a truncar el relato en sus inicios. No obstante, para demostrar lo fructífero de la maniobra, Higinio refirió la visita del joven falangista al inglés. La Toñina se había metido en el armario del cuarto, había oído toda la conversación y a la mañana siguiente se la había referido sin omitir detalle. También había fingido un desmayo para no inquietar al inglés. La niña era muy lista y con un poco de ayuda podría labrarse un porvenir en cualquier parte del mundo salvo en España. Kolia cortó de nuevo el discurso; había escuchado atentamente el relato de Higinio y luego se había sumido en una silenciosa reflexión. Al cabo de un rato se levantó y dio unos pasos por la mísera sala. Un intenso olor a col hervida proveniente del patio de luces se filtraba por los intersticios de la ventana. Con la misma languidez de antes, indicó a la Justa que saliera. Ésta lo hizo después de envolver a Higinio en una mirada cargada de aprensión. Volvió a temblar el objeto del agorero aviso.

—Lo importante ahora —dijo el espía cuando se hubieron quedado solos— es dejarle cumplir su cometido. Eliminar los obstáculos a la venta de lo que sea.

—Pero yo creía...

—Las cosas han cambiado. Órdenes de muy arriba. Y cuando el asunto esté resuelto, le damos el finiquito.

—¿Al inglés? ¿De veras es necesario darle mulé? Él no tiene la culpa de nada.

El desalmado espía repitió el ademán decadente y se volvió a sentar.

—Una vez hecho el trabajo no nos sirve para nada; y sabe demasiado.

—No dirá nada, se lo garantizo: está coladito por la niña.

Kolia le dirigió una mirada fría y penetrante.

—¿Y ella? —dijo—, ¿es de fiar?

—¿La Toñina? ¡Por el amor de Dios! La Toñina hará lo que la digamos.

—Más le vale.

Los dedos del espía habían ido deshojando el pomo de violetas, cuyos pétalos, esparcidos sobre el mantel de hule e iluminados por la débil bombilla suspendida de un grasiento cordón, le parecieron a Higinio un simulacro de camposanto.

—No habrá pensado... —susurró temblando como un azogado.

—Yo no pienso nada. Sólo ejecuto lo necesario. Y métete una cosa en la cabeza: nada de monsergas con el Comité Central. Cumple con tu deber y, cuando yo te diga, te encargas del inglés. No te será difícil: él confía en ti. Si no tienes agallas, dímelo y buscaré quien lo haga. Pero no te vayas de la mu.

Al mismo tiempo, lejos de allí y sin la menor sospecha de la inapelable sentencia dictada contra él por el agente de la Lubianka, Anthony Whitelands hacía parar al taxi a cien metros del palacete, decidido a hacer el último trecho a pie, a resguardo de los árboles y plantas del frondoso Paseo de la Castellana. Todas las precauciones le parecían pocas si, como le enseñaba la experiencia, estaba en el centro de varios círculos concéntricos que le vigilaban a él y se vigilaban entre sí. Una vez ya le había sorprendido la guardia personal de José Antonio y sólo la intervención rápida y amistosa del Jefe había evitado un trágico final. Ahora, además, sabía que la Dirección General de Seguridad estrechaba el cerco en torno al duque de la Igualada y de quienquiera que tuviese relación con él o su familia. Pero todas estas consideraciones no estorbaban su determinación de hablar con Paquita y aclarar el malentendido.

La cautela se reveló apropiada: estacionados frente a la puerta del palacete había dos automóviles cuyos mecánicos fumaban y charlaban en la acera. Tanto los vehículos como la catadura de los individuos le hicieron descartar que fueran falangistas o que pertenecieran a las fuerzas de seguridad. Imaginar nuevos actores en aquel confuso drama le produjo vértigo, de modo que dejó la reflexión para más tarde y reanudó el avance subrepticio. Un rodeo le permitió alcanzar la callejuela lateral sin llamar la atención de los mecánicos. Una vez allí, fue rozando el muro hasta dar con la puerta de hierro. Probó de abrirla y la encontró cerrada con llave. La altura del muro le impedía vislumbrar el jardín y la casa, pero aferrándose a los salientes de la piedra logró encaramarse y asomar la cabeza por la parte superior. El jardín estaba desierto. En la ventana del gabinete distinguió la silueta del duque. Para no ser visto se soltó rápidamente y en la caída se arañó la mano derecha con la superficie rugosa del muro. Se anudó el pañuelo en la mano para restañar la sangre que manaba del rasguño y se adentró en la callejuela en busca de otro punto de observación. Una zona más umbría del jardín le permitió escalar de nuevo el muro y otear el interior protegido de la curiosidad ajena por unos cipreses. Desde allí veía la fachada trasera del palacete, cuya puerta daba acceso a la parte más privada del jardín: una escalinata descendía hasta un rectángulo pavimentado donde una pérgola destinada a proporcionar sombra en los meses calurosos albergaba una mesa de mármol y media docena de sillas de hierro forjado. La desnudez invernal de la parra y el abandono del mobiliario estival daban al rincón un aire melancólico.

En este escenario hizo su aparición repentina Paquita, que salía precipitadamente de la casa por la puerta posterior. La coincidencia de esta aparición con el propósito de su incursión sobresaltó al inglés, que se esforzó por obtener una mejor visibilidad sin revelar su presencia ni perder el precario equilibrio. Ni la distancia ni los obstáculos ni su propia turbación le impidieron advertir la profunda agitación que evidenciaba la actitud de la joven marquesa.

La percepción de Anthony no era errónea. Un rato antes la señora duquesa había tenido un encuentro similar y sus sentimientos maternales habían experimentado una violenta y dolorosa sacudida. Privada desde la infancia por su condición social y una educación implacable de aplicar su inteligencia natural a cualquier aspecto práctico de la vida, doña María Elvira Martínez de Alcántara, por matrimonio duquesa de la Igualada, había aceptado de buen grado su papel hogareño y decorativo y desarrollado una notable habilidad para detectar los más variados matices de la frivolidad y responder a cada uno con precisión y prontitud. Más tarde, sin embargo, el funesto giro de los acontecimientos producido en España a raíz de la proclamación de la República trajo consigo un cambio radical en su actitud. Ahora su antigua perspicacia se aplicaba a vislumbrar en los mínimos detalles signos de algún drama en ciernes. Cuando un rato antes, paseando su tedio por el palacete se dio de manos a boca con Paquita, que, a juzgar por su vestuario, acababa de entrar de la calle, la duquesa percibió de inmediato el trastorno que la joven se esforzaba por ocultar bajo la actitud distante y un punto altanera que caracterizaba la relación de la hija con la madre. La mezcla de intuición maternal y adiestramiento social le previno de preguntar directamente si le había ocurrido algo, pero retuvo a Paquita con un pretexto nimio. La joven sólo pudo disimular unos instantes; luego prorrumpió en sollozos y corrió a encerrarse en su cuarto. Mujer al fin, la duquesa creyó adivinar la causa de tanta desazón e, incapaz de tomar una iniciativa o de no tomar ninguna, caso de considerarlo procedente, fue a buscar a su marido, interrumpiendo así la confabulación de los generales. Las voces y el ruido de puertas pusieron sobre aviso a Paquita. Deseosa de evitar un enfrentamiento familiar hasta tanto no se hubiera calmado su agitado espíritu, abandonó la alcoba y buscó refugio en el jardín.

Encaramado en el muro, Anthony la vio cerrar la puerta, mirar a uno y otro lado para cerciorarse de su soledad y caminar con paso lento hacia el cenador con la cabeza abatida, entre hondos suspiros y súbitos estremecimientos. De la rama más gruesa de un olmo añoso pendía un columpio. La joven marquesa fue hasta él y acarició sus cuerdas con delicadeza, como si aquel inocente artilugio trajera a su memoria los ingenuos placeres de una infancia irremediablemente perdida. Al contemplar tanta tristeza, Anthony sentía deseos de saltar al jardín y acudir a consolar a la desventurada joven, y sólo se lo impedía la certeza de que la causa real de la congoja probablemente era lo que había ocurrido entre él y la joven poco antes en la habitación del hotel. Esta certeza, sin embargo, le desconcertaba: no entendía el brusco salto de la audacia y el desparpajo iniciales al desconsuelo presente, una mudanza que la inoportuna irrupción de la Toñina no bastaba, a su juicio, para justificar.

No obstante, la parálisis producida por este desconcierto estaba destinada a durar poco. Una imperiosa exclamación a sus espaldas le produjo tal sobresalto que estuvo en un tris de volver a caerse.

—¡Baje de ahí ahora mismo, majadero!

Más por el susto que por instinto de conservación o por cálculo, Anthony se dio impulso con los brazos para salvar el muro y huir de quien le interpelaba, y se precipitó de cabeza en el jardín.

La tierra de unos arrayanes esponjada para la siembra primaveral amortiguó el golpe. Magullado pero incólume, el inglés gateó hasta refugiarse detrás de un seto. Todo ocurrió con tanta rapidez que, cuando Paquita miró en la dirección de donde provenían el ruido y la voz, sólo alcanzó a ver a un desconocido que asomaba la cabeza y los hombros por encima del muro. Una aparición tan inesperada y el rostro congestionado del hombre asomado al muro le causaron un espanto incrementado por el profundo ensimismamiento en que se hallaba. Lanzó un grito y, sin atender a la llamada del intruso y al ruego de que no diera la alarma, corrió hacia la puerta de la casa. Ésta ya se abría y el mayordomo, alertado por el grito de Paquita, salió al jardín empuñando una escopeta de caza. Con la rapidez y la agudeza de un perro de presa bajó la escalera, miró a su alrededor, descubrió al intruso, se llevó la escopeta a la cara y le habría descerrajado un tiro si Paquita no le hubiera detenido con una exclamación.

Sin dejar de apuntarle, el mayordomo ordenó al intruso levantar las manos, a lo que respondió éste que no podía hacerlo sin caerse a la calle. Esta sensata aclaración la hizo mirando hacia el jardín y la repitió a renglón seguido girando la cabeza, porque también era válida para los mecánicos, que al oír el grito habían abandonado su puesto junto a los automóviles y corrían por la callejuela pistola en mano, instando al intruso a entregarse.

La situación se habría prolongado si de la casa no hubiera salido al cabo de poco el señor duque, acompañado de los tres generales. A una muda interrogación del amo, respondió el mayordomo señalando con el doble cañón de la escopeta al intruso asomado al muro.

—¡Cáspita! —exclamó el duque al descubrir la insólita figura—. ¿Quién es ese tío y qué hace ahí encima, con medio cuerpo adentro y medio afuera?

—No lo sé, excelencia —repuso el mayordomo—, pero si su excelencia me da permiso, le vuelo la cabeza y luego vemos.

—¡No, no! ¡Nada de escándalos en mi casa, Julián! ¡Y menos hoy! —agregó señalando a los tres generales situados a su espalda.

Con esto la situación volvió a estancarse hasta que, saliendo de su aparente indolencia, el general Franco tomó la iniciativa, se acercó al muro y se dirigió al intruso con su timbre de voz agudo y tajante.

—¡Usted, quienquiera que sea, salte el muro y baje al jardín de inmediato!

—No puedo —respondió el interpelado—. Soy mutilado de guerra, mi general.

—¿Mi general? —exclamó Franco— ¿Acaso sabes quién soy?

—Ojalá no lo supiera, mi general, pero lo sé muy bien. Tuve el honor de combatir a sus órdenes en Larache. Allí fui herido, ascendido, condecorado y retirado del servicio activo. En la actualidad estoy adscrito a la Dirección General de Seguridad. Capitán Coscolluela, siempre a sus órdenes. Y, por favor, diga a los de fuera que no me disparen.

Para no ceder a su colega todo el protagonismo, sonó la voz tonante de Queipo de Llano.

—¡Guardad las armas, so capullos! ¿Queréis que se entere todo Madrid? Y tú, el de la tapia, ¿dónde has dicho que estabas destinado?

—En la Dirección General de Seguridad, mi general, a

las órdenes del teniente coronel Marranón —repuso el capitán Coscolluela.

—¡Pues me cago en la leche! ¿Qué os había dicho? El cabrón de Azaña nos ha hecho seguir.

—A ustedes no, mi general —protestó el capitán Coscolluela—. A un inglés.

—¿A un inglés? —dijo Mola—. ¿Un inglés en casa del señor duque de la Igualada? ¿Tú nos tomas por tontos?

—De ningún modo, mi general.

—Bueno —dijo Queipo de Llano—, quizá darle el paseo no sea tan mala idea, después de todo. Tanto si nos está vigilando como si ha venido por otro asunto, cuando dé el parte saldremos citados.

Mola meditaba, ceñudo, acariciándose el mentón.

—¿Eso hará, capitán? —preguntó.

—No, mi general. Yo sólo he de informar sobre los movimientos del inglés.

—¿Y quién es ese dichoso inglés? —preguntó Franco—. ¿Un espía?

—No, mi general: es un profesor, o algo por el estilo.

Espectadores del interrogatorio, el duque y Paquita, cada uno por razones distintas, se abstenían de corroborar las afirmaciones del capitán. Desde su escondite, Anthony seguía el desarrollo de aquella farsa que había provocado y en la que participaban todos menos él. Por mucho que la proximidad física de Paquita le nublase el entendimiento, comprendía la imposibilidad de tener una entrevista a solas con ella por el momento y la imperiosa necesidad de abandonar el palacete antes de ser descubierto o de que el capitán Coscolluela convenciese de su existencia real a los generales.

Si conseguía rodear al grupo al amparo del seto, tal vez podría aprovechar la confusión reinante en aquel momento para cruzar el cenador, subir la escalinata y meterse por la puerta de la casa, que el último en salir había dejado entornada. Una vez dentro, con un poco de suerte, podía encontrar la puerta del sótano, donde estaba el cuadro, esconderse allí y esperar a la noche. Entonces saldría al jardín y escalando el muro se pondría a salvo.

El plan era descabellado, pero la primera parte resultó más fácil y afortunada de lo previsto: todos los presentes tenían puesta su atención en el capitán Coscolluela y éste, frente al cual había de recorrer un trecho al descubierto, sólo tenía ojos para su antiguo jefe, que en aquel preciso instante le dirigía una encendida arenga.

—¡Escúcheme bien, capitán! Sea cual sea el cargo administrativo que esté desempeñando, usted sigue siendo un oficial. ¡Un oficial del Ejército español! ¿Me ha entendido? ¿Sí? Pues entonces sabrá a quién debe obedecer y a quién no, y no sólo por la autoridad inherente a nuestra graduación, sino porque una orden contraria a nuestros intereses, por ser indigna, no la debe cumplir un oficial de nuestro glorioso Ejército. ¡España está en peligro, capitán! El movimiento comunista sólo espera una orden de los sóviets para desencadenar la revolución y aniquilar España. ¡Capitán Coscolluela! Un oficial español sólo debe lealtad a España, y los aquí presentes representamos a España.

—¡Desconfíe de las imitaciones! —añadió Queipo de Llano con un ligero tono burlón que mortificó al autor de la arenga—. Y no olvide que cualquier pared se puede convertir en paredón.

Al sonar esta ominosa chanza, Anthony alcanzó la puerta, se coló por la abertura y se encontró en un distribuidor cuadrado del que arrancaba un pasillo.

30

Medroso, silencioso y apresurado, Anthony Whitelands recorría los pasillos del palacete y con creciente angustia comprobaba que cuanto más se adentraba en la mansión, más desorientado estaba y, en consecuencia, más lejos de una hipotética salvación. Se escurría el tiempo ganado y en cualquier momento, en cualquier revuelta, podía darse de manos a boca con el temible mayordomo o con el formidable trío de generales. Llevaba rato arrepentido de no haber atendido la orden del capitán Coscolluela, en quien ahora veía encarnadas todas las ventajas de la legalidad, cuando el sonido de unos pasos le hizo buscar refugio a la desesperada. Por fortuna, en la abigarrada ornamentación de la señorial residencia no escaseaban los cortinajes, y uno de espeso terciopelo carmesí le ofreció amparo y la posibilidad de oír, aunque no de ver, lo que sucedía en el corredor.

El corazón le dio un vuelco al distinguir unos profundos sollozos femeninos que sólo podían provenir de la garganta de Paquita. Contuvo el férvido deseo de aparecer de repente ante ella, estrecharla entre sus brazos y ofrecerle su consuelo y su amor, no sólo por la convicción de ser precisamente él la causa involuntaria de tanta aflicción, sino por el ruido de otros pasos, más firmes, que se dirigían al mismo punto desde otra parte de la casa. El encuentro sorprendió a los dos protagonistas, menos atentos que el inglés a cuanto no fueran sus propios pensamientos.

—¡Ah, padre Rodrigo! —oyó exclamar a Paquita—, ¡qué susto me ha dado! No esperaba verlo aparecer..., pero el cielo le envía.

Respondió con aspereza la voz del padre Rodrigo.

—Ahora no te puedo atender, hija. Otros asuntos más graves me reclaman.

—No más graves que la salvación del alma, padre —dijo la joven—. Por caridad se lo ruego: escúcheme en confesión.

—¿En mitad del pasillo? Hija, el sacramento de la penitencia no es un juego.

Parecía dispuesto el bronco clérigo a zanjar de este modo la cuestión, cuando porfió Paquita, ajena a cualquier razonamiento.

—Al menos, dígame una cosa, padre. ¿No es cierto que el amor puede redimir un acto condenable?

—El amor divino, quizá; mas no el amor humano.

Detrás del cortinaje aguzó el oído el inglés al reparar en el tema de la confesión.

—Pero si una persona, una mujer joven, arrebatada por un amor irresistible por un hombre, incurriera en falta, ¿no le sería más fácil obtener gracia a los ojos del Altísimo? ¿No es Dios el que ha puesto en nuestros corazones una capacidad de amar que nos hace olvidarnos de nosotros mismos, padre?

Al oír esta declaración, Anthony hubo de hacer un gran esfuerzo para no abandonar toda cautela y poner de manifiesto en aquel mismo instante su presencia. Muy otra era la reacción del estricto preceptor.

—Hija, me asustas. ¿Qué desatino te propones hacer?

—El desatino ya está hecho, padre. Amo a un hombre y tengo motivos para pensar que él corresponde a mis sentimientos. Pero razones poderosas impiden que nuestra relación discurra por cauces regulares. Él me respeta y, siendo como es un dechado de rectitud, jamás consentiría en que hubiera entre nosotros un trato dañino para mi honor y mi virtud.

—Entonces, hija, ¿dónde está el pecado? —preguntó el padre Rodrigo.

—Verá, padre, yo... —titubeaba la joven, sofocada por la vergüenza de la culpa y el temor a la reprobación—, para eliminar el obstáculo que le impedía consumar nuestro amor al margen de la moral y las convenciones, decidí perder mi virtud...

—¡Abrenuncio! ¡Qué oigo!

—Usted me conoce desde niña, padre —prosiguió Paquita con voz delgada pero inquebrantable—; desde que tengo uso de razón no sólo ha sido mi mentor y mi guía: también existen entre nosotros lazos de afecto. A ellos apelo, padre: olvide los preceptos por un momento y atienda a mi dolor y mi confusión con oídos terrenales de amigo y consejero. No le ocultaré nada: hace apenas unas horas me he entregado a un hombre. Deliberadamente elegí a un individuo por quien no siento ni atracción ni respeto y a quien puedo borrar de mi recuerdo sin pena ni esfuerzo. Fríamente le engañé respecto de mis motivos, y con fingida liviandad le induje...

En este punto interrumpió el cura el relato con un rugido.

—¡Paquita, tú no necesitas un confesor, sino un loquero! ¿No sólo has olvidado la religión, sino también tu apellido? ¿Al actuar como dices, pensaste no ya en la condenación eterna, sino en el buen nombre de tu familia? Por no hablar de ese hombre, a quien has incitado a pecar. Paquita, has obrado con depravación y ni de tus palabras ni de tu actitud se desprende el menor remordimiento. ¿Y aún pretendes que te dé la absolución?

—Pero, padre...

—No me llames padre. No soy tu padre ni tú mi hija. Siempre fuiste rebelde y orgullosa, justamente los rasgos distintivos de Luzbel. No me sorprende verte ahora poseída por el maligno. Apártate de mí y aléjate de esta casa. Tienes una hermana pequeña y su inocencia se podría contaminar con tu mera proximidad. Vete adonde nadie te conozca, haz penitencia y pide al Señor que te envíe su gracia y su misericordia. Y ahora, me voy: he de hacer cosas más importantes que escuchar tus desvaríos.

Iniciaba el clérigo la retirada y le seguía la voz lastimera de Paquita:

—¡Recuerde, padre, que lo dicho está bajo secreto de confesión!

De poco servía esta admonición a los oídos del inglés, más abatido que colérico por la humillante revelación, y menos aún a los de la pareja formada por Higinio Zamora Zamorano y la Justa, ante quienes en aquel momento comparecía la Toñina con el hijo del pecado en brazos y el hatillo al hombro.

—¡Toñina! —dijo su madre—, ¿cómo tú por aquí?

—¡Y con todos tus enseres personales! —agregó Higinio—. Anda, ven y cuéntanos ahora mismo qué ha pasado, porque si ese lechuguino se ha atrevido a dejarte plantada en el arroyo, se va a enterar de quién es Higinio Zamora Zamorano.

—No se sulfure, Higinio —repuso tranquilamente la Toñina depositando el hatillo y el bebé sobre la mesa—, y usted, madre, no ponga esa cara avinagrada. El inglés no es un mal hombre y si he vuelto es por mi voluntad. En ese juego no quiere andar metida mi menda.

A continuación, la Toñina refirió lo ocurrido en el hotel. Cuando hubo acabado, Higinio hizo un ademán de alivio.

—¡Pero si eso no es nada, tontuela! —dijo en tono didáctico y sin perder su proverbial ecuanimidad—. Los ingleses son así: fríos como las lagartijas. Aquí te pillo, aquí te mato y luego si te he visto no me acuerdo. Y las niñas bien, tres cuartos de lo mismo: mucha peineta y mantilla, pero decencia, ni para un remedio. Y ésa en lo particular, menos que ninguna. Como el fascista la dio calabazas, ahora todo el Club de Puerta de Hierro se la pasa por la piedra.

La Justa había cogido al bebé en brazos y lo acunaba.

—Aun así —dijo—, la niña está en su derecho a sentirse ofendida. Como dice el cantar, también la gente del pueblo tiene su corazoncito.

La Toñina hizo un mohín.

—No es como ustedes creen —dijo—. La marquesita manchó la sábana.

—¿Cómo has dicho?

—Con mis propios ojos vi la sangre.

Higinio impuso silencio: no quería ser interrumpido en sus cavilaciones. Daba cortos paseos por la pieza, con la cabeza gacha, el ceño fruncido y las manos cruzadas a la espalda. De vez en cuando se detenía, desarrugaba el entrecejo y una vaga sonrisa distendía sus labios prietos; se le oía murmurar con voz apenas perceptible: «Vaya, vaya», y a renglón seguido: «Tal vez ahí esté la solución.» Luego volvía a caminar, seguido por la mirada respetuosa de las dos mujeres. Indiferente a este momento decisivo, el hijo del pecado rompía los tímpanos del vecindario con sus berridos, mientras en el pasillo del palacete, el sujeto pasivo de este conciliábulo, anatematizada por su director espiritual y sin sospechar que su confesión había sido oída por la propia víctima de su impostura, se restañaba las lágrimas, increpaba al cielo y seguía su camino con ánimo alterado pero impenitente.

Transcurrido un tiempo prudencial, Anthony asomó la cabeza y, juzgando despejado el terreno, prosiguió su inútil avance. Apenas hubo recorrido unos metros, pasos y voces le obligaron de nuevo a esconderse. Como en aquel lugar no había ninguna cortina a su alcance, se arrimó a la pared, confiando en que la sombra que proyectaba un ángulo del pasillo le permitiera pasar inadvertido.

Pronto estuvieron a una distancia tan corta que habría podido tocarlos con sólo alargar el brazo el señor duque de la Igualada y el general Franco. Conteniendo la respiración oyó decir a este último con voz metálica:

—Una cosa está fuera de discusión, excelencia. El asunto compete al Ejército español. ¡En exclusiva! Si ese protegido de usted y su cuadrilla de pistoleretes quieren participar en cualquier actividad, deberán hacerlo con total subordinación a la milicia y actuarán cuándo y cómo se les ordene, sin oposición ni antinomia. De no ser así deberán afrontar las consecuencias de su indisciplina. La situación es grave y no podemos permitirnos arbitrariedades. Hágaselo saber a su protegido, excelencia, tal cual se lo he dicho. Simpatizo con el patriotismo de esos muchachos, no lo niego, y me hago cargo de su impaciencia, pero el asunto compete en exclusiva al Ejército español y a nadie más.

—Así mismo se lo transmitiré, mi general, pierda usted cuidado —dijo el duque—, pero el general Mola me había dado a entender..., su punto de vista al respecto...

—Mola es un gran militar, un patriota ejemplar y una gran persona —dijo Franco bajando la voz—, pero a veces le domina el sentimentalismo. Y Queipo de Llano es un tolondrón. La situación es grave y alguien ha de conservar la cabeza clara y la sangre fría. La guerra que se avecina la ganará el que sepa mantener el orden en sus filas.

Ya se habían alejado y Anthony se deslizaba en la dirección opuesta, cuando vio venir a los otros dos generales y recuperó a toda prisa su rincón sombrío. Desde allí distinguió el acento vinoso de Queipo de Llano.

—Emilio, si esperamos a que Franquito se decida, nos darán las uvas. Por exceso de tino nos ganarán la mano los bolcheviques, y entonces ya me dirás tú cómo lidiamos ese toro. Créeme, Emilio: el que da primero da dos veces.

—No es fácil coordinar a tanta gente. Hay mucha indecisión y mucha prudencia.

—Entonces, no coordinemos. Echa a la calle a los requetés, Emilio. Si hay una escabechina, se acabarán las vacilaciones. En lo esencial, todo el mundo está de acuerdo. El lastre son las discrepancias y las rencillas personales. Por no hablar del canguelo de algunos. O de la ambición de otros: Sanjurjo quiere dirigir la sublevación; Goded espera lo mismo, y Franquito, a la chita callando, se alzará con el santo y la limosna si no andamos listos. Si tú no tomas el mando, no iremos a ninguna parte, Emilio, te lo digo yo.

—Te escucho, Gonzalo, pero no conviene precipitarse. Tú todo lo arreglas a cañonazos y aquí la cosa tiene su complejidad.

El general Mola se detuvo en seco y su acompañante, que le llevaba agarrado del brazo, dio un traspié. Temeroso de haber incurrido en la desaprobación de quien tácitamente ostentaba la máxima autoridad en el triunvirato de los conjurados, Queipo de Llano interrogó a Mola con la mirada. Éste le impuso silencio llevándose el índice a los labios. Luego extendió el brazo y señaló un objeto en el suelo, apenas visible en la penumbra del corredor.

—¡Cáspita! ¿Qué es eso?

Mola se ajustó los anteojos y dobló la cintura.

—Parece un trapo ensangrentado —dijo sin tocarlo.

—Lo habrá dejado caer algún sirviente.

—¿En una casa de tanto copete? Ni lo sueñes, Gonzalo.

—¿Pues cómo lo interpretas?

—Déjame pensar —dijo el experto ajedrecista.

Anthony comprobó con espanto que el inquietante hallazgo no era sino su propio pañuelo: lo llevaba anudado a la mano desde que un rato antes se había lastimado al rozar la pared del muro y luego, distraído por tantos y tan diversos incidentes, había olvidado su existencia y no había reparado en que se le caía.

Los generales seguían perplejos.

—¿Nos estarán espiando? —dijo Queipo de Llano llevándose la mano al bolsillo de la chaqueta y sacando una pistola.

—No creo, ¡y guarda ese cacharro, hombre!

—A lo mejor el cuento del cojitranco no era tan falso como parecía.

—Investiguemos. Tú ve hacia atrás y yo sigo por donde veníamos. Si alguien merodea, lo rodearemos y lo reduciremos. Si te encuentras con Paco, ponle al corriente.

Aunque el miedo le paralizaba el cerebro y los miembros, Anthony comprendió que de seguir allí no tardarían en encontrarle, conque salió de puntillas detrás de Mola. Después de un rato, y sin saber cómo, se encontró en el vestíbulo del palacete. Allí estaba la puerta de entrada, pero el recuerdo de los guardias apostados fuera desaconsejaba salir por aquel punto. Aturdido por la ansiedad y la duda, los ojos del fugitivo tropezaron con *La muerte de Acteón*. Siempre le había inquietado aquella pintura y en las circunstancias presentes su visión le conturbó doblemente. Un largo período de civilización cristiana y otro de cultura burguesa habían relegado la mitología griega al territorio de la imaginación poética: bellas historias con un vago sentido metafórico. Ahora, en cambio, la imagen del arrogante cazador condenado a una muerte cruel, destrozado por los perros, sólo por haber gozado sin querer del contacto fugaz con una diosa asequible pero inmisericorde, tenía mucho en común con su propia experiencia. Tiziano había pintado el cuadro por encargo, pero una vez acabado, había decidido guardarlo para sí: alguna razón más poderosa que el interés, la probidad y la obediencia le impidió privarse de su presencia constante. Toda la vida lo tuvo ante sus ojos. Quizá también el sublime pintor veneciano había tenido un encuentro sin perdón y había recibido la flecha inexorable, pensaba Anthony.

Un ruido proveniente del corredor le sacó de su ensoñación y, a sabiendas de que con ello complicaba más su situación, pero no sabiendo cómo evitar otro encuentro igualmente fatídico, echó a correr escalera arriba y se agazapó en el oscuro descansillo de la planta superior del palacete.

31

Caía la tarde a hora temprana y la penumbra iba envolviendo la mansión del duque de la Igualada mientras Anthony Whitelands, acurrucado en un rincón, oía las breves consignas de sus perseguidores, reagrupados en el vestíbulo que él acababa de abandonar para refugiarse en el piso de arriba.

—Si verdaderamente ha entrado alguien, cosa que dudo —anunció en tono terminante el temible mayordomo—, no puede haber salido del edificio sin ser visto. Propongo que procedamos a un registro minucioso, habitación por habitación. Ustedes busquen en los aposentos de la planta noble. La servidumbre está advertida, por si se mete en la cocina, la despensa o el lavadero. Yo me encargo de los dormitorios.

Los generales aceptaron la orden sin chistar, reconociendo la autoridad coyuntural de quien mejor conocía el terreno.

Sintiéndose atrapado, Anthony ponderó la conveniencia de entregarse y acogerse a la protección del duque. Éste no consentiría ninguna forma de violencia contra quien, en cierto modo, estaba a su servicio, y menos en su propia casa, siempre y cuando el señor duque no tuviera conocimiento de lo ocurrido entre el inglés y su hija. Aun así, la protección del duque tendría un alcance limitado. Nada permitía asegurar la supervivencia del testigo directo de una conjura militar del más alto nivel.

De este razonamiento sacó la conclusión de que debía seguir tratando por todos los medios de escapar sin ser visto. Reculaba precipitadamente sin perder de vista la escalera, por donde esperaba ver aparecer en cualquier momento al mayordomo y su escopeta, cuando una mano le sujetó con suavidad del brazo y una voz risueña y sorprendida dijo:

—¡Tony! ¿Qué haces aquí, a oscuras y en cuclillas? ¿Y esos gritos?

—¡Lilí! —susurró el inglés cuando se hubo repuesto del susto—. No grites. Me buscan para matarme.

—¿En casa? ¿Quién te busca?

—Te lo contaré luego. Ahora, ayúdame, por lo que más quieras.

Con su inteligencia despierta, Lilí se hizo cargo de la situación, hizo entrar a Anthony en la habitación de la que había salido, entró detrás y cerró la puerta. El inglés se encontró en una pieza espaciosa, de paredes blancas, con un balconcito por donde entraba la claridad anaranjada del crepúsculo. El austero mobiliario consistía en un escritorio de madera clara, dos sillas, una butaca con tapicería floral y una estantería repleta de libros cuyos lomos indicaban lecturas educativas. Sobre la mesa había un cuaderno abierto, un tintero, una pluma, un secante y otros útiles escolares.

—Es mi cuarto —explicó Lilí—. Estaba haciendo los deberes, oí ruido y salí a mirar. ¿Qué pasa?

—Están registrando la casa de arriba abajo. Buscan a un intruso y creen que soy yo —dijo Anthony precipitadamente—. ¿Oyes los portazos? Dentro de nada estarán aquí.

—No te preocupes. Ven.

Una puerta lateral conducía a una alcoba pequeña,

cuadrada, con una cama de hierro pintado, una mesilla de noche, un armario ropero y un reclinatorio. Sobre la mesilla de noche había un candelero de latón y una caja de cerillas, y en la pared, sobre la cabecera del lecho, una hermosa talla antigua, probablemente valenciana, que representaba a la Virgen y al Niño Jesús. Sonaron golpes en la puerta y el vozarrón del mayordomo.

—¡Señorita Lilí! ¡Abra!

—Métete debajo de la cama —dijo Lilí—. Yo le despacharé.

Hizo Anthony lo que ella le decía y desde allí oyó este diálogo:

—¿Qué pasa, Julián? ¿Y la escopeta?

—No se asuste, señorita, es pura precaución. ¿No habrá visto ni oído nada raro?

—Nada. ¿Qué voy a oír? Llevo horas estudiando, muerta de asco. El padre Rodrigo vendrá dentro de nada a tomarme la lección.

—Está bien. Cierre la puerta con llave y no abra a nadie si no es de la casa.

Al cabo de un instante Lilí estaba de nuevo en la alcoba.

—Ya puedes salir. He cerrado como me ha dicho y he corrido los visillos del balcón. Aquí estás a salvo y cuando se tranquilice el panorama te podrás ir. Ya encontraremos la manera. Y el padre Rodrigo no vendrá: está en su guerra.

Anthony salió de debajo de la cama y se alisó la ropa. Lilí se había sentado en el borde y balanceaba las piernas. Con la palma de la mano indicó al inglés que se sentara a su lado. Éste así lo hizo y ella le miró con intensidad.

—El intruso que buscan eres tú. Si no, no andarías escondiéndote. ¿Qué haces en casa? Hoy no se te esperaba —y sin esperar respuesta, añadió—: Es por Paquita, ¿verdad? No me mientas como la otra vez. Tú has estado con mi hermana. Hueles a ella y hace un rato ella olía a ti. La he oído llorar. Y ahora este revuelo... Oh, Tony, ¿qué ves en ella que no tenga yo? Fíjate: por su culpa te quieren pegar un tiro. Yo, en cambio, te protejo. No sé de qué, pero te protejo.

—Y te lo agradezco sinceramente, Lilí. En cuanto a lo otro, te puedo explicar...

—No quiero explicaciones, Tony. Yo te quiero a ti.

Tomó entre sus manos la mano derecha del inglés y, sin dejar de mirarle fijamente a los ojos, prosiguió con voz entrecortada:

—Yo no sé si, como dicen, el día menos pensado habrá una revolución; pero si la hay, lo primero que harán será matarnos a todos, como pasó en Rusia. No tengo miedo, Tony. Pero no me quiero morir sin haber vivido. Ya soy una mujer y, ¿qué sé de la vida? Un poco de aritmética, los afluentes del Ebro y las rimas de Bécquer. ¿Es justo?

—Bah, las cosas no tienen por qué pasar como tú dices...

—Eso tú no lo sabes, ni yo tampoco. Pero si pasa... y algo terrible pasará, tenlo por seguro, no me quiero morir como las santas del devocionario, con la palma del martirio en una mano y el dedo metido en la boca. No quiero ser una santa, Tony, quiero ser una persona normal, saber lo que es eso. Y si eso es pecado, lo mismo me da. Yo no lo he inventado. ¿Cómo puede ser malo desear lo que me están pidiendo el cuerpo, la razón y el alma? ¿Y cómo voy a ignorar un deseo que siento dentro de mí a toda horas, si encima el padre Rodrigo no me habla de otra cosa que de las tentaciones de la carne?

Anthony se debatía entre el temor y el escrúpulo. Una ex esposa, una amante, algunos devaneos y un conocimiento cumplido de la pintura manierista le habían enseñado a no minimizar la ira de una mujer despechada, especialmente en una situación como la suya.

—Querida Lilí, entiendo la problemática —dijo acariciándole la mano con suave despego—, pero yo no soy la persona adecuada para resolverla.

Con infantil facilidad, Lilí pasaba de la lujuria cavernosa a una inocente simplicidad.

—Al revés, Tony —dijo seriamente—, nadie tan adecuado como tú: para empezar, eres protestante y, si lo que vamos a hacer es pecado, a ti no te afecta.

Anthony se levantó y fue hasta la ventana. La desenfadada actitud moral de las dos hermanas le escandalizaba. Unas horas antes Paquita había recurrido a un sofisma similar, y aunque más tarde había confesado su culpa y manifestado remordimiento, el recurso de una y otra a una argucia moral, daba testimonio de la inteligencia de ambas y de una educación descarriada de raíz. Este pensamiento le entristeció sin razón aparente.

—El argumento es un despropósito —dijo con desgana.

Lilí se puso seria.

—Un despropósito no, Tony; sólo es una excusa. Hace tiempo que me había propuesto dar este paso. Y no lo doy a ciegas: he oído hablar muchas veces del tema a los adultos y en las fincas de mi padre he visto a los animales... Pero no podía hacerlo de cualquier manera. Entonces apareciste tú. No me refiero a este momento, sino al primer día que viniste a casa. En cuanto te vi, solo en el vestíbulo, aturdido, estudiando ese cuadro horrible, me dije: es él, el cielo me lo envía. Desde entonces he procurado darte a entender mis sentimientos y mis intenciones; sin resultado: no entiendes nada. Eres bobo; te quiero igual, pero eres bobo. Ya lo daba por perdido. Y esta tarde, de repente, el destino te trae hasta mi alcoba a punta de escopeta. ¿Cómo lo debo interpretar?

—De ningún modo —dijo secamente el inglés.

Descorrió ligeramente la cortina y atisbó el jardín. Tal vez podía saltar desde el balcón sin demasiado riesgo; la altura no era excesiva y la luz, escasa; luego, en una carrera, alcanzaría el muro, lo escalaría y ya estaría en la calle; allí correría hasta el Paseo de la Castellana; a aquella hora habría bastantes transeúntes y no se atreverían a matarle delante de testigos. O quizá sí. Pero si se quedaba allí, tarde o temprano lo encontrarían. Y si encima lo encontraban con Lilí, las probabilidades de salir con vida no eran muchas.

Mientras hilvanaba estas ideas, abrió con cuidado la ventana para calcular la altura. Justo debajo de la ventana, oyó la voz destemplada del padre Rodrigo.

—... y no apartarse del camino recto. Dios me lo reveló y usted había tomado una determinación, señor duque. La senda empinada...

La voz del duque de la Igualada era un murmullo doliente, apenas inteligible.

—¿A dónde nos llevará esa senda, padre? Empinada y llena de espinas no significa acertada.

—Excelencia, no debe fiarse de los militares.

—¿Acaso no buscan también la salvación de España?

—Excelencia, en el lenguaje de ellos, España es una cosa, y en el nuestro, otra distinta.

Cerró la ventana sin hacer ruido, dejó caer la cortina y se volvió a Lilí, que permanecía sentada en la cama.

—Lo que quieres es imposible. Ponte en mi lugar.

—Yo no me puedo poner en tu lugar. Ni tú en el mío: cada uno ha de decidir por su cuenta.

—Pero tú eres una cría, Lilí.

—¿A qué edad se casó Mariana de Austria con Felipe IV? Has de saberlo: Velázquez le hizo un retrato.

Anthony no pudo disimular una sonrisa.

—A los catorce años —reconoció—. Y a los quince, la infanta Margarita.

—¿Lo ves? A esa edad ya se es una mujer.

—Si te refieres a hacer una escena y a complicar la vida de los hombres, te lo concedo. Pero eso es empezar la casa por el tejado.

—Tony, si no te parezco atractiva, dímelo, pero no me trates como si fuera una niña. No lo soy, y tú lo sabes. Si lo fuera, no leería en tus ojos lo que estás pensando. Haz lo que quieras. Y no tengas miedo; sea cual sea tu decisión, yo no haré nada que pueda perjudicarte. Porque te quiero, Tony.

Era noche cerrada cuando el inglés se descolgó del balcón al jardín. Sin contratiempo llegó al muro, buscó un saliente en la piedra y al subir consiguió no magullarse como la vez anterior. Antes de saltar a la calle volvió la cara para mirar hacia el palacete. Reinaba una completa quietud y todas las ventanas estaban a oscuras o tenían las cortinas corridas. A la escasa luz proveniente de las farolas creyó divisar la silueta de Lilí asomada al balcón, velando por el feliz desenlace de la evasión.

En la callejuela echó a correr con toda su alma hacia el Paseo de la Castellana y una vez allí siguió corriendo entre los transeúntes y sólo se detuvo cuando le faltó el resuello. Pasaba un taxi; lo paró, subió y dio la dirección del hotel. Su primer impulso había sido acudir a la Embajada y pedir asilo, pero la supuso cerrada y pensó que sería mejor ir al hotel y desde allí llamar por teléfono a Harry Parker. Con toda certeza le irían a buscar y le brindarían su protección a cambio de la valiosa información sobre los futuros acontecimientos en España, obtenida de un modo involuntario pero con notable riesgo por su parte. Nada podía interesar tanto al servicio de inteligencia británico como datos directos y fidedignos relativos a un inminente golpe militar y a la identidad de sus cabecillas.

Consciente de su deplorable aspecto, se dirigió al recepcionista con actitud desafiante, reclamó el teléfono para hacer una o dos llamadas y preguntó si en su ausencia había habido alguna visita o alguna llamada.

—¿Alguna? ¡Hombre, si desde que se inscribió usted en el hotel, esto parece el baile de la Bombilla!

Las peripecias de la jornada habían agotado las energías del inglés. Sintiéndose desfallecer, pidió al recepcionista un vaso de agua. El recepcionista sacó un botijo de debajo del mostrador y se lo dio. El agua fresca con aroma de anís le devolvió la vida.

—No debería extralimitarse —dijo el recepcionista en un tono que aunaba la ironía con un deje de ternura. Y acto seguido enumeró las idas y venidas—. Primero la gachí se largó con el churumbel y se llevó sus cosas. Si eran sus cosas de ella o las de usted, no es asunto mío. Luego vino aquel señorito del otro día, el gracioso de la pistola. En viendo que usted no estaba, se fue malhumorado sin decir oste ni moste. Volverá. Y hace una hora o poco más compareció el señor del primer día.

—¿El primer día?

—Con tanto trasiego, lo habrá olvidado. El primer día de estar usted en el hotel vino a por usted un señor muy elegante, extranjero por más señas. Hablaba un castellano fetén. Demostró gran interés por usted, pero luego no volvió. Hasta hoy. Su ausencia le ha contrariado mucho y ha dejado un número de teléfono y el ruego de que le llamase en cuanto viniese.

—¿Y no ha dejado dicho su nombre?

—No. Sólo ha dejado el número de teléfono y un perfume de sarasa que de poco me da algo.

Anthony recordó la misteriosa visita y también haberla mencionado a Harry Parker en una de sus entrevistas. El diplomático dijo no saber nada de ella. Tal vez mentía. La única forma de salir de dudas era llamando al número anotado por el anónimo visitante. Decidió aplazar la llamada a Harry Parker hasta después, por si de la otra llamada surgía un aspecto nuevo de la cuestión. En cuanto a Guillermo del Valle, lo mejor era no hacer nada. En aquel momento le traía sin cuidado lo que pudiera suceder en el seno de la Falange y no sentía el menor deseo de establecer nuevos contactos con la familia del duque de la Igualada.

Al número que le había dado el recepcionista respondió una voz velada, trémula e irreconocible. Al identificarse Anthony Whitelands, el otro se pasó al inglés.

—He de verle con urgencia —dijo—. Por teléfono no es prudente hablar. Le espero dentro de una hora en Chicote. No avise a nadie. Venga solo.

—¿Cómo le reconoceré?

—Yo le reconoceré a usted. Y usted a mí también. En una hora. Chicote. He de colgar.

32

Chicote no quedaba lejos del hotel y como la entrevista había de tener lugar al cabo de una hora, Anthony Whitelands pudo lavarse, cambiarse de ropa y aún le sobró tiempo para devorar con avidez un sustancioso bocadillo de calamares en una cervecería de la plaza de Santa Ana, porque no había comido nada en todo el día. Luego anduvo por la calle del Príncipe, Sevilla y Peligros, y llegó al lugar convenido con un retraso deliberado de cinco minutos sobre la hora prevista para observar el local desde la puerta y localizar a quien le había citado. En esta operación estaba cuando alguien a sus espaldas dijo en inglés:

—Estoy aquí. Llega tarde. No se vuelva. Entremos.

Chicote se había convertido en uno de los lugares más concurridos del Madrid bohemio de la Segunda República, de la que era coetáneo. Aquella noche no era excepción y la abundante clientela permitió a Anthony obedecer la orden sin temor a una encerrona. Una vez dentro, se volvió para verle la cara a su acompañante. Al punto y no sin sorpresa, reconoció a Pedro Teacher.

—¿Por qué no me dijo de entrada que era usted? —preguntó.

—¡No pronuncie mi nombre! —exclamó el untuoso galerista—. Voy de incógnito.

—¿Con bombín y monóculo? ¿Y a qué viene tanto misterio?

Pedro Teacher le empujaba sin responder a sus preguntas y así atravesaron la masa de clientes y ocuparon una mesa milagrosamente vacía. Pedro Teacher colgó el abrigo y el bombín en un perchero y se guardó el monóculo en el bolsillo superior de la americana. Estaba muy agitado y no dejaba de mirar en todas direcciones. Cuando acudió el camarero, pidió dos Martinis secos sin consultar con Anthony.

—Aquí los hacen muy bien —dijo—. Los mejores de España.

—Bueno. Y ahora acláreme este galimatías. ¿Qué está haciendo en Madrid?

—Buscarle desesperadamente —respondió el otro—. Verá. Poco después de partir usted de Londres, persuadido por mí, como recordará, se produjo un hecho inesperado, de resultas del cual la operación, tal como yo se la había planteado, tomó un derrotero distinto y, si me permite un calificativo altisonante, letal.

—¿Letal para mí? —preguntó Anthony sin alterarse, porque los sucesos vividos desde entonces le habían curado de espanto.

—Letal en general, pero usted, lamento decirlo, se encuentra en una posición doblemente letal. Fuego cruzado, tanto en el sentido metafórico como en el literal de la expresión. Debido a lo cual, como le venía diciendo, e impelido por mi natural honradez, salí en pos de usted. Llegué un día más tarde y sin tardanza averigüé su paradero, gracias a mis contactos en centros neurálgicos, si así puedo llamarlos, de la administración. Madrid no tiene secretos para mí. En mi condición de proveedor de las más ilustres familias del país, raro es el ambiente o espacio adonde yo no tenga acceso. Y entre todos los ambientes cuyas puertas se abren para mí, ocupa un lugar dilecto la casa de nuestro común amigo, su excelencia el duque de la Igualada. Y su encantadora familia, por descontado. Si, como supongo, ha frecuentado usted el palacete de la Castellana, habrá advertido la variada y exquisita selección de cuadros, buena parte de la cual ha sido propuesta y vendida por su seguro servidor.

El camarero interrumpió el soliloquio con los dos Martinis. Cuando Anthony alargó la mano para coger su copa, Pedro Teacher le retuvo.

—Disculpe, amigo Whitelands, los dos son para mí. No le impido pedir a su libre antojo, pero yo necesito un cordial para levantar mi abatida moral. El riesgo forma parte de la profesión de galerista, pero no este tipo de riesgo. A su salud.

Mientras apuraba el primer Martini en dos sorbos y empezaba a paladear el segundo con los ojos vidriosos, Anthony consideró llegado el momento de poner fin a las divagaciones y averiguar la verdadera razón del seguimiento, la cita y el encuentro. Instado a ello, Pedro Teacher se secó los labios con el dorso de la mano y prosiguió su relato.

—Fui, pues, a buscarle al hotel y lo hallé ausente, valga el retruécano. Al día siguiente volví, pero ya no pude ni acercarme al edificio, estando éste estrechamente vigilado. Desde entonces he invertido mis horas en correr detrás de usted. En vano: cuando no le acaparaba la policía, lo hacía el cuerpo diplomático, y si no, la Falange. Por no hablar de una caterva de rufianes y meretrices en cuya compañía pasa usted sus ratos libres. Lo cual no es, por supuesto, de mi incumbencia.

—En tal caso, dejemos de lado mis esparcimientos y vayamos al grano. ¿Por qué me busca, señor Teacher?

Esta reconvención trajo de nuevo a la memoria del untuoso galerista su recelo: dirigió miradas timoratas en todas direcciones, restañó con un pañuelo de hilo el sudor que le perlaba la frente y el labio superior y bajó la voz.

—No se lo puedo decir.

—¿Y para esto me ha hecho venir?

—No se lo puedo decir precisamente aquí. Nos escuchan.

—Nadie nos escucha, Teacher. Cada cual va a la suya. Y por si esto no bastara, en este país no sabe inglés ni el director del British Council.

—No se fíe. Madrid bulle en agentes extranjeros. ¡Un enjambre, Whitelands! Como es natural. Dentro de nada se va a decidir sobre este suelo el futuro del mundo. La batalla decisiva entre el bien y el mal. Armagedón.

—Tal vez —dijo Anthony al advertir en su interlocutor una progresiva animación atribuible al consumo de Martini—, pero yo estoy demasiado cansado para perder el tiempo oyendo tonterías. Si no me va a contar nada, me vuelvo al hotel y me meto en la cama. Armagedón puede empezar sin mí. Buenas noches.

—No, no. No se vaya —suplicó Pedro Teacher en tono plañidero—. He de decirle una cosa de la máxima trascendencia. Al fin y al cabo, a eso he venido desde tan lejos. Pero no debe oírnos nadie.

—Dígamela al oído.

—Ni hablar. Me leerían los labios: hay agentes adiestrados en esta suerte. Vayamos a otro bar. No, no es buena idea: allí pasaría lo mismo. Y en plena calle podrían seguirnos, quién sabe si hacernos una fotografía. Se me ocurre algo mejor. Venga a mi casa. Mantengo un piso sencillo pero céntrico, donde guardo algunas mercaderías propias de mi especialidad y donde recibo a mis clientes con la máxima discreción. Una bombonera, Whitelands, le gustará. Y es muy seguro. Como depósito de telas valiosas, dispone de las más modernas y eficaces medidas de seguridad.

No le puedo dar las señas de viva voz, pero se las escribiré en esta servilleta de papel. Memorícelas y luego queme la servilleta. No, no la queme. Llamaría la atención. Cómasela. No, eso también daría pábulo a comentarios. En fin, dejo en sus manos la destrucción del dato. Yo me voy ahora mismo. No deben vernos salir juntos. Espere un cuarto de hora y acuda a la dirección escrita en la servilleta. ¿Me ha entendido?

—Claro. Yo estoy sereno. Pero no pienso ir a ninguna parte. ¿Cómo sé que no me está tendiendo una trampa? Usted mismo ha mencionado un riesgo letal.

—Me ofende la insinuación, Whitelands; somos ingleses, caballeros y colegas.

—No es óbice.

—Sea razonable. Llevo días buscándole para prevenirle de un gran peligro. No rechace mi mano tendida. Quizá no tengamos otra oportunidad. ¿Le suena el nombre de Kolia? Ah, le veo enarcar las cejas. Yo le puedo suministrar información adicional sobre el personaje, y también sobre la manera de frustrar sus intenciones. También puedo aclararle algún extremo acerca de la disputable y disputada autoría de cierto cuadro... En fin, le espero en quince minutos. Proceda como mejor le parezca.

Se colocó el monóculo, se levantó, cogió el abrigo y el bombín y salió con andar envarado. Anthony leyó la dirección. Era un número bajo de la calle Serrano, no lejos de allí. Mientras imaginaba el trayecto y ponderaba la conveniencia de acudir, el camarero le presentó la cuenta de los dos Martinis. Esta muestra de aturdimiento y desfachatez le tranquilizó respecto de las intenciones de Pedro Teacher. Ningún malvado habría hecho algo tan burdo. Pagó y salió del local.

Persistía el frío del invierno, pero la temperatura nocturna era más suave que en días anteriores y el paseo le resultó tonificante y contribuyó a ordenar sus ideas. Las horas precedentes habían sido muy agitadas desde todo punto de vista y ahora le invadía una fatiga absoluta, física y mental, que no dejaba resquicio a la voluntad. Tenía la convicción de haber llegado al límite de su energía y todo cuanto se refería al viaje había dejado de interesarle. Incluso el cuadro de Velázquez le parecía ahora un objeto demasiado lejano y demasiado costoso. Sin haber perdido un ápice de su atractivo, ni el triunfo profesional imaginado, ni las efusiones sentimentales desatadas y colmadas casi al mismo tiempo, podían competir con el deseo ferviente de regresar a la tranquilidad de su trabajo, su casa y su ordenada vida cotidiana. Fuera cual fuese la revelación anunciada por Pedro Teacher, su decisión ya estaba tomada. Al día siguiente volvería a Inglaterra, sin consultar con nadie, sin comunicárselo a nadie, sin despedirse de nadie.

Cruzada la Cibeles, pasó por delante del bar cuyo sótano albergaba La ballena alegre, el local donde José Antonio Primo de Rivera y sus camaradas se reunían por las noches a beber whisky y a discutir sobre los acontecimientos de la vida intelectual. Anthony guardaba un cálido recuerdo de la noche en que fue invitado a formar parte de la tertulia, si bien tenía muy pocas ganas de encontrarse de nuevo con José Antonio, después de que Paquita lo había utilizado, en forma engañosa y harto descabellada, como trámite previo a su apareamiento con el Jefe Nacional. Enrojecía el inglés de rabia y de vergüenza al pensar en el triste papel que le había tocado desempeñar en aquel peculiar triángulo. Había llegado a la calle Serrano y volvía a su memoria la charla mantenida con Paquita en la cafetería Michigan unos días atrás. En aquella ocasión él le había hablado de Velázquez y ella de sus problemas personales. Entre ambos se había establecido un vínculo, ahora roto para siempre. ¿Volverían a verse alguna vez? Era poco probable.

Distraído con estos recuerdos y cavilaciones, llegó con retraso a la dirección que le había dado Pedro Teacher en la servilleta de Chicote. El reloj señalaba las once en punto cuando se detuvo ante un enorme portalón de cuarterones, en una de cuyas hojas se recortaba otra puerta más pequeña, provista de una aldaba de bronce en forma de cabeza de león. Antes de llamar, empujó la puerta pequeña, que cedió a la presión. Entró después de haber mirado a su alrededor: por la calle no pasaba nadie en aquel momento. Anthony tuvo la sensación de que nadie le seguía ni le observaba. Después de tantos días sometido a vigilancia, la repentina autonomía le pareció de mal agüero. Aun así, se adentró en el zaguán. A la luz proveniente de la calle distinguió un interruptor, lo accionó y se encendió una bombilla en un aplique de latón dorado. Cerró la puerta de la calle y subió por una escalera ancha, de gruesos travesaños de madera abrillantada por el uso, que crujían al pisarlos.

También estaba entornada la puerta izquierda del segundo piso, donde Pedro Teacher decía tener su bombonera. No sin cierta prevención, Anthony cruzó el umbral. El recibidor estaba a oscuras, pero al fondo del pasillo se percibía una claridad difusa. Ni en el recibidor ni en el pasillo había muebles, alfombras o cortinas, y ningún cuadro colgaba de las paredes. Avanzando con sigilo para sorprender antes de ser sorprendido, desembocó en una estancia espaciosa, alumbrada por un quinqué. Las paredes desnudas y el escueto mobiliario confirmaron sus sospechas: nadie utilizaba aquel piso, ni como vivienda, ni como oficina, ni como sala de exposición. Este dato habría bastado para hacerle comprender su error, si otra visión no le hubiera mostrado la verdadera dimensión de su imprudencia y de su ingenuidad.

33

Para empezar, Pedro Teacher estaba muerto y bien muerto: ninguna duda al respecto. Un rato antes había calificado la situación de letal, y ahora lo demostraba de un modo incontestable con su propio ejemplo. El cuerpo yacía boca arriba en mitad de la sala, sobre un charco de sangre, con las piernas y los brazos abiertos formando un aspa, como si hubiera caído despatarrado. Todavía llevaba puesto el abrigo; el bombín había rodado a un metro de la cabeza de su antiguo propietario, junto al rostro del cual, astillado pero entero, estaba el monóculo.

Espoleado por el instinto de conservación, Anthony Whitelands se encontró de nuevo en el rellano sin haberse detenido a sopesar la situación. Resonaban pasos en la escalera. Miró y vio subir hombres armados. Algunos vecinos del inmueble abrían las puertas, asomaban la cabeza, volvían a entrar y se atrancaban: pedirles auxilio habría sido inútil y, además, el cansancio le nublaba el entendimiento. Que pase lo que tenga que pasar, se dijo Anthony. Mientras formulaba esta vaga idea se vio rodeado por cuatro individuos que le conminaban a no ofrecer resistencia. La mera noción hizo sonreír involuntariamente al inglés.

—¿Hay alguien más? —le preguntaron.

—Un muerto adentro. ¿Con quién tengo el gusto?

Sin responder le hicieron entrar en el piso y cerraron la

puerta. Uno le encañonaba mientras los otros tres procedían a una somera inspección, pistola en mano. Finalizado el reconocimiento, telefonearon desde un aparato adosado a la pared del pasillo. La respuesta fue inmediata, como si al otro extremo de la línea alguien hubiese estado esperando la llamada. La comunicación se limitó a dos monosílabos. Después de colgar, el que había llamado dijo a los otros:

—No tocar nada. Estará aquí en cinco minutos.

Sin dejar de vigilarle, los cuatro hombres liaron cigarrillos de picadura y fumaron. Anthony trataba de adivinar en manos de quién estaba. Transcurrido un rato que se le hizo eterno, la llegada del teniente coronel Marrañón, acompañado de un ayudante, despejó la incógnita. Su aparición habría mitigado la preocupación del detenido si el recién llegado no hubiera ido directamente a su encuentro y le hubiera propinado un fuerte puñetazo. El impacto y la sorpresa derribaron al inglés. Desde el suelo dirigió a su agresor una mirada más sorprendida que reprobatoria.

—¡Cabrón! ¡Hijo de puta! ¡Si no fuera por la jodida legalidad republicana ahora mismo le pegaba un tiro! —exclamó el teniente coronel.

Más tranquilo, el ayudante se había puesto en cuclillas junto al cadáver, recogiéndose los faldones del abrigo para evitar que se mancharan de sangre. Desde esta posición anunció sus conclusiones provisionales.

—Todavía está caliente. Le dispararon en el tórax, a bocajarro, con un arma de grueso calibre. Con abrigo y traje oscuro es difícil precisar con exactitud el lugar del impacto, pero debió de ser fulminante. Los vecinos tienen que haber oído la detonación, pero en los tiempos que corren, se harán los suecos.

Este ponderado parte devolvió la calma al teniente coronel.

—¿Ha sido usted? —espetó al inglés.

—¡No! ¿Cómo voy a ser yo? —protestó Anthony—. Soy un experto en arte, incapaz de matar a nadie; ni tan sólo de pensarlo. Además, ¿dónde está el arma?

—¡Yo qué sé! La puede haber tirado o escondido. Ningún asesino espera a la policía con la pistola en la mano. ¿Conoce a la víctima?

—Sí —dijo Anthony—. De hecho, estaba con él hace menos de una hora, en Chicote. Me citó allí para decirme algo importante, pero temía ser oído. Para evitarlo me hizo venir aquí. Cuando llegué ya estaba muerto.

—Nada cuadra —gruñó el teniente coronel—. ¿Dónde estamos? Esto parece un piso franco, un lugar de reunión de terroristas, maleantes y agentes extranjeros.

—Yo no lo sabía, como puede suponer. Él me lo describió de otro modo. Vine caminando desde Chicote. Si el capitán Coscolluela me ha seguido los pasos, como suele hacer, se lo puede confirmar.

—Al capitán Coscolluela lo han matado esta tarde —dijo secamente el teniente coronel—. Y yo debería hacer lo mismo con usted. Aplicarle la ley de fugas. Por su culpa he perdido a mi mejor colaborador. Y ahora nos quitan de en medio a este fulano, que nos habría podido proporcionar tantos datos.

—¿Pedro Teacher?

—O como se llame. Lo venimos siguiendo desde que llegó a Madrid, pero el puñetero era muy escurridizo. Si usted no se llega a dejar en la mesa una servilleta con la dirección, no lo habríamos encontrado. Claro que así, de poco nos va a servir.

Serenados los ánimos, Anthony advirtió una profunda fatiga en las toscas facciones del teniente coronel. Éste se había desentendido de él y hablaba con sus subordinados.

—Dos aquí hasta que llegue el juez a levantar el cadáver. Los demás conmigo. Este mequetrefe se viene con nosotros a la Dirección General de Seguridad. Allí cantará por las buenas o por las malas.

En el trayecto a la Dirección General de Seguridad, Anthony quiso conocer los particulares de la muerte del capitán Coscolluela. El teniente coronel, extinguida su animadversión hacia el inglés tras el desahogo inicial, le dio cuenta de ellos con frialdad. El cuerpo sin vida del capitán había sido hallado a eso de las seis de la tarde en un solar abandonado próximo al Retiro. Conforme a los indicios, el capitán había muerto víctima de un tiroteo ocurrido en otro lugar, y posteriormente trasladado al solar. Según el teniente coronel, estaba muy clara la autoría del crimen: unos días atrás, en un enfrentamiento callejero, había resultado muerto un estudiante de derecho afiliado a la Falange, y sus camaradas, como tenían por norma, habían vengado su muerte de aquel modo. El atentado, por otra parte, se añadía a la campaña de terrorismo que la Falange estaba llevando a cabo para preparar el terreno a un posible levantamiento militar.

—¿Tiene pruebas de lo que dice? —preguntó Anthony al término del relato—. ¿Testigos presenciales? ¿La Falange ha admitido la autoría?

—No hace falta.

Anthony Whitelands tomó una decisión.

—Cuando lleguemos a su despacho, le contaré dónde y cuándo vi por última vez al pobre capitán Coscolluela. Y le sugiero que llame al ministro de la Gobernación. La historia merece la pena.

Mientras en el coche se desarrollaba este diálogo, en un piso del número 21 de la calle de Nicasio Gallego, donde la Falange tenía su centro neurálgico, la visita del padre Rodrigo, viejo conocido del marqués de Estella, y las noticias que traía, habían convocado con carácter de urgencia a la Junta Política.

—Tan claramente lo oí como vosotros me oís a mí: por ahora no harán nada.

Sombrío pero conciliador intervino el secretario general del Partido, Raimundo Fernández Cuesta.

—Las cosas pueden cambiar en cualquier momento. Tal y como está el patio...

—¿Y si no cambian? —dijo Manuel Hedilla.

José Antonio Primo de Rivera atajó el enfrentamiento golpeando la mesa con la palma de la mano. Cuando habló, lo hizo con calmoso desaliento.

—El camarada Hedilla tiene razón: nada cambiará. Mola y Goded tienen sangre de horchata. Y Franco es un gallina.

—Queda Sanjurjo —apuntó José María Alfaro—. Tiene arrestos y cuenta con nosotros.

—Ca —dijo José Antonio—, ni Franco ni Mola traerán a Sanjurjo de Portugal para entregarle el bastón de mando. Todos lo quieren para sí. Es una pelea de perros. Cuando se pongan de acuerdo ya será demasiado tarde.

La Junta Política estaba dividida y las previsibles revelaciones traídas por el padre Rodrigo directamente del palacete de la Castellana ahondaban las diferencias. Los moderados consideraban necesario de todo punto unirse a los militares, aunque eso supusiera asignar a la Falange un papel auxiliar en el movimiento. Los más impulsivos eran partidarios de tomar la iniciativa. Algunos, más reflexivos, veían la inutilidad de una y otra decisión: con la intervención del Ejército, diera quien diera el primer paso, no sólo el mando quedaría en manos de los generales, sino que la Falange, su ideario, su espíritu y su programa, se verían desvirtuados a la larga o a la corta. Entre éstos no faltaban quienes preferían mantenerse al margen de los acontecimientos y esperar una oportunidad más clara en el futuro. Que se produjera un levantamiento contra el gobierno del

Frente Popular y la Falange permaneciera cruzada de brazos era una idea rara, casi obscena; ni siquiera los partidarios de esta estrategia se atrevían a proponerla abiertamente, a sabiendas de que la propuesta se atribuiría a cobardía e indecisión. Sólo a veces alguien, indirectamente, había insinuado la hipótesis de la neutralidad.

José Antonio Primo de Rivera se debatía en la duda. Como Jefe Nacional de un partido autoritario, no había de consultar con nadie ni dar cuentas a nadie de su decisión, pero en el fondo no era un líder político, sino un intelectual, un jurista educado para examinar los hechos bajo todos los ángulos. Su fanatismo era retórico. Porque los conocía desde la infancia, sabía mejor que nadie que los generales, con su pomposo discurso patriótico, sólo eran el brazo ejecutor de los terratenientes, la burguesía financiera y la aristocracia. Muchos militares, incluso los de más alta graduación, admiraban el estilo juvenil de la Falange; pero esta admiración sólo era un resabio de nostalgia de lo que habían sido o de lo que habrían querido ser, antes de quedar atrapados en la ciénaga del escalafón, en el lodo de la mezquindad, la molicie y las pequeñas rivalidades. Con pocas excepciones, los generales golpistas eran mediocres, fatuos y, en definitiva, tan corruptos como el Gobierno que se proponían derribar. ¿Pero cuál era la salida a este dilema?, se preguntaba. Un año atrás había elaborado un plan que habría cambiado la distribución de fuerzas. Aprovechando un cambio de gobierno mal recibido por todos, José Antonio había planeado una marcha sobre Madrid como la que había hecho Mussolini el 28 de octubre de 1922. La entrada en Roma de las escuadras fascistas, en apretada formación, con las camisas negras, las enseñas imperiales y las banderas al viento le había impresionado mucho cuando la vio en un reportaje cinematográfico a los diecinueve años. En aquella ocasión el pueblo aclamó a su nuevo líder, el Rey y la Iglesia lo reconocieron como tal y al Ejército italiano, antes despectivo, no le cupo otro camino que el de la subordinación. Mussolini, como Hitler, habían luchado en la guerra del 14, pero ninguno de los dos había hecho carrera militar; y aun así, a diferencia de la secular tradición dictatorial española, en los dos países totalitarios por excelencia, los civiles y su cuerpo de doctrina tenían al Ejército a sus órdenes, y no al revés. Con esta intención José Antonio había proyectado en 1935, cuando ya se cernía la amenaza del Frente Popular, una marcha sobre Madrid desde Toledo, con unos miles de falangistas y los cadetes del Alcázar. A lo largo del recorrido se les iría incorporando una masa numerosa y cabía contar con la adhesión de la Guardia Civil. Pero el proyecto no se llevó a término: en el último momento algunos militares lo torpedearon. José Antonio Primo de Rivera sabía sus nombres, y en especial el de quien, como Jefe de Estado Mayor, había tenido la última palabra: Franco.

—Os diré cómo vamos a proceder —dijo finalmente—. Voy a dar un ultimátum a los militares. O la revuelta se hace ahora, con la Falange como punta de lanza, o la Falange irá al combate por su cuenta y riesgo. Nosotros ya les habremos advertido. Del resultado sólo serán responsables ellos ante Dios y ante la Historia.

Luego pidió a José María Alfaro que llamase a Serrano Suñer. Cuando éste entró en la sala, le dijo:

—Ramón, quiero que me organices un encuentro con tu cuñado lo antes posible. Si puede ser mañana, mejor.

Al disolverse la reunión, el padre Rodrigo seguía a José Antonio como un perro faldero.

—No confíe en los militares, señor marqués. Ellos no harán la guerra de Dios, sino la suya.

34

A sus cincuenta y seis años don Manuel Azaña ofrece un aspecto avejentado. Gordo, calvo, pálido, feo, con expresión avinagrada, los ojos tras las gruesas lentes son dos rendijas soñolientas o taimadas, según la predisposición de quien lo mire. Anthony Whitelands sólo lo ha visto en fotografía y también en las caricaturas de la prensa de derechas, bajo forma de sapo, de renacuajo o de serpiente. Ahora lo tiene delante. En el despacho del Jefe de Gobierno ha referido una vez más la historia que primero le ha contado al teniente coronel Marrañón en la Dirección General de Seguridad y luego a don Alonso Mallol y a don Amós Salvador, director general de Seguridad y ministro de la Gobernación respectivamente. Este último ha llamado al presidente y Azaña, pese a lo avanzado de la hora, los ha recibido de inmediato, ha escuchado con atención y al concluir aquél se ha quedado mirando fijamente al inglés.

—¿Seguro que el cuadro es de Velázquez?

A Anthony la pregunta le desconcierta tanto como a sus acompañantes. Azaña esboza una mueca que quiere ser una sonrisa de complicidad.

—No se ofendan. Lo de la conspiración y los nombres de los generales no cae en saco roto, pero tampoco me pilla de nuevas, como bien saben ustedes. En cambio lo del cuadro no estaba en el libreto. Yo, señor Whitelands, entiendo poco de arte. Lo mío es la literatura. Si pudiera cambiarme por alguien, me cambiaría por Tolstoi o por Marcel Proust. Esto lo digo ahora, claro. De joven me habría cambiado por Rodolfo Valentino.

Vuelve a sonreír de un modo menos forzado. Cuando le llamaron estaba por irse a casa. Ahora ha decidido que la entrevista será larga y se amolda con buen humor al contratiempo.

—Pasé una larga temporada en París —sigue diciendo en dirección al inglés, porque los otros ya lo saben—, antes de la guerra del 14. La Junta de Ampliación de Estudios me había dado una beca para asistir a unos cursos en la Sorbona. En realidad, a mí sólo me interesaba el arte y la vida intelectual de aquella gran ciudad. Y las chicas, como ya se puede figurar. Todos los días me plantaba en el Museo del Louvre y me pasaba una hora en una de las salas de la antigüedad, o me quedaba embobado delante de un cuadro. Luego volvía a mi habitación y trataba de poner mis impresiones por escrito. Perdonen si divago —dice incluyendo a los demás con un ademán—. Es tarde, he tenido una jornada larga y muy aburrida. Ustedes también estarán cansados. En seguida acabo. Les decía que iba al Louvre todos los días. Me fascinaba la pintura italiana, y en especial la escuela veneciana. Por este motivo asistí en una ocasión a una conferencia sobre Tiziano a cargo de un compatriota de usted, un profesor de Oxford o de Cambridge. Hombre de mediana edad, guapo, elegante, algo amanerado de gestos, con un aire de falsa inseguridad, pero muy documentado y muy inteligente, con una cultura asombrosa, tan distinto de nuestros eruditos engolados e ignorantes. Me impresionó tanto que todavía recuerdo su nombre: Garrigaw. Dedicó toda la conferencia a un solo cuadro: *La muerte de Acteón*. No era una de las obras expuestas en el Louvre, ni en ningún otro museo. Por lo visto pertenecía y seguramente aún pertenece a un afortunado particular. Para la conferencia dispusimos de una hermosa copia, sobre la que el profesor nos fue mostrando los diferentes detalles de ese curioso episodio mitológico. Como es de suponer, me fascinó la fábula y el modo de representarla. No sé si ustedes la tienen presente. El joven Acteón va de caza y por azar sorprende desnuda a Diana; la esquiva diosa le lanza una flecha y lo convierte en ciervo que acto seguido es destrozado por la jauría del propio Acteón, sin que éste pueda hacer nada para evitarlo. Para pintar este suceso, Tiziano elige un punto medio en el decurso de la fábula: lo esencial ya ha ocurrido o está por ocurrir. Quien no sabe el principio y el final del cuento se queda en ayunas. Tal vez cuando Tiziano pintó el cuadro la mitología griega era conocida por todos. Yo lo dudo. Alguna otra razón llevó al pintor a elegir ese momento y no otro. El momento en que la falta ya ha sido cometida y la flecha ha sido lanzada. Lo demás es cuestión de tiempo: el desenlace es inevitable. Tengan paciencia con mis divagaciones. A menudo, en la soledad de este despacho, a estas horas, vencido por el cansancio y, a qué negarlo, por el desaliento, me refugio en el recuerdo de otros tiempos, no sé si más felices, pero sí menos complicados: la infancia en Alcalá, el colegio de los agustinos en El Escorial, París antes de la guerra... Y en este zanganear me vino a la memoria no hace mucho la conferencia sobre el cuadro de Tiziano.

Hace una pausa para encender un cigarrillo y pasea los ojillos entrecerrados por la respetuosa audiencia. Luego continúa en un tono más vivo.

—Muchos piensan que estamos justamente en esta situación. La falta irreparable ya ha sido cometida, la flecha dejó atrás el arco; sólo nos queda esperar a que nuestros propios perros nos hagan pedazos. A mí me gustaría pensar de otra manera. Les diré más. Yo creo que la flecha que nos puede matar es precisamente el derrotismo de todos. Nunca en España ha habido un consenso tan amplio como hoy. La convicción unánime de que vamos de cabeza al desastre. Me pregunto si soy el único en desacuerdo y me respondo a mí mismo que no. Las elecciones de hace un mes lo demuestran y durante la campaña tuvimos ocasión de ver cuál era el sentir general.

Anthony, perdido en sus propias elucubraciones, ignora el dato, pero don Manuel Azaña está en lo cierto: con motivo de la campaña electoral dio varios mítines multitudinarios. Pese a su falta de atractivo personal y su fama de intelectual; pese a la erosión de muchos años de brega política en los que él y su partido han cometido errores de bulto; demonizado por la derecha y vilipendiado por la izquierda, el pueblo le ha votado y las masas lo han aclamado porque ven en Azaña la última esperanza de acuerdo y de conciliación. Al último mitin, celebrado en las afueras de Madrid, en un lugar mal comunicado, con un frío inclemente y con el boicot del Gobierno, acudió medio millón de personas. Porque su ideario es sencillo: consolidar la República, no echar por la borda lo conseguido hasta ahora, no aumentar los males del país ni el malvivir de la gente. Para conseguirlo cuenta con un amplio apoyo parlamentario y con la inmensa mayoría de los españoles, si bien, y esto él lo sabe, la mayoría que le respalda de poco sirve contra las pistolas, y menos contra los cañones. Aun así, conserva la esperanza en el triunfo del sentido común, del instinto de conservación de la nación española. También cree, porque ha visto el nacimiento y el desarrollo de la República y la conoce desde dentro, que en el fondo nadie quería llegar al punto en que se encuentran. A los socialistas, el implacable desgaste de los pactos electorales y la gestión política les ha obligado a radicalizar su postura para impedir que los obreros abandonen la UGT y se vayan a la CNT, donde los anarquistas mantienen la pureza de principios gracias al abandono de cualquier posibilismo y el ejercicio constante de la irresponsabilidad. De este modo, llevados de un discurso revolucionario que a su juicio es sólo una frivolidad, los socialistas se sienten obligados a tomar el poder como lo hicieron los bolcheviques en Rusia. Rechazan de plano cualquier forma de avenencia apelando, no sin razón, a la brutal represión de que ha sido objeto la clase obrera, tanto por parte de la Monarquía como por parte de la República. Pero su decisión, hoy por hoy, es un suicidio. En este sentido, la derecha es más sensata: defiende los intereses de los menos y en consecuencia no ha de contentar a una masa exasperada que exige resultados palpables e inmediatos. La derecha puede esperar, porque no pasa hambre, y sólo recurrirá a la rebelión armada si no ve otra salida. Los grupos extremistas de la derecha, como los tradicionalistas o los presuntos fascistas de la Falange, son cuatro gatos a los que sus amos atan corto con la correa de la tacañería. En cuanto al Ejército, Azaña le tiene tomado el pulso; no en vano fue ministro de la Guerra en el primer Gobierno republicano. En contra de la opinión más extendida, Azaña cree que los militares no desean acabar con una República que en el fondo también es la suya. Cuando pudieron defender a la Monarquía, por cuya restauración hoy abogan con la boca chica, no movieron un dedo, ni lo harán ahora para derribar la República. Dejando al margen a los militares africanistas, que le dan verdadero miedo, los demás están lastrados por la incompetencia, la holgazanería y la maraña de la jerarquía. El Ejército español en el presente es una institución caduca, indolente, desorganizada, sin medios materiales y sin moral, que hizo un triste papel en Cuba y en las Filipinas en el 98 y luego, para salvar la dignidad ante el país y ante sí mismo, se atribuye el papel de árbitro de la política española. Con todo, el equilibrio es precario, y en la confusión medran los listos.

—¿Y no podría ser de Martínez del Mazo? —pregunta.

Anthony Whitelands agradece la oportunidad y se dispone a exponer sus razones. En representación de sus compañeros rezonga el ministro de la Gobernación.

—¿No deberíamos centrar nuestra atención en asuntos más inmediatos y de más enjundia?

El presidente del Consejo de Ministros responde con amabilidad.

—Estimado Amós, habrá tiempo para todo... o para nada. De momento, ese cuadro me intriga muchísimo. En la casa donde se encuentra es huésped habitual José Antonio Primo de Rivera y por allí campan varios generales golpistas. El oscuro galerista que ha puesto en marcha la operación de venta es asesinado en un piso vacío, propiedad de una empresa suiza de importación, antes de revelar un secreto al señor Whitelands, al que ha venido siguiendo desde Londres por razones desconocidas. A la Embajada británica le interesa tanto el asunto que lo pone en conocimiento de su servicio de inteligencia, y éste envía a un pez gordo. Y hoy mismo han asesinado a un agente de seguridad, que casualmente fue visto por última vez en casa del duque de la Igualada el día de la conjura. Puede ser un cúmulo de casualidades, es verdad, pero si no lo es, ese cuadro desprende un influjo maléfico que deja en pañales a Tutankamón.

—En tal caso —insiste Amós Salvador, ministro de la Gobernación—, ¿no sería mejor coger el toro por los cuernos? Ahora mismo me hago con una orden judicial y decomisamos el cuadro. Luego veremos.

Animado por la concreción de la propuesta, el teniente coronel Marranón se pone de pie para cursar las órdenes oportunas. Azaña le indica que vuelva a sentarse.

—Confieso que la idea me ha pasado por la cabeza y me tienta por varios motivos —dice—. Para empezar, tengo muchas ganas de ver el cuadro. Y si verdaderamente es un Velázquez, me encantaría sacarlo del sótano y donarlo al Museo del Prado. Pero no podemos obrar al margen de la legalidad. En los tiempos que corren hemos de ser especialmente meticulosos. Que nos conste, don Álvaro del Valle no ha cometido ningún delito. No lo es tener un cuadro valioso, ni entrevistarse con ciudadanos de cualquier tendencia política. Extremaremos la vigilancia y si tratan de sacar el cuadro del país o si podemos imputarles cualquier irregularidad, les echaremos el guante. Hasta entonces, estamos atados de pies y manos.

—Pero han asesinado a uno de mis hombres, señor presidente —gime el teniente coronel.

—Esa desgracia nos afecta a todos —responde Azaña— y a mí por partida doble, como ciudadano y como Jefe de Gobierno. Cada muerte violenta es un paso más hacia el abismo. Si no detenemos la rueda, pronto no habrá vuelta atrás. Pero lo dicho para el cuadro vale para el asesinato. Abriremos una investigación para aclararlo y para que recaiga sobre los culpables el peso de la ley, eso es todo. No será tarea fácil. Si, como acaba de contarnos el señor Whitelands, el capitán reconoció a los conjurados, éstos son los primeros sospechosos, pero es evidente que habrán borrado todas las pistas. El hecho de que el cuerpo haya aparecido en un solar descarta una muerte accidental en un enfrentamiento callejero. Pero tampoco podemos actuar por conjeturas, y menos contra unos generales en activo que en el momento de producirse los hechos se encontraban oficialmente a muchos kilómetros de Madrid. Sea como sea, la conjura parece estar en fase final. Pero insisto en que no podemos olvidar la muerte de ese tal Pedro Teacher. Tanto él como el capitán Coscolluela seguían de cerca al señor Whitelands. Probablemente hay una conexión que se nos escapa.

Calla, enciende un cigarrillo, consulta el reloj. Es muy tarde. Constatarlo le hace consciente de su propia fatiga. También los otros están pálidos y ojerosos. Suspira y continúa.

—Señores, como acabo de decir, estamos al borde del abismo. Por ahora, nadie se decide a seguir avanzando. Pero bastará un empujón para precipitar al país a la catástrofe. Y tengo el convencimiento de que este empujón, si llega a producirse, provendrá de un hecho menor en términos históricos, de algo que las generaciones futuras considerarán anecdótico y tendrán que magnificar para entender por qué un país se lanzó a una lucha fratricida pudiendo haberlo evitado. Y no me quito ese cuadro de la cabeza, demonios.

Hace una larga pausa y añade:

—Por el momento, como les he dicho, nada podemos hacer. Ahora bien, nada nos impide pedirle al señor Whitelands, aquí presente, que continúe investigando por su cuenta. Él mismo nos ha comunicado su determinación de regresar a Londres cuanto antes, y a la vista de lo ocurrido, me parece una determinación muy razonable. Ni siquiera en mi condición de Jefe de Gobierno me atrevería a sugerirle que aplace su marcha hasta haber celebrado una última entrevista con el duque de la Igualada. Pero si lo hiciera, tal vez podría averiguar algo nuevo que nos permita desentrañar tanto misterio.

Sin poder dominar su creciente nerviosismo, el teniente coronel Marranón interrumpe en tono desabrido.

—Con el debido respeto, no me parece una buena idea. Esa misión entraña un alto riesgo. Esa gente no se para en barras y ya he perdido a un colaborador. No es así como haremos frente a la amenaza golpista, puñeta.

Anthony siente una leve emoción al interpretar, quizás

erróneamente, que el teniente coronel se preocupa por su seguridad. Responde don Alonso Mallol.

—Siendo inglés, no se atreverán.

—Ésos se atreven a todo. También Pedro Teacher era inglés. Y la Embajada no se mojará por un particular entrometido. En cambio a nosotros nos puede meter en líos.

Tercia Azaña.

—Todo tiene ventajas e inconvenientes, pero la discusión es ociosa. La última palabra la tiene el señor Whitelands.

El señor Whitelands, para desconcierto de todos, empezando por él mismo, ya ha tomado una decisión.

—Iré a esa casa —anuncia— tanto si a ustedes les parece conveniente como si no. He comprendido que no me puedo ir dejando las cosas como están. Me refiero al cuadro. Soy un experto en arte, tengo una reputación. Eso pesa más que la prudencia.

Calla otros motivos, porque no son de la incumbencia de los presentes.

—Les mantendré informados como buenamente pueda —sigue diciendo—. Y no se preocupen por mi Embajada. No le diré nada ni recurriré a ella. Bien sé que no me harían caso.

La reunión concluye. Las despedidas son breves. Todo el mundo tiene sueño. Un automóvil deposita al inglés cerca de la plaza del Ángel, para que haga solo el último trecho y nadie vea quién le ha acompañado. El recepcionista duerme en su silla con la cabeza sobre el brazo y el brazo en el mostrador. Coge la llave sin despertarlo y sube a la habitación. Por el cansancio, no le sorprende encontrar en la cama a la Toñina, entregada a un plácido sueño. Se desviste y se acuesta. La Toñina entreabre los ojos y sin decir nada le acoge y suple con ternura la inexperiencia de sus pocos años. Después de la agitación emocional de Paquita y de Lilí, estas sencillas caricias le resultan un bálsamo.

35

Anthony Whitelands inició la jornada siguiendo lo que, no obstante su breve estancia en Madrid, ya le parecía un ritual: un desayuno en la cafetería de siempre, una lectura rápida de la prensa diaria, un deambular sin prisa hasta el palacete de la Castellana. El mayordomo le abrió la puerta con la hosca naturalidad de siempre. En su rostro agitanado no había extrañeza ni hostilidad, como si el fiero matarife de la víspera sólo hubiera existido en la imaginación del inglés.

—Tenga la bondad de pasar y aguarde en el vestíbulo mientras aviso a su excelencia.

Nuevamente a solas con *La muerte de Acteón*, Anthony se preguntaba cómo habría resuelto Velázquez la dramática escena si hubiera sido él y no Tiziano el encargado de pintarla. Impregnado del aparatoso y magnífico ceremonial que cimentaba y aglutinaba la República flotante de Venecia, Tiziano había recurrido a la abundante cultura clásica acumulada desde el Renacimiento para representar el castigo irracional y desmesurado impuesto por una diosa cautiva de su simbología y de su poder sin trabas. Diana dominaba la escena, como las fuerzas despiadadas que se abaten sobre los hombres: como la enfermedad, como la guerra, como las pasiones malsanas. Velázquez no ignoraba las calamidades que gobiernan el mundo, pero se negaba a plasmarlas en la tela. Seguramente habría elegido un testigo accidental del desgraciado destino de Acteón y habría reflejado en su rostro el asombro, el terror o la indiferencia ante el terrible suceso que le había tocado presenciar y del que ahora era depositario, sin haberlo entendido y sin saber cómo transmitir al mundo su significación y su enseñanza.

Como si también un destino bromista estuviera organizando la secuencia de sus actos, la reflexión de Anthony se vio interrumpida por una voz a un tiempo temblorosa y alegre.

—¡Tony, has vuelto! ¡Alabado sea Dios! ¿Ya no corres peligro?

—No lo sé, Lilí. Pero tenía que venir, a cualquier precio.

—¿Por mí?

—No te quiero mentir: no eres tú la razón por la que estoy aquí. Y ya que nos hemos encontrado, quiero aprovechar el encuentro para aclarar entre nosotros lo que pasó ayer.

Lilí se acercó al inglés y le puso la palma de la mano en la boca.

—No digas nada. Los protestantes os creéis en la obligación de decir cosas desagradables. Pensáis que algo amargo o hiriente o brutal, por fuerza ha de ser verdadero. Pero las cosas no son así. Los milagros y los cuentos de hadas no son un engaño, sino una ilusión. Quizás el cielo también sea sólo eso, una ilusión. Y aun así, nos ayuda a vivir. La verdad no puede ser una ilusión rota. Yo no te pido ninguna explicación, no te reprocho nada, no te exijo nada. Pero la esperanza no me la puedes quitar, Tony. No hoy, ni mañana, pero quizás algún día las cosas serán distintas. Entonces, si he sobrevivido y tú me llamas, iré adonde tú digas y haré lo que tú quieras. Hasta ese momento, real o imaginario, sólo te pido un silencio cariñoso. Y que no le cuentes nada a nadie. ¿Prometido?

Sin darle tiempo a responder, irrumpió en el vestíbulo don Álvaro del Valle, duque de la Igualada, acompañado del mayordomo. Sin que de la actitud de ambos se desprendiera ninguna intimidación, Anthony se sintió repentinamente turbado. Hasta aquel momento la decisión de acudir al palacete y enfrentarse al duque en su terreno se había mantenido tan firme como cuando la había tomado la noche anterior en el despacho del Jefe de Gobierno; sin embargo, llegada la ocasión, no acertaba a explicarse la causa de su presencia ni el procedimiento a seguir. Tampoco el duque parecía seguro de cuál había de ser su conducta. Finalmente, optó éste por abordar el diálogo sin rodeos.

—¿A qué ha venido, señor Whitelands?

La claridad del planteamiento allanó el camino.

—Señor duque, he venido a cobrar lo que se me debe.

Lilí permanecía en el vestíbulo. Con la llegada de su padre y el mayordomo había iniciado la salida, pero se detuvo en la puerta en actitud vigilante, incapaz de abandonar al inglés en apuros. Al advertirlo, el duque le dirigió una mirada tranquilizadora, cargada de comprensión.

—Me parece justo —respondió—. Vayamos al gabinete. Allí no nos molestará nadie.

El mayordomo, dándose por aludido, hizo un gesto de asentimiento.

Al entrar en el gabinete, los ojos de Anthony se volvieron instintivamente hacia la ventana desde la que había visto por primera vez a Paquita en el jardín, acompañada de un misterioso galán. En aquel jardín ella le había abrazado fugazmente y allí la habría sorprendido él unos días más tarde, sumida en la desesperación. Ahora, bañado por el tibio sol de la mañana, el jardín parecía abandonado. Una bandada de gorriones revoloteaba entre el suelo y las ramas de los árboles. Los dos hombres se sentaron como las veces anteriores. Anthony tomó la palabra de inmediato.

—Cuando se me propuso venir, me fue ofrecida una remuneración, y con posterioridad usted mismo ratificó el compromiso en varias ocasiones. Desde el primer momento he tratado de cumplir mi cometido y creo haberlo hecho, hasta donde me ha sido posible, con lealtad, entrega y competencia. Cobrar no sólo es justo, sino digno. Los profesionales tenemos el derecho a ser remunerados, y hemos de defenderlo en beneficio de toda la profesión. Repruebo la arbitrariedad de los aficionados: renunciar a la retribución implica declinar toda responsabilidad. Usted, señor duque, de acuerdo con su posición, piensa y actúa según otros parámetros, pero estoy seguro de que entiende y aprueba lo que le estoy diciendo.

—Sin la menor duda.

—Tal vez, pero me parecía necesario este preámbulo en vista de lo que le voy a decir a continuación. Fui contratado para peritar unos cuadros. Luego ha resultado que nada era lo que parecía ser. Sin saberlo ni quererlo me he visto convertido en una pieza, esencial o accesoria, eso es lo de menos, de una confabulación cuyo sentido y alcance sigo sin comprender. A esto me refería cuando he hablado de cobrar mi parte. Quiero las explicaciones que se me deben. Démelas y me iré. Y quédese con su dinero; no me interesa.

El duque guardó un largo silencio y luego dijo:

—Me hago perfecto cargo de su curiosidad, señor Whitelands. Y le aseguro que a mí también me gustaría hacerle algunas preguntas... aunque no sé si me gustaría escuchar las respuestas. Tal vez, en aras de la armonía, deberíamos optar por conservar nuestros mutuos desconocimientos, ¿no le parece?

A Anthony le dio un vuelco el corazón, pero de inmediato se dijo que el duque no sabía nada en concreto de los lances a los que aludía, o no se habría expresado en términos tan sutiles y sosegados. Si la duquesa hubiera estado presente, la situación habría sido más peligrosa; de hombre a hombre, todavía le quedaba margen de maniobra al inglés.

—Los hechos a los que yo me refería —dijo procurando que el rubor no pusiera en evidencia la mentira— rebasan los límites de lo personal. En este terreno no ha pasado nada inconfesable. Permítame, pues, empezar por el principio. ¿Quién es Pedro Teacher y qué papel desempeña en esta farsa?

El duque pareció aliviado al escuchar la pregunta. Sin duda esperaba algo más comprometedor y no vaciló en contestar sin reserva lo que Anthony ya sabía: Pedro Teacher era un marchante a través del cual el duque, como otras familias de la aristocracia española, había adquirido obras de arte, especialmente cuadros de firmas conocidas.

—Pedro Teacher tiene acceso a piezas interesantes y las vende a un precio razonable. Cuenta con una clientela selecta en Londres, y también en Madrid. A través suyo he comprado algunas obras y he vendido o permutado otras en condiciones favorables.

De su forma de hablar, Anthony dedujo que el duque no sabía nada de la muerte del untuoso galerista o era un consumado embustero. Se decidió por la primera de ambas opciones y dijo:

—Y ahora Pedro Teacher colabora en la venta del Velázquez que guarda usted en el sótano.

—Usted lo sabe tan bien como yo. La operación requería una persona de confianza. Quiero decir en el terreno profesional y también en el terreno personal y político. Pedro Teacher no reúne esas cualidades. Sus ideas políticas son conocidas y como experto en Velázquez no goza del prestigio suficiente. Un dictamen suyo no habría estado libre de sospechas. Por ese motivo recurrió a usted.

—¿Sabía Pedro Teacher a qué iba destinado el producto de la venta?

—Más o menos. Pedro Teacher se identifica plenamente con nuestra causa. Me refiero a la de quienes deseamos acabar con el caos imperante e impedir que la horda marxista se adueñe de España.

—No lo entiendo. Pedro Teacher es inglés, a todos los efectos; en Londres tiene un negocio floreciente. Haber establecido lazos comerciales e incluso afectivos con personas de un país extranjero no basta para implicarse en la política práctica de ese país hasta el punto de incurrir en riesgos, tanto en España como en Inglaterra.

—Usted lo hace.

—Contra mi voluntad.

—Ayer, según creo, trató de escalar el muro de mi casa y hoy ha vuelto a meterse en la boca del lobo. No me diga que ha hecho ambas cosas contra su voluntad. A menudo el hombre más racional y materialista siente un impulso y casi sin percatarse de ello arroja alegremente por la borda su seguridad personal, sus prerrogativas, en suma, todo cuanto constituye su bienestar.

—Señor duque, ése no soy yo. Usted está hablando del marqués de Estella.

El duque cerró los ojos, como si la reacción producida por aquel nombre le incitara a recogerse unos instantes para poner en orden sus ideas y sus emociones. Cuando los reabrió había en ellos un fulgor que contrastaba con su congénita melancolía.

—¡Ah, José Antonio! —dijo dirigiendo una mirada de complicidad al inglés—. Me consta que usted y él han congeniado. No me extraña. Nadie escapa al magnetismo de José Antonio; ni siquiera quienes desearían verlo muerto.

Usted es un hombre inteligente, honrado y, aunque se esfuerce en negarlo, un idealista sin remedio. Él lo advirtió desde el primer momento y así me lo hizo saber. Como todo auténtico líder, tiene la capacidad de juzgar a las personas al primer vistazo, de leer en las mentes y los corazones aquello que los demás se esfuerzan por ocultar al mundo y a menudo se ocultan a sí mismos. ¡Ay, si yo poseyera esta cualidad! Pero es inútil: soy ciego cuando se trata de vislumbrar las intenciones del prójimo.

Se levantó de su butaca y dio unos paseos por la alfombra. En su interior había muchas contradicciones y muchas disyuntivas, necesitaba comentarlas con alguien y no tenía a su alrededor un confidente dispuesto a escucharle y a entenderle. En aquellos tiempos convulsos, nadie estaba en la disposición de ánimo necesaria para escuchar una idea o un problema personal que no fuera el propio. Debido a su condición de extranjero y a su actitud indolente, Anthony se había convertido en el receptáculo idóneo de las confesiones de muchas personas y en la válvula de escape de los arrebatos de algunas. Demasiado tarde se daba cuenta de esta característica, que le había inducido a malinterpretar acciones y reacciones relacionadas con él. Ahora el duque, atrapado en esta mecánica, ya no podía dejar de hablar.

—En su día fui acérrimo defensor de la Dictadura de Primo de Rivera. Conocía a don Miguel íntimamente y sé que no asumió las cargas del poder por ambición personal, sino a sabiendas de que aquél era el único modo de salvar la Monarquía y todo lo que la Monarquía representaba. Para entonces la conjura marxista ya había infectado todos los órganos del cuerpo social, ante la inacción de unas fuerzas vivas aletargadas y con el beneplácito de los mismos intelectuales que hoy se rasgan las vestiduras y claman contra la República. Nadie lamentó tanto como yo la caída de

Primo de Rivera, porque en la cobarde complacencia de todos, empezando por el Ejército, pude ver con claridad el anuncio de lo que se avecinaba. Caído y exiliado Primo de Rivera, me convertí en un segundo padre para José Antonio, no sólo por ser hijo de un amigo en desgracia, sino porque en la pasión con que defendía su memoria podía delegar mi propia rabia. En la temeridad con que aquel muchacho era capaz de enfrentarse verbalmente o a puñetazo limpio a individuos y a instituciones mucho más fuertes que él yo compensaba el valor que nunca he tenido.

Volvió a sentarse, se pasó la mano por la cara, encendió un cigarrillo. Luego prosiguió en tono cansino, como si el desahogo le causara más pena que alivio.

—Naturalmente, ni yo ni nadie podía evitar lo que sucedió. Me refiero al sentimiento entre Paquita y José Antonio. En circunstancias normales, nada me habría complacido más que tenerlo por yerno, pero tal como están las cosas, no podía consentir la relación. La vida de José Antonio ha estado marcada por la violencia desde el principio y todo apunta a un violento final. No quiero ver a mi hija convertida en una Pasionaria de derechas. Soy blando y acomodaticio de natural, pero en este aspecto me mantuve firme. Y ellos, contraviniendo su temperamento impulsivo, acataron mi decisión. Sé cuánto han sufrido los dos por esta causa, pero no me arrepiento. El curso de los acontecimientos me reafirma en mi convicción, y siempre cabe la esperanza de que las cosas cambien para bien.

—Y mientras no cambian, usted suministra armas a José Antonio; o el dinero para procurárselas.

—No tengo más remedio. Sin armas para defenderse, hace tiempo que lo habrían matado, a él y a sus camaradas. José Antonio tiene una misión histórica que cumplir; yo no puedo apartarlo de su camino, pero haré todo lo posible para protegerlo.

—Usted sabe el uso que hace la Falange de esas armas.

—Tengo una vaga idea. Nadie me cuenta y yo no pregunto. En el fondo, da lo mismo: las armas sólo sirven para una cosa. En este caso, la posibilidad de devolver golpe por golpe mantiene a raya al enemigo.

—No sea ingenuo —dijo Anthony—. El propósito de la Falange no es sobrevivir. El propósito de la Falange es la implantación en España de un estado fascista. José Antonio rechaza la Monarquía y promueve un régimen sindical muy parecido al socialismo. Yo le he oído defender este programa, en público y en privado, con mucho brío y elocuencia.

El duque se encogió de hombros.

—De eso sí estoy informado. Mis dos hijos me han salido fervientes falangistas y me llenan la cabeza a todas horas con sus consignas. No me preocupan demasiado. Si un día la Falange llega a imponer su ideario, no tardará en volver al redil de donde ha salido. También en Italia los fascistas se comían a los niños crudos, y ahora Mussolini va de bracete con el Rey y con el Papa. La revolución bolchevique, la que viene de abajo, es irreversible; por el contrario, la que viene de arriba es pura retórica, porque no se nutre de la lucha de clases ni la fomenta.

Aplastó el cigarrillo en el cenicero, encendió otro y reanudó el deambular perorando como si estuviera solo en el gabinete.

—Justamente de eso trato de convencer a los generales. Son cortos de miras, recelosos de lo que no entienden y no controlan, y tercos como mulas. Los han adiestrado para ser así y en su manera de ser radica su eficacia, no lo niego, pero en los momentos decisivos, esas cualidades son una rémora. Aborrecen a José Antonio porque, sin pertenecer al estamento militar, tiene más autoridad y más prestigio que cualquier general, y sus escuadras son más disciplinadas, más valientes y más fiables que la tropa regular. Por este motivo y no por diferencias ideológicas, le tienen más ojeriza que al verdadero enemigo. De buena gana pasarían por las armas a todos los falangistas. No lo harán, porque José Antonio cuenta con un apoyo mucho más amplio de lo que parece. Los patriotas y la gente de orden están con él, y sólo la violencia que le rodea les impide manifestar una adhesión más explícita. En consecuencia, los militares lo toleran a regañadientes y tratan de marginarlo por medios indirectos. Nos presionan para que retiremos nuestro apoyo a la Falange y así acabar con el movimiento por asfixia, o esperar a que, sin armas ni dinero, vayan cayendo de uno en uno.

Se dirigió a Anthony con la expresión y ademanes de quien litiga ante un tribunal.

—Es un grave error del que intento en vano sacarlos. Si aceptaran establecer una alianza con la Falange, no sólo ganarían un aliado formidable a la hora de entrar en acción, sino que dispondrían de una teoría de Estado de la que ahora carecen. Sin el apoyo doctrinal de José Antonio, el golpe de Estado será una vulgar militarada, encumbrará al más bruto y durará un soplo.

—¿Se lo ha dicho tal cual a José Antonio?

—No. José Antonio menosprecia a los militares. Culpa al Ejército como institución de haber traicionado a su padre, pero no se imagina que el mismo Ejército que dejó en la estacada al Dictador está dispuesto a repetir la jugada con su hijo. Tal vez se barrunta alguna maniobra para orillar a la Falange, nada más. Si tuviera conocimiento exacto de lo que realmente traman los generales, seguramente cometería una locura. Por eso prefiero mantenerlo en la ignorancia.

—¿Qué tipo de locura?

—Iniciar la revuelta en solitario. La idea le ronda por la

cabeza desde hace tiempo. Cree que si la Falange toma la iniciativa, el Ejército tendrá que secundarla inexcusablemente. No concibe que Mola y Franco serían capaces de contemplar una masacre de falangistas sin pestañear y luego utilizarla como pretexto para restablecer el orden por la fuerza. De ahí mi dilema, señor Whitelands: si hago caso a los generales y dejo inerme a la Falange, cometo un crimen; pero si les proporciono las armas que necesitan, tal vez cometa uno mayor al enviarlos a una muerte segura. No sé qué hacer.

—Y mientras usted se decide, Velázquez sigue en el sótano.

—Eso ahora no tiene la menor importancia.

—Para mí sí.

El duque seguía en pie. Anthony se levantó a su vez. Los dos hombres cruzaban y descruzaban sus pasos por el amplio gabinete. Al pasar frente a la ventana, Anthony creyó ver de reojo moverse una figura en el jardín. Al mirar no vio a nadie y supuso que le había engañado la sombra pasajera de una nube o una rama movida por el viento.

—Señor duque —dijo sin interrumpir la caminata—, le voy a hacer una proposición. Si consigo disuadir a José Antonio de iniciar la insurrección y le convenzo de supeditarse a los dictados del Ejército, ¿me autorizaría a revelar la existencia del Velázquez? No es mucho pedir: renuncio a cualquier beneficio derivado de la posible venta del cuadro, legal o ilegal, dentro o fuera de España. Como usted ha dicho antes, tal vez soy un idealista, pero mis ideales no son de orden político: no aspiro a cambiar el mundo. Como parte de mis estudios, poseo el conocimiento suficiente de la Historia para saber a qué han conducido todos los intentos de mejorar la sociedad y la naturaleza humana. Pero en el Arte sí creo, y por el Arte estoy dispuesto a darlo todo; o casi todo: no soy un héroe.

El duque había escuchado la proposición del inglés sin dejar de caminar con las manos cruzadas a la espalda y la mirada fija en la alfombra. De repente se detuvo, miró a su interlocutor con fijeza y dijo:

—Por un momento temí que incluiría a mi hija en el intercambio.

Sonrió el inglés.

—Francamente, lo he considerado. Pero siento un gran respeto por Paquita y nunca la haría objeto de una transacción. Ha de ser ella quien corresponda a mis sentimientos y no me hago ilusiones a este respecto. Con el Velázquez me doy por bien pagado.

El duque abrió los brazos en ademán aprobatorio.

—Es usted un caballero, señor Whitelands —exclamó con énfasis.

Anthony no pudo evitar enrojecer al oír el elogio de un padre que desconocía lo ocurrido entre él y sus hijas.

—¿Y cómo piensa convencerle? —añadió el duque acto seguido—. José Antonio no es de los que se rinden fácilmente.

—Déjelo en mis manos —respondió el inglés—. Llevo un as oculto en la manga.

36

Doña Victoria Francisca Eugenia María del Valle y Martínez de Alcántara, marquesa de Cornellá, más conocida por
el castizo diminutivo de Paquita, sentía aumentar su zozobra conforme iban pasando las horas que la separaban del
momento decisivo en que había dejado su honra y su virtud entre los brazos de un inglés. Nada de lo ocurrido desde entonces, a decir verdad, había contribuido a reinstau-
rar en su alma la tranquilidad perdida. Buscando refugio
en el manso aislamiento del jardín, se había encontrado en
mitad de un frenético altercado entre unos generales de
paisano y un mutilado de guerra encaramado al muro. El
intento de obtener el perdón y la guía espiritual del padre
Rodrigo había chocado con la intransigencia inapelable
del clérigo. A este penoso incidente había seguido un desapacible registro en busca de un posible intruso, cuya
identidad Paquita creía adivinar para incremento de su desazón. Restablecido finalmente el orden, la cena familiar
había sido peor que el trastorno precedente: su padre, visiblemente abrumado, apenas si ingirió por cortesía una mí-
nima porción de cada plato; su madre, aduciendo una ligera indisposición, dejó intacta la comida; su hermano
Guillermo sí dio buena cuenta de su ración, pero de un
modo automático y en un silencio huraño; por último, Lilí,
que era la alegría de la casa, parecía la más triste, la más

absorta en sus preocupaciones y la más desganada. A media cena se les unió el padre Rodrigo, que venía, según dijo, de visitar a un enfermo grave; sin disimular su irritación, masculló unas jaculatorias, mordisqueó una rebanada de pan, bebió un sorbo de vino y abandonó la mesa y el comedor después de haber fulminado a Paquita con una mirada cargada de profundo desdén.

Aquella noche casi no durmió la joven marquesa. En vela, se esforzaba inútilmente por frenar el torbellino de ideas y sensaciones que se agitaban en su mente sin concederle tregua. Si el cansancio la vencía, sus sueños parecían la proyección de una película obscena y delirante, filmada por el diablo. Al despuntar el alba perdió intensidad el aquelarre nocturno hasta ser desplazado por una desolada tristeza y un impreciso sentimiento que pugnaba por definirse como la luz del amanecer rescata al mundo de la oscuridad. Y de todos los tormentos sufridos, este vago sentimiento era el peor. Pasó buena parte de la mañana tratando de alejarlo. En dos ocasiones se cruzó con Lilí por los pasillos de la mansión, y aquélla, en vez de echarle los brazos al cuello, cubrirle de besos las mejillas y ponerla al corriente de las mil chiquillerías que mariposeaban por su alocada cabecita, se limitó a lanzarle una mirada furtiva, velada por algo incomprensiblemente parecido al odio.

Hacia el mediodía, como la casa se le caía encima, se dispuso a salir. Su estado de ánimo le impulsaba a buscar la soledad, pero confiaba en que al sumergirse en la masa, el mudo contacto con hombres y mujeres anónimos, ocupados en sus quehaceres, confortados por sus alegrías y preocupados por sus problemas, le ayudaría a relativizar su propio caso. Ya tenía puestos el abrigo y los guantes y el bolso en la mano cuando la doncella entró en la alcoba. Una mujer preguntaba por la señora marquesa de Cornellá. Al ver su aspecto andrajoso, el mayordomo la había reexpedido a la puerta de servicio y ahora aguardaba en la cocina. No había querido decir su nombre ni revelar el objeto de su presencia en el palacete; había dado el nombre de la señora marquesa y manifestado no ya el deseo, sino la necesidad de hablar con ella urgentemente. No daba la impresión de estar loca ni de ser peligrosa, traía consigo un fardo abultado y sostenía en brazos un niño de teta.

El primer impulso de Paquita había sido despachar sin más a la visita inoportuna, pero la mención del bebé le hizo cambiar de idea. Como la prudencia aconsejaba no permitir el acceso de la desconocida a la casa, fue a su encuentro al lugar donde la había confinado su desventurado aspecto. En una pieza anexa a la cocina una mujer rolliza almidonaba y planchaba la pechera de una camisa en la que había bordada una corona sobre unas iniciales en letra gótica. Paquita le hizo salir y allí, de pie, tuvo lugar la entrevista con la Toñina.

—Quizá —empezó diciendo ésta después de muchos carraspeos y muchos sonidos correspondientes a otras tantas tentativas de frase abandonadas a medio proferir—, quizá la señora se acuerde de ayer, cuando nos encontramos en la habitación del hotel de aquel señor extranjero. Yo...

—Lo recuerdo bien —atajó Paquita con una altivez exagerada para dejar claro desde el principio que la coincidencia aludida y todo lo que de ella pudiera inferirse no establecía entre ambas ninguna complicidad ni reducía el abismo que las separaba.

La Toñina lo entendió así y apreció la nobleza implícita en el reconocimiento. Temía estrellarse con una rotunda negación que habría echado por tierra su propósito.

—Gracias —dijo bajando la voz—. Lo decía para... Me refiero a que una servidora no ha venido a darla una explicación, sino por otra cosa. Una servidora, con perdón, es puta. Me vengo a referir a que sé cuál es mi sitio. Disculpe también si he traído al crío. No tenía con quién dejarle. Mi madre se hace cargo de él, pero hoy no podía... No ella, sino una servidora... Resumiendo, que una servidora se está yendo de Madrid a la chita callando. No sé si volveré algún día. Nadie está enterado de mi huida: sólo yo y, en este momento, la señora.

A la mención del bebé, Paquita no pudo evitar que sus ojos se dirigieran a la pañoleta que lo envolvía. Entre los pliegues distinguió unos párpados abultados y unas facciones abotagadas y sin gracia. Esta fisonomía tan poco angelical la conmovió. Volvió a enderezar la cabeza para no perder la compostura y ordenó:

—Dime de una vez a qué has venido.

—Es por el señor inglés. No sabía a quién acudir, si no era a la señora.

—Yo no tengo nada que ver con ese individuo. Apenas lo conozco.

La Toñina recordó la sangre en la sábana, pero comprendió la inconveniencia de sacar aquel tema a colación.

—Ni una servidora dice lo contrario. La señora es muy libre de conocer o no conocer a quien le parezca. Pero si nadie se interpone, lo van a matar. Esta misma tarde. Todo está dispuesto, y la orden dada.

—¿La orden?

—Sí, señora, la orden de matarlo. Y una servidora no quería tener nada que ver con eso. El señor inglés, con el permiso de la señora, siempre se ha portado bien conmigo. En el trato y a la hora de pagar. Y con el crío, cuando ha habido caso. Es un buen hombre.

—Entonces, ¿por qué quieren matarle?

—¿Por qué va a ser, señora? Por la política.

El cuarto de plancha estaba sumergido en un vaho cálido y al no disponer de más mobiliario que el imprescindible para el desempeño de la función a que estaba destinado, las dos mujeres permanecían de pie. Paquita conservaba el abrigo puesto, para indicar que la entrevista había de ser concisa, y la Toñina, el bebé dormido en brazos.

—Poco podré hacer si no eres más concreta —dijo Paquita con impaciencia y enojo. Habría preferido no saber nada de aquel asunto, pero ahora ya no había vuelta atrás.

—Mucho más no la puedo decir —repuso la Toñina—. Servidora sólo sabe de la misa la media y no quiere comprometer a nadie. No puedo darla nombres. Hace un par de días vino a casa una persona. Yo no la vi. En secreto la llaman Kolia. ¿A la señora le suena?

—No, ¿quién es?

—Un agente de Moscú. El Higinio..., quiero decir, un amigo que me ha hecho como de padre, es del partido comunista. A veces recibe órdenes y las ha de cumplir a pies juntillas. Kolia vino a decirle que se cepillara a Antonio. Antonio es el señor inglés.

—Ya lo sé. ¿Y qué más? Cuéntamelo todo.

—Una servidora no estaba presente. Cuando llegué, Kolia se había ido. Mi madre y el Higinio discutían. Delante de mí cerraron el pico, pero desde el cuarto les oía. Estaban muy preocupados y hablaban a voces. El Higinio nunca ha matado a nadie. Ni se le ha pasado por las mientes. Es bueno como el pan bendito.

—Pero esta vez lo hará.

—Si se lo manda el partido, no se puede negar. La obediencia al partido es lo primero. Sólo así alcanzaremos nuestros objetivos, como dijo Lenin.

A la mención de este nombre el bebé abrió los ojos y emitió unos gemidos.

—Tiene hambre —anunció la Toñina.

—¿Le das de mamar? —preguntó Paquita.

—No, señora. Ya está crecido. Come miga de pan con leche si se puede, y si no, miga de pan con agua.

—Diré que le calienten un poco de leche. ¿Le gusta el cacao?

—Huy, señora, en mi casa no se hacen esos despilfarros.

Paquita pasó a la cocina, donde el calor se mezclaba con el olor a guisado. Se sintió mareada, pero resistió la tentación de desprenderse del abrigo, dio las órdenes oportunas y volvió al cuarto de plancha.

—¿Por dónde andábamos? —preguntó.

—Esta tarde una servidora tenía que llevar al señor inglés a un lugar cerca de la Puerta de Toledo donde lo estará esperando el Higinio, quizá con otros camaradas, para darle el paseo. Pero una servidora no quiere ser cómplice y por eso se las pira. Claro que si no lo hago yo, otra persona lo hará, a menos que la señora lo impida. Eso sí, la señora me ha de prometer que no irá con el cuento a la policía. No quiero que le pase nada al Higinio. ¿Me lo promete?

Paquita se asfixiaba y la cabeza le daba vueltas. Necesitaba aire y tiempo para reflexionar.

—Ven —dijo—, salgamos de aquí.

Al abrir la puerta estuvo a punto de arrollar a una doncella uniformada que se disponía a entrar en el cuarto de plancha con una bandeja. Paquita le ordenó que las siguiera y las tres mujeres y el bebé salieron a un costado estrecho y umbrío del jardín, atravesado por una corriente de aire frío. Paquita llevó a la pequeña comitiva hasta un rincón soleado donde había un banco y una mesa de piedra, junto a una estatua de mármol en una hornacina hecha de cipreses recortados. El apacible rincón era visible desde las ventanas del palacete y Paquita se preguntaba cómo justificaría la escena si alguien la presenciaba. Las mujeres de la casa hacían frecuentes obras de caridad y la propia Paquita tenía varias familias mendicantes a su cargo, pero nunca había traído a casa a una pordiosera y menos para departir

a aquella hora en el jardín. La vida se le estaba complican-
do mucho a la joven marquesa de Cornellá.

La doncella depositó sobre la mesa la bandeja, en la
que había un tazón de leche con cacao y un plato con un
panecillo de Viena y unas lonchas de salchichón.

—El embutido es para ti —le dijo a la Toñina cuando la
doncella se hubo retirado—. He pensado que tendrías
hambre. Si no, te lo puedes llevar para el viaje.

—Muchas gracias, señora —dijo la Toñina mientras trataba de introducir la leche con cacao en la boca del bebé
con una cucharilla.

Como la dificultad de la operación no dejaba espacio al
diálogo, Paquita aprovechó la tregua para reflexionar. En
primer lugar, nada le garantizaba que fuera cierta la historia que le acababa de contar una desconocida que no tenía
empacho en propagar su degradante profesión. Probablemente, pensó, todo formaba parte de un sucio plan de extorsión. Aquella mujerzuela la había sorprendido saliendo
de la habitación de Anthony y se proponía sacar provecho
del descubrimiento, pero, sin más pruebas que el escaso
valor de su palabra, trataba de enredarla en un plan rocam-
bolesco. Lo único razonable era llamar al servicio y hacer
que pusieran de patas en la calle a la mujer y al bebé.

—Sigo sin entender nada —dijo en voz alta—. Para enviar a un agente desde Moscú con el único objeto de matar
a un hombre, ese hombre ha de haber hecho algo muy
gordo.

—No sé qué decirla, señora. Una servidora sólo sabe
cosas sueltas. El señor inglés, cuando ha bebido de más o
cuando está cachondo, con perdón de la palabra, siempre
habla de un cuadro. Si hay relación o no la hay, servidora
no lo sabe, pero se lo comento por si a la señora la sirve de
referéndum.

Los recelos de Paquita perdían consistencia ante la

prueba patente de la confianza existente entre Anthony y la mujer que tenía delante.

—¿Y no habría sido más sencillo prevenir del peligro directamente a ese señor inglés, en vez de venir a contármelo a mí, que apenas le conozco? —preguntó.

—Más sencillo quizá sí —repuso la Toñina—, pero inútil. El señor inglés es un poco tontaina para según qué cosas.

Paquita no pudo evitar una sonrisa. La concurrencia de pareceres salvó por un instante la brecha abierta entre las dos mujeres. Luego las cosas se volvieron a colocar de nuevo en su sitio.

—Aparte de eso —prosiguió la Toñina—, está el riesgo propio. Traicionar al partido es malo para el futuro del proletariado, pero aún es peor para el presente del que lo hace. Bastante me la juego viniendo a ver a la señora. Y si yo falto, ¿quién se ocupará de este pobre hijo del pecado?

A la mención de tan dramática perspectiva, el hijo del pecado vomitó todo lo ingerido y rompió a llorar con desconsuelo.

—¿Tienes pensado a dónde vas a ir? —preguntó Paquita desviando la mirada y dando a entender con esta pregunta el inmediato fin de la entrevista.

—A Barcelona, como todas.

Paquita abrió el bolso y sacó unos billetes y una tarjeta de visita.

—Cógelo —dijo—. Te hará falta. Y si una vez en Barcelona quieres cambiar de vida, ve a casa del barón de Falset, enseña mi tarjeta y di que te envía su prima Paquita de Madrid. Él te ayudará. Si prefieres esperar a que se cumpla lo que dice Lenin, es cosa tuya.

Acompañó a la Toñina y al bebé hasta la puerta lateral del jardín. Antes de salir, la Toñina quiso besarle la mano en señal de agradecimiento, pero Paquita retiró bruscamente la suya y aceleró los trámites de la despedida. Luego cerró la puerta y se puso a dar vueltas entre los arrayanes, tratando de resolver el enredo emocional, intelectual y práctico en que se encontraba. Poco podía sospechar que en aquel mismo instante el objeto de sus preocupaciones se encontraba a muy corta distancia del palacete.

En efecto, inmediatamente después de concluir la conversación con el duque de la Igualada, Anthony Whitelands salió a la calle, buscó un teléfono, llamó a la casa que acababa de abandonar y preguntó por el señorito Guillermo. Por fortuna éste no había salido, como tenía por costumbre. La víspera se había quedado trabajando hasta tarde y ahora, recién bañado, se disponía a desayunar. Cuando lo tuvo al aparato, Anthony se identificó y lo citó en la cafetería Michigan. El joven Guillermo no tardó en acudir. Mientras daba cuenta de un copioso desayuno, el inglés le preguntó si había averiguado algo nuevo acerca del presunto traidor en el seno de la Falange. Como no había novedad al respecto, Anthony volvió a preguntar si todavía creía buena idea que él hablara con José Antonio sobre el particular. Guillermo asintió vivamente. Anthony le encargó mediar en el encuentro.

—Busca un sitio discreto, a la hora que a él le convenga, y comunícamelo. Aunque iré desarmado, dile que puede traer sus pistolas, pero no a sus pistoleros. Hemos de vernos a solas.

Guillermo del Valle se dispuso a cumplir el encargo con prontitud, pero tropezó con más dificultades de las previstas. En el Centro de la calle de Nicasio Gallego, donde se personó hacia las dos de la tarde, no tenían noticia del Jefe. Había convocada una reunión del Consejo Nacional a las siete; hasta esa hora, nadie conocía el paradero de ningún consejero. Guillermo del Valle salió del Centro y pasó por el hotel donde se alojaba Anthony para informarle del resultado de su gestión. Como el recepcionista le dijera que el señor Whitelands había abandonado el hotel hacía un rato sin dejar dicho adónde iba, Guillermo del Valle dejó una nota en la que decía que volvería a pasar por el hotel en cuanto supiera algo, si bien veía improbable concertar el encuentro para aquel mismo día, como deseaba Anthony. Las reuniones del Consejo Nacional solían durar horas y al finalizar, sus miembros se iban a cenar y luego a beber y discutir a La ballena alegre hasta las tantas.

El retraso en los planes contrarió al inglés. Subió a la habitación esperando encontrar allí a la Toñina y su ausencia le irritó aún más. Incapaz de concentrarse en una tarea intelectual y sin saber cómo entretener sus horas, se tumbó en la cama y no tardó en quedarse profundamente dormido.

Ya era oscuro cuando abrió los ojos. Bajó a la recepción y preguntó si alguien le había dejado algún recado. El recepcionista respondió afirmativamente. Hacía una hora, poco más o menos, había llamado un señor y había rogado al recepcionista que le dijera de su parte al señor Whitelands que se reuniera con él a las ocho en punto en un lugar determinado. El señor en cuestión hablaba con acento inglés y había dado un nombre imposible de entender. Anthony supuso que se trataba de algún funcionario de la Embajada. Al mostrarle el recepcionista el lugar de la cita, escrito por éste al dictado, no lo reconoció.

—¿Está lejos la calle de la Arganzuela? —preguntó.

—Un poco —dijo el recepcionista—. Vale más que coja un taxi o el metro hasta la Puerta de Toledo. La calle de la Arganzuela queda por ahí.

37

La independencia de criterio, la capacidad de tomar una decisión sin miedo y mantenerla sin titubeos habían sido las características predominantes de su temperamento desde la cuna, y le habían granjeado la admiración de quienes la conocían y a veces el recelo de quienes la trataban. Si hubiera venido al mundo en el seno de una familia menos constreñida, sin duda habría recibido el influjo de la Institución Libre de Enseñanza, habría abrazado los principios del incipiente movimiento feminista español y habría pertenecido al Lyceum Club, como tantas mujeres de su tiempo. Cegadas estas vías de desarrollo personal, había puesto el ingente caudal de sus dotes personales al servicio de los suyos. La futilidad de este despilfarro no pasaba inadvertida a su inteligencia: a menudo se sentía agraviada y en varias ocasiones había acometido aventuras desmesuradas para liberar una presión que amenazaba su equilibrio mental. Era la mayor de cuatro hermanos, pero el ser mujer la excluía de los derechos y funciones inherentes a la primogenitura. Los ejercía en la práctica, porque su padre era consciente de sus méritos y se apoyaba en ella más que en sus hijos varones, pero este reconocimiento tácito por parte de alguien inmerso en la vetusta tradición patriarcal española era visto por todos como una debilidad, lo que derogaba el título que confería y en un solo acto cerraba las puertas que abría.

Así era la mujer que paseaba su agitación por los ordenados senderos del jardín de un palacete del Paseo de la Castellana un mediodía de marzo de 1936, buscando inútilmente una salida airosa a su dilema. Las cualidades mencionadas antes le habían desertado cuando más las necesitaba. Tan confundida estaba, que no oyó acercarse a otra persona con paso ligero y se sobresaltó al ser interpelada por una voz alegre y tierna.

—¿Qué te pasa, Paquita? Llevo rato observándote desde el balcón de mi cuarto y pareces de lo más nerviosa.

Paquita sintió un gran alivio al ver que quien la interrogaba era su hermana Lilí. Aunque la diferencia de edad en unas etapas de la vida marcadas por cambios rápidos y determinantes había impedido que floreciera entre ambas una verdadera amistad, a la corriente de cariño natural entre hermanas se sumaba en este caso una afinidad derivada tanto de las similitudes como de las diferencias en sus respectivas personalidades. Al igual que Paquita, Lilí poseía inteligencia, viveza e ingenio, pero su temperamento era más reflexivo, más pasivo y menos romántico. Paquita adoraba a Lilí, en parte porque se veía reflejada en muchos aspectos y en parte porque adivinaba en su hermana cualidades superiores a las propias: más capacidad intelectual para abordar las cuestiones fundamentales, mayor control de las emociones y una predisposición al altruismo de la que ella creía carecer. En estas condiciones, la irrupción de Lilí no podía ser más oportuna: tarde o temprano la barrera de la edad había de venirse abajo y aquél era el momento idóneo para la metamorfosis, ya que Paquita percibió que su hermana se había convertido repentinamente en una mujer con capacidad para comprender su zozobra.

—Ay, Lilí, me encuentro en una terrible disyuntiva —dijo Paquita. Y al expresar verbalmente su angustia ante un alma gemela, sus ojos se inundaron de lágrimas.

Lilí abrazó a su hermana. De sus ojos había desaparecido todo indicio de malquerencia y ahora brillaba en ellos un fulgor nuevo y extraño que Paquita, dominada por sus propios sufrimientos, no advirtió ni, de haberlo advertido, habría sabido interpretar.

—Ven —dijo Lilí—, sentémonos en aquel banco y cuéntame lo que te preocupa. No tengo mucha experiencia del mundo de los adultos, pero soy tu hermana, te conozco y te quiero más que a nadie y esto suplirá mi ignorancia.

Anduvieron abrazadas hasta un banco de hierro situado bajo una pérgola y alejado del que todavía conservaba huellas del paso reciente de un bebé indispuesto; se sentaron y Paquita abrió su corazón a Lilí, refiriéndole todo lo que en esencia el lector ya sabe: su amor por José Antonio y la decidida oposición del duque a permitir una unión que sabía de antemano sembrada de peligros y sinsabores y la noble aceptación de dicho mandato por parte de José Antonio, imbuido del papel que le tenía reservado la Historia y consciente de estar predestinado a una muerte heroica y prematura; si bien esta renuncia varonil venía sustentada en buena medida por el hecho de que él, además de ser un paladín de la patria y un aspirante a mártir, era un redomado putero. Por otra parte, aunque José Antonio era sensible a las justas demandas de la mujer moderna y no había tenido empacho en incorporar a su ideario una cumplida respuesta a la cuestión, su percepción del problema era sólo intelectual. En la práctica, jamás habría accedido a mantener una relación socialmente inadmisible con la mujer que amaba: era un revolucionario en muchos aspectos, pero también era defensor acérrimo del rancio catolicismo indisociable de la esencia de España. De este modo, a medida que Paquita veía trascurrir los días, los meses y los años, su resignación se transformaba en exasperación y la exasperación en abierta rebeldía. Cuando el azar introdujo en el estrecho círculo familiar a un extranjero bien parecido, discreto y destinado a desaparecer de sus vidas en breve y para siempre, Paquita concibió un proyecto alocado.

Al llegar a este punto de su narración, Lilí, que la escuchaba con la máxima atención, no pudo reprimir un hondo suspiro. Paquita lo tomó como una muestra de condolencia; sonrió tristemente, tomó entre sus manos las de su hermana y trató de aligerar sus temores infantiles. Contra todo pronóstico, le explicó, la experiencia no había sido terrible. El inglés se había comportado con una gentileza no exenta de fogosidad y con un entusiasmo verdaderamente contagioso. En fin de cuentas, la operación —y Paquita no pudo evitar enrojecer hasta la raíz del cabello al confesarlo—, lejos de ser dolorosa y vejatoria, había resultado bastante grata.

—Que Dios me perdone —exclamó—, y perdóname tú también, queridísima Lilí, por el mal ejemplo que te estoy dando. Tú eres todavía una niña y estas cosas ni siquiera han pasado por tu imaginación. Si te las cuento es porque estoy desesperada y no tengo a nadie más en quien confiar.

Perdida en sus recuerdos y abrumada por las consecuencias de sus actos, Paquita no se percató del cambio experimentado por su interlocutora: Lilí había retirado las manos, enderezado la espalda y vuelto ligeramente la cabeza mientras sus párpados entrecerrados ocultaban una mirada fría.

—Lo malo, sin embargo —prosiguió Paquita—, vino luego.

Consciente de haber cometido un pecado que le acarrearía la condenación eterna si le sobrevenía la muerte, había acudido al padre Rodrigo en busca de la absolución. La reacción del clérigo le hizo comprender que había cometido un acto abominable no sólo a los ojos de Dios, sino también a los ojos de los hombres. Demasiado tarde se dio cuenta de que no había perdón para ella y de que nunca sería capaz de dar cuenta a José Antonio de su incalificable conducta.

—Hace un instante ha venido a verme una pobre mujer del arroyo, cargada con el fruto de sus extravíos —añadió mirando de soslayo el banco donde el fruto de los extravíos había dejado su deleznable impronta—, y mientras hablaba con ella desde la altura de mi supuesta honorabilidad, me preguntaba qué diferencia había, mejor dicho, qué diferencia hay, entre esa mujerzuela y yo. Pero lo peor, queridísima Lilí, lo peor...

Aquí las palabras de Paquita se vieron interrumpidas por un sollozo, al que siguió un copioso llanto. En el ánimo de Lilí se libraba una lucha entre el impulso de abrazar a su hermana y dispensarle el consuelo de su cariño, y la secreta rivalidad por causa del inglés. Finalmente se quedó inmóvil y expectante. Paquita recuperó la serenidad al cabo de un rato e hizo un esfuerzo supremo por enfrentarse a una verdad que no tenía el valor de admitir y menos aún de formular. Como suele suceder a las almas nobles, guiadas por un ardiente deseo de perfección, sufría atrozmente al sentir el llamamiento humillante de la vulgaridad.

—Le amo —susurró—. Es absurdo y patético, pero me he enamorado de Anthony Whitelands.

Lilí cerró los ojos y mantuvo la compostura. Tras una pausa se aclaró la garganta y dijo:

—¿Y qué pasará ahora con José Antonio?

Al interesado, en aquel mismo momento, le tenía ocupado un asunto de más trascendencia.

Dos años atrás, Ramón Serrano Suñer, amigo íntimo y correligionario de José Antonio Primo de Rivera, se había casado con Zita Polo, una hermosa asturiana de buena familia, cuya hermana, Carmen, estaba casada a su vez con el general Francisco Franco. Decidido a agotar todos los recursos conducentes a una alianza con el Ejército que dejase a salvo la independencia por parte de los golpistas de acción de la Falange y asegurase la futura aceptación de su avanzado programa social, José Antonio había pedido la mediación de Serrano Suñer para conseguir una entrevista con Franco, a lo que éste había accedido con tanta prontitud como pesimismo en cuanto al resultado. Diez años más joven que Franco, alto, guapo, elegante, simpático y excelente bailarín, Serrano Suñer era la imagen inversa de su desaborido cuñado, pese a lo cual la relación entre ambos era excelente. Franco respetaba escrupulosamente los vínculos familiares y, en su caso particular, valoraba lo que éstos podían aportar, en términos de ascenso social, a un militar sin fortuna personal y con más méritos que lustre. No ignoraba la amistad ni la coincidencia de ideas entre Serrano Suñer y Primo de Rivera, pero los pasaba por alto, porque apreciaba la inteligencia y la habilidad política de aquél, cuya fidelidad a su persona podía resultar muy provechosa para ambos en un futuro próximo, y porque sabía de los valiosos contactos internacionales de su cuñado, en especial con el conde Ciano, mano derecha de Mussolini, y el acceso a estos aliados potenciales podía ser determinante a la hora de decidir sobre quién recaería el mando único de la sublevación. Porque a diferencia de otros conjurados, que daban por cumplido su deber con el restablecimiento del orden público, la salvaguarda de la unidad de España y la eventual restauración de la Monarquía, Franco sabía que el militar que encabezara el golpe acabaría rigiendo los destinos del país, con el Rey o sin el Rey, y este cometido no estaba dispuesto a cedérselo a Mola, ni a Sanjurjo, ni a Goded, ni a Fanjul, ni a ninguno de los borrachines que agitaban las plumas por los cuartos de banderas. Por estas razones accedió a reunirse con Primo de Rivera, aunque ello retrasara su regreso a Canarias, de donde faltaba en secreto, y a pesar de que no estuviera dispuesto a ceder en nada ante un individuo a quien tenía por un zascandil, y menos ante la Falange, a la que consideraba un estorbo a cuya eliminación habría que proceder tarde o temprano.

La entrevista tuvo lugar en casa de los padres de Serrano Suñer aquella misma mañana y resultó no sólo inoperante sino en extremo irritante para José Antonio. Pese a su aparente dominio de la situación y su brillante oratoria, José Antonio era tímido fuera del círculo de sus amigos; Franco, por el contrario, tenía un aplomo inconmovible, era paciente y taimado, y sabía cómo sacar partido a su innata morosidad, lo que le hacía ganar todas las disputas por tedio y agotamiento. En aquella ocasión, recibió a José Antonio con grandes muestras de simpatía, y antes de que éste pudiera exponer el motivo del encuentro, le dijo que en Canarias, donde el clima era benigno y los paisajes de gran belleza natural, pero el trabajo de un militar era escaso, se había dedicado intensamente al estudio de la lengua inglesa, y como sabía por su cuñado que José Antonio tenía un profundo conocimiento de esta lengua, no quería desaprovechar una oportunidad como aquélla para pedirle que le ayudara a salvar algunas dificultades propias de una lengua tan rica y tan distinta de la nuestra. Cortésmente, José Antonio hizo cuanto pudo por aclarar las dudas de su interlocutor y luego trató en vano de reconducir la conversación a los temas candentes que le habían llevado allí, pero Franco desviaba la cuestión hacia aspectos irrelevantes, respondía con evasivas e insistía en unir todas las oraciones con la partícula *nevertheless*, viniera o no a cuento. Desconcertado primero e irritado luego, José Antonio comprendió que el astuto general le estaba tomando el pelo. Después de varias horas de inútil forcejeo, el Jefe Nacional de la Falange y el general se despidieron con fría cortesía y no volvieron a verse nunca más.

Aún se habría descorazonado más el apuesto marqués de Estella de haber sabido que, mientras sus empeños se estrellaban contra la opacidad de Franco, la mujer que amaba y por la que se creía amado describía a su hermana el torbellino de pasiones de su agitado corazón en términos muy poco favorables para él.

—No me cabe duda de que Dios me ha castigado. Creyendo cometer el pecado de la carne, incurrí en el pecado de la manipulación ajena. Quise servirme de un hombre para mis indignos fines y Dios se sirvió de él para humillarme. Me he enamorado de Anthony y nunca podré ser suya.

—¿Por qué no? —preguntó Lilí con un hilo de voz.

Paquita había pasado la noche reflexionando sobre el particular y pudo rendir un informe detallado.

—Ante todo, él es inglés. Le gusta mucho España, es verdad, y sin duda no le importaría quedarse a vivir en Madrid. Pero nadie haría tal cosa en vísperas de la revolución bolchevique. Y si yo me fuera con él a Londres, papá me desheredaría.

—¡Paquita, te desconozco! Ayer estabas dispuesta a unir tu destino al de José Antonio, con todos los peligros y amarguras que eso implica, y hoy te arredra la idea de vivir del sueldo de un profesor —dijo Lilí con un deje de sorna que por fortuna su hermana no captó.

Paquita bajó la cabeza y se restañó una lágrima que le resbalaba por la mejilla.

—¡Ay, Lilí, si sólo fuera el dinero! Pero se trata de algo más complicado y, ante todo, de una cuestión de honor. Para empezar, él ni siquiera sospecha la verdadera naturaleza de mis sentimientos. Para vencer su resistencia, fingí ser una mujer de costumbres livianas. Ahora debe de pensar que lo que hice con él lo hago con el primero que se cruza en mi camino. ¿Y cómo convencerle de lo contrario, después de lo ocurrido entre nosotros? En segundo lugar, a estas alturas no puedo abandonar a José Antonio. Aunque nuestro amor sea imposible, él cuenta conmigo; saber que le quiero le sirve de sostén moral en los momentos de angustia o de flaqueza, en medio de tanto odio como despiertan su persona y sus ideas. Si ahora lo abandono, ¿qué consuelo le queda? Eso sin contar con que nuestra relación es un secreto a voces; si empieza a correr la especie de que le he puesto los cuernos con un extranjero, que encima parece un pasmarote... ¡Ay, Lilí, no quiero imaginar el uso que haría la prensa de la noticia! No, no, le he dado muchas vueltas y no hay otra salida: se impone el sacrificio. Haré como si no hubiera ocurrido nada. De lo que te acabo de contar, no diré una palabra, ni a Anthony ni a José Antonio ni a nadie: será un secreto entre tú y yo. Porque tú no me traicionarás, ¿verdad, Lilí?

—Por Dios, Paquita, ¡cómo puedes dudarlo! —respondió Lilí. Y al cabo de un rato, cambiando de tono, añadió—: Pero a cambio de mi silencio, revélame un secreto que me tiene muy intrigada.

—Tú dirás.

—¿Quién es en realidad Anthony Whitelands y qué ha venido a hacer a Madrid y más concretamente a nuestra casa?

Incapaz de negarse a satisfacer el razonable deseo de su hermana, Paquita le reveló la existencia del cuadro de Velázquez oculto en el sótano, la decisión de venderlo en el extranjero por mediación de Pedro Teacher y Anthony Whitelands y las distintas vicisitudes de la operación. Lilí escuchó la explicación sin hacer ningún comentario y finalmente exclamó:

—¿A eso se reduce el gran misterio? ¿Un cuadro de Velázquez? ¡Vaya decepción!

Paquita sonrió y repuso:

—A ti te puede parecer poca cosa, y yo, si he de serte sincera, estoy de acuerdo contigo. Pero ese cuadro, aparte de valer una fortuna, tiene una importancia extraordinaria para entender la vida y la obra del pintor más grande de todos los tiempos. Al menos, eso dice nuestro querido amigo el profesor Whitelands. Para él no hay nada más preciado en el mundo, ni siquiera yo. Cuando habla del cuadro, se olvida de todo y se transforma en un ser maravilloso, como si el propio Velázquez se encarnara en él. O quizá yo lo veo así, con ojos de enamorada. A decir verdad, me da pena que no pueda ver realizado el sueño de su vida: atribuirse el descubrimiento de una obra maestra como la que está escondida a pocos metros de aquí.

Lilí se levantó del banco y agitó los brazos en señal de vehemente agitación.

—¿Pena? ¡Paquita, ese hombre te ha robado el honor y ha arruinado tu vida! En vez de sentir pena por los tropiezos de su carrera profesional, deberías estar pensando en la forma de matarlo.

En medio de su agonía, Paquita no pudo reprimir una sonora carcajada.

—¡Lilí, qué ocurrencias tienes! ¡Eres una criaturita adorable!

Luego se puso repentinamente seria y agregó:

—Más bien deberíamos ocuparnos de lo contrario. La pobre mujer que has visto conmigo hace un rato venía justamente a prevenirme de que los marxistas están tramando dar muerte a Anthony. No me ha dicho el motivo, pero sí la hora y el lugar aproximado. Primero pensé que se trataba de una historia de novela barata, pero acabé convencida de que me decía la verdad. Por lo visto, ella era la encargada de conducirlo con engaños hasta donde le esperan sus verdugos, pero en el último momento no se vio capaz de hacer algo tan canallesco. Según he podido deducir, Anthony y ella también han tenido un asuntillo. Nada serio.

—¿Y qué vas a hacer? —preguntó Lilí con impaciencia.

—La verdad, no lo sé. Estaba pensando en eso cuando nos hemos encontrado. Luego, hablando de otras cosas, se me ha ido el santo al cielo. Mi primera idea era ir a la policía, como es lógico, pero esa mujer me lo prohibió taxativamente; por su propia seguridad y quizá también por la del propio Anthony. Tal como están las cosas, es posible que la policía gubernamental, en vez de protegerle, encubra a los asesinos. Y si descartamos a la policía, sólo me viene a la mente una persona con recursos y agallas. Pero me falta valor para pedirle ese favor; tengo miedo de que si los dos se ponen en contacto, salga a relucir lo nuestro.

Lilí se había vuelto a sentar y miraba a su hermana fijamente, con la cabeza ladeada y la cara apoyada en la palma de la mano, como si tratara de identificar a la auténtica Paquita en la persona necia y aturdida que tenía delante. No puedo creer que el amor consista en esto, parecía estar pensando. Ella también había sentido su aguijón, pero la actitud de ella al respecto era muy distinta.

38

Los dramáticos acontecimientos que se produjeron en rápida sucesión a partir de aquel momento se debieron en buena parte a la intersección de los múltiples agentes implicados en el caso, en parte al ambiente de temor y violencia imperante en toda España y en parte, a una desafortunada conjunción de errores y coincidencias.

A eso de las seis de la tarde, Anthony Whitelands abandonó el hotel donde se alojaba para acudir a la cita con la persona que le había llamado, sin conocer la identidad de dicha persona ni saber el objeto de la cita. Semejante despreocupación por su parte podría calificarse de estupidez, si no la justificaran en cierta medida la confusión en que le habían sumido los recientes episodios sentimentales y de otro tipo, y el nerviosismo que le provocaba la inminente confrontación con José Antonio Primo de Rivera, a la que atribuía la máxima trascendencia.

Siguiendo el consejo del recepcionista, se dirigió por la calle Carretas a coger el metro en la estación situada en la Puerta del Sol. En cuanto puso el pie en la calle iniciaron el seguimiento dos agentes de paisano asignados a su vigilancia por el teniente coronel Marrañón, con la orden terminante de no perderlo de vista ni un instante. Después de lo ocurrido al capitán Coscolluela, el teniente coronel había encomendado la misión a dos hombres, una medida a todas luces razonable, que en la práctica había de resultar fatal.

En la estación de Sol, Anthony se apeó para hacer transbordo. Como no dominaba la red de metros de Madrid, hubo de desandar varias veces los pasillos hasta dar con la línea y el andén adecuados. La céntrica estación estaba muy concurrida y en los bruscos cambios de dirección del inglés, y a pesar de su elevada estatura, los agentes le perdieron el rastro. Al cabo de un rato de alocada busca, creyeron haberlo recuperado, pero como era la primera vez que lo seguían y no estaban tan familiarizados con su aspecto externo como su predecesor, el capitán Coscolluela, se equivocaron de persona y estuvieron siguiendo a otro individuo sin reparar en la equivocación, porque cada uno confiaba en que el otro sabía lo que estaba haciendo. Para cuando un comentario casual puso de manifiesto el equívoco, ya había transcurrido más de media hora. Como era imposible recuperar el rastro perdido, optaron por regresar al hotel, informar desde allí a su superior y esperar a que reapareciera el inglés. El falso seguimiento les había llevado un poco lejos y, aunque tomaron un taxi, no llegaron a la puerta del hotel hasta las siete y diez, apenas unos minutos después de que lo hiciera Guillermo del Valle.

Guillermo del Valle había pasado la tarde en el Centro de la Falange, sito en el número 21 de la calle de Nicasio Gallego, con la esperanza de cruzarse con José Antonio y concertar una cita entre Anthony Whitelands y el Jefe Nacional, tal como aquél le había encomendado que hiciera. La reunión del Consejo Nacional estaba prevista para las siete y Guillermo confiaba en que José Antonio llegaría al Centro con antelación, pero no fue así. A eso de las seis y media, Guillermo del Valle oyó decir a Raimundo Fernández Cuesta que José Antonio le había telefoneado para informarle de que un asunto personal le retenía y que la reunión se aplazaba hasta nueva orden. En el curso de la llamada José Antonio comentó con su amigo y camarada que el aplazamiento carecía de importancia, puesto que la reunión había sido convocada para analizar los contenidos de la entrevista celebrada aquella misma mañana entre el Jefe y el general Franco, y estos contenidos, por desgracia, no dejaban resquicio a cualquier acuerdo de colaboración entre la Falange y el Ejército. De resultas de ello era preciso reexaminar la política general del partido y una cosa así no se podía hacer sin una concienzuda preparación. La reunión del Consejo Nacional podía esperar. En ningún momento de la conversación telefónica José Antonio dijo desde dónde llamaba ni qué clase de asunto personal le retenía.

Enterado de la cancelación y como había quedado en comunicar a Anthony el resultado de sus gestiones, Guillermo del Valle llamó por teléfono desde el Centro al hotel. El recepcionista le dijo que el señor Whitelands se había ausentado. Guillermo del Valle no estimó prudente hacer partícipe al recepcionista del propósito de la llamada y decidió pasar personalmente por el hotel, camino de su casa. Al salir del Centro era de noche y soplaba un viento frío; el hotel quedaba demasiado lejos para hacer el trayecto a pie. Estaba en la acera ponderando la conveniencia de tomar un taxi o utilizar un transporte público, cuando salieron del Centro dos camaradas, vestidos con la camisa azul mahón y los distintivos de la Falange bordados en rojo, y le preguntaron qué estaba haciendo allí. Enterados de la situación, uno de los camaradas, que disponía de un automóvil, se ofreció a acompañar a Guillermo hasta el hotel. Éste aceptó encantado y el otro camarada se sumó a la expedición. Estacionaron el vehículo en la calle de Espoz y Mina y los tres juntos entraron en el hotel, para sobresalto del recepcionista. Como Anthony no había regresado, Guillermo del Valle escribió una breve nota comunicándole el aplazamiento de la reunión del Consejo y, por consiguiente, de la entrevista, guardó la nota en un sobre, lo cerró y se lo entregó al recepcionista, hecho lo cual, los tres camaradas salieron alegremente a la plaza en el momento en que llegaban al hotel los dos agentes de policía destinados al seguimiento del inglés, después de haberlo perdido en la estación de Sol. Como estaban nerviosos por las previsibles consecuencias de su torpeza, el brusco encuentro con tres jóvenes falangistas les pilló desprevenidos. Creyeron haber caído en una encerrona e instintivamente sacaron las pistolas para repeler el ataque. Sorprendidos por aquel gesto inesperado por parte de dos individuos de paisano, los camaradas de Guillermo echaron mano de sus armas y los cuatro abrieron fuego al mismo tiempo. Más preocupados por no ser alcanzados que por hacer blanco, nadie apuntó y los disparos se perdieron en el aire. A continuación, los dos camaradas de Guillermo se dieron a la fuga, porque los falangistas tenían orden de rehuir en lo posible los enfrentamientos callejeros para evitar víctimas y represalias políticamente improductivas.

Guillermo del Valle no tenía experiencia en este tipo de escaramuzas. No le faltaba valor, pero sí capacidad de reacción y sangre fría. Mientras los otros disparaban, él se había quedado petrificado. Para cuando se recuperó de su estupor y empuñó su propia pistola, estaba solo frente a dos policías armados. Viéndose encañonados, éstos volvieron a disparar sin darle tiempo a apretar el gatillo. Su cuerpo quedó tendido en la acera con varios impactos de bala, uno de los cuales, después de atravesarle el tórax, había roto un cristal de la puerta giratoria del hotel.

Ajeno a este terrible incidente, del que había sido causa indirecta, Anthony Whitelands salió del metro y después de andar un poco se encontró en la explanada del mercado de pescado situado en las inmediaciones de la Puerta de Toledo. A aquella hora toda actividad había concluido y en la explanada, gatos y ratas se disputaban pestilentes residuos a la escasa luz de los reverberos. En el aire glacial de la noche, que el hedor proveniente del pescado y el marisco podridos hacía irrespirable, zumbaban enjambres de moscas. Anthony buscaba inútilmente en aquel dantesco yermo alguna persona que pudiera indicarle cómo encontrar la calle de la Arganzuela. En un extremo de la explanada había una batería de camiones. Hundiendo los zapatos en las roderas encharcadas, Anthony fue hasta allí con la esperanza de encontrar algún camionero dormido en la cabina, pero todas estaban vacías, cosa comprensible en vista del tufo nauseabundo que desprendían los camiones.

Finalmente encontró el lugar que buscaba por el fatigoso y desagradable método de callejear por la zona. Cuando finalmente llegó a la esquina de la calle de la Arganzuela con el callejón del Mellizo, ya eran las siete y ocho minutos.

Durante la búsqueda, le asaltó la sospecha de que todo aquello era bastante raro. Hasta entonces había actuado con la tranquilidad de saber que el autor de la cita, según le había dicho el recepcionista, era un inglés: nada malo podía venir de un compatriota. Ahora, sin embargo, se preguntaba qué clase de inglés habría elegido como punto de encuentro aquel paraje abandonado y siniestro, salvo que fuera para sustraerse a las pesquisas de la policía local.

Su destino resultó ser una casa de nueva planta, estrecha y fea, de fachada gris y ventanas angostas protegidas con barrotes. La puerta de la calle estaba cerrada y no había forma de llamar. Junto a ella había otra puerta más ancha, de madera, que probablemente daba acceso a un establecimiento comercial, un taller o un almacén. Como también esta segunda puerta estaba cerrada, Anthony decidió abandonar el esfuerzo y emprender el regreso. En fin de cuentas, lo más probable era que el recepcionista hubiera tomado mal el recado. Pero cuando había dado dos pasos, la puerta grande se entreabrió y una voz susurró:

—Pase.

Anthony entró y se encontró en un espacio amplio, medio vacío. Unas bombillas suspendidas del techo permitían ver las paredes sin revoque, las vigas de hierro y una claraboya sucia. Al fondo se apilaban cajas de cartón y a un costado había un automóvil desvencijado y sin ruedas. También había cuatro hombres vestidos con zamarras y tocados con gorras de visera. Tres de ellos tenían un aspecto torvo y fumaban con frenesí. El cuarto era el que le había abierto la puerta, tras lo cual se había quedado apartado de sus compañeros, con la gorra hundida en la frente y la cara ladeada, como si no quisiera ser reconocido; un intento fallido, porque Anthony, pese a la escasa luz, vio de inmediato de quién se trataba y se dirigió a él en busca de una explicación.

Higinio Zamora Zamorano agachó la cabeza y se encogió de hombros.

—Usted perdone, don Antonio —masculló sin mirar a los ojos a su interlocutor.

—Esto no tiene sentido —protestó el inglés—. Hacerme venir a este sitio cochambroso, a estas horas... Yo creía que habíamos zanjado el asunto de la Toñina de una vez por todas.

—No es eso, don Antonio. Aquí la niña no pinta nada. Aquí los camaradas y yo le hemos hecho venir para matarle. Lo siento de veras, créame.

—¿Para matarme? —dijo Anthony con incredulidad—. ¡Venga, hombre, déjese de tonterías! ¿Por qué me van a matar? ¿Es para robarme? No llevo nada encima. El reloj y...

—Déjelo estar, don Antonio. Son órdenes de arriba. Mi menda y estos camaradas semos miembros del partido. Y el camarada Kolia nos dio la orden de proceder, osease, de echar palante la ejecución. En beneficio de la causa.

—¿Qué causa?

—¿Cuál va a ser, don Antonio? ¡La del proletariado internacional!

Uno de los presentes interrumpió el diálogo.

—Corta la homilía, Higinio. Aquí estamos para hacer un trabajo, no para andar de palique. Cuanto antes le hagamos, mejor.

Lo decía sin irritación ni dureza. Era evidente que a ninguno le agradaba la misión que les había sido encomendada.

—Me cago en san Judas, Manolo —replicó Higinio—, una cosa es ejecutar a un hombre por la Revolución de Octubre y otra es despachar a un tío como si fuese un cerdo. Aquí don Antonio, después de todo, no es un enemigo del pueblo. Diga usted que no, don Antonio.

—Higinio, tú no eres quién para echar el veredicto —terció otro camarada.

Anthony decidió reconducir el debate a un terreno menos teórico. No acababa de creer en la seriedad de la amenaza, pero si aquellos hombres le habían tendido una trampa tan complicada, algún motivo poderoso debían de tener.

—¿No se tratará de un malentendido? —sugirió—. Yo no sé quién es el camarada Kolia, ni él sabe quién soy yo. No nos hemos visto en nuestra vida.

—Eso no lo sabe usted. La identidad del camarada Kolia es un secreto. Y además, la cuestión no es ésa. Las órdenes del camarada Kolia no se discuten. Faltaría más.

—Bien dicho —corroboró el cuarto hombre, que había estado callado hasta entonces.

Al decir esto, saltó desde el cajón al que estaba subido y Anthony descubrió que era un enano. Sólo entonces comprendió que aquel remedo de tribunal que le enjuiciaba por vía sumaria no era un espectáculo del género chico, sino el breve preludio a su propia muerte. Esta idea le produjo una extraña sensación de serenidad y de apatía. No le parecía mal que allí acabara una trayectoria iniciada en las aulas y bibliotecas de Cambridge, continuada en las salas del Museo del Prado y, después de años de trabajo, escasos éxitos, algunos fracasos y la dosis justa de expectativas y fantasía, cerrada en un Madrid ciegamente volcado a la violencia y el odio y en manos de unos rufianes que encarnaban a la perfección los rasgos distintivos del barroco español.

—De acuerdo, vamos allá —oyó decir a Higinio Zamora—. Sólo necesito unos segundos para puntualizar con don Antonio unos detalles referentes a su relación con mi ahijada. En cuestiones de familia no conviene dejar cabos sueltos. Aquí los camaradas —añadió para conocimiento del inglés— están enterados de lo de usted con la Toñina.

Anthony se dejó guiar mansamente por Higinio. Se preguntaba qué detalles podían importar en los últimos segundos de su vida, pero no puso objeción. Cuando estuvieron junto a la puerta, Higinio Zamora le agarró del brazo y, simulando parlamentar en secreto, le susurró al oído:

—La he dejado abierta.

Anthony tardó un instante en comprender que se refería a la puerta. Los años consumidos en el estudio no habían embotado del todo sus reflejos. Sin detenerse a pensar, propinó un fuerte empellón a Higinio Zamora, cuya débil constitución no resistió el envite o fingió una caída que acaparó la atención de sus camaradas la fracción de tiempo necesaria para que el inglés abriera la puerta del local, saltara a la calle y saliera corriendo como una exhalación. Pasos precipitados, juramentos y una detonación le indicaron que sus perseguidores le pisaban los talones. Sus largas zancadas le permitieron sacarles la ventaja suficiente para no ser alcanzado por los disparos poco precisos que aquéllos hacían sin dejar de correr. No tardó en desembocar en la explanada del mercado por donde había deambulado un rato antes. Allí era blanco fácil, incluso a la escasa luz del alumbrado público. Zigzagueó hacia los camiones, seguido de cerca por tres perseguidores y de más lejos por el enano, rezagado a la fuerza. Una vez allí trató de ocultarse, sin demasiadas esperanzas, y oyó gritar al enano.

—¡Cortarle la retirada! ¡Yo miro debajo de los chasis!

Encogido y jadeante, Anthony había renunciado a la serena resignación y sentía el pánico apoderarse de su mente y paralizar sus miembros. Cerró los ojos y dejó transcurrir lo que le pareció un largo rato, hasta que le obligó a abrirlos de nuevo el rugido de un motor acelerado. El haz de los faros barrió la explanada poniendo en fuga a ratas y gatos y entró un automóvil a gran velocidad, describió un semicírculo y se detuvo junto a los camiones con chirriar de frenos. Por la ventanilla del conductor asomaba una mano empuñando una pistola. Anthony reconoció el inconfundible Chevrolet amarillo; corrió hacia la portezuela abierta con el cuerpo doblado; saltó adentro; salió disparado el Chevrolet levantando una nube de polvo y lodo y dejando atrás las gesticulaciones de Higinio Zamora y sus camaradas y unos pistoletazos hechos al buen tuntún.

Cuando se hubieron alejado un trecho, el automóvil disminuyó la marcha y el conductor se volvió hacia Anthony con una sonrisa irónica.

—¿Se puede saber cómo te has ido a meter en este lío? —preguntó—. ¿Qué pretendes?, ¿hacerte el héroe?

—Mira quién habla —replicó el inglés.

39

A diferencia de los violentos sucesos ocurridos en la solitaria Puerta de Toledo, el tiroteo de la plaza del Ángel atrajo a un numeroso grupo de clientes de las animadas cervecerías de la vecina plaza de Santa Ana. Entre éstos había dos médicos que de inmediato se brindaron a examinar el cuerpo de Guillermo del Valle y dictaminaron que todavía estaba vivo, si bien su pulso era muy débil. Los mismos agentes que le habían disparado ayudaron a los médicos a trasladar al muchacho al interior del hotel, dejando en el empedrado un gran charco de sangre, y lo depositaron sobre una mesa. El recepcionista colaboraba en todo cuanto se le ordenaba sin dejar de temblar y de suspirar y de murmurar que él ya había predicho que tanto ir y venir había de acabar mal. A su natural alteración se sumaba la perspectiva de un largo interrogatorio y probablemente la pérdida del empleo.

En el lugar de autos no tardaron en personarse dos agentes de la Guardia de Asalto, que increparon a los curiosos y les instaron a dispersarse agitando las porras. Mientras tanto, uno de los médicos había telefoneado al Hospital Clínico y una ambulancia estaba en camino. A continuación los agentes llamaron al teniente coronel Marrañón y le pusieron al corriente de lo sucedido. El teniente coronel, a su vez, llamó al ministro de la Gobernación y luego acudió sin demora al hotel. Para entonces la ambulancia ya se había llevado al muchacho. El teniente coronel preguntó si alguien conocía la identidad de la víctima, a lo que le respondieron negativamente: el muchacho no llevaba encima documentos acreditativos; sólo el recepcionista dijo haberle visto con anterioridad en un par de ocasiones y describió las circunstancias.

—Maldita sea su estampa —gruñó el teniente coronel—, en este país no pasa nada sin que ande por medio ese puñetero inglés. ¿Sabemos qué ha sido de él?

Ninguno de los presentes lo sabía. El teniente coronel se habría hecho cruces de haber sabido el paradero de Anthony Whitelands en aquel momento y de la compañía en que se hallaba. Mientras recababa esta información, sonó el teléfono del hotel. Contestó personalmente el teniente coronel. Era don Amós Salvador, ministro de la Gobernación. Le habían contado lo sucedido y había dispuesto las medidas pertinentes. También había averiguado la identidad de la víctima: Guillermo del Valle, hijo del duque de la Igualada, el que quería vender el cuadro de Velázquez. Los camaradas del muchacho habían regresado al Centro para dar parte de lo que ellos consideraban, no sin razón, una agresión injustificada. Un mandamás de la Falange había llamado a la familia del caído para comunicarles la triste nueva.

—El duque va camino del hotel —dijo el ministro—. Despache cuanto antes a los causantes del desaguisado y prepare una explicación más o menos verosímil. Y luego no se quede en la calle: esta noche puede haber fuegos artificiales.

El teniente coronel despidió a los dos agentes, no sin antes haberles cubierto de insultos: en pocas horas habían cometido dos errores seguidos, cada uno de los cuales tendría consecuencias graves. Al cabo de un rato apareció en un automóvil conducido por un mecánico uniformado el señor duque de la Igualada, acompañado de su hija Francisca Eugenia y del padre Rodrigo.

La noticia de lo ocurrido había causado la lógica conmoción en el palacete del Paseo de la Castellana. Transido de dolor e indignación, el duque había comunicado el suceso al resto de sus habitantes, salvo a la señora duquesa, la cual, para extrañeza de familiares y sirvientes, se había ausentado del domicilio sola, sin avisar a nadie y sin decir a dónde iba. Lo tardío de la hora excluía la posibilidad de que hubiera ido de visita o a uno de los actos religiosos que constituían su única ocupación fuera del hogar. Demasiado alterados para hacer averiguaciones, el duque, Paquita y el padre Rodrigo partieron hacia el hotel sin dilación, dejando en el palacete a Lilí con el delicado cometido de poner a su madre al corriente de los hechos tan pronto apareciera ésta. El otro hijo de los duques, que se encontraba de viaje en Italia, estaba siendo buscado por las autoridades consulares.

Aprovechando la consternación del afligido padre, el teniente coronel omitió las explicaciones, excusas y condolencias y envió al duque y a sus acompañantes al Hospital Clínico. Previamente se había puesto en contacto con los médicos de guardia: el herido estaba siendo intervenido de urgencia y su estado era crítico. Antes de volver a entrar en el automóvil, el duque se volvió al teniente coronel.

—Tengo entendido que hay dos responsables —dijo entre dientes.

El teniente coronel le aguantó la mirada.

—Así es, excelencia: el que entregó una pistola a un chico de dieciocho años y el que puso el dinero para comprarla.

Sin darle tiempo a captar el sentido de la frase, Paquita hizo entrar con delicada firmeza a su padre en el auto y dio al mecánico la dirección del hospital. Estaba muy pálida y, a juicio del teniente coronel, que conocía la relación entre la joven y José Antonio Primo de Rivera, pero no la había visto nunca y ahora la observaba con detenimiento, en sus ojos había un fulgor demente. Desde el fondo del automóvil en marcha, el padre Rodrigo, brazo en alto, gritaba un «¡Arriba España!» que llevaba implícita la excomunión.

Cuando el automóvil llegó finalmente a Atocha, un cirujano del hospital acudió a recibir a los recién llegados. Todavía llevaba puesta la bata blanca, manchada de sangre. Con frases breves y directas les dijo que el muchacho había salido ya del quirófano, donde se había hecho todo lo humanamente posible, y que las perspectivas no eran halagüeñas. Sin embargo, añadió dulcificando la voz y la expresión, no había que perder la esperanza: la medicina distaba de ser una ciencia exacta; sólo Dios tenía la última palabra, y él, a lo largo de su dilatada carrera, había sido testigo de no pocos milagros.

Al oír esta palabra, Paquita fue presa de una gran turbación. De la habitación salían monjas acarreando palanganas cuyo contenido procuraban ocultar mientras desgranaban por lo bajo jaculatorias que no auguraban nada bueno. Mientras el médico acompañaba hasta la cabecera del agonizante al duque y al padre Rodrigo, que había traído consigo lo necesario para administrar los santos óleos, Paquita se quedó atrás, se retiró a un rincón apartado, donde no pudiera ser vista por nadie, se postró de rodillas y se sumergió en una sentida oración.

La jornada había sido especialmente intensa para la desventurada joven. Había abierto su corazón a Lilí en el jardín del palacete, pero el alivio de una confidencia a oídos predispuestos a la comprensión sólo sirvió para disipar la niebla que hasta aquel momento le había impedido vislumbrar con nitidez la gravedad de la situación. Si quería salvar a Anthony, cuya vida, de ser cierto el testimonio de la Toñina, correría en breve serio peligro, debía actuar sin tardanza y sin reparar en las posibles consecuencias de sus actos. En situaciones extremas, Paquita tenía temple. Volvió a entrar en la casa, telefoneó al Centro de la Falange y preguntó por José Antonio. Una mujer de la Sección Femenina, que atendía las llamadas, le dijo que el Jefe Nacional no estaba presente ni se le esperaba hasta media tarde.

Todavía llevaba puesto el abrigo. Sin perder un instante, salió a la calle, paró un taxi y le dijo que la llevara a la calle Serrano número 86. Allí se apeó, despidió al taxi y entró en el lujoso zaguán. Al verla entrar, el portero se levantó de su silla y se quitó la gorra. Una sirvienta de mediana edad le abrió la puerta del piso. Al ver a Paquita hizo un gesto involuntario de sorpresa y temor. En seguida se repuso, esbozó una respetuosa flexión y agachó la cabeza.

—¡Señora marquesa, cuánto honor!

Paquita agitó el guante.

—Déjate de cumplidos, Rufina. ¿Está en casa?

—No, señorita.

—¿Vendrá a comer?

—No me ha dicho.

—No importa. Le esperaré. ¿Vas a tenerme aquí, en mitad de la corriente?

La sirvienta se hizo a un lado con expresión preocupada. Paquita pasó sin mirarla y entró en el salón contiguo al vestíbulo. Los muebles eran grandes, nobles, de estilos heterogéneos, provenientes de diversas herencias. Sobre una consola vio su fotografía en un marco de plata.

Acababan de dar las dos en un reloj de pared cuando entró el dueño de la casa. Paquita hojeaba distraída un pequeño volumen de poesía de la biblioteca. Al verla, el rostro del hombre se iluminó y al instante volvió a ensombrecerse.

—He venido a decirte algo —dijo Paquita sin más preámbulo—. Algo que debes saber.

José Antonio se quitó el gabán y lo dejó sobre una silla.

—Puedes ahorrarte el trance —dijo secamente—. Estoy enterado. A esa rata con sotana que tenéis en casa le faltó tiempo para venir a contármelo. Salvo que quieras añadir algo.

Paquita abrió la boca y la volvió a cerrar. Iba a confesar su repentino amor por el inglés, pero antes de proferir una sílaba, como si una luz potente hubiera disipado la oscuridad que la envolvía, se dio cuenta del disparate que estaba a punto de cometer. La evidencia le hizo sonreír. Ahora era su turno de bajar los ojos. Al levantarlos, las lágrimas desdibujaban el contorno del hombre que tenía delante y la miraba fijamente, sin comprender.

—Fue una locura —murmuró como si hablara para sí misma—. En mi vida sólo he querido a un hombre. Nunca podré querer a otro. Me he comportado como una estúpida. Ahora ya es tarde para rectificar. No he venido a pedirte perdón. Si me prestas tu pañuelo, me daré por satisfecha.

Él se apresuró a brindárselo sin hacer nada para establecer contacto físico con la joven. Paquita se enjugó las lágrimas y le devolvió el pañuelo. Hacía esfuerzos por contener la risa inoportuna que se le escapaba al pensar en Anthony Whitelands; el recuerdo de lo ocurrido entre ambos en la habitación del hotel se le antojaba ahora una escena de película cómica, en la que los sentimientos y las acciones sólo son mecanismos ingeniosos para divertir a un público abandonado a las convenciones de la farsa. José Antonio percibió la hilaridad y se desconcertó. Ella recobró la seriedad.

—Perdona —dijo—. La cosa no tiene nada de gracioso. Es que me siento ridícula. Pero eso no viene al caso. A decir verdad, he venido a pedirte un gran favor. Es algo importante para mi conciencia. Ese individuo, el inglés..., quieren matarlo.

—Un marido celoso, seguramente.

Paquita adoptó aires de dignidad herida.

—Guárdate el sarcasmo para las nenas del Rimbombín —dijo secamente—. Tú y yo nos conocemos demasiado bien para andar con fingimientos.

—¿Quién te ha dicho que quieren matar a ese fulano?

—Lo sé y basta. Por lo visto han llegado órdenes de Moscú.

—Con su pan se lo coman. El asunto no me incumbe y, si le dan el pasaporte, no iré a llorar a su entierro.

Sin hacer caso del enfado, Paquita le cogió una mano entre las suyas.

—Tonto, lo que hice, lo hice por ti —musitó—. Serás un necio si lo desaprovechas.

Él retiró la mano y dio un paso atrás.

—¡Paquita, tú me vas a volver loco!

Ella enrojeció. No podía creer lo que estaba haciendo y se escandalizaba de no sentir vergüenza. Probablemente había entrado en lo que el padre Rodrigo denominaba la espiral del pecado: una vez iniciada la senda inclinada, no hay modo de detener la caída, de no mediar la gracia santificante. Pero aquél no era el momento de perderse en lucubraciones teológicas: la gracia santificante podía esperar.

Unas horas más tarde, el pequeño Chevrolet amarillo surcaba las calles del Madrid noctámbulo llevando en su interior a José Antonio y al inglés. En la calle de Alcalá, junto a Correos, el conductor detuvo el automóvil.

—Vamos a tomar una copa —dijo alegremente—. Dejaré que me invites. Después de todo, algo me debes.

Todavía era temprano y en el Bar Club sólo había tres parejas amarteladas en los rincones más oscuros. José Antonio y Anthony ocuparon una mesa y el camarero acudió solícito. No hablaron hasta después de mediado el primer whisky. José Antonio se limitaba a mirar de hito en hito al inglés con una severidad mitigada por destellos de ironía. Anthony estaba inquieto: se enfrentaba a un contrincante que tenía todas las bazas en la mano, en tanto que él sólo tenía un triunfo, del que probablemente dependía su futuro y tal vez su vida. Finalmente tomó la iniciativa.

—¿Para qué me has traído a este bar? —preguntó.

—Para charlar. Me han dicho que querías verme por un motivo importante. No me es fácil hacer un hueco en la agenda, como puedes suponer.

—Me hago cargo y no te robaré mucho tiempo —dijo Anthony—. Pero aclárame una duda: ¿cómo me has encontrado?

—Una amiguita tuya previno a Paquita y ella vino a pedir mi ayuda. Sabiendo lo vuestro, me negué a sacarte del apuro. Pero, como sabes, las dotes de persuasión de Paquita son irresistibles.

Anthony se alarmó. No esperaba aquel giro tan poco conveniente para sus propósitos.

—¿Te lo ha contado ella?

—Da lo mismo. Luego hablaremos de Paquita. Ahora termina con tu fantasía.

Con menos seguridad, Anthony retomó el hilo del discurso.

—Hace unos días vino a verme un falangista cuya identidad no voy a revelar. Creía haber descubierto un caso de alta traición dentro del partido y me rogó que te lo comunicara. Mi condición de extranjero me confería una presumible neutralidad y eso, según él, daría verosimilitud a mi intervención. Yo le respondí que precisamente por ser neutral era reacio a inmiscuirme en la política española, sobre todo sin disponer de pruebas incriminatorias. Él entendió mi posición y se comprometió a conseguir esas pruebas y yo, ante su insistencia, accedí a hablar contigo tan pronto las tuviera. En un par de ocasiones ha tratado de ponerse en contacto conmigo, siempre sin éxito. Después de la primera vez, no hemos vuelto a vernos. La única entrevista que mantuvimos tuvo lugar en la habitación de mi hotel.

Al ver los vasos vacíos, el camarero se acercó por si deseaban algo más. José Antonio le entregó un billete de banco y le dijo que trajera la botella de whisky, hielo y sifón y no volviera a interrumpirles. Hecho esto, el inglés prosiguió su relato.

—Pocos días después, un marchante medio inglés, medio español, llamado Pedro Teacher, me citó en Chicote y trató de pasarme una información de vital importancia. Fue asesinado antes de poder hacerlo. Con anterioridad me habían advertido de la presencia en Madrid de un agente secreto de la NKVD de sobrenombre Kolia. So capa de compadreo, comunistas españoles a las órdenes de Moscú me habían estado siguiendo desde el primer día. Ahora el tal Kolia venía con el propósito de zanjar el caso por métodos concluyentes. Esta misma noche he sido atraído con engaño a un lugar siniestro y apartado, donde unos esbirros habrían acabo conmigo de no haber sido por la lealtad de uno de ellos y por tu oportuna aparición.

Hizo una pausa para beber y continuó.

—Desde el principio me he venido preguntando si podía existir alguna relación entre estos episodios, aparentemente desconectados entre sí y sin una causa clara, y el motivo por el que inicialmente fui contratado. La conclusión a que he llegado es que sí. Y debo decir que la Dirección General de Seguridad, el ministerio de la Gobernación y la propia presidencia del Gobierno coinciden con mi parecer. Hablaré sin rodeos: el traidor infiltrado en la Falange, el asesino de Pedro Teacher y el misterioso Kolia son la misma persona: tú. No lo niegues: eres un agente soviético.

José Antonio miró instintivamente a su alrededor y, tras asegurarse de que nadie había oído las palabras del inglés, clavó en él sus penetrantes ojos y dijo:

—Me han llamado muchas cosas, pero ésta es nueva. ¿Puedo conocer la base de tus suposiciones o te has sumado a la moda de acusarme sin pruebas?

—No tengo pruebas documentales, si te refieres a eso. Para satisfacer tu curiosidad, sólo te puedo ofrecer el proceso deductivo que me ha llevado hasta aquí. Es como sigue: a juicio de casi todos los españoles, la situación política es insostenible. Se impone un golpe de Estado. Falta por ver si ese golpe vendrá de la derecha o de la izquierda. Los dos bandos están listos, y los dos están lastrados por la desunión. Los militares son los más preparados y quizá los más motivados, pero remolonean: no saben si cuentan con el apoyo unánime del Estado Mayor y la oficialidad, no confían en la lealtad ni en la competencia de la tropa, no tienen claro el objetivo final de la insurrección y, sobre todo, no se ponen de acuerdo en el mando. Mientras discuten, la izquierda se arma y se organiza. Pero ahí la coordinación es aún más difícil. Atrapados entre los dos bloques, los fascistas son un pequeño grupo sin apoyo real, sin gente y sin ideas claras: no quieren saber nada del socialismo soviético, pero tampoco quieren asimilarse a la reacción oscurantista de los militares, los curas y los ricos. En fin de cuentas, la Falange sólo es una fuerza de choque, con más imagen que sustancia. Vive del matonismo y de cuatro conceptos huecos. ¡Una unidad de destino en lo universal! ¡Una, grande y libre! Frases ridículas y lemas que sólo suenan bien dichos a gritos, sobre todo si el que los grita es un joven abogado guapo, brillante, audaz y con un título nobiliario. Y aquí llegamos al quid de la cuestión. El joven abogado es un orador eficaz y un personaje público atractivo, pero como político es un cero a la izquierda. En sus discursos galvaniza al público asistente, pero en las urnas no obtiene votos. A él le da igual, porque sus intereses son otros: ir a la piscina del Club de Puerta de Hierro, conquistar mujeres fáciles y hablar de literatura con sus amigos. Dice haber entrado en la política para defender la memoria de su padre y para salvar a la Patria, y en parte es verdad: le mueve un sentimentalismo filial y patriotero de cartón piedra que no es más que vanidad. Como es un jurista de formación y un señorito, aborrece la brutalidad de las clases bajas, pero no puede evitar que su partido se vaya convirtiendo poco a poco en una banda de matones. Los capitalistas lo utilizan sin escrúpulos para agitar la opinión pública, los sindicatos obreros se mofan de su plan para acabar con la lucha de clases y, mientras tanto, ha de ver cómo sus seguidores caen muertos día tras día en enfrentamientos callejeros sin sentido. El proyecto, si lo hubo, se le ha ido de las manos, y la vibrante oratoria que lo sostiene puede seguir entusiasmando a los oyentes, pero a él le aburre y le repugna. ¿Voy bien?

—Falta un detalle —dijo José Antonio arrastrando la voz, con los ojos entrecerrados, como si hablara para sí—. El joven abogado del cuento tenía un amor imposible. Por devoción y por respeto no quiso embarcar a la mujer amada en un barco a la deriva: no quería que también eso se pervirtiera. Algo debía quedar al margen de la violencia, el engaño y la traición. Al final, el sacrificio resultó inútil, porque su gran amor se pervirtió igual, a la primera oportunidad, del modo más estúpido y con la persona más indigna. Dejemos eso por ahora.

Las parejas habían abandonado el establecimiento y estaban solos con el camarero. Esta situación anómala les habría llamado la atención si no hubieran estado tan absortos en el diálogo.

—Desengañado de la idea por la que lo ha dado todo —continuó Anthony, satisfecho del impacto que sus palabras producían en su interlocutor—, desengañado de quienes deberían haberse sumado a sus filas y no lo han hecho por interés o por cobardía, desengañado del pueblo que no le escucha, el joven y brillante abogado decide dinamitar el país que tan mal ha pagado sus sacrificios. Se pone en contacto con el servicio secreto soviético y le hace una proposición: si Moscú le facilita los medios, él le entregará en bandeja la revolución. Con sus menguadas pero animosas escuadras iniciará un levantamiento en toda España. Enfrentados a la amenaza real del fascismo, socialistas y anarquistas dejarán de lado sus diferencias; el resultado será la revolución popular. Todo antes que permitir que continúe el corrupto sistema liberal o que los militares instauren un régimen al servicio de la Banca y los terratenientes. Se ha derramado demasiada sangre inocente para que todo se disuelva en una simple retórica de luceros e imperios inviables. O tú eres Kolia o Kolia es tu enlace.

—¡Fantástico! —exclamó José Antonio con regocijo.

—Sí, no está mal, pero para el éxito del plan se han de dar dos condiciones primordiales: la primera es que los falangistas no se huelan el papel que se les asigna en la pantomima; la segunda es actuar con la máxima celeridad, antes de que los grupos de derecha se pongan de acuerdo o de que un suceso imprevisto precipite los acontecimientos. Por supuesto, las cosas se tuercen, como es habitual. La situación internacional evoluciona muy de prisa; a Stalin le preocupan las intenciones belicistas de Hitler y prefiere no indisponerse con las democracias europeas. Es mejor aplazar las aventuras secundarias. Moscú da orden de apoyar en todo a la República española. El plan del joven abogado se viene abajo. Pero como el paso ya está dado y para él no hay marcha atrás, opta seguir adelante con la revuelta sin ayuda exterior, sacando armas y dinero de donde pueda. Un joven falangista descubre irregularidades; incapaz de sospechar que provienen del propio Jefe Nacional, al que adora, me pide que hable contigo. Para impedirlo, das orden de que me eliminen. Luego te ocuparás de silenciar al soplón. Consigo huir y tú me traes aquí para sonsacarme y, finalmente, concluir la tarea.

Cortó de golpe la perorata. Tenía la garganta seca y la cabeza le daba vueltas. La botella de whisky estaba vacía. Advirtió la mirada acuosa y divertida de José Antonio fija en la suya. Al cabo de un rato, exclamó éste:

—¡Querido Anthony, estás completamente loco! ¿Y dices que esto mismo se lo has contado al Director General de Seguridad?

—¡Toma, y al mismísimo Azaña!

Sin poderse contener, José Antonio estalló en una estentórea carcajada. Anthony le imitó. Los dos se reían y se palmeaban los hombros mutuamente y golpeaban la mesa, derribando la botella y los vasos, incapaces de contener el ataque de hilaridad. Fluía de nuevo la corriente de amistad que les unía por encima de sus rivalidades.

Se les acercó el camarero con semblante adusto.

—Disculpen la interrupción. Hay una llamada urgente para el señor Primo de Rivera.

40

Transcurrido un tiempo prudencial, Lilí telefoneó al Hospital Clínico para interesarse por el estado de su hermano. Después de varias tentativas, obtuvo comunicación con el padre Rodrigo. El muchacho todavía estaba vivo, pero los médicos lo habían desahuciado y en cualquier momento podía producirse el fatal desenlace. El señor duque no se apartaba de la cabecera del lecho y Paquita, incapaz de soportar la angustia de la espera, entraba y salía de la habitación con ruidosas muestras de desconsuelo. Anonadada por estas noticias, Lilí se consumía angustiada por la misteriosa desaparición de su madre. Un rato antes había enviado al mayordomo a buscarla por las inmediaciones, cosa que éste hizo con la escopeta oculta bajo los faldones del abrigo.

El mayordomo regresó al cabo de una hora sin haber avistado a la señora duquesa. La noche era desapacible y en el Paseo de la Castellana y las calles adyacentes no había encontrado a ningún peatón que pudiera haberse cruzado con la desaparecida. Lilí prefirió no ponerse en contacto con la policía; esperar y confiar en la protección de la providencia era lo único que se podía hacer por el momento. Dio orden de que la avisaran si había alguna novedad y se encerró en su cuarto. No podía seguir aparentando serenidad. La familiaridad de sus aposentos, lejos de proporcionarle la ansiada paz, incrementó su desazón: allí todo le recordaba el reciente encuentro con el inglés. Tal vez en aquel mismo instante él también estaba muerto. Su desbocada fantasía adolescente lo representó tendido y exangüe, abatido por las balas de un pistolero o el puñal de un matarife. Quizás había vuelto hacia ella su último pensamiento.

Entre quienes creían conocerla íntimamente, Lilí pasaba por tener un temperamento equilibrado, una actitud positiva ante la vida, una disposición festiva, un tanto inmadura y candorosa. En realidad era todo lo contrario. Agravaba su condición el que su cerebro frío y analítico y su corazón ardiente y rebelde la habían empujado a rechazar en secreto las enseñanzas religiosas recibidas. Ahora, privada del consuelo de la oración y la confianza en la intervención divina, en el límite de su resistencia por tantas y tan intensas experiencias, creía enloquecer.

A las once y diez alguien tocó a la puerta de su cuarto. Lilí se cubrió las orejas con las palmas de las manos para no oír aquel heraldo de noticias devastadoras. De inmediato recobró el dominio de sí misma y acudió. La doncella le informó de que su padre estaba al teléfono. Corrió al aparato. El duque hablaba con voz casi inaudible y frases entrecortadas por la excitación. Entre hipidos y sollozos le contó que la duquesa había llegado al hospital hacía diez minutos y, arrollando al padre Rodrigo, que se interponía entre ella y el lecho donde yacía su hijo, entró en la habitación y se precipitó sobre el muchacho, llamándole y cubriéndole de besos. Y en aquel preciso instante se produjo el milagro. Guillermo del Valle abrió los ojos y sonrió al reconocer el rostro de su madre. Los médicos, desconcertados ante esta reacción inexplicable en términos puramente científicos, tuvieron que atender a Paquita, que se había desmayado. En aquella escena de indescriptible felicidad, sólo faltaba Lilí.

—Ven corriendo, hija —exclamó el duque—, únete a nosotros para dar gracias a Dios. Y dile a Julián que te acompañe. Esta noche es peligroso andar por las calles. Por lo visto ha vuelto a haber tiros e incendios.

Acababa de colgar cuando repiqueteó de nuevo el aparato. Como estaba a su lado, contestó la propia Lilí. Una voz masculina desconocida preguntó por la señorita Paquita.

—No está. ¿Quién la llama?

—Un amigo —dijo la voz al otro extremo del hilo—. Sólo dígala que el inglés está a salvo.

Lilí se sentó en una silla. La doncella le preguntó si se encontraba bien. Lilí respondió afirmativamente y le dijo que convocara a todo el servicio en la sala de música. Cuando los tuvo a todos a su alrededor, les comunicó la inesperada recuperación de Guillermo. Acalladas las manifestaciones de contento, les dijo que rezaran el rosario para dar gracias a Dios por la gracia concedida y ordenó al mayordomo que saliera a buscar un taxi y la acompañara al hospital. Luego regresó a su alcoba y se vistió para salir.

El mayordomo tardó veinte minutos en regresar a la puerta del palacete en un taxi. A causa de los disturbios en algunos puntos del centro, muchos taxistas se habían retirado de las calles para no verse envueltos en incidentes que pudieran ocasionar daños a sus vehículos.

—Te queman el tasis y te han jodido vivo —había comentado el taxista.

Efectivamente, en el cielo se reflejaba la luz rojiza de algún incendio.

Pasaba la medianoche cuando finalmente Lilí llegó a Atocha sin contratiempos y pudo entrar en la habitación de su hermano, donde reinaba una alegría contenida. Aunque la vida del muchacho estaba fuera de peligro, su condición seguía siendo de pronóstico reservado y no convenía dejarse llevar por un optimismo prematuro: no se podía descartar una recaída y aún estaban por determinar las posibles secuelas de las heridas y de la intervención quirúrgica a que se le había sometido a la desesperada.

Lilí unió su alborozo al del resto de la familia y luego llevó aparte a Paquita y le dio cuenta de la llamada relacionada con Anthony. Paquita recibió la noticia con indiferencia: era evidente que el inglés había dejado de interesarle. Lilí se preguntaba por la causa de aquel súbito cambio y también se preguntaba dónde se había metido la duquesa en el dilatado lapso que mediaba entre su desaparición y su llegada al hospital.

La respuesta a esta última pregunta era tan sencilla como inusitada, y requiere una breve digresión.

Antes de cumplir los sesenta años, don Niceto Alcalá Zamora daba por concluida la etapa activa de su dedicación a la política. Había sido el primer Presidente electo de la Segunda República y se había mantenido en aquel puesto de máxima responsabilidad durante los cinco años de su agitada existencia. Conservador y católico, había tenido que lidiar con los extremismos de izquierdas y de derechas, con los movimientos obreros, con las exigencias de los nacionalistas, con la presión de la Iglesia y el Ejército, que cifraban en él la garantía del orden público, la paz interna y la unidad de España, con una prensa siempre dispuesta a achacar a sus decisiones todos los males del país y, lo peor de todo, con las intrigas, envidias y mezquindades inherentes al poder. Le había sido imposible satisfacer a todos; de hecho, se había granjeado la animadversión de la mayoría; pero se enorgullecía de haber salvaguardado la democracia, con tesón, mano izquierda y verbo ardiente, de los designios y de los delirios de sus detractores. Ahora, sin embargo, veía próximo el final de su mandato. Ni su persona ni sus métodos eran del gusto del Frente Popular, y menos aún de Manuel Azaña. La idea de renunciar al cargo y tal vez a la política en general le entristecía, pero no le desesperaba: pesimista respecto del futuro, veía aproximarse la hecatombe y no quería presidir las exequias de un régimen por el que lo había dado todo y al que había salvado in extremis en muchas ocasiones. Para colmo, tenía una hija casada con un hijo del general Queipo de Llano: en caso de insurrección, se le metería la guerra en casa. Como a todo político, la idea de renunciar al poder le partía el corazón, pero a su edad, y con el problema añadido de su incipiente ceguera, a menudo pensaba en el retiro con más agrado que melancolía.

Aquella noche estaba a punto de dar por finalizada la jornada, cuando un edecán le anunció la presencia de una dama que insistía en verle. La tarjeta de visita ostentaba una corona ducal; un ayudante le leyó el nombre; el Presidente ordenó que hicieran pasar a la dama sin demora. Con menguada visión distinguió el borroso contorno de la duquesa de la Igualada y, con la habilidad de quien conoce de memoria cada palmo del lugar que ha ocupado largo tiempo, sorteó muebles y ayudantes para besar la mano de la querida amiga.

—¡Marujín!

—¡Niceto!

Despachó al personal y la invitó a tomar asiento. La duquesa y el Presidente eran naturales de Priego, localidad de la provincia de Córdoba. Mozo de extraordinaria inteligencia, perseverancia y aplicación, Alcalá Zamora abandonó Priego para estudiar en la Universidad, entrar en la política y llegar a la más alta magistratura de la nación. Algo más joven que su coterráneo, ella abandonó el pueblo poco después para recibir una esmerada educación en el internado de las monjas del Sacré Cœur de Sevilla, de donde salió para contraer matrimonio con don Álvaro del

Valle, duque de la Igualada. Antes de separarse, Niceto y Marujín habían compartido los juegos y travesuras infantiles y todavía habían tenido ocasión de iniciar los inocentes coqueteos de la pubertad. Luego se habían reencontrado ocasionalmente, siempre rodeados de protocolo y ceremonial.

—Estás tan guapa como siempre, Marujín. Para ti no pasa el tiempo.

—Ya me habían dicho que ves menos que un topo, Niceto. Estoy hecha una estantigua. Además, acaba de pasarme lo peor que le puede pasar a una mujer. Por eso he venido.

Alertado por aquella inesperada declaración, don Niceto Alcalá Zamora se atusó el bigote.

—Cuéntame tus penas, niña —dijo con cariño.

La duquesa hizo un ademán con la mano enguantada y tintineo de dijes.

—He venido a pedirte un pequeño favor. Algo entre tú y yo, Niceto. Para venir me he escapado de casa por la puerta trasera; nadie sabe que estoy aquí ni debe saberlo. No por nuestra reputación: la edad nos pone a salvo de las habladurías. Es por lo que te voy a pedir.

—Lo que esté en mi mano, ya lo sabes.

—Quiero que metas en la cárcel al marqués de Estella. Prométeme que lo harás, Niceto, por nuestra antigua amistad.

—¿Al hijo de Primo? Cáspita, a veces no me faltan ganas, lo reconozco. Ese chico es un zascandil. Quizá no por culpa suya: perdió a su madre a los cinco años, y luego las francachelas de su padre... Pero lo que me pides escapa a mi capacidad, Maruja. Yo no soy un dictador. Debo velar por la legalidad republicana, con la palabra y más aún con el ejemplo.

La duquesa pasó sin transición de la frivolidad a la tragedia. Durante un rato el Presidente de la República la oyó lloriquear y vio agitarse el bulto que tenía delante. Los reiterados ruegos y las muestras de afecto hicieron recobrar el habla poco a poco a la desolada madre.

—Ese marquesito de nuevo cuño es la fuente de donde brotan todos mis pesares —dijo—. Ayer mismo sorprendí a mi hija mayor hecha un mar de lágrimas. No me quiso decir el motivo, pero a una madre no hace falta contarle según qué cosas. El marquesito la ronda desde hace tiempo. Paquita es mujer hecha y derecha, con la cabeza sobre los hombros y los pies en la tierra, pero mujer al fin. Y el diablo enseña muchos trucos a los tenorios de vía estrecha.

—Maruja, no tenemos certeza. Y sin denuncia de parte no ha lugar el procesamiento.

—¡Certeza! ¡Soy la duquesa de la Igualada y con mi palabra basta y sobra! Pero hay algo más. Con sus ideas le tiene sorbido el seso a la familia: mi marido quiere enajenar el patrimonio, mi hijo mayor está en Roma, bailándole el agua a ese payaso gesticulante, y el pequeño corre por Madrid vestido de azul, como un fontanero. Al final, esto acabará como el rosario de la aurora. ¡Niceto, tú eres el Presidente de la República, aparta de mi vida a ese engendro!

Ante la inminencia de un nuevo desbordamiento, Alcalá Zamora optó por una solución salomónica.

—No llores, Maruja. Te diré lo que voy a hacer. Daré instrucciones a la policía para que lo detenga con cualquier pretexto. Tal como es él, no costará encontrarle una falta leve. Y cuando lo tengamos entre rejas, ya pensaremos en el paso siguiente. Déjalo en mis manos.

Antes de que la duquesa tuviera tiempo de calibrar la oferta, entró el edecán con muestras de gran excitación. Sin pedir disculpas por la irrupción, se acercó al Presidente y le dijo algo al oído. Alcalá Zamora palideció.

—Maruja, querida amiga —dijo en tono solemne—, he

de darte una mala noticia. Me comunican que tu hijo Guillermo ha sido herido en un tiroteo. No sé si de gravedad. En estos momentos está siendo atendido en el Hospital Clínico. Tu sitio ahora está junto a tu hijo. Él te necesita. Haré que un coche oficial te lleve a su lado. Y, por favor, tenme al corriente de lo que pase con ese muchacho.

Pulsó un timbre, acudieron ayudantes y, tras una breve despedida, partió la atribulada duquesa. Cuando se quedó a solas, Alcalá Zamora hizo que llamaran al ministro de la Gobernación y cuando lo tuvo al aparato le encomendó la busca y captura de José Antonio Primo de Rivera. Algo sorprendido, don Amós Salvador se atrevió a poner objeciones.

—Legalmente no habría problema, señor Presidente. Pero el Jefe Nacional de la Falange en la cárcel es una bomba de relojería. Sus escuadras se echarán a la calle. Y no podemos encerrarlos a todos.

—Encierra a unos cuantos capitostes. Ya sabes, diezmar las filas, provisionalmente. En este país, pasar una temporadita a la sombra no es ningún desdoro. A mí me detuvieron en el 31. Mételos en la Modelo, y si se arma jarana, los sacas de Madrid y los llevas a un sitio tranquilo: a Lugo, a Tenerife, a Alicante, a donde se te ocurra. Allí estarán a salvo de los demás y de sí mismos.

41

Anthony Whitelands despertó bruscamente. Su acompañante le había disparado un chorro de sifón a la cara. Le costó recordar dónde estaba hasta que, después de limpiar los cristales de las gafas, vio junto al suyo el rostro ceñudo y sombrío de José Antonio Primo de Rivera. Seguían en el Bar Club de la calle de Alcalá. Cuando lo vio despierto, dijo aquél:

—Malas noticias. Han matado a Guillermo del Valle.

En el bar no había nadie más; hasta el camarero parecía haber desaparecido. Anthony recobró la serenidad de golpe.

—¿Guillermo muerto? —repitió incrédulo—. ¡Has sido tú! Guillermo del Valle era el falangista que vino a verme. El que había descubierto la existencia de un traidor. ¡Ahora lo entiendo! La Toñina oyó la conversación desde el armario de la habitación, donde se había escondido. Luego fingió un desmayo, y a la primera ocasión corrió a contárselo todo a Higinio Zamora. El cabrón de Higinio me había endosado a su pupila para que me vigilara...

—No digas más idioteces. Aunque tus fantasías fueran ciertas, yo no tocaría un pelo a un hermano de Paquita. A Guillermo lo han matado dos agentes de tu amigo el teniente coronel Marranón. Y ahora han dado orden de detenerme. Ya han detenido a mi hermano Miguel y a otros jefes de la Falange y hay patrullas buscándome por todo Madrid. No tardarán en venir. El camarero habrá dado el soplo. Por eso se ha largado.

—¿Qué vas a hacer? Aún puedes escaparte.

—No. Soy el Jefe Nacional de la Falange. Yo no me escondo. Si me quieren detener, que apechuguen con las consecuencias.

Mientras hablaba sacó del bolsillo la pistola. Anthony se asustó.

—No irás a plantar cara a la policía.

José Antonio sonrió, extrajo el cargador de la pistola y dejó ambas cosas sobre la mesa.

—No estoy tan loco. Dejo aquí el arma para que no puedan dispararme alegando legítima defensa. No quiero más violencia. Lo creas o no, siempre he rechazado el recurso a la violencia. Dios sabe los esfuerzos que he tenido que desplegar para refrenar la justa indignación de los camaradas ante el abuso de los facinerosos socialistas y la connivencia de las autoridades, y para impedir que la Falange se precipitara a esa pendiente sin fondo. Por desgracia, he tenido que ceder a la realidad y consentir el recurso a las armas para evitar que nos exterminaran como a alimañas. Ya estoy cansado. Quizá tengas razón, quizá me sobren motivos para dar la espalda a mi propia criatura. Yo quería la paz y la reconciliación. Pero no me han dejado. He dado mi vida por España y España me ha vuelto la espalda. He defendido a la clase obrera y la clase obrera, en vez de escucharme, me ataca. Nadie me hace caso. Y, sin embargo, yo podía haber logrado lo que nadie ha logrado ni logrará: superar la lucha de clases insensata, echar los cimientos de una España nueva, la patria de todos. Me he esforzado en vano: los españoles prefieren seguir con sus ideologías anacrónicas, su demagogia oscurantista, su caciquismo disfrazado de democracia y su salvaje ajuste de cuentas. ¿Qué diferen-

cia hay entre sacar en procesión la imagen del Sagrado Corazón y quemarla? Éste es un país cavernario, hundido en
la miseria, la atonía y la falta de higiene.

Puso la mano en el hombro de Anthony y prosiguió en
un tono más personal.

—Vuélvete a tu casa, amigo mío, éste no es lugar para
ti. Vuelve a la Inglaterra de los campos verdes y allí cuenta
lo que has visto: explica mi lucha, mis aspiraciones y los
obstáculos a que debo enfrentarme.

Anthony movió la cabeza e hizo un ademán de disculpa.

—Lo siento —dijo—, pero me temo que no lo haré.
Volveré a Inglaterra como vine: sin tomar partido. No es
que todo me sea indiferente; al contrario: me desespera la
situación y más aún lo que se avecina. Pero no es mi problema. Nadie me consultó a la hora de sentar las bases, ni
de establecer los objetivos, ni de fijar las reglas del juego.
Ahora no me paséis la carga del veredicto. Mi compromiso
es estrictamente personal. Si te esperan ahí afuera, saldré
contigo. No porque piense como tú, sino porque hemos
entrado juntos y hemos bebido juntos. Si tienen intención
de disparar, quizá lo piensen dos veces al verte acompañado de un súbdito británico, o quizá no. Pero de las ideas
por las que estáis dispuestos a mataros los unos a los otros,
de eso no quiero ni oír hablar.

La calle de Alcalá estaba cortada al tráfico. Sólo había
dos automóviles negros apostados frente al bar y seis agentes de la Guardia de Asalto, armados con mosquetones, a
cubierto en los quicios de los portalones. Cuando José Antonio Primo de Rivera y Anthony Whitelands salieron con
las manos en alto, el teniente coronel Marranón se apeó
de uno de los autos y fue a su encuentro.

—Ya me extrañaba no ver su jeta —le dijo al inglés—.
Quedan detenidos los dos.

—¿Con qué cargos? —preguntó José Antonio.

—Llevar armas sin licencia.

—Ni yo ni este caballero llevamos armas —protestó Anthony.

—¡Coño, Vitelas, no me obligue a inventar! Yo los meto en el calabozo y mañana el juez decidirá la acusación. Usted se viene conmigo. El señor Primo en el otro auto.

José Antonio tendió la mano al inglés.

—No creo que volvamos a vernos.

Anthony le estrechó la mano mirándole fijamente a los ojos.

—Si no nos llegan a detener, ¿me habrías matado? Dime la verdad.

José Antonio sonrió, se encogió de hombros y se dirigió al automóvil que le habían asignado, escoltado por los seis guardias. Con el pie en el estribo, se volvió y saludó levantando el brazo. Anthony y el teniente coronel ocuparon los asientos traseros del otro. Un agente viajaba en el traspontín.

—¿De qué han hablado? —preguntó de camino el teniente coronel.

—Básicamente, de mujeres.

—Lo suponía. ¿Se ha enterado de lo de ese muchacho, el hermano de la mujer sobre la que han estado hablando?

—Sí. ¿Ha muerto?

—Qué va. Los señoritos son como los gatos. Los tiras de la azotea y no hay manera.

Anthony se reclinó en la tapicería de cuero, cerró los ojos y exhaló un hondo suspiro. Cuando los volvió a abrir estaban detenidos a la puerta del hotel. Habían baldeado los adoquines y no quedaba rastro de sangre en la plaza del Ángel.

—¿No me llevaba detenido?

—A usted no. No quiero verle más. Es un incordio. Y apesta a whisky. Para meterse en intrigas internacionales hay que ser más listo, más morigerado y menos enamoradizo. Su tren sale de Atocha mañana a las catorce horas. No lo pierda y no trate de apearse antes de cruzar la frontera. La Guardia Civil tiene su descripción y la mala costumbre de tirar sin dar el alto.

Llegó a la habitación a tientas y se tumbó en la cama vestido, pero no consiguió dormir hasta que la primera luz del día se filtraba por los postigos de la ventana. Despertó sacudido sin miramientos por un desconocido. Habituado a este tipo de anomalías, no se alarmó.

—¿Quién es usted y qué hace en mi cuarto? —se limitó a preguntar.

—¿No se acuerda de mí, Whitelands? Harry Parker, de la Embajada. He sabido que se va y he venido a llevarle a la estación. Todos nos quedaremos más tranquilos cuando arranque el tren con usted adentro.

—Por Dios, Parker, el tren sale a las dos de la tarde y son las nueve menos diez.

—Sí, tenemos el tiempo justo. Hay algunos asuntillos pendientes. Vístase y haga la maleta. Tengo un auto en la puerta. Dese prisa. Tomaremos un café aquí al lado. Con churros, si no se demora mucho.

Demasiado cansado para poner reparos, Anthony obedeció. Bajó con la maleta y al abonar la cuenta advirtió que habían cambiado al recepcionista; el nuevo era igualmente desabrido y aún más distante. De la puerta giratoria faltaba un panel, pero los restos de cristal habían sido barridos del umbral. Dejaron la maleta en el berlina de la Embajada, a cargo del mecánico, y en la plaza de Santa Ana hicieron un desayuno frugal y silencioso. Tanto en la cafetería como en el trayecto posterior, Anthony advirtió en su acompañante un leve malestar, como si hubiera de hacer un esfuerzo para no decir algo importante. A la puerta de la Embajada se apearon.

—Deje la maleta —dijo el joven diplomático—. No nos demoraremos mucho. Unos caballeros desean saludarle. Ya los conoce.

—¿Y si me niego a ver a nadie? —dijo Anthony en tono desafiante.

—Me pondrá en un compromiso, Whitelands, y ya me ha dado muchos quebraderos de cabeza. Sea buen chico; sólo un minuto.

Subieron al suntuoso salón, presidido por el retrato de Su Majestad Eduardo VIII, donde la vez anterior se había celebrado la reunión con lord Bumblebee y dos funcionarios de la Embajada. En la chimenea ardía un fuego reconfortante. Lord Bumblebee acudió al encuentro de los recién llegados.

—Celebro verle de nuevo, Whitelands. Ya conoce a David Ross, primer secretario de Embajada, y a Peter Atkins, agregado cultural. En esta ocasión nos acompaña..., en fin, huelgan las presentaciones.

Con sorpresa y desagrado, Anthony advirtió la presencia de Edwin Garrigaw, el viejo, repulgado y malévolo curador. Saludó a todos con una inclinación de cabeza y, por indicación de lord Bumblebee, ocupó una butaca. Luego aquél se dirigió a Harry Parker y le preguntó:

—¿Se lo ha dicho?

—No, señor. He preferido que se lo dijera usted personalmente —repuso el joven diplomático.

Lord Bumblebee asintió, cargó la pipa con deliberada lentitud, miró a los presentes uno a uno, como buscando su apoyo moral, carraspeó y, dirigiéndose a Anthony, dijo:

—Bueno, Whitelands, iré al grano. Hemos de darle dos noticias: una buena y otra mala. Empezaré por la mala. Anoche, mientras la familia de su amigo el duque de la Igualada se encontraba reunida en el Hospital Clínico de esta ciudad por... ya sabe, por lo del falangista malherido... Un caso lamentable, sí señor. No por frecuente menos lamentable. Al final, por fortuna, el muchacho salió adelante. En Verdún, en el 17, vi casos similares. Pocos, bien es verdad. En fin, como le venía diciendo, mientras la familia estaba en el hospital, se produjo..., bueno, se produjo un incendio en el palacete de la Castellana. ¿Un atentado? No debemos descartar la posibilidad, tal como están las cosas, aunque yo lo dudo, dadas las características del siniestro. Más bien un accidente doméstico: un cortocircuito, un cigarrillo mal apagado, cualquier cosa. Con la agitación del momento, la familia ausente, la servidumbre alterada; las distracciones son de rigor. Por fortuna no hubo heridos. Alguien se dio cuenta, acudieron los bomberos y el fuego fue sofocado sin mayor problema. De hecho, sólo resultó dañado el sótano. Por lo visto guardaban muebles viejos, alfombras, trastos. Arden como la yesca. También se quemaron algunos cuadros... Irrecuperables, según parece. Le cuento este suceso porque creí entender que en algún momento su presunto Velázquez estuvo en ese sótano.

Anthony había palidecido conforme avanzaba el relato de lord Bumblebee. Miró de reojo a Edwin Garrigaw y creyó distinguir una sonrisa burlona en sus labios retocados de suave carmín. Pidió un vaso de agua. Harry Parker le propuso una bebida más reconstituyente, pero ni el organismo ni la cabeza de Anthony estaban en condiciones de sufrir más acometidas. Mientras el joven diplomático llenaba un vaso del agua de una jarra, lord Bumblebee prosiguió:

—No se descomponga, Whitelands. Ésta era la mala noticia. La buena se la dará nuestro amigo Garrigaw. Cuando gustes, Edwin.

El viejo curador dejó pasar unos segundos dedicados a saborear de antemano el triunfo que se disponía a mostrar.

—La buena noticia, Whitelands, es que el cuadro no era un Velázquez. No se sulfure antes de haberme oído. En primer lugar, su honorabilidad y su prestigio académico están a salvo. No era una falsificación y, dadas las condiciones en que usted efectuó el examen, la atribución es comprensible. Le diré más: sus hipótesis no andaban desencaminadas. Estoy muy impresionado.

—Por favor, Garrigaw —dijo Anthony con un hilo de voz—, explíquese.

—Ya va, ya va. Si no recuerdo mal, usted había identificado la figura del cuadro, un desnudo femenino, con doña Antonia de la Cerda, esposa de don Gaspar Gómez de Haro. Seguramente tenía razón y, de ser así, esto vendría a confirmar la identidad de la mujer que posó para la *Venus de Rokeby*. Un descubrimiento importante, Whitelands. Si puede demostrarlo, le auguro un éxito resonante en nuestro cicatero círculo. Pero el segundo retrato, el que usted vio, no lo pintó Velázquez, sino su ayudante.

—¿Martínez del Mazo?

—No. Juan de Pareja. Para quienes no sepan de quién se trata —dijo abarcando a los presentes—, les diré que era un moro, un esclavo adquirido en Sevilla, que trabajó en el taller de Velázquez durante muchos años, desde el principio de la carrera artística de éste, y con el que aprendió los rudimentos técnicos de la pintura. Velázquez le apreciaba en el aspecto profesional y también en el personal, pues se hizo acompañar por él en los dos viajes a Italia. Se ignora la fecha exacta y el lugar de nacimiento de Juan de Pareja —continuó la explicación profesoral del viejo curador—, pero era más joven que Velázquez. Dotado de cierto talento natural, no sólo aprendió de su amo, sino de los grandes maestros italianos que tuvo ocasión de ver e incluso conocer en Italia. Pintó algunos retratos y cuadros de tema religioso; por su condición de esclavo, no pudo exhibirlos en vida, pero hoy se pueden ver en el Prado, en Valencia e incluso en museos internacionales. Dada la proximidad de

Velázquez, es lógico que sufriera una gran influencia de éste, por lo que en varias ocasiones algunas obras de Pareja han sido atribuidas por error a Velázquez.

Hizo una pausa para que esta última insinuación calara en el ánimo de sus oyentes y luego continuó en el mismo tono didáctico.

—En el segundo viaje a Italia —continuó Edwin Garrigaw—, Velázquez retrató a Pareja. A su vuelta, el retrato se quedó en Italia y actualmente está en Inglaterra, en la colección de sir William Hamilton. Yo lo he visto y les puedo asegurar que es una obra de la máxima calidad. Tal vez ustedes hayan visto copias. Si es así, sabrán cómo era Juan de Pareja: guapo a más no poder. Piel oscura, ojos ardientes, cabello ensortijado, porte altivo. Dicen que Velázquez lo pintó como ejercicio previo antes de retratar al Papa Inocencio X. Yo no opino igual. En 1650 Velázquez había pintado muchos retratos de Felipe IV y de la familia real; no necesitaba entrenamiento ni le faltaba seguridad. Simplemente, pintó a Juan de Pareja porque estaba harto de pintar cardenales y porque eran amigos y compinches. Por eso le dio la carta de libertad. Si en Madrid Velázquez había pintado a la mujer de don Gaspar Gómez de Haro como Venus, es probable que la modelo y el ayudante del pintor trabasen conocimiento y sin duda de ahí surgió algo más. Juan de Pareja la pintó a escondidas, como pintaba todos sus cuadros. Tal vez corrieron rumores por Madrid, y como de los crímenes de un esclavo responde el amo, Velázquez y Pareja salieron huyendo a Roma.

Guardó silencio y se quedó mirando a Anthony, a la espera de su reacción.

—¿De dónde saca esta teoría, Garrigaw? Ni siquiera llegó a ver el cuadro.

—Pedro Teacher lo sabía. Nunca se lo dijo a nadie y no sé cómo lo averiguó. Después de su muerte, el servicio de inteligencia británico registró la galería y la casa de Londres y encontró la documentación. Esta misma mañana nos lo han comunicado. Si el duque de la Igualada lo sabía o creía de buena fe que el cuadro era de Velázquez, no lo sabemos y, en estos momentos, desaparecido el cuadro, la cuestión carece de importancia.

David Ross, el primer secretario de la Embajada, se creyó en el deber de aportar sus conocimientos.

—Pedro Teacher era un agente al servicio de Alemania. Hace tiempo que lo sabíamos y le seguíamos la pista. Trabajaba para la Abwehr del almirante Canaris. Quizá también para otras potencias. Agente doble. Casi todos lo son.

—¿Por eso le mataron?

—No creo. Los espías no se matan entre sí. Son colegas. Se ayudan y colaboran si no es en detrimento de sus propios intereses. Y los gobiernos, otro tanto. Si el servicio de contraespionaje descubre un agente, tratan de convencerle de que cambie de bando y generalmente lo consiguen. Gente flexible, como exige su oficio. Un espía vivo es útil, muerto no sirve para nada. A veces su propio Gobierno estima oportuno apartarlos de la circulación. Pero, ya le digo, es raro. No sabemos quién mató a Pedro Teacher, y menos la causa.

—Cuando lo mataron iba a revelarme un secreto importantísimo —sugirió Anthony.

—No le haga caso —replicó David Ross—. Era un bocazas. Seguramente trataba de granjearse su confianza para sacarle información. Estaba preocupado por la venta del cuadro. Sus relaciones con el duque se habían enfriado recientemente y se sentía excluido de una operación que él había organizado con mucho cuidado.

—¿Y Kolia?

Lord Bumblebee tomó la palabra.

—Nuestros informantes le han perdido el rastro. Y seguimos sin saber su verdadera identidad. A lo mejor Kolia era Pedro Teacher. También podría ser cualquiera de los aquí presentes. Esos malditos espías se meten en todas partes. No importa. Olvídese de Kolia. Desaparecido el cuadro, usted ya no reviste el menor interés. Ni para él, ni para Moscú. Ni para nosotros, si no se ofende.

—Pero intentó matarme.

—No —dijo David Ross—. Si Kolia hubiera querido matarle, usted no estaría presente. Lo de la Puerta de Toledo fue una pantomima. Higinio Zamora Zamorano trabaja para nosotros.

Harry Parker miró el reloj.

—El tiempo pasa —dijo en tono neutro—. Quizá deberíamos irnos, salvo que tenga algo que decir o que preguntar, Whitelands.

Anthony dejó el vaso vacío sobre una mesita auxiliar y se levantó de la butaca. Le dolía la cabeza y tenía el estómago revuelto. Advirtiendo su desazón, lord Bumblebee le puso la mano en el hombro.

—Parker tiene razón. Vuelva a casa, olvídese de Madrid. Es una ciudad sucia, revuelta, la gente no sabe estar en su sitio. Y no se preocupe por su amigo Primo; no le pasará nada. El fascismo es un incordio, pero no es un problema. El problema viene de Rusia. Tarde o temprano Inglaterra habrá de aliarse con Alemania para hacer frente a la amenaza comunista. —Se volvió al retrato de Su Majestad Eduardo VIII y lo señaló con la pipa—. Su Majestad así lo entiende y no oculta sus simpatías por Hitler. Hitler no es un demócrata cabal, es cierto, pero la política no permite hacer distingos. Por eso no es para personas educadas y sensibles como usted, Whitelands. Vuelva a Londres, a sus cuadros y a sus libros. Y pídale perdón a Catherine. Ella le cubrirá de improperios, pero le perdonará. Lo está deseando. Las mujeres son una lata, pero son lo mejor que tenemos. La política, en cambio, es horrible. Los comunistas y los nazis son unos monstruos, y nosotros, que somos los buenos, no pasamos de canallas.

EPÍLOGO

—

Al salir de la Embajada el sol brillaba alto en el cielo limpio, el aire era tibio, había brotes en las ramas de los árboles y flores blancas y amarillas en los parterres, proclamando la hermosa primavera de 1936. Al llegar junto a la berlina, Harry Parker volvió a mirar el reloj de pulsera y retuvo a Anthony Whitelands cuando éste se disponía a entrar.

—Todavía es temprano —dijo el joven diplomático—, y se me ocurre que le podría apetecer una última visita al Museo del Prado. Si me promete no hacer burradas, le dejo allí y le recojo en una hora. La maleta se queda en el auto.

—Gracias, Parker —dijo Anthony conmovido—. Es un detalle por su parte.

En el museo saludó a la taquillera y fue derecho a la sala de Velázquez. Una vez allí, se quedó en el centro, indeciso: disponía de poco tiempo y había de concentrarse para no desaprovechar una oportunidad que quizá no volvería a presentársele en años. Antes de levantar los ojos para fijarlos en una obra concreta, oyó pronunciar suavemente su nombre y el corazón le dio un vuelco.

—¡Tú aquí! —exclamó—. ¿Cómo sabías dónde encontrarme?

—No hay secreto —repuso ella—. Le pedí al señor Parker que te trajera. Éste me pareció un buen lugar para la despedida.

—Ah, sí, si en efecto hemos de despedirnos, no hay mejor lugar. Demos una vuelta por la sala. Si te interesa algún cuadro, te lo puedo comentar.

Paquita se agarró de su brazo y muy juntos iniciaron un lento deambular.

—Ya te habrás enterado del incendio del sótano —dijo ella—. Lo siento de veras, Anthony.

El inglés se encogió de hombros.

—Según parece, he tenido suerte. Si verdaderamente el cuadro lo pintó un moro, habría hecho el ridículo más espantoso. Para vosotros, en cambio, ha sido una gran pérdida.

—Lo mismo da. Somos ricos. Y el susto de Guillermo nos ha hecho ver el escaso valor de los objetos materiales.

—Quizá tengas razón. ¿Cómo está Guillermo? ¿Y el resto de la familia? Lamento no poder despedirme de todos.

—Guillermo se recupera de un modo admirable. A reserva de posibles recaídas, en un par de días lo tendremos otra vez en casa. Mis padres, como puedes suponer, están locos de alegría. La pobre Lilí, en cambio, está muy trastornada. Todavía es una niña y tantas sacudidas han roto su resistencia. No para de llorar y le ha dado por decir que ella tiene la culpa del incendio. Es una locura, por supuesto. Nunca sabremos qué originó el fuego. Sea como sea, papá ha decidido enviar a Lilí a Badajoz, a la finca de nuestro pariente, el duque de Olivenza. Allí olvidará este infierno y recuperará la salud y el buen humor.

Anthony abrió la boca para decir algo, pero sintió sobre sí la mirada severa del conde duque de Olivares que le observaba desde su caballo. Con la vara parecía indicarle el camino a seguir. El inglés movió la cabeza y murmuró:

—¡Pobre Lilí! —Y para desviar la conversación, añadió—: Y de José Antonio, ¿sabes algo?

—De buena mañana se ha entrevistado con Alonso Mallol, el director general de Seguridad. No ha sido un diálogo amistoso; por lo visto José Antonio le ha llamado cornudo. Lo han trasladado a la Modelo, y a la tenencia de armas se une ahora el desacato a la autoridad. Mañana iré a verle. También me quiero despedir de él.

—¿Despedir?

—Así es —dijo la joven—. A él lo soltarán en unos días. Para entonces yo no estaré aquí. Me voy, Anthony. No sólo he venido a decirte adiós, sino a contarte algo que creo que debes saber.

En la imponente sala de los cuadros no había nadie más. Paquita hizo una pausa y continuó:

—Ayer fue un día extraño. Siempre me tuve por una persona juiciosa y, sin embargo, en un solo día cambié tres veces de parecer. Por la mañana estaba convencida de haberme enamorado locamente de ti. Estaba anonadada por este descubrimiento cuando vino a casa la chica del hotel, la del lactante. Sabía que se preparaba un atentado mortal contra aquel señor inglés tan bondadoso y venía a prevenirme; no quería ser cómplice del crimen. Por eso se iba de Madrid con su hijo. Dios se apiade de ella y de la pobre criatura. Haciendo un gran esfuerzo, fui a casa de José Antonio. Por nada del mundo quería verle en aquel momento, pero sabía que sólo él podía salvar tu vida. Una vez allí, frente a frente, comprendí que el amor por ti sólo había sido un arrebato pasajero. Para mí sólo habrá habido un hombre en mi vida. Lo nuestro fue un tropiezo. No se muda el sentimiento tan de prisa.

—Tú lo hiciste tres veces en un día —replicó Anthony herido en los suyos—. ¿Cuál fue la tercera?

—La definitiva —dijo Paquita con gran seriedad—. Cuando nos avisaron de lo que le había ocurrido a Guillermo, comprendí que todos nos estábamos precipitando a un abismo y que algo había que hacer para detener la caída. En el hospital...

Detuvo unos segundos el relato, abrumada por la evocación de aquel momento, y luego prosiguió con más entereza.

—Me niego a dramatizar. En el hospital hice una promesa solemne. Si mi hermano se salvaba, yo me retiraría del mundo. Que Dios hiciera el milagro me confirmó en lo que ya imaginaba. Que todos los males sobrevenidos a mi familia eran un castigo a mis pecados. No sé si ahora el cielo y yo estamos en paz, pero al menos yo sé cuál es mi camino. Una prima de mi madre es superiora en un convento de clausura en Salamanca. Cuando haya arreglado mis cosas, me recluiré allí. De momento no pienso profesar. Sería una precipitación y últimamente ya he cometido bastantes. Pasaré unos meses rezando y meditando y pasado el verano decidiré.

Anthony trataba de asimilar la extraña sucesión de noticias. Todas las mujeres con las que había tenido una relación cambiaban de vida y de domicilio: la Toñina, Lilí y ahora Paquita. Por mi culpa, Madrid se queda sin gente, pensó. En lugar de decir algo, condujo a Paquita ante el retrato de la Madre Jerónima de la Fuente. Aunque el cuadro es relativamente grande, la monja parece diminuta, como si el paso de los años, el ascetismo y la experiencia le hubieran encogido el físico sin hacer mella en la energía de su carácter. Tiene la mirada fatigada, los párpados pesados, ligeramente enrojecidos, la boca contraída en un rictus voluntarioso. En una mano huesuda, surcada de venas, sostiene un libro; con la otra empuña un crucifijo muy grande. Ha desviado un instante los ojos de la imagen de Jesús crucificado para fijarlos fugazmente en el hombre que la está pintando y luego, por los siglos venideros, en quienquiera que se detenga a contemplar el cuadro. Su aspecto es severo, pero su mirada es piadosa y comprensiva.

—En Madrid hay dos retratos idénticos —dijo Anthony—, los dos atribuidos a Velázquez. Éste es el mejor; el otro está en una colección privada. Los dos están presididos por un lema, oscurecido por el paso del tiempo, pero fácilmente legible: Bonum Est Prestolari Cum Silentio Salutare Dei. Significa «Es buena cosa esperar de Dios la salvación en silencio.» El otro retrato lleva, además, un gallardete con otro lema que no recuerdo entero, pero que viene a decir «Su gloria será mi única satisfacción.» Me temo que a solas, en tu celda, habrás de decidir cuál de las dos versiones es la tuya.

Sin decir nada, Paquita se soltó del brazo del inglés y salió con paso lento pero irrevocable. Anthony ni siquiera se volvió a mirarla. Estuvo un rato contemplando el retrato de la Madre Jerónima de la Fuente y luego fue hasta el rincón donde estaban instaladas *Las Meninas*. Allí lo encontró Harry Parker cuando entró a buscarle, inquieto por su tardanza.

—Ya es hora, Whitelands.

—¿Se ha dado cuenta, Parker? —dijo Anthony—. Después de un largo silencio, Velázquez pintó este cuadro al final de su vida. La obra cumbre de Velázquez y también su testamento. Es un retrato de corte al revés: representa a un grupo de personajes triviales: niñas, sirvientas, enanos, un perro, un par de funcionarios y el propio pintor. En el espejo se refleja borrosa la figura de los Reyes, los representantes del poder. Están fuera del cuadro y, por consiguiente, de nuestras vidas, pero lo ven todo, lo controlan todo, y son ellos los que dan al cuadro su razón de ser.

El joven diplomático consultó el reloj una vez más.

—Lo que usted diga, Whitelands, pero se hace tarde y no podemos perder ese tren por nada del mundo.

Vuelve el detective loco de
Eduardo Mendoza

Seix Barral Biblioteca Breve

Eduardo Mendoza
El secreto de la modelo
extraviada

Ya en tu librería